Contents

유이가하마 유이
yui yuigahama

역시 내 청춘 러브코메디는 잘못됐다. 9

My youth romantic comedy is wrong as I expected.

등장인물 【character】

nine

히키가야 하치만············ 주인공. 고2. 성격이 삐뚤어졌다.

유키노시타 유키노············ 봉사부 부장. 완벽주의자.

유이가하마 유이············ 하치만과 같은 반. 주위의 눈치를 보는 경향이 있다.

토츠카 사이카············ 테니스부원. 무진장 귀엽지만 남자.

카와사키 사키············ 하치만과 같은 반. 약간 불량스러워 보인다.

하야마 하야토············ 하치만과 같은 반. 인기인. 축구부.

토베 카케루············ 하치만과 같은 반. 하야마 그룹의 촐랑이.

미우라 유미코············ 하치만과 같은 반. F반 여학생들의 정점에 군림한다.

에비나 히나············ 하치만과 같은 반. 미우라 그룹이지만 부녀자.

잇시키 이로하············ 축구부 매니저. 1학년으로 학생회장에 당선.

오리모토 카오리············ 하치만과 중학교 동창. 카이힌 마쿠하리 종합고등학교 학생.

히라츠카 시즈카············ 국어 교사. 생활 지도 담당.

유키노시타 하루노············ 유키노의 언니. 대학생.

히키가야 코마치············ 하치만의 여동생. 중3.

일본판 오리지널 디자인
numata rina

**그럼에도 그 부실은
계속되는 일상을
연기해나간다.**

바람이 덜컹덜컹 창문을 두들겼다. 바다가 가깝고 주변에 높은 건물도 없어 바람은 거칠 것 없이 휘몰아쳤다.

그 소리에 이끌려 무심코 창밖을 내다보았다.

벌거벗은 나무들이 흔들리고, 메마른 바람이 모래 먼지를 일으킨다. 드문드문 눈에 띄는 행인들도 코트 깃을 바짝 세우고 어깨를 움츠린 채 걸어간다.

이 학교에도 겨울이 찾아온 것이다. 분명 작년에도 이곳에서 같은 계절을 났으련만, 이토록 차가운 바람이 부는 줄은 몰랐다.

바람 소리에 섞여 도란도란 이야기하는 소리가 들려왔다.

"그래 갖구 진짜 건조하잖아? 그래서 유미코가 미니 가습기를 갖구 와서, 수업할 때 막 뭉게뭉게 김이 나구 그래. 요새 거는 그 왜 USJ…… USA?에서 전기 끌어다 쓰잖아, 그거그거!"

유이가하마가 꼬물꼬물 손짓 발짓을 곁들여가며 온몸으로

열심히 설명했다. 그 모습을 미소 띤 얼굴로 바라보던 유키노시타가 가볍게 고개를 끄덕이며 맞장구를 쳤다.

"그래, 편리하겠구나."

유키노시타는 원래 수다스러운 편이 아니므로 반응이 뜨뜻미지근해도 크게 이상할 건 없다. 하지만 나는 그 미소를 직시할 수가 없었다.

말없이 바닥으로 시선을 떨구었다. 그때 유이가하마의 발끝이 빙글 돌아 이쪽을 향했다.

"그치? 그니까 부실에두 그런 거 하나 들여놨음 해서. 안 그래, 힛키? ……힛키?"

아마 내 쪽으로 몸을 돌리고 물은 거겠지. 유이가하마가 대답을 재촉하듯 다시 한 번 나를 불렀다. 상념에 빠진 탓에 반응이 한 박자 늦어지고 말았다. 그 틈을 메우고자 일부러 어이없다는 듯 한숨을 푹 쉬고는 대꾸했다.

"……듣고 있으니까 보채지 마. USB 말이지? 가습기 트는데 왜 미국에서 전기를 끌어와야 되냐고."

"아, 맞아! 그거다!"

유이가하마가 손바닥을 탁 치며 수긍했다. 그리고 나와 유키노시타가 반응을 보이기도 전에 재빨리 덧붙였다.

"요새는 휴대폰두 그 USB란 걸 연결해서 충전할 수 있구, 진짜 편리하더라구. 나두 요즘 배터리가 하두 빨리 닳아 가지구~."

유이가하마는 그대로 대화를 이어나갔고, 이윽고 화제는

휴대폰 기종 변경으로 옮겨갔다.

덕분에 대화는 매끄럽게 흘러갔다. 그러나 끊임없이 이어지는 건 말소리뿐. 화젯거리도, 그 바탕에 자리해야 할 것에도 연속성은 없었다.

그런 모양새가 먼발치에서 본 유빙(流氷) 같다고 느낀 건 스산한 바람이 창밖의 나무들을 흔들었기 때문일까. 한 발짝만 잘못 내디뎌도 한없이 깊은 바닷속으로 빠져 들어갈 것만 같았다.

부실에 달력은 없지만, 굳이 확인하지 않아도 날짜는 알고 있었다. 그렇게 날짜를 확인하는 작업은 얼마 남지 않은 여생을 하루하루 헤아리는 행위와도 비슷했다.

12월도 어느덧 중순으로 접어들었다. 이제 2주일 남짓 지나면 연말이다. 올해도 끝을 맞이한다.

모든 것은 끝을 향해 나아가고, 과거는 돌이킬 수 없다.

저물어가는 태양을 바라보며 올해가 끝나감을 의식한다.

물론 그전에도 해는 졌고, 세월도 똑같이 흘렀다. 오늘의 태양이 어제의 태양과 다르냐고 묻는다면 대답은 No이며, 본질적으로는 아무런 차이가 없다. 그저 그 광경을 보는 사람의 의식이 달라진 것뿐이다.

나는, 아니 우리는 서서히 다가오는 종언(終焉)의 존재를 뚜렷이 인식하고 있기에, 지극히 평범한 석양을 보면서도 감상에 빠져들곤 한다.

하지만 그렇게 흘러가는 시간 속에서 이 부실만이 차갑게 얼어붙은 채였다.

학생회 선거 이후, 우리는 예전과 다름없이 부실을 지켰다. 그저 공허할 따름인 위화감에 가득 찬 대화를 반복하며 살얼음판처럼 위태로운 시간을 보내왔다.

"어쩐지 춥다 했더니, 좀 있음 크리스마스구나……."

유이가하마가 또 다른 화제를 꺼냈다.

나와 유키노시타도 춥다는 둥 추워졌다는 둥 내일은 추위가 더 심해진다는 둥 영양가 없는 소리를 늘어놓으며 이야기에 동참했다. 하지만 즐거운 대화로 발전할 기미가 없음을 감지했는지, 유이가하마가 불쑥 몸을 앞으로 내밀며 외쳤다.

"맞다! 히라츠카 선생님한테 부탁함 스토브를 달아주시지 않을까?!"

"글쎄. 그건 좀 어렵지 않겠니?"

유이가하마의 저돌적인 공세에도 유키노시타는 그저 조용히 쓴웃음만 지었다.

"그 양반은 자기 선물부터 챙겨야 하지 않겠냐?"

더 정확히는 누군가에게 자신을 선물하는 게 급선무가 아닐까 싶다. 제발 누가 좀 데려가 다오, 부탁이다.

우리가 시큰둥한 반응을 보이자, 유이가하마도 조금 기운이 빠진 눈치였다.

"그런가……? 하긴."

유이가하마가 어깨를 축 늘어뜨리며 낙담한 기색을 드러냈다.

이것으로 일련의 시나리오가 종료되었다는 느낌이려나.

나와 유키노시타는 말수가 적은 편인 데다 가볍게 수다를 떨 만한 화젯거리도 없다. 그래서 최근에는 유이가하마가 대화의 주도권을 쥐는 경우가 많았다.

대개는 별 뜻 없는 무난한 화제가 주를 이루었다. 상당히 공을 들인 시간 때우기다.

유이가하마는 예전보다 대화를 이어나가는 기술이 늘었다.

아니, 그 말에는 조금 어폐가 있을지도 모른다.

십중팔구 봉사부에 들어오기 전부터 유이가하마는 그런 작업에 능통했을 것이다. 분위기를 살피면서 침묵을 메우고, 표면상으로나마 문제를 봉합하여 아무 일 없었던 것처럼 지내는 그 기술은 유이가하마가 그동안 살면서 터득한 능력이겠지.

지금 내가 읽지도 않는 책을 펼쳐놓은 것과 같은 맥락인지도 모른다.

글자와 시간만이 소리 없이 흘러간다. 오가는 잡담을 적당히 흘려들으며 틈틈이 장단을 맞춰주다가 문득 시계를 보았다.

요 며칠간의 전례로 봐서는 슬슬 유키노시타의 퇴실 허락이 떨어질 때가 되었다.

모두들 그 사실을 아는지, 유이가하마가 유리창 너머로 하늘을 올려다보았다.

"바깥이 깜깜해졌네."

"……그렇구나. 오늘은 이쯤에서 마치도록 할까?"

유이가하마의 말에 유키노시타가 책을 덮고 가방에 넣었다.

우리도 짐을 챙겨 들고 자리에서 일어섰다.

불을 끄고 순식간에 컴컴해진 부실을 나서자, 그 앞에도 새카만 어둠이 도사리고 있었다. 차가운 정적이 감도는 복도를 묵묵히 걸어 현관 밖으로 나왔다.

해는 이미 저물었고, 교사에서 새어나오는 불빛만이 어렴풋이 주위를 비추었다. 스러져가는 저녁노을은 그늘진 곳까지 밝혀주지 못했다. 우리가 서 있는 쪽은 이미 짙은 어둠에 감싸여 있었다.

인공적인 가로등 불빛을 등진 채, 유이가하마가 쓱 손을 들었다.

"그럼 난 버스 타구 갈게!"

"어, 그래."

선언하듯 외치는 유이가하마를 향해 가볍게 응수하고는 주차장으로 발길을 돌렸다. 그러자 뒤에 남겨진 유키노시타가 우리를 배웅하며 작별 인사를 건넸다.

"그래, 잘 가렴."

땅거미가 드리운 탓에 얼굴은 잘 보이지 않았다. 하지만 아마도 그 미소를 짓고 있었겠지. 유키노시타는 조용히 가방을 고쳐 메고, 그 과정에서 흐트러진 머플러의 매무새를 정돈했다. 그런 차분한 동작만이 예전의 유키노시타와 다름없는 이미지를 풍겼다.

"잘 들어가라."

짧은 인사를 마지막으로 유키노시타를 외면하듯 서둘러 주차장으로 향했다.

하지만 보지 않으려고 아무리 애를 써도 뇌리를 스쳐 간 그 표정을 잊을 수가 없었다.

그날 이후로 변하지 않는 미소.

그 미소를 떨쳐버리고자 힘차게 자전거 페달을 밟았다.

익숙해진 나머지 부패해버린 관계의, 서글픈 말로.

이런 상태도 언젠가는 일상이란 이름으로 포장되어 기억의 밑바닥으로 가라앉을 테고, 추억이라 부르며 정당화시킬 게 분명하다.

흔히 시간은 만병통치약이라고들 한다.

하지만 그 말은 틀렸다. 시간은 느리게 작용하는 독에 불과하다. 서서히 과거의 사건들마저 침식해 들어가, 모든 것을 끝장내고 포기하게끔 만드는 맹독이다.

자전거로 거리를 질주하는데 집집마다 예쁘게 꾸며놓은 전구 장식이 눈에 들어왔다. 유이가하마가 말한 대로 이제 곧 크리스마스다.

어릴 적에는 원하는 것을 받을 수 있는 날이라는 인식밖에 없었다. 한마디로 생일의 하위 버전쯤 된다고나 할까.

하지만 지금은 다르다. 더 이상 철모르는 어린애가 아니고, 선물이 놓여 있는 일도 없다.

무엇보다도.

바라는 것도, 원하는 것도 사라지고 말았다.

틀림없이 원하는 것조차 용납되지 않겠지.

잇시키 이로하
iroha isshiki

생일
4월 16일
특기
애교스럽게 조르기
취미
과자 만들기, 자기 관리
휴일을 보내는 법
동아리 활동, 쇼핑,
적당한 남자와 놀러 가기

오리모토 카오리
kaori orimoto

생일
2월 21일
특기
아무한테나 말 걸기
취미
카메라, 자전거
휴일을 보내는 법
아르바이트, 라이딩

또다시
잇시키 이로하는
문을 두드린다.

……바보냐.

수업 시작을 앞둔 교실 책상에 앉아 나직하게 중얼거렸다.

가방 한구석에 얌전히 자리한 편지에 적힌 필체는 눈에 익었다. 여동생 코마치가 나 보라고 넣어놓은 모양이다.

크리스마스 분위기가 물씬 풍기는 색상에 눈처럼 반짝이는 펄이 들어간 깜찍한 봉투 안에서 나온 것은 그야말로 깜찍하기 이를 데 없는 희망 선물 리스트.

진짜 용건은 마지막에 덧붙인 집에 올 때 세제 사오라는 거겠지. 그러니까 이건 일종의 코마치 조크로군…… 조크 맞겠지? 안 그러면 이렇게 환금성이 높은 것들만 썼을 리 없겠지? 꺄아 몰라 내 동생 무서워.

아무튼 첫머리에 적힌 세 개는 무시하고, 세제는 가는 길에 잊지 말고 사가도록 하자.

하지만 무시할 수 있는 건 위의 세 개뿐. 그 밑에 덧붙인 문구가 마음에 걸렸다.

—내 행복.

그건 대체 무엇이었을까.

행복이란 뭐지……? 맛있는 간장이 있는 집?[#1] 뭐야, 그럼 난 이미 행복한 거잖아! 치바에 태어나길 잘했다! 치바 간장은 일본 제이이이일~! (생산량이)

으아, 큰일 날 뻔했다. 치바에 태어나지 않았더라면 「행복이란 뭘까…….」 하고 고민하다가 지구 반대편까지 땅을 파고 들어갈 뻔했다. 땡큐, 킷코만. 그나저나 킷코만의 킷코는 뭐지? 영원한 열일곱?[#2] 어이어이.

이렇게 깨알같이 고향 자랑 개그라도 치지 않으면 낯 뜨거워서 그 구절을 직시할 수가 없다. 그 점은 코마치도 마찬가지라서 일부러 저렇게 사족처럼 덧붙인 거겠지. 어디로 보나 서로 쏙 빼닮은 남매다.

다만 이런 편지를 보낸 걸 보면 코마치도 나름대로 마음이 쓰이는 모양이다.

지난번 학생회 선거를 둘러싼 일련의 사건에 관해서는 코마치도 알고 있다. 정확히는 내가 코마치에게 의존해 그 힘을 빌렸다.

그게 올바른 선택이었는지, 여전히 판단이 서지 않는다.

그런 내 심정을 아는지, 코마치도 그 후의 일은 자세히 알

#1 행복이란 뭐지……? 맛있는 간장이 있는 집? 치바에 본사를 둔 식품업체 킷코만의 간장 CF송 가사.
#2 영원한 열일곱 본인은 항상 열일곱 살이라 주장하는 17세교 교주. 성우 이노우에 키쿠코의 애칭.

려 하지 않았다. 어차피 시시콜콜 캐물어도 명확하게 설명할 자신 없고, 짜증만 났을 테지. 그러다가 또 싸우기라도 하는 날에는 정말 감당이 안 된다.

코마치도 그걸 아니까 이렇게 우회적인 방법으로나마 신경을 써주는 거겠지. 역시 착한 동생이다.

동생의 소원이므로 들어주고 싶은 마음은 TAESAN 같지만, 공교롭게도 돈이 없다. 심지어 코마치의 장난스러운 소원마저도 들어줄 재간이 없다.

히키가야 하치만의 행복, 히키가야 하치만의 바람, 히키가야 하치만의 욕구.

여태까지는 깊이 생각해본 적이 없었다.

그래서 나의 행복이란 무엇인지, 바라는 건 무엇인지, 그것조차도 알지 못한다.

만약 코마치가 바란 것처럼 나도 뭔가를 바랄 수 있다면. 그 바람이 정말로 이루어진다면. 그런 바람을 갖는 것이 허락된다면.

나라면…….

……나라면 코마치의 행복을 빌어주겠지! 프리티하고 큐어큐어하며 러블리하고 허니한 우리 프린세스의 포춘을 빌며 해피니스를 차지해버릴 거라고!

하지만 귀여운 동생인 만큼 지금은 방해하지 않도록 조심해야 한다. 그 녀석, 일단은 수험생이니까.

중요한 시기에 괜한 걱정을 끼치는 것도, 시간을 빼앗는 것도 본의가 아니다.

일단 내 행복 운운은 제쳐 두고, 편지를 고이 접어서 교복 안주머니에 넣었다. 그곳에서만 희미한 온기가 느껴지는 것 같았다. 뭐야 이거 저 코마치를 너무 좋아하는 거 아닙니까. 괜찮아, 동생이니까 세이프라고. 아니, 그러니까 더 아웃이라만.

여동생이 보낸 편지를 보며 실실대는 꼴이 위험천만해 보일 것 같아, 등을 꼿꼿하게 펴고 옷깃을 단정하게 여몄다. 암, 그렇고말고. 내 쿨한 이미지를 지켜야지. 참고로 자기는 쿨해 보이는 줄 알지만 주위에서는 그냥 음침한 녀석이라고 여기는 경우가 많으니 요주의(본인 조사).

코마치의 편지를 읽으며 시간을 때우다 보니 조례를 시작할 때가 되었다. 우리 반 놈들이 허둥지둥 교실로 뛰어들어온다.

그런 와중에 수업 종이 치거나 말거나 상관없다는 듯 유난히 느릿하고 나른하게 걸어오는 여학생이 눈에 들어왔다. 푸른 빛 감도는 검은 머리카락이 발걸음에 맞춰 가볍게 흔들렸다.

카와 어쩌고…… 아냐, 야마 어쩌고였나? 아니면 유타카 어쩌고였던가? 그냥 어쩌고 카와 유타카 양[#3]이라고 해버릴까 보다. 아무튼 그 카와 어쩌고 양은 어수선한 교실 풍경 따위 안중에도 없는 기색으로 자기 자리로 향했다. 그러다 그 차갑고 무심한 눈동자가 나와 마주쳤다.

눈이 마주치고 잠시 침묵이 흘렀다. 어찌 된 영문인지 양쪽 다 뻣뻣하게 굳어버렸다.

#3 어쩌고 카와 유타카 양 일본 엔카 가수 야마카와 유타카를 두고 한 말장난.

모르는 사이도 아닌데 인사 정도는 해둘까. 이름은 모르지만. 게다가 지난번 학생회 선거 때도 신세를 졌는데 고맙다는 인사도 못 했고. 하지만 막상 말을 걸려니 뭐라고 운을 떼야 할지 감이 잡히지 않았다.

"어…… 그 뭐냐."

어쨌거나 대화의 물꼬를 터보려고 의미 없는 숨결과 단어를 토해냈다. 그러자 저쪽도 뭔가 이야기를 해야겠다 싶었는지, 조금 난감한 기색으로 입을 오물거리다 작은 소리로 말했다.

"……안녕."

"어, 어어."

인상을 찌푸린 채 건네 오는 인사에 그만 어정쩡하게 대꾸하고 말았다.

선수를 빼앗겨 변변한 반응도 못 하고 버벅대는 사이, 상대방은 별말 없이 성큼성큼 교실 뒤편의 창가 자리로 걸음을 옮겼다.

그야 뭐 대화가 끊겨서 어색한 분위기였으니까. 이럴 때는 피하는 게 상책이다. 나는 이미 자리에 앉아 있으니 행동을 취할 사람은 저쪽이다.

수면 부족인지 무기력한 건지 자리에 앉자마자 털썩 책상에 엎드려버리는 카와 어쩌고 양을 바라보며 조금 전의 대화를 냉정하게 되짚어보았다.

……세상에. 카와 어쩌고 양이 나한테 인사를 했잖아. 서로 이름도 정확히 모르는데, 굉장한 발전 아닌가?

그래 봤자 인사 정도는 초등학생들도 잘하니까. 심지어 초등학교에서는 수상한 사람을 보면 적극적으로 인사하라고 가르칠 정도다.[4] 그 논리에 따르면 카와 어쩌고 양이 먼저 인사한 건 위험인물에 대한 선제공격이었다는 가설이 급부상하잖아! 그래, 알았다. 뭘 꼬라봐 짜샤, 너 어느 중학교야 같은 건가.

하긴 여동생이 보낸 편지를 보며 실실 쪼개는 변태에게 위협을 가하는 건 당연한 일인지도 모른다. 하지만 잘 생각해 보라. 내 기억이 맞는다면 저 녀석도 남동생 카와사키 타이시의 문자를 받고 헤실거린 전력이 있다만. 아, 생각났다. 카와사키였지.

……꺄아 몰라 쟤 변태 같아. 다음부터는 나도 인사로 견제할 테다.

인사란 참으로 중요하군.

오가는 인사 속에 구축되는 감시 사회(금주의 표어).

인사를 받고 호의의 표현으로 착각하기는커녕 인사를 받을까 봐 두려움에 떨어야 하는 이런 세상에서는, 포이즌.[5]

카와사키의 동태도 살필 겸 턱을 괴고 주위를 쓱 둘러보았다.

#4 초등학교에서는 수상한 사람을 보면 적극적으로 인사하라고 가르칠 정도다 「인사 운동」이라 하여 먼저 큰 소리로 인사함으로써 주위 사람들의 시선을 끌어 범죄를 예방한다고 함.
#5 인사를 받을까 봐 두려움에 떨어야 하는 이런 세상에서는, 포이즌 드라마 GTO의 주제가 「포이즌」 가사 패러디. 원래 가사는 「하고 싶은 말도 못 하는 이런 세상에서는, 포이즌」.

학생들에게는 눈에 띄는 변화가 없었지만, 그들을 둘러싼 풍경은 약간 달라졌다.

교실 뒤편의 사물함에는 코트와 머플러를 마구 쑤셔 박아 놓았고, 누군가가 멋대로 설치한 전기 포트까지 놓여 있었다. 여자들은 대부분 무릎담요를 덮어 다리를 가렸다.

그런 와중에 긴 다리를 아낌없이 드러낸 여학생이 보였다. 미우라 유미코다.

느슨하게 컬이 들어간 금발을 손가락으로 빙글빙글 꼬며 짧은 치마 밑으로 늘씬하게 뻗은 다리를 천천히 바꿔 꼬았다. 그러자 팔랑 치맛자락이 들쳐졌다.

반사적으로 시선이 쭈주죽 빨려 들어가려는 걸 정신력으로 억제하고 간당간당하게 시야에 들어오는 수준에서 참았다. 참긴 뭘 참아, 다 봐놓고. 아, 근데 잠깐 스톱! 앉아 있다는 데서 오는 안심감 때문인가 왠지 경치가…… 라고 생각했더니만 뭔가 뭉게뭉게 연기 비슷한 게 미우라 주위를 둘러싸고 있었다. 뭐야 이거 규제? 블루레이 사면 김 빼주나요?

평소에도 게슴츠레한 눈이지만 실눈을 뜨면 뭔가(핑크)가 보이지 않을까 싶어 흐리멍덩한 눈빛으로 그쪽을 응시하다가, 흰 연기를 뿜어내는 조그만 물체를 발견했다. 아하, 저게 유이가하마가 말한 가습기인가? 정말 뭉게뭉게 김이 나네. 꼭 보스 캐릭터가 등장할 때 깔리는 연기 같구만.

오늘도 변함없이 여왕으로 군림하는 미우라 옆에서는 유이가하마와 에비나 양이 평소처럼 충직하게 시중을 들고 있었다.

"유미코, 춥지 않아?"

에비나 양이 걱정스러운 듯 묻자, 미우라가 곱슬거리는 금발을 쓱 넘기더니 자신만만한 미소를 지으며 대답했다.

"춥긴~ 이 정도야 끄떡없지이~."

허세를 부리던 미우라가 에치, 하고 소리 죽여 재채기를 했다. 멋쩍어하는 미우라를 보며 유이가하마와 에비나 양이 따스하고 훈훈한 표정을 지었다. 음음, 저도 왠지 가슴이 훈훈해지는군요.

맨다리의 매혹적인 미우라[6]와는 대조적으로 에비나 양과 유이가하마는 치마 밑에 체육복을 받쳐 입었다. 야야, 볼 맛이 안 나니까 그딴 차림 하지 마.

……엇, 아니지. 저런 복장은 여고생의 전유물이라고 생각하니 저것도 나름대로 괜찮은 거 같은데. 짧은 치마에 촌티 풀풀 날리는 체육복이란 언밸런스한 조합이 자아내는 수수께끼의 앙상블. 감추어져 있기에 그 속에 깃든 광채를 그리며 마음껏 상상의 날개를 펼칠 수 있는 게 아닐까. 너희가 내 날개다! 남자의 상상력을 우습게 보면 곤란하다고!

하지만 그 주위에 있는 남자들은 별 관심이 없는지, 그들이 입은 체육복에는 눈길조차 주지 않았다. 하여튼 요새 젊은 것들은 상상력이 빈곤해서 탈이로구먼. 하긴 봐달라고 시위하는 것도 아니니 상관은 없다만.

#6 맨다리의 매혹적인 미우라 T.M.Revolution이 부른 「Hot Limit」의 가사 패러디. 원래 가사는 「맨다리의 매혹적인 인어」.

하지만 유심히 관찰해보니 아무래도 상상력 빈곤 때문은 아닌 눈치였다.

그 증거라고 해도 될지 모르겠지만, 토베가 긴 뒷머리를 쓸어 올렸다 쭉쭉 잡아당겼다 하며 초조하게 몸을 흔들어댔다. 그때마다 시선이 친구들을 가볍게 훑었다. 어딘가 불편해하는 기색이었다.

그렇게 하야마를 보고 미우라 그룹을 본 토베가 다시 오오오카와 야마토 쪽을 돌아보았다.

"암튼 겁나 춥다니까~."

"그러게."

토베의 말에 야마토가 동의했고, 오오오카가 과장스럽게 한숨을 쉬었다.

"이런 날 동아리 활동이라니, 진짜 틀렸어."

"어 그래 맞어~."

맞든가 틀리든가 하나만 하라고. 맞다와 틀리다가 같은 뜻으로 쓰이다니, 이 세상은 원환의 이치에 따라 돌아간다는 사실을 실감했습니다.

토베가 방정맞은 웃음을 지으며 그지~? 하고 동의를 구하듯 하야마와 미우라를 돌아보았다.

그러나 하야마는 희미하게 미소를 지었을 뿐 별다른 반응이 없었다.

그들의 이야기를 다 듣고 있었을 미우라는 힐끗 하야마의 얼굴을 곁눈질했을 뿐, 아무 말도 하지 않았다.

외부인의 눈에 비치는 하야마 그룹은 예전과 큰 차이가 없을지도 모른다. 일단 나만 해도 조금 전의 사소한 대화를 놓쳤더라면 그렇게 생각했을 테니까.

하지만 그곳에는 명확한 간극이 존재했다.

하야마 그룹과 미우라 그룹은 같은 공간에 있으면서도 실질적인 교류는 끊긴 상태였다.

토베네가 여자애들한테 관심이 없는 게 아니라, 과도하게 의식해서 외면하는 것임을 겨우 알아차렸다.

평상시와 똑같아 보이지만, 그럼에도 뚜렷한 괴리감이 느껴진다.

그 원인은 관계의 중심축, 마스터 피스에 해당하는 하야마와 미우라 사이에 묘한 거리감이 존재하기 때문이겠지. 남자 측과 여자 측의 핵심부에 골이 파인 이상, 양측의 거리가 멀어지는 건 당연한 이치다.

아무도 그 사실을 언급하지 않았다.

하지만 언급하지 않는다는 행위 자체가 그들의 거리감을 대변하며 더 큰 거리감을 조성했다.

저 녀석들 사이에 뭔가 문제가 있었던 걸까. 토베가 미움을 사서 미우라한테 무시당하는 건 아니겠지? 어머나 세상에 딱해라! 꼭 나 같네!

십중팔구 토베에게 잘못이 있는 게 아니라, 미우라가 지난번 더블데이트를 마음에 걸려 하는 거겠지. 일반적으로 생각하면 천하의 하야마니까 다른 학교 여자애들하고 놀러 다니는 것쯤 일도 아니지 싶은데, 그 인식은 아무래도 잘못된 모양이다.

하긴 하야마는 화려하게 염문을 뿌리고 다니는 타입이 아니다. 오히려 별다른 친분이 없는 여자들하고는 일정한 거리감을 유지하는 편이다.

그래서 직접 그 현장을 목격한 미우라의 마음에 동요가 인 건지도 모른다.

내 눈에 비친 하야마와 미우라 눈에 비친 하야마는 다른 사람이겠지. 그리고 미우라가 아는 하야마는 그런 짓을 할 사람이 아니라는 뜻이다.

……으음, 왠지 미안해지는데. 하야마가 그런 짓을 한 건 내 탓이기도 하고, 나하고 얽히는 바람에 미우라에게 이상한 불안감을 심어준 셈이잖아. 하지만 쓸데없이 접근해서 참견한 건 저쪽이고, 저한테는 아무런 잘못도 없는 것 같습니다만. 그렇지만 미우라한테도 잘못은 없고……. 지난번에 팬티(핑크)를 봐버린 것도 한몫해서 미우라에 대한 미안함이 증폭된다.

역시 미우라가 기운이 없으면 그룹 전체가 다운된다. 하지만 어딘가 낯선 느낌을 주는 건 미우라뿐만이 아니었다.

유이가하마도 평소와는 조금 달랐다.

토베 그룹의 대화를 미소 띤 얼굴로 조용히 들어주고, 미우라와 에비나가 잡담을 하면 노련하게 맞장구를 치며 들어주는 역할에 치중한다.

부실에서의 유이가하마와는 달랐다.

적극적으로 말을 걸지도, 억지로 대화의 이음매를 찾지도 않는다. 무엇보다도 상대방의 반응에 신경 쓰거나 눈치를 살피는 기색이 없었다.

어쩌면 지금의 유이가하마에게는 미우라와 같이 있는 쪽이 편할지도 모른다. 그 부실은 더 이상 유이가하마의 안식처가 되지 못하는 거다.

그 사실이 내 가슴에 묵직한 응어리를 남겼다.

대화가 자꾸만 끊어지자, 침묵이 껄끄러운지 토베가 아, 하고 의미 없는 숨결을 토해냈다. 그리고 그대로 말을 이었다.

"……것보다 요새 겁나 춥다니까~. 진짜 얼어 죽겠다고~."

토베! 똑같아! 아까랑 똑같은 소리를 해버렸다고! 아무리 날씨가 곤란할 때 써먹는 화젯거리 넘버원이라지만 너무 혹사시키는 거 아니냐……. 연투를 밥 먹듯이 하는 투수 수준이잖아.

토베의 말에 오오오카와 야마토가 아까와 비슷한 반응을 보였다.

"뭐 이젠 겨울이니까."

"글치?"

정해진 각본 수준을 넘어서 세계가 루프하나 싶을 만큼 똑같은 대화를 나누는 토베 일행. 그러나 오늘의 토베는 여기서 차별화를 시도했다. 사실은 평소의 토베가 어떤지도 잘 모른다만. 토베한테 무관심해서 쏘리!

"그나저나 크리스마스는 워쩔겨?"

토베가 하야마의 의사를 타진하듯 물었지만, 그런 것치고는 어째 귀가 에비나 양 쪽으로 돌아가 있는 것처럼 보이는뎁쇼?

 그런 낌새를 챘는지, 에비나 양이 선수를 쳤다.

 "난 연말 준비로 바빠서."

 그야 그렇겠지. 아리아케 쪽에서 열리는 겨울 축제[7]가 있으니까. 납득해서 흠흠 고개를 끄덕이는데, 내내 심드렁하게 앉아 있던 미우라가 움찔 반응했다. 머리카락을 꼬던 손도 우뚝 멎었다.

 "크리스마스라……. 에비나야 뭐 그렇다 쳐도…… 다들 어때애~?"

 물어보는 도중에도 그 시선은 흘끗 하야마를 향했다가 재빨리 다른 곳으로 옮겨갔다. 책상 밑에서는 정신없이 치맛자락을 쥐었다 폈다 한다. 기분 탓인지 두 뺨도 옅은 복숭앗빛(핑크)으로 물든 것처럼 보였다.

 오옷, 잘한다! 힘내라 미우라! ……근데 내가 왜 나아 양을 응원하는 거냐놈? 아, 토베 군은 딱히 응원 안 합니다.

 하지만 응원한 보람도 없이, 하야마가 고개를 갸웃했다.

 "그게, 나도 좀……."

 "어?"

 그 대답이 뜻밖이었는지, 미우라가 더듬더듬 물었다.

 "하, 하야토…… 무, 무슨 약속 있어?"

 "응? ……아, 집에 일이 좀 있어서."

#7 아리아케 쪽에서 열리는 겨울 축제 코믹 마켓을 말함.

그렇게 대꾸하는 하야마의 얼굴에는 아까처럼 착잡한 미소가 아니라, 여느 때처럼 따스한 미소가 감돌았다.

"흐, 흐음……."

하야마에게서 눈길을 돌리고 시큰둥한 척하면서도 미우라의 손은 다시 머리카락을 만지작거리기 시작했다. 쭈뼛거리는 게 뭔가 묻고 싶은 눈치였지만, 절대로 그 이상 파고들려 하지 않는다.

둘의 대화가 끝나자 다시 남녀로 패가 갈렸다. 자연스레 화제가 분산되었고, 남자들은 겨울 방학기간의 동아리 연습을, 여자들은 크리스마스 시즌의 쇼핑을 주제로 이야기꽃을 피우기 시작했다.

그런 흐름이 달갑지 않았는지, 거칠게 머리카락을 쓸어 올린 토베가 손가락을 치켜세우고 전원을 둘러보았다.

"그, 그럼 이건 어떠냐~! 새해 참배!"

아무래도 토베는 화제를 원래대로 돌리려고 애쓰는 눈치였다. 언젠가 하야마가 토베를 두고 분위기 메이커라고 한 적이 있는데, 정말 그렇구만……. 언뜻 보면 속없어 보이지만, 의외로 주위에 신경을 쓴다. 어쩌면 본능적으로 지금보다 사이가 벌어지면 위험하다고 느꼈는지도 모른다. 장단 맞추기와 분위기만으로 사는 녀석인 만큼 이런 일에는 유독 민감한 거겠지.

"으음~ 설날은 가족들과 함께 보낼 거 같은데……."

토베의 노력에도 불구하고 에비나 양이 또다시 어물쩍 피했다. 토베의 어깨가 축 늘어졌다.

그러나 에비나 양은 곧 뺨에 손가락을 대고 으음, 하고 생각에 잠겼다.

　"하지만 꼭 당일이 아니더라도…… 다 함께 놀러 가는 건 괜찮을 거 같네."

　다 함께라는 부분을 강조하며 에비나 양이 덧붙이자, 미우라가 고개를 홱 치켜들었다.

　"아, 그거 괜찮은데~?"

　"응, 그러게."

　유이가하마가 긍정하자 야마토와 오오오카도 힘차게 고개를 끄덕였다. 그러자 토베가 "글치? 글치?" 하고 멤버 전원을 빙 둘러보았다. 그 모습에 하야마가 피식 웃었다.

　"……그래."

　"그, 글치?! 그, 그럼 언제로 할까? 아, 하야토 언제 한가해? 참고로 난 언제나 한가하걸랑."

　"축구부 연습은 어쩌고……?"

　하야마가 어이없다는 투로 한숨을 쉬자, 옆에 있던 미우라가 심드렁하게 입을 열었다.

　"됐고, 언제로 할래? ……나아, 언제든 괜찮은데."

　무관심을 가장한 말투였지만, 형광등에 손톱을 비춰보며 네일 상태를 체크하는 모습에서는 가벼운 설렘이 묻어났다. 완벽한 상태임을 확인한 미우라가 후훗 웃었다.

　그런 미우라를 에비나 양이 따스한 눈빛으로 바라보았다.

　마침내 그들의 대화에 예전처럼 피가 통하기 시작했다. 그 모습에 유이가하마가 안심한 듯 한숨을 쉬었다.

"아, 잠깐만."

유이가하마가 친구들에게 양해를 구하고 자리를 떴다. 어머, 꽃이라도 따러 가는 거니?[#8] 그나저나 이 은어, 남자 버전으로는 뭐라고 하면 좋으려나. 잠깐 사슴을 쏘러 간다고 하면 폼 날지도 모르겠다.

그런 생각을 했지만 아무래도 잘못 짚었나 보다. 교실 뒤로 간 유이가하마가 부스럭부스럭 자기 사물함을 뒤지는 모습이 보였다. 그러더니 미우라 곁으로 돌아가는 대신 뭣 때문인지 이쪽으로 다가왔다.

"힛키."

부르는 소리에 고개를 들어 유이가하마를 바라보았다. 그러자 잠시 머뭇대던 유이가하마가 불편한 기색으로 몸을 꼬았다. 그리고 말하기 껄끄럽다는 표정으로 입을 열었다.

"쳐다보는 거, 너무 티 나……."

"엇, 아니, 딱히 쳐다본 게 아니고……."

그만 말문이 막히고 말았다. 뚫어져라 쳐다본 거야 사실이지만, 대놓고 지적당하니 무진장 민망했다. 구차한 변명이 흘러나오려는 찰나, 유이가하마가 손을 휘휘 저으며 얼토당토 않은 소리 말라는 투로 내 말을 가로막았다.

"에이, 엄청 쳐다봐놓구서 뭘. 힛키 쪽을 봤더니 이쪽을 하두 빤히 쳐다보구 있어서 솔직히 식겁했다구."

#8 꽃이라도 따러 가는 거니 여자가 화장실 갈 때 쓰는 은어.

식겁하다니, 뭐냐고……. 너무한 거 아니냐…….

"그러는 넌 왜 날 보는데……."

"응?! 아, 그, 그건 말야! 뭔가가 느껴졌다구! 압력이랄까 오한이랄까……."

저기요. 그 두 가지는 상당한 차이가 있습니다만……. 두 팔을 마구 휘저으며 당황한 표정으로 둘러대던 유이가하마가 마지막으로 한마디 덧붙였다.

"근데 힛키야말루 왜 우릴 쳐다본 거야? 무슨 볼일이라두 있어?"

평범하게 느껴지는 질문인데도 어딘가 마음에 걸렸다. 나는 왜 그들을 지켜봤던 걸까.

"……아니 뭐 볼일은 없는데…… 워낙 튀니까 그냥 눈길이 가더라고."

"후움……."

유이가하마가 납득한 건지 아닌지 미묘한 반응을 보였다. 하지만 거짓말은 아니다. 하야마 그룹은 튄다. 튀는 존재들은 자연히 시야에 들어오기 마련이다. 그러니 저도 모르게 시선이 가는 것도 이상하지는 않다.

하지만 내가 그들을 바라본 이유는 또 있었다.

어긋나버린 관계를 어떻게 손보면 좋을까.

하야마 그룹이라면 내게 그 방법을 알려줄 거라는 느낌이 들었다.

인간관찰의 가장 큰 의의는 단순히 남을 살펴보는 게 아니라, 남을 살피며 그 위에 자신을 투영하고 돌이켜보는 데 있는지도 모른다.

내가 하야마 그룹에 주목한 까닭은 겉치레로, 기만으로 여겨졌던 인간관계가 그곳에 존재함을 알고, 그들의 모습을 나 자신과 겹쳐보았기 때문이다.

토베는 그룹 내에 흐르는 위험한 분위기를 감지하고 무의식적으로 행동했을지도 모르지만, 에비나 양은 의식적으로 그 골을 메우려 했다.

사소한 엇갈림과 작은 위화감을 조금씩 줄여나가며 모두가 납득할 수 있는 타협점을 찾아내 그들 나름대로의 형태로 조율해가는 느낌이었다.

그런 방식도 존재했던 것이다.

그들조차도 실제로는 자신들의 커뮤니케이션 방식에 의문을 품고, 고민을 거듭하며 더 나은 길을 모색해왔던 것이다.

—그렇다면 대체 어느 쪽이 가짜였던 걸까.

"힛키?"

상념에 빠져들려는 찰나, 유이가하마의 목소리에 퍼뜩 정신을 차렸다. 고개를 들자 걱정스러운 표정으로 내 얼굴을 들여다보는 유이가하마가 보였다. 어느새 그 얼굴이 코앞에 있어 촉촉한 눈동자와 따스한 숨결이 너무도 생생하게 느껴졌다.

의자 등받이에 털썩 몸을 기대 거리를 벌렸다. 지금 유이가하마에게 불안감을 심어줄 만한 표정을 지어서는 안 된다. 유이가하마 역시 현재 봉사부의 상황에 당혹감을 느끼고 있을 게 분명하다. 내가 바로 그 원인 제공자이니 최소한 행동거지만이라도 똑바로 해야 한다.

상념은 일단 접어두기로 했다. 혼자 있을 때 생각해야 할 문제니까. 다행히도 시간 하나는 썩어날 만큼 많다. 외톨이는 이럴 때 무진장 편리하다.

잽싸게 화제를 돌리기로 마음먹었다.

"아무튼 쳐다보는 게 싫으면 목소리나 좀 낮추던가. 그 뭐냐, 너희를 쳐다보는 시선 중 40퍼센트는 거 더럽게 시끄럽네, 라고 비난의 눈빛을 보내는 거라고."

"웃, 그런가……? 그치만 토벳치가 있으니까 그건 무리야."

거참 잔인한 소리를 하는구만, 이 녀석. 그야 물론 시끄럽고 짜증 나긴 하지만 토베한테도 장점은 있잖아. 모근이 튼튼할 것 같다던가.

그나저나 시끄럽지 않아도 저절로 시선이 갈 때가 있다. 지금도 유이가하마와 이야기하는 중이지만 자꾸 눈이 딴 데로 돌아가고.

아니 그게, 시야 안에서 뭔가 움직이면 신경 쓰이잖아? 더구나 그게 귀여운 애라면 말할 필요도 없다.

그래서인지 교실 앞문이 열림과 동시에 내 시선도 그쪽으로 쏠렸다.

교실로 들어온 사람은 긴 팔 긴 바지 체육복 차림의 토츠카 사이카였다. 복도가 추웠는지 안으로 들어오자마자 후우 한숨을 쉬었다. 나도 무심결에 흐읍 숨을 들이쉬었다. 아아, 방금 토츠카의 입에서 흘러나온 숨결이 내 안으로 들어와……. 음, 내가 생각한 거지만 소름 끼치는데.

토츠카가 나와 유이가하마를 발견하고 종종걸음으로 다가왔다.

"좋은 아침."

꽃망울이 피어나듯 활짝 웃으며 건네어오는 산뜻한 아침 인사. 역시 인사는 중요하구나……. 범죄 예방 같은 삭막한 이유로 인사를 하다니 참으로 가슴 아픈 일이라니까. 응, 그럼그럼.

"안녕, 사이."

"여어, 안녕."

나와 유이가하마가 화답하자 토츠카가 초롱초롱한 눈망울을 깜빡였다. 아아, 귀여워라…… 아, 이게 아니지 참. 토츠카는 왜 저렇게 귀엽게 놀라는 거람? 그 귀여움에 내가 놀란다면 또 모를까.

"왜 그러냐? 토츠카."

내가 뭔가 이상한 소리라도 했나 싶어 물어보니, 그제야 정신을 차린 토츠카가 얼버무리듯 가슴 앞에서 가볍게 손사래를 쳤다.

"아니, 교실에서 둘이 같이 있으니까 신기해서."

"그, 그래?"

유이가하마가 뜨끔한 기색으로 대답하자, 토츠카도 미안함을 느꼈는지 서둘러 덧붙였다.

"아, 그냥 그런 이미지가 별로 없었거든."

듣고 보니 수긍이 갔다. 교실에서 유이가하마가 내게 말을 거는 경우는 많지 않다.

맞다, 그러고 보니 저 녀석 아까 사물함에 들렀으면서 빈손이잖아. 아마도 곧바로 나한테 왔다가는 다들 수상하게 여길 테니 그런 상황을 피하려고 한 단계를 더 거친 거겠지. 과연 사려 깊다고 해야 하나…….

하지만 그렇게 배려를 해봤자 남들 눈에는 부자연스럽게 비치기 마련이다.

"……무슨 일 있어?"

토츠카가 나와 유이가하마를 번갈아 보며 걱정스러운 표정으로 물었다.

"아, 아냐, 일은 무슨! ……그, 그냥 봉사부 일루 좀 상의할 것두 있구 해서…….."

"아, 봉사부 때문이구나."

유이가하마가 다급하게 말끝을 흐리며 대답하자, 토츠카가 손바닥을 탁 치며 납득했다. 암, 남을 의심할 줄 모르는 건 미덕이지. 토츠카처럼 순진무구하면 속이려는 쪽이 양심의 가책으로 숨질 가능성이 있다.

"그래도 전처럼 잘 지내는 것 같아서 다행이야."

생긋 웃는 토츠카. 별 뜻 없이 한 말인 게 분명했다. 저번 학생회장 선거를 둘러싼 일련의 사건에는 토츠카도 관여했다.

나와 유이가하마가 봉사부 일로 이야기를 나누는 모습은 언뜻 보면 만사가 잘 풀린 증거처럼 느껴지겠지.

하지만 유이가하마의 표정은 딱딱했다.

"으, 으응……. 아참, 맞다! 사이두 또 무슨 일 생김 들러, 알았지?"

"……그래라."

순간적으로 반응이 늦어졌지만, 유이가하마는 금방 얼버무리듯 웃으며 그렇게 말했다. 나도 그 말에 동의했다.

전처럼이라는 표현을 써도 될지는 모르겠다. 우리와 유키노시타는 꼬박꼬박 대화도 나누고, 결코 험악한 분위기는 아니다. 서로를 무시하지도 않고 의견 충돌도 없다.

아무 일도 없다.

정확히는 아무것도 없다. 단지 그뿐이다.

한 박자씩 늦는 우리의 대답에 토츠카가 고개를 갸웃하며 미심쩍은 시선을 보내왔다. 무슨 문제라도 있는지 궁금해하는 눈빛이었다. 하지만 조리 있게 설명할 자신이 없었다. 그래서 잽싸게 말을 돌리기로 했다.

"아니 그게 뭐랄까, 별일 없더라도 꼭 와다오! 언제든지 환영이니까!"

"평소보다 의욕이 넘치잖아?!"

유이가하마의 눈이 경악으로 휘둥그레졌다. 이보세요, 제가 평소에 그렇게 무기력해 보였단 말입니까…….

"아하하. 응, 알았어. 상담할 게 생기면 찾아갈게."

토츠카가 유쾌하게 웃고는 시계를 흘끗 곁눈질했다. 담임이 올 때가 다 되어간다.

"곧 조례 시작하려나 봐."

"응, 그러게. 이제 가봐야겠네."

덧붙인 말에 유이가하마도 토츠카와 함께 몸을 돌렸다. 막 발걸음을 떼어놓으려던 순간.

"……아참, 맞다. 힛키."

유이가하마가 빙글 돌아서서 슬그머니 얼굴을 내 귓가에 가져다 댔다.

은은하게 풍겨오는 꽃향기. 귓가를 간질이는 부드러운 숨결. 뜻하지 않게 가까워진 거리는 그 노을 진 방과 후, 무언가 파탄 나버린 살풍경한 부실에서의 온기를 떠올리게 했다.

불현듯 심장이 고동쳤다. 유이가하마가 조심스럽게 속삭였다.

"……부실, 같이 가."

그 한마디를 끝으로 미처 대답하기도 전에 후다닥 자기 자리로 뛰어가 버렸다. 그 뒷모습을 바라보며 저도 모르게 가슴을 부여잡았다.

심장은 더 이상 고동치지 않았다. 오히려 고동친 만큼 몸속 깊숙이 파고들어 삐걱삐걱 조여드는 것처럼 느껴졌다.

유이가하마가 굳이 그런 제안을 한 까닭은 부실에 가기가 껄끄럽기 때문이겠지.

나도 마찬가지다. 부실에 가는 게 내키지 않았다.

그러면서도 매일 꼬박꼬박 참석하는 모습은 어딘가 자학적이기까지 했다. 사실은 세 사람 다 오고 싶지 않을 텐데도.

그래도 가는 이유는 인정하기 싫어서다. 잃어버린 것의 무게를 인정할 수 없기 때문이다.

또는 존속시켜야 한다고, 유지해야 한다고, 마치 생물이 종족을 보존하고 자신을 보존하듯 오로지 사명감과 의무감만으로 버티는 데 지나지 않는다.

도망치지 않으려고 애쓰는 게 고작인 나날들.

고인을 애도하는 것과 다름없는 나날들이다.

잃어버린 것을 핑계로 삼지 않으려고. 부조리에 굴복하고 인정하지 않으려고. 그래서 평소보다 긴장해서 평소보다 더 평소처럼 보이려고 노력한다.

그건 분명 기만이겠지.

하지만 선택한 사람은 나다.

한 번 해버린 선택을 무를 수는 없다. 시간은 언제나 비가역적이며, 돌이킬 수 없는 일도 수없이 많다. 한탄하는 것은 과거의 나에 대한 배신이다.

후회는 그만큼 소중한 것을 가졌던 적이 있다는 반증이다. 그러니 한탄하지 않는다. 애당초 가질 수 없었던 것을 손에 넣었던 셈이니까. 그 사실만으로 만족해야 마땅하다.

행운도 행복도 익숙해지면 단순한 일상에 불과하다. 그것이 사라진 후에야 비로소 불행함을 느끼게 된다.

그러니 앞으로는 아무것도 갖지 않는 걸 당연하게 여기면 그것만으로도 인생은 풍요로워진다.

　최소한 과거의 자신을 부정하지 않도록.

　나는 계속되는 하루하루를 그렇게 살아갈 테지.

×　×　×

　여전히 집중도가 떨어지는 수업이 끝나자마자 짐을 싸들고 가장 먼저 교실을 나섰다. 문을 열면서 유이가하마 쪽을 흘끗 곁눈질했다. 유이가하마는 미우라 일행과 뭔가 이야기 하는 중이었다.

　같이 가자고 했으니 기다려줘야겠지. 하지만 그렇다고 굳이 남의 눈에 띄는 곳에서 기다릴 필요는 없다.

　복도로 나와 몇 발짝 떨어진 벽에 기대섰다.

　그러자 1분도 채 못 되어 유이가하마가 허둥지둥 교실을 뛰쳐나왔다. 두리번두리번 주위를 둘러보더니 이내 나를 발견하고는 씩씩 화를 내며 다가왔다.

　"왜 먼저 가버리구 그래?!"

　"안 갔잖아. 여기서 얌전히 기다렸다고."

　"그야 그렇지만! ……응? 그럼 된 건가?"

　제풀에 납득한 유이가하마가 나직하게 숨을 고르더니 웃차 기합을 넣듯 가방을 고쳐 멨다.

　"……갈까?"

　"어, 그래."

복도에서 시선을 교환하고 특별관으로 걸음을 옮겼다.

문득 그 눈짓이 마치 공범자 같다는 생각이 들었다.

의식적으로 평상시보다 천천히 걸었다. 평소처럼 걸었다간 틀림없이 유이가하마가 뒤처지고 말 테니까.

방금 나온 교실과 달리 복도에는 한기가 감돌았다.

통행인도 없어 우리 둘의 발소리만이 울려 퍼졌다. 그저 묵묵히 걷기만 했다. 부실에서는 수다스러운 유이가하마도 지금은 조용했다. 마치 그 반동처럼 느껴지기까지 했다.

하지만 부실이 가까워져 옴에 따라 침묵이 버거워졌는지, 유이가하마가 입을 열었다.

"있잖아……."

"엉?"

되묻자 유이가하마가 힘없이 고개를 저었다.

"……암것두 아니야."

"그러냐."

짧은 대답을 끝으로 다시 침묵이 내려앉았다. 다음 모퉁이를 돌면 부실이 나온다. 내게는 하루 만에 오는 부실이지만 유이가하마는 어떨까. 그전에는 부실에서 유키노시타와 점심을 먹었던 걸로 아는데. 불현듯 궁금해져서 물어보았다.

"그러고 보니 요즘 점심시간에는 어떡하냐?"

"응? 우움~ 예전하구 똑같아."

유이가하마가 잠시 생각한 끝에 난감하게 웃으며 대답했다.

"……그러냐."

그 말만으로도 대충 감이 잡혔다. 틀림없이 두서없는 이야기들만 오갈 테지. 유이가하마가 말을 걸면 유키노시타가 대답하는 식의 대화가 하염없이 이어질 게 분명하다.

따지고 보면 형식상으로는 예전과 차이가 없다. 그래서 유이가하마도 말문이 막힌 거겠지.

같은 장소에서 같은 시간을 같은 사람과 보내는데도 전혀 다르게 느껴진다.

그날 이후로 쭉 계속해온 틀린 그림 찾기. 그 해답을 찾지 못한 채, 나는 문고리를 잡았다.

문은 잠겨 있지 않았다.

종례가 끝나자마자 곧바로 왔는데도, 이 부실의 주인은 우리보다 먼저 도착한 모양이었다.

문을 열고 한 발짝 들어서서 부실 안을 둘러보니 유독 휑하게 느껴졌다. 이렇게 삭막한 방이었던가. 책상과 의자, 지금은 쓰지 않는 티 세트도 변함없이 그 자리에 있었다.

그리고 유키노시타 유키노도 예전과 다름없이 그곳에 있었다.

"안녕."

"야헬롱~! 유키농!"

유이가하마가 활기찬 목소리로 마주 인사하며 자기 지정석에 앉았다. 나도 고개를 까닥해 보이고 자리에 앉았다. 정해진 위치에서 벗어날 줄 모르는 의자는 우리를 이곳에 매어두는 말뚝 같았다.

유키노시타도 여느 때처럼 의자에 앉아 등을 꼿꼿이 편 자세로 독서를 재개했다. 유이가하마는 휴대폰을 집어 들었고, 나도 가방에서 문고본을 꺼냈다.

마치 의식처럼 정형화된 행동. 예전과 똑같이 지내면 그 시절이 재현될 거라고 믿는 건지도 모른다. 하지만 아무리 발동 조건을 만족시킨다 한들 그런 일은 일어나지 않는다. 표면적인 부분을 따라하는 게 다라면, 언젠가는 결국 전부 마모되어버린다.

한숨은 나오지 않았다.

"아, 있잖아. 오늘 사이가~."

유이가하마가 불쑥 입을 열었다. 그 말투는 그날 있었던 일을 엄마에게 열심히 설명하는 어린아이 같기도 했다. 하지만 그것과는 다르다. 유이가하마는 정체된 분위기를 어떻게든 타파해보려고 아무 말이나 쉴 새 없이 늘어놓는 것뿐이니까.

그런 모습이 남의 눈치만 보며 하고 싶은 말조차 제대로 하지 못하던 시절의 유이가하마와 오버랩 된다.

그 사실을 알면서도 유이가하마의 이야기에 장단을 맞춘다.

끝없이 반복되는 대화. 이런 시간이 언제까지 계속될까. 언제까지 이런 나날을 이어갈 수 있을까. 이런 대화를 하지 못하게 되면 어떻게 될까.

오늘 역시 어제와 다름없는 시간을 보내게 되겠지.

그리고 십중팔구 내일도, 모레도.

닫혀버린 세계에 존재하는 것은 평온함이 아니라 폐쇄와

정체다. 남은 길은 썩어 스러지는 것뿐.

유이가하마가 준비해온 화제도 바닥났는지 대화가 끊겼다. 찬물을 끼얹은 듯한 침묵이 퍼져나갔다.

그때, 정적과 폐쇄감을 깨뜨리듯 누군가 문을 두드렸다.

×　×　×

또다시 노크 소리가 들려왔다.

오랜만에 찾아온 손님에 우리는 무심코 얼굴을 마주보았다. 갑작스러운 방문에 두 사람이 어떤 생각을 했는지는 모른다. 유이가하마는 화들짝 놀란 기색으로 문을 보았고, 유키노시타의 표정에는 변화가 없었다. 그리고 나는 저도 모르게 입술을 깨물었다.

"들어오세요."

유키노시타가 문을 흘끗 보며 말했다. 그것을 신호로 문이 열렸다.

"선배님……."

재킷 밖으로 삐져나온 카디건 소매로 눈가를 누른 채, 한 여학생이 황갈색 머리카락을 나풀대며 부실로 들어왔다.

이곳 소부 고등학교의 학생회장, 잇시키 이로하였다. 잇시키는 학생회장이 되고도 여전히 교칙에 살짝 어긋나는 차림새를 하고 있었다.

잇시키의 등장에 유이가하마는 놀란 기색이었고, 유키노시

타는 살짝 눈썹을 모았다. 나는 아마 황당하다는 표정이었을 거다. 저 녀석, 회장 되자마자 뭐 하러 온 거냐……. 놀러 왔을 리는 없겠지만…….

잇시키는 우리의 떨떠름한 반응에도 아랑곳없이 애교스럽게 매달리는 듯한, 까딱 잘못하면 청승맞게 들릴 수도 있는 목소리를 내며 내 옆으로 다가왔다. 그리고 우에엥…… 하고 티 나게 울상을 지었다.

"선배니임~ 큰일 났어요, 큰일……."

여전히 약아빠졌구만……. 살짝 보호본능을 자극하니까 자제해주시죠……? 힘이 되어주고 싶어지잖아. 만약 잇시키 말고 다른 사람이었으면 두말 않고 도와줬을 정도다.

"이로하, 왜 그래? 일단 앉아."

"아, 유이 선배님~. 고맙습니다~."

아까 보여준 눈물은 어디로 갔는지, 유이가하마의 제안에 잇시키가 천연덕스러운 표정으로 의자에 앉았다.

그 모습을 지켜보던 유키노시타가 운을 뗐다.

"우선 사정을 들려주겠니?"

유키노시타의 목소리는 평소와 다름없었고, 딱히 원망하는 기색도 없었다. 그 반응에 조금 안도했다. 그리고 안도한 자신에게 위화감을 느꼈다.

나는 왜 방금 안도했는가.

그 위화감의 정체를 밝혀내기도 전에 잇시키가 입을 열었다.

"그게요……. 사실은 지난주부터 학생회 첫 업무가 시작됐는데요~."

"아, 벌써 업무를 보는구나. 빠르네."

유이가하마의 맞장구에 잇시키가 그죠~ 하고 답례의 맞장구를 치고는 설명을 이어갔다.

"근데 그 일이 진짜 심각해서……."

말을 꺼낸 순간, 잇시키의 기분이 확 가라앉는 게 느껴졌다. 아무래도 그 일거리가 떠오른 모양이다. 그렇게 심각하단 말인가……. 내심 쫄았지만, 뭐가 문제인지 물어보기로 했다.

"어떻게 심각한데?"

내 질문에 잇시키가 고개를 홱 치켜들었다.

"크리스마스가 얼마 안 남았잖아요~."

"그야 그렇지. ……엉? 생뚱맞게 뭔 소리야?"

깜짝이야……. 화제가 뜬금없이 보손 점프를 해버렸잖아. 크리스마스가 얼마 안 남은 거야 사실이긴 하다만. 내 지적에 잇시키가 앙큼하게 심통 난 표정을 지으며 입술을 삐죽였다.

"다 관련 있거든요~? 설명을 좀 제대로 들으시라고요~."

"맞아, 힛키."

어찌 된 영문인지 유이가하마도 불룩하게 뺨을 부풀리며 잇시키의 역성을 거들었다. 엉? 내가 잘못한 거야? 여자의 화법은 너무 독특해. 나더러 어쩌라고.

됐고 알았으니까 하던 이야기나 계속하라고 음습한 시선으로 재촉하자, 잇시키가 다시 설명을 시작했다.

"아무튼 크리스마스를 맞이해서 근처 다른 고등학교랑 합동으로 지역 주민들을 위한 행사를 열기로 해서요, 뭔가 노인과 아이들을 대상으로 하는 행사 같은데……."

"우와, 어느 학교하구 하는데?"

"카이힌 종합 고등학교란 곳인데요~."

아하, 그 학교냐……. 우리 학교에서 그리 멀지 않은 평범한 수준의 일반계 고등학교다. 꽤 오래전에 고등학교 세 곳이 통폐합되며 신설된 비교적 새로운 고등학교다. 세 학교를 합친 만큼 규모도 크고 시설도 호화로운 데다 건물도 근사하다. 엘리베이터라는 폼 나고 편리한 설비도 있고, ID 카드라는 멋들어진 물건으로 출석체크를 한다고 들었다. 게다가 어떤 시스템인지는 잘 모르지만, 학점제니 뭐니 해서 묘하게 선진적인 분위기도 감돌아서 제법 인기 있는 학교인 모양이다.

하지만 우리 학교하고는 별다른 접점이 없었던 걸로 기억한다. 이 합동 이벤트는 여러모로 부자연스러웠다.

"……그 기획, 누가 먼저 제안한 거냐?"

그렇게 묻자 잇시키는 뭐가 그리 재미있는지 선배님도 참, 이란 표정으로 피식 웃고는 나만 알아듣도록 목소리를 낮추고 은밀하게 대답했다.

"물론 저쪽이죠~. 제가 그런 제안을 할 리가 없잖아요~."

"하긴……."

이 녀석, 일을 완전히 물로 보는구만. 직장에 저런 인간이 있으면 민폐 작렬이겠는데. 타산지석이라는 말도 있다. 저는 주위에 민폐를 끼치지 않도록 절대로 일하지 말아야겠다고 다짐했습니다.

그나저나 저런 마음가짐으로 용케도 그 제안을 받아들였구만, 저 녀석……. 어처구니없는 심정으로 바라보는데, 지난 일을 떠올리자 새삼 열이 뻗치는지 잇시키가 「귀여운 나」를 어필하는 것도 잊고 툴툴대며 볼멘소리를 했다.

"그런 제의를 해오면 거절하는 게 상식이잖아요~? 저도 크리스마스엔 스케줄이 있고요~."

"거절하는 게 상식이란 말야……?"

"이유가 지나치게 개인적인 거 아니냐……."

뻔뻔스럽기 짝이 없는 잇시키의 말에 유이가하마도 나도 그만 할 말을 잃고 말았다. 멘탈이 튼튼한 거냐, 세상 무서운 줄 모르는 거냐……. 저 녀석, 나에 버금가게 성격이 더러운 거 아냐? 친근감이 끓어오르다 못해 자칫하면 반해버릴 것 같으니까 그만두라고.

그래도 세상 무서운 줄 모르는 철부지는 아닌지, 잇시키가 어깨를 축 늘어뜨리며 힘없이 중얼거렸다.

"근데요, 히라츠카 선생님이 하라고 그러셔서……."

뭐야, 역시 그 양반이 관여한 건가. 히라츠카 선생님한테 약하다는 점까지 나랑 비슷해서 더 큰 친근감이 이하생략.

"그래서 일단 시작은 했는데요~. 그게 뭐랄까요, 왠지 중구난방이라고 해야 하나요……."

진심으로 낙담했는지, 그렇게 말하는 잇시키의 목소리에는 장난기가 없었다. 별로 성실한 편도 아니고 학생회 업무를 우습게 여기는 구석도 있지만, 그래도 자기 나름대로는 고민스러운 모양이다. 나 몰라라 내팽개치지 않고 상담하러 온 것만으로도 대견하다고 칭찬해줘야 하려나. 애초에 잇시키가 원해서 쓴 감투도 아니다. 반쯤은 내게 속아 넘어간 거나 마찬가지다. 그런 죄책감도 한몫해서 내 반응도 저절로 물러지고 말았다.

"다른 학교하고 같이 하니까 어쩔 수 없는 거 아니겠냐. 신경 쓰지 마라."

"그죠~?"

맞장구를 친 잇시키가 "맞죠~?" 하고 고개를 살짝 기울인 채 눈만 빼꼼 들어 나를 올려다보았다. 약아빠져서 귀여운 맛이라곤 없구만…… 이런 점이 코마치하고 다르단 말이야.

어쨌거나 잇시키의 두서없는 설명을 정리해보도록 하자.

보아하니 이번 학생회의 첫 업무로 선택된 건 지역 사회 봉사를 목적으로 하는 크리스마스 이벤트인 모양이다. 그것도 소부 고등학교 단독 진행이 아니라 카이힌 종합 고등학교 쪽과 연계하는 형태로.

이번 일은 일반적인 학생회 운영보다 까다롭다. 다른 학교와 협력해야 할 뿐 아니라, 아직 학생회 내부의 인간관계와 입지가 다져지지 않은 상황에서 양자를 병행해야만 한다. 신참에게는 아무래도 버거운 일이겠지.

타이밍으로 보아 이번 프로젝트는 잇시키가 회장이 되기 전에 결정된 사안이겠지. 한마디로 선대의 유산이다.

그래, 있지. 전임자가 태연하게 남겨놓고 가는 과거의 업무. 내가 아르바이트하던 곳에서도 그랬으니까. 평범하게 일하는데 지뢰처럼 불쑥 나타나 영문도 모르고 떠맡게 되는 일거리. 게다가 전임자에게 문의해도 옛날 일이라서 기억이 안 난다고 잡아뗀단 말이지. 어쩌라고. 덕분에 나도 그만둘 때 손가락 하나 안 대고 고스란히 후임한테 떠넘겨버렸잖아. 이런 슬픈 업무의 세습을 막기 위해서라도 난 절대 일하지 않을 테다.

뭐 내 경험담은 됐고.

문제는 잇시키와 그 전임자다.

"그보다 우리한테 오기 전에 시로메구리 선배한테 상의하라고."

시로메구리 선배, 일명 메구메구 메구링♪ 메구링 파워~☆의 소유자인 시로메구리 메구리 선배는 전임 학생회장이다. 포근하고 귀엽다. 이 허접한 설명은 뭐냐.

학생회장직 인수인계도 아직 진행 중일 테니 원칙적으로는 그쪽과 먼저 상의하는 게 맞다. 그러고 보니 메구리 선배는 안 오는데 왜 잇시키가 온 거냐농? 메구리 콩콩 일루와 이로하?[9] 아니 뭐 딱히 부른 적은 없다만…….

내 지적에 잇시키가 슬그머니 시선을 피했다.

"네, 그렇긴 한데요……. 그래도 수험생의 시간을 뺏을 수

#9 메구리 콩콩 일루와 이로하? 「메구리 안 옴, 와라 이로하 (めぐり来ん来ん来いろは, 메구리 콩콩 코이 이로하)」가 만화 제목 「이나리 콩콩 사랑의 첫걸음(いなり,こんこん,恋いろは(이나리 콩콩 코이 이로하)」과 발음이 비슷함을 이용한 말장난.

는 없잖아요~."

메구리 선배는 추천 입학이 결정됐으니 그렇게 바쁘지는 않을 텐데…… 이 녀석, 메구리 선배가 거북한가? 사근나긋하고 맹한 캐릭터를 연기해온 잇시키에게 정말로 사근나긋하고 맹한 타입인 메구링은 너무나 눈부시게 느껴질지도 모른다. 진실된 것은 언제나 눈부시고 손이 닿지 않는 법이니까. 외면하고 싶어지는 심정도 이해가 간다.

"이젠 선배님들밖에 믿을 사람이 없어요~."

잇시키의 설명이 일단락되자 나와 유이가하마의 입에서 나직한 한숨이 새어나왔다. 이런 걸 가리켜 기가 막혀서 말이 안 나온다고 하는 거겠지.

우리가 침묵에 빠지자, 적막한 시간이 흘러갔다.

하지만 정적이 내려앉은 까닭은 그것만이 아니다.

예전에는 상담자에게 적극적으로 질문을 던져 이런저런 사정을 파악하곤 했던 유키노시타가 잠잠한 탓에 싹튼 고요함이다.

그 사실을 깨닫고 유키노시타를 돌아보았다.

유키노시타는 긴 속눈썹을 살짝 내리깐 채 잔잔한 호수 같은 눈동자로 잇시키를, 아니 우리를 바라보고 있었다.

그 순간, 위화감의 정체를 깨닫고 말았다.

잇시키가 부실에 들어왔을 때 느낀 안도감. 그리고 안도한 데 대한 위화감. 그건 잇시키와 유키노시타가 얼굴을 마주하고도 아무 일 없이 지나갔다는 데서 비롯된 감정이었다.

만약 유키노시타가 그때 진심으로 학생회장이 되고 싶었던 거라면.

그것을 저지한 사람은 바로 잇시키고, 보다 근본적으로는 나다.

그렇다면 이 상담은 조금 가혹한 게 아닐까.

이 의뢰를 받아들이면 실질적으로 학생회의 업무를 대행하게 된다.

유키노시타의 본심은 여전히 불확실하지만, 학생회가 얽힌 문제를 그 면전에서 처리하는 건 못할 짓처럼 느껴졌다. 원하지만 가질 수 없는 것을 눈앞에 들이대다니, 지독하게 잔인한 처사가 아닌가.

이대로 잇시키의 의뢰를 받아들여도 되는 걸까. 주저하는 사이, 그 침묵에서 심상치 않은 기운을 감지했는지 잇시키가 불안한 듯 눈을 굴렸다.

"어떡하면 좋을까요~?"

잇시키는 이미 우리의 도움을 받기로 작정한 눈치였지만, 유키노시타가 어떻게 나올지 신경 쓰였다. 잠시 그 반응을 기다려봤지만, 유키노시타는 말이 없었다.

하지만 이내 나와 유이가하마가 자신을 바라보는 걸 느꼈는지, 턱을 매만지며 생각에 잠긴 포즈를 취했다.

"글쎄…… 상황은 대강 이해했지만……."

한참 뜸을 들인 끝에 입을 열었지만, 유키노시타는 쉽사리 결론을 내리지 못하고 애매하게 말끝을 흐렸다.

그리고 나와 유이가하마를 흘끗 보았다.

"어떻게 생각하니?"

처음이 아닐까. 유키노시타가 의뢰 수락 여부를 우리에게 물은 것은. 여태까지는 유키노시타의 독단으로 결정을 내렸으니까.

그 변화를 좋은 방향으로 해석하면 의견 조율이겠지. 하지만 그게 아니라는 생각이 들었다.

반면에 질문을 받은 유이가하마의 대답은 명확했다.

"좋잖아, 하자."

유키노시타가 유이가하마를 지그시 바라보며 눈빛만으로 그 이유를 물었다.

"오랜만에 찾아온 손님이잖아. 요즘엔 일거리두 없었구, 엄청 한가했달까……."

유키노시타의 차분한 눈동자를 마주하자, 유이가하마의 목소리가 조금씩 기어들어간다.

"그니까 전처럼 한번 열심히 해보는 것두…… 좋지 않을까, 싶어서……."

전처럼이라는 말이 마음에 걸렸다.

어쩌면 유이가하마는 이 의뢰를 일종의 계기로 삼고 싶었는지도 모른다. 예전처럼 누군가의 상담과 의뢰를 해결해나가다 보면 이런 분위기도 해소되지 않을까 하는 마음으로.

"그렇구나. 그럼 그렇게 해도 상관없어."

하지만 유키노시타의 투명한 목소리가 그 가능성을 부정

했다.

유키노시타의 희미한 미소와 우리를 향한 질문은 의견 조율을 의미하는 게 아니다.

그것은 타협이다. 체념을 바탕으로 성립하는, 타인에게 판단과 결론을 미뤄버리는 단순한 양보에 지나지 않는다.

"……그냥 관두는 게 낫지 않겠냐?"

저도 모르게 그렇게 대꾸하고 말았다.

이런 상태의 봉사부가 뭔가를 할 수 있을 거란 생각이 들지 않는다. 게다가 학생회장이란 존재가 유키노시타의 눈앞에서 얼쩡대게 내버려둘 수는 없다. 유키노시타의 본심은 모른다. 하지만 내 추측은 아마도 옳을 것이다.

더 이상 이 공간을 망가뜨려서는 안 된다. 위험을 무릅쓸 수는 없다.

지키겠다는 마음가짐으로 행동했다면 끝까지 그대로 밀고 나가야 한다. 대체 언제쯤 끝이 날지도, 어디가 종착점인지도 알지 못하지만.

내 말에 유키노시타는 말없이 시선을 보냈고, 유이가하마는 이유를 물어왔다.

"응? 왜?"

"이건 학생회 문제니까. 게다가 잇시키가 초장부터 남에게 기대버릇하는 건 좋지 않다고."

"응, 그럴지두 모르지만……."

내가 내세운 명분에 유이가하마가 당고머리를 만지작거리

며 생각에 잠긴 표정을 했다. 명분이지만 어쨌든 정론이기는 하다. 손을 떼기에는 충분한 이유가 되겠지.

그러나 납득 못하시는 분이 약 한 명.

"네에~? 그런 게 어딨어요~."

잇시키가 툴툴대며 불평을 늘어놓았다. 하지만 이미 예상했던 사태.

"여기가 무슨 심부름센터냐. 우리는 그냥 도우미일 뿐이라고. 일거리를 통째로 떠맡는 하청업자가 아냐. 하청업자라니 무진장 고달플 것 같고. 하도급법이란 법률도 모르냐, 나도 모른다만. 어쨌거나 이 일은 잇시키가 알아서 하는 걸로 결정. 됐지? 그럼 이만 가봐라."

속사포처럼 두다다다 쏘아붙이며 잇시키를 일으켜 세우고 나도 일어섰다. 그리고 잇시키를 부실 문 앞까지 몰아냈다, 아니 배웅했다.

잇시키는 내 압박 수비에 마지못해 걸음을 옮기면서도 원망 섞인 한마디를 잊지 않았다.

"선배님이 꼬드겨서 회장이 된 거라고요~. 좀 도와주세요~."

그 점을 지적당하자 마음이 약해졌다.

나는 잇시키 이로하에게 도의적인 책임을 져야 한다. 나 때문에 잇시키가 회장이 됐으니까. 그렇다면 잇시키 말고도 또 한 사람, 내가 책임을 져야 할 상대가 있다.

그러니 내가 취할 수 있는 행동은 하나뿐이다.

잇시키를 밖으로 내쫓음과 동시에 나도 부실을 나섰다.

손을 뒤로 돌려 문을 닫고 그곳에서 몇 발짝 떨어졌다. 그리고 불만스러운 기색이 역력한 잇시키 쪽으로 돌아서서 후우 가벼운 한숨을 쉬었다.

"……아까는 그렇게 말했지만, 그냥 내가 도와주는 걸로는 안 되겠냐?"

"네?"

얼른 이해가 안 가는지 잇시키가 고개를 갸웃했다. 하긴 아까 그렇게 딱 잘라 거절했으니 저런 반응을 보일만도 하다. 그래서 차근차근 알아듣기 쉽게 설명해주었다.

"봉사부가 아니라 내가 개인적으로 도와준다고. 그러니까 유키노시타와 유이가하마는 빠진다는 뜻이야. 그런 조건이라면 못할 것도 없지."

내 설명에 눈을 가늘게 뜬 채 흐음, 하고 뭔가 생각하는 기색이던 잇시키가 이윽고 흔쾌히 고개를 끄덕였다.

"……뭐 그러셔도 상관은 없지만요. 솔직히 선배님 혼자인 편이 다루기 쉬…… 대하기 쉽달까요, 믿음직스럽달까요~."

아니 뭐 굳이 정정할 필요는 없다만.

"그럼 이제 된 거냐?"

"네~!"

마지막으로 한 번 더 확인하자, 잇시키가 힘찬 목소리로 대답했다.

일단 나 혼자서 힘닿는 데까지는 도와주도록 하자. 그게 얼마나 효과가 있을지는 심히 의문스럽지만, 잇시키를 보조하는 것쯤은 가능하겠지.

잇시키는 언뜻 보면 좀 아방한 느낌이지만, 사실은 제법 똑똑하다. 우리한테 의지하지 말고 각 잡고 일하면 그럭저럭 괜찮은 회장이 될 것 같다만…….

아참, 의지한다니까 생각났다. 기억하기론 잇시키를 회장 자리에 앉히려고 설득하던 도중에 내가 모종의 비책을 전수했을 텐데. 하지만 이번에는 그 비책이 사용되지 않았다. 작업에 착수하기 전에 그 부분을 확인해둘 필요가 있겠지.

"그나저나 하야마는 어떻게 된 거냐고, 하야마는. 이럴 때야말로 도움을 청해서 잘 해봐야 되는 거 아니냐?"

그 물음에 잇시키는 기분 탓인지 발그스름해 보이는 얼굴로 내게서 눈을 돌렸다.

"……진짜로 힘든 일이니까, 하야마 선배에게는 폐가 될 것 같아서요……."

나한테는 폐가 돼도 상관없다 이거냐……. 뭐 상관없다만.

그나저나 민폐를 끼치기 싫다는 둥 기특한 소리를 하는 걸 보니 잇시키도 역시 사랑에 빠진 소녀이긴 하구만. 왠지 감탄하고 말았다.

하지만 감탄하기가 무섭게 잇시키가 키득 사악한 미소를 지었다.

"게다가 이럴 땐 간단한 걸 못하는 게 귀엽다고 할까, 잔실수를 하는 모습이 귀엽게 보이는 법이잖아요~? 진짜로 골치 아픈 걸 부탁했다간 그냥 부담스러운 애가 될 뿐이라고요~."

"아, 그러냐……."

거참 이 아가씨 성격 한 번 끝내주네……. 물어내! 내 감탄 물어내라고! 작은 악마가 아니라 그냥 악마다. 악마! 악당! 편집자!

그 소악마(小惡魔) iroha[10]는 내가 기막혀하거나 말거나 착착 이야기를 진행시켜나갔다.

"그럼 선배님, 이따가 교문 앞에서 뵈어요~. 저도 곧 갈 테니까요~."

"엇, 오늘 당장 시작하는 거였냐……?"

내 말에 잇시키가 면목없다는 듯 풀죽은 시늉을 했다.

"죄송해요, 시간이 별로 없어서……."

시간이 없다라. 그 말은 이 기획 자체는 벌써 어느 정도 진행된 상태고, 잇시키도 처음에는 혼자서 처리해보려고 애썼다는 뜻이다. 끝내는 우리에게 도움을 청하기로 했지만, 그래도 자기 힘으로 해결하려고 노력했다는 점만큼은 인정해줘야한다. 그걸 나무랄 수는 없다.

"……아냐, 괜찮아. 대신 약속 장소는 좀 바꿔주라. 같이 하교하다가 친구들한테 소문이라도 나면 민망하니까……."

"네에?"

잇시키가 정색했다. 으음, 세대가 달라서 안 먹히나? 선배님 친구 없잖아요~ 라며 토를 다는 것도 아니고, 그야말로

리얼 정색. 그러더니 어이없는 기색으로 한숨을 쉬었다.

"뭐 저야 상관없지만요······. 역 근처에 있는 커뮤니티 센터라고 아세요~? 거기서 회의를 하거든요~. 거기서 봬어요."

"아하, 거기 말이냐."

역으로 가는 도중에 몇 번 지나친 적이 있다. 근처에 노인복지회관과 어린이집도 있었던 걸로 기억한다. 옳거니, 지역사회 봉사란 말에는 그곳 노인분들과 아이들을 위해 기획된 이벤트라는 의미도 있는 건가. 아마 크리스마스 당일 이벤트도 거기서 열리겠지.

다른 세부 사항은 차차 확인하기로 하고, 지금은 일단 학교를 빠져나가는 게 급선무다.

"오케이. 준비되는 대로 가마."

"네, 그럼 잘 부탁드려요~."

잇시키가 생긋 웃으며 나를 향해 살짝 경례를 붙였다. 하여튼 약아빠졌다니까.

×　×　×

잇시키가 복도 모퉁이를 돌아 사라져갈 때까지 지켜보다가 부실로 돌아왔다. 이제 약속한 시간까지 하교 준비를 해야 한다.

부실 문을 열자 유이가하마와 유키노시타가 나를 바라보았다.

"이로하는 뭐래?"

유이가하마의 물음에 준비해둔 대답을 그대로 읊었다.

"불평을 줄줄 늘어놓긴 했지만, 납득한 눈치던데."

"그래……?"

유이가하마가 낙담한 기색으로 힘없이 어깨를 늘어뜨렸다. 그리고는 유키노시타의 반응을 살피듯 나지막한 목소리로 띄엄띄엄 말을 이었다.

"뭐랄까…… 오랜만에 뭔가 해봄 좋을 것 같았는데……."

"뭐 조만간 또 기회가 오지 않겠냐."

그 기회가 왔을 때, 나는 또 어떤 답을 내놓을까. 그 답을 모르는 채, 그냥 입에서 나오는 대로 적당히 대꾸하고 말았다.

그러자 유키노시타가 실낱같은 한숨을 흘렸다.

"……어쩌면 의뢰 따위 없는 편이 나을지도 몰라. 그저 아무 일 없이 지나가는 편이."

유키노시타가 쓱 눈을 들어 창밖을 내다보았다. 그 눈동자에는 흐릿한 붉은색 하늘이 담겨 있겠지.

"……그럴지도."

유키노시타의 덧없는 목소리에 그렇게 대꾸하는 게 고작이었다. 그래서 분위기를 바꾸려고 재빨리 덧붙였다.

"오늘은 이제 아무도 안 올 것 같다만."

"그래……."

짤막하게 대꾸한 유키노시타가 책을 덮었다. 해산 신호로 받아들인 모양이다. 그 모습을 확인하고 나도 가방을 집어 들었다.

"그럼 난 이만 가보마."

"아, 그럼 오늘은 이걸루 끝낼까?"

그런 대화를 나누며 부스럭부스럭 짐을 챙기는 유이가하마 일행에게서 등을 돌리고, 한 발 먼저 부실을 나섰다.

벌써 오래전에 깨달은 사실이다. 모든 일에 관여하는 게 정답이란 보장은 없다. 잘되라고 한 일이 최악의 결과를 초래하는 경우도 있다. 돌이킬 수도, 바로잡을 수도 없는 경우마저 종종 생긴다.

그렇다면 나는.

우리는, 여태까지 대체 무엇을 해온 걸까.

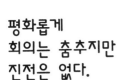

**평화롭게
회의는 춤추지만
진전은 없다.**

잇시키와 만나기로 한 커뮤니티 센터는 우리 학교와 가까워서, 자전거로는 불과 몇 분이면 도착한다.

실제로 센터 안에 들어가 본 적은 없지만, 일상생활 속에서 자주 봐왔기에 위치 파악에는 어려움이 없었다.

역이 코앞인 데다 같은 거리에 대형 쇼핑몰 마린피아(통칭 마리핀)가 있어서 저녁때면 근처 사모님들이 대거 모여든다. 그 속으로 학생들의 모습도 간간이 눈에 띈다. 마리핀이 있어서 그런지 이 동네는 고등학생들이 하굣길에 잠깐 들러서 놀고 가기에 딱 좋다. 이러는 나도 가끔 서점이나 오락실, 배팅 연습장을 찾곤 한다.

커뮤니티 센터에 도착해 주차장에 자전거를 세웠다.

주위를 이리저리 둘러보았지만 잇시키는 보이지 않았다. 하긴 만날 시간을 정해놓은 것도 아니니까.

이럴 줄 알았으면 같이 올 걸 그랬나……?

하지만 내가 혼자서 잇시키를 돕기로 했다는 사실을 유키노시타와 유이가하마에게 들키지 않으려면 학교 밖에서 만날 수밖에 없다. 지금 유키노시타 앞에서 학생회와 관련된 의뢰를 받는 건 가혹하다. 그렇다고 잇시키의 의뢰를 딱 잘라 거절하는 것도 무책임한 짓일 테지. 그렇다면 유키노시타만 제외하는 것도 하나의 방법이지만, 그건 지독한 배신처럼 느껴졌다. 봉사부의 현재 상황을 감안하면, 이번 일은 내가 개인적으로 처리하는 게 가장 바람직하다.

마음속으로 거듭 결론을 내리고, 커뮤니티 센터 입구의 계단에 털썩 주저앉았다.

한동안 멀거니 앉아 있는데, 맞은편 편의점에서 잇시키가 나왔다. 그 손에는 묵직해 보이는 봉투가 들려 있었다. 나를 발견한 잇시키가 잰걸음으로 다가왔다.

"죄송해요, 많이 기다리셨죠~? 살 게 좀 있어서……."

봉투가 무거운지, 잇시키가 지친 기색으로 후우 한숨을 쉬었다.

"……아니, 그건 상관없는데."

대답하며 잇시키를 향해 손을 내밀었다. 그러자 잇시키가 뭣 때문인지 내 손을 슬쩍 피했다. 그리고 나를 빤히 쳐다보다가 영문을 모르겠다는 듯 고개를 갸웃했다.

"뭐예요?"

"열 받으니까 그딴 표정 하지 마. 방금 그거, 짐이 무거우니 들어달라는 무언의 시위 아니었냐?"

그렇게 묻자 잇시키가 자기 머리카락을 쓸어내리며 슬그머니 시선을 피했다. 놀란 건지 당혹스러워하는 건지, 그 얼굴에 옅은 홍조가 깃들었다.

"저기…… 아뇨, 그건 연기가 아니었는데요……."

아, 그랬구나. 저 녀석, 어지간한 남자들은 죄다 단순 노동력으로 간주할 것 같은 느낌이라 방금 그것도 당연히 그런 식의 어필이라고 넘겨짚어 버렸잖아. 예컨대 토베만 해도 숨 쉬듯 자연스럽게 부려 먹혔고.

잇시키는 한동안 뻣뻣하게 굳어 있었지만, 이내 뭔가를 깨달았는지 홱 몸을 사리며 한 발짝 뒷걸음질쳤다.

"앗! 혹시 방금 그 행동 절 꼬시려고 하신 건가요 죄송해요 순간적으로 두근거릴 뻔했지만 냉정하게 따져보니 역시 무리예요."

"아, 그러냐……."

난 대체 저 녀석한테 몇 번을 차여야 되는 거냐……. 이젠 부정하기도 귀찮다고…….

그나저나 고작 이 정도로 두근거리다니 마음 편히 여행도 못 다니는 거 아니냐, 저 녀석. 비행기에서 승무원 누님이 짐가방을 들어 올릴 때마다 두근거리냐고. 아니잖아? ……어라, 그건 좀 두근거리는데(승무원 보정). 아니 잠깐. 승무원뿐만 아니라 블루컬러 쪽 누님이어도 반해버릴 것 같다만……. 역시 전문직에 종사하는 여자는 멋져(전업주부 보정)!

"뭐 네 맘대로 해석해라."

잇시키의 언동을 깨끗이 무시하고, 그 손에서 편의점 봉지를 휙 빼앗아 들었다.

"앗……. 고맙습니다……."

잇시키가 카디건 소맷자락을 꼭 움켜쥐고 다급히 고개를 숙였다. 덕분에 표정은 확인하지 못했지만, 생각보다 솔직한 반응이 돌아오는 바람에 어쩐지 쑥스러워졌다.

"……됐어. 업무의 연장이니까."

이깟 일로 매번 감사 표시를 해야 한다면 코마치의 입버릇이 고마워 사랑해 오빠가 돼버릴 거라고. 신경 쓸 거 없다고 에둘러 말하려는 의도였지만, 곧바로 후회했다.

"우와, 든든해라~! 그럼 다음에도 잘 부탁드릴게요♪"

가슴 앞에서 두 손을 깍지 낀 채 활짝 눈부신 미소를 짓는 잇시키.

아아, 짐이 갑자기 무겁게 느껴진다……. 그나저나 이거, 대체 뭐가 든 거냐?

생각보다 묵직한 손맛에 슬쩍 봉지 안을 들여다보니, 내용물은 과자와 주스 종류 같았다. 아하, 그래. 이런 회의에 감초처럼 등장하는 다과, 즉 주전부리로군.

대화에 진전이 없을 때는 일단 먹고 마시면서 어색함을 달래는 거다. 대화를 나누던 중에 하핫, 하고 메마른 웃음소리를 내고는 뜬금없이 민트 캔디를 먹는 것과 비슷한 이치라고나 할까. 대화를 나누다가 그런 반응이 돌아오면 「아, 이 사람 나랑 이야기하는 게 불편한가 보군……」이라는 깨달음을 얻게 된다.

참고로 대화도 안 했는데 상대방이 「민트 캔디 먹을래?」라고 묻는다면, 그건 넌지시 「너 입 냄새 쩔어.」란 신호를 보내는 거다! 조심해라! 내장 질환일 가능성이 있다고! 조심하란 게 그거냐.

아무튼 이런 간식거리는 생각보다 고르기가 까다롭다. 먹을 때 시끄러운 소리가 난다거나 향이 짙은 음식은 도리어 방해가 될 수도 있다. 어디 보자, 잇시키는 뭘 골랐으려나? 궁금해져서 슬쩍 봉지 안을 살펴보았다.

흐음, 산뜻한 식감의 초콜릿 과자에다 과일맛 목캔디, 소프트 센베라…… 음, 나쁘지 않은 선택이다. 특히 전부 개별포장이라는 점에 점수를 주고 싶다. 이러면 접시나 식기를 따로 챙겨올 필요도 없고, 손이 더러워지지도 않는다. 덤으로 남은 걸 일일이 싸가야 하는 번거로움도 없다.

"흐음, 너 의외로 세심하구나."

감탄한 기색을 내비치자, 잇시키가 실망이라는 듯 뾰로통하게 뺨을 부풀렸다.

"의외라니, 너무하시잖아요……. 전 제법 세심한 성격이라고요. 하긴 저쪽에서도 준비해오긴 하지만요~."

"뭐야, 그럼 이건 필요 없는 거 아니냐? 어차피 다 저쪽 경비로 처리될 거 아냐. 우걱우걱 퍼먹기만 하면 되겠구만."

"그게 생각처럼 간단한 문제가 아니라서요……."

대답하는 잇시키의 표정은 딱딱했다.

오호라, 확실히 여러모로 세심하게 신경을 쓰는 모양이다.

상대방이 준비해오는데 이쪽은 매번 빈손으로 올 수도 없다는 뜻이겠지.

이쪽이 접대를 받는 입장이거나 완벽한 손님이라면 그런 식의 배려는 오히려 거추장스러울 따름이지만, 이번 행사는 어디까지나 공동 주최. 동등한 입장인 이상, 설령 사소한 간식거리 하나에서도 대등한 관계를 유지해야겠지.

다른 학교와의 교류도 상당히 골치 아픈 문제다. 그러한 신경전이 실제 작업에 들어갔을 때 어떤 영향을 미칠지 생각하니, 손에 들린 봉지가 한결 무겁게 느껴졌다.

×　　×　　×

잇시키와 함께 커뮤니티 센터 안을 걸었다.

그나저나 커뮤니티 센터에는 거의 와본 적이 없는데, 대체 뭐 하는 곳이려나. 딴딴 따라란♪ 하는 BGM과 함께 커뮤니티를 회복시켜주는 곳인가. ㅇ켓몬 센터냐.

실제로 들어가 보니 실내는 어딘가 관공서를 연상케 했고, 차갑고 적막한 느낌이 감돌았다. 큰 소리를 내기조차 껄끄러운 분위기였다. 1층에 도서관이 있어서 그런 건지도 모른다.

잇시키를 따라 2층으로 올라가자, 분위기가 조금 달라졌다. 사람들이 웅성대며 이야기하는 소리, 그리고 음악 소리가 새어나왔다.

계단은 또다시 위로 이어졌다. 음악 소리는 바로 그 3층에서 들려왔다.

뭔가 하는 중인가? 하고 위층을 올려다보자, 잇시키도 덩달아 고개를 치켜들었다.

"3층에는 대형 홀이 있어요. 크리스마스 이벤트도 거기서 한대요."

"그래⋯⋯?"

보아하니 지금은 댄스 계통의 동호회가 활동 중인지, 미약한 진동도 전해져왔다.

흐음⋯⋯ 요컨대 자치회관 같은 건가. 지역 주민들이 다양한 활동과 모임을 가질 수 있도록 공간을 제공하는 편의 시설인 셈이군. 그래서 자치회관하고는 뭐가 다른데? 규모?

이런 시설이 생소해서 주위를 두리번거리는데, 앞장서서 걸어가던 잇시키가 어느 방 앞에 우뚝 멈춰 섰다.

문 위에는 강습실이라고 적혀 있었다. 아무래도 이 방을 빌려서 회의하는 모양이다.

잇시키가 똑똑 문을 두드렸다.

"네, 들어오세요."

안에서 허락이 떨어지자, 잇시키가 가볍게 심호흡을 하고서 문고리를 잡았다.

활짝 열린 문을 통해 웅성대는 소리가 물결치듯 넘실넘실 흘러나왔다. 책상과 의자도 놓여 있는 게 마치 학교 교실 같은 분위기였다.

"안녕하세요~."

깜찍 발랄하게 인사를 건네며 잇시키가 먼저 안으로 들어 갔다. 나도 그 뒤를 따랐지만, 웅성거림이 잦아들 기미는 없 었다. 잦아들기는커녕 내게는 눈길조차 주지 않았다. 보아하 니 하나같이 자기들끼리 수다 떠느라 바빠서 나한테는 관심 이 없는 눈치였다.

그래도 잇시키의 존재는 똑똑히 인식되었는지, 한 그룹에 서 잇시키를 부르는 소리가 났다. 그쪽을 돌아보니 카이힌 종 합 고등학교 교복을 입은 남학생이 손을 들며 말했다.

"이로하, 여기야 여기."

"아, 오셨어요~?"

손을 흔들며 그쪽으로 걸어가는 잇시키. 자연스럽게 나도 세트로 따라가게 되었다. 그러자 제아무리 나라도 코앞까지 다가가면 인식되는지, 잇시키를 부른 남학생이 미심쩍은 눈 으로 나를 보았다. 그리고 귓속말이라도 건네듯 소곤소곤 잇 시키에게 물었다.

"누구야?"

"아, 저희 측 도우미예요~."

생긋 웃은 것치고는 무성의한 설명이구나, 잇시키. 하지만 상대방은 그런 허술한 소개에도 아랑곳없이 흐음, 하고 감탄 한 기색으로 나를 돌아보았다.

"난 타마나와야. 카이힌 종합 고등학교 학생회장이고. 잘 부탁해!"

"……그래. 잘 부탁한다."

무진장 씩씩한 자기소개에 나도 통성명을 해야 하나 고민하는데, 그딴 건 안중에도 없다는 투로 타마나와가 말을 걸어왔다.

　"소부 고등학교와 함께 이번 기획을 추진하게 되어서 정말 기뻐. 서로 리스펙트할 수 있는 파트너십을 구축해서 시너지 효과를 창출할 수 없을까 했거든."

　……초장부터 강렬한 펀치를 날리는데, 이 녀석. 반쯤은 뭔 소리인지 못 알아들었지만, 아무래도 타마나와가 이번 합동 크리스마스 이벤트를 기획한 장본인인가 보다. 대사 곳곳에서 그런 뉘앙스가 묻어났다.

　카이힌 종합 고등학교 학생회장이라는 위명에 걸맞게, 타마나와와 이야기하는 것만으로도 주변에 있던 녀석들이 하나둘씩 모여들었다. 그때마다 내게 자기소개를 해댔지만, 솔직히 다 외울 수가 없었다. 어차피 이번 행사만 끝나면 다시 볼 일도 없는 놈들이니 기억 못 해도 상관없겠지.

　여러 사람과 얼굴을 맞댄 것만으로도 진이 빠져버렸다. 저절로 힘겨운 한숨이 흘러나왔다. 결국 그 자리는 잇시키에게 맡겨두기로 하고, 조금 떨어진 의자에 앉아 그들을 지켜보았다.

　그러다 그 떨거지들 중 한 명, 뜻밖이라는 듯 어리둥절한 표정으로 이쪽을 쳐다보던 녀석과 눈이 마주쳤다. 나를 보고 놀랐는지 눈을 깜빡이더니, 자리에서 일어나 이쪽으로 다가왔다.

　"어? 히키가야?"

"……여어."

생각지도 못한 사람에게 이름을 불리는 바람에, 나 역시 놀라서 반응이 늦었다. 등줄기에서 진득한 땀방울이 배어 나왔다.

그 여학생은 카이힌 종합 고등학교 교복을 살짝 멋 내어 차려입고, 굽슬굽슬하게 컬을 넣은 흑발을 손으로 빗어 내리며 내 앞에 섰다.

오리모토 카오리.

내 중학교 동창이자 내가 고백했던 여자애다. 최근에 예기치 못한 곳에서 재회했고, 예기치 못한 사태에 끌어들이고 말았다. 옛날 일과 최근 일, 양쪽 다 그리 즐거운 기억은 못 된다.

그러고 보니 오리모토도 카이힌에 다녔지. 여기 있는 걸 보니 설마 학생회 멤버인가……?

내가 느낀 의문을 상대방도 똑같이 느꼈는지 어라, 하고 의외라는 투로 물었다.

"히키가야, 학생회야?"

"아니……."

내 대답에 오리모토가 납득한 기색으로 고개를 끄덕였다.

"아, 그렇구나. 그럼 나랑 똑같네. 나도 친구가 가재서 온 거거든."

그렇게 말한 오리모토가 내 등 뒤를 기웃거리더니, 다시 주위를 휘휘 둘러보았다. 뭔가를 찾는 건가?

"히키가야, 너 혼자야?"

"그래, 거의 항상 그렇다만."

내 대답에 오리모토가 푸흡, 하고 뿜더니 배꼽을 잡고 웃어 댔다.

"뭐야 그게 완전 뿜겨 정통으로 꽂혔어."

"아니, 하나도 안 뿜기거든……?"

뿜길 만한 요소가 어디 있다는 거냐……. 게다가 꽂히는 쪽 (수, 受)도 아니거든요! 그렇다고 꽂는 쪽(공, 攻)도 아니거든 요!

그래도 오리모토 덕분에 이 집단에 대해 조금은 알게 되었 다. 소부고와 카이힌 종합고 양측 학생회의 합동 이벤트이긴 하지만, 자원해서 참가한 사람들도 섞여 있는 모양이다.

"근데 너네 왠지 수가 적지 않아? 그냥 우리가 많은 건가?"

"글쎄다……."

나야 오늘 처음 참가한 터라 자세한 속사정까지는 모른다. 다만 실내를 빙 둘러보니 카이힌 종합고 측은 어림잡아 열 명 이 조금 넘었다. 반면에 소부고는…….

어라? 우리 학생회는 어디에……. 아, 찾았다. 한쪽 구석에 짱박혀 있군. 나와 잇시키 말고 우리 학교 교복을 입은 녀석 들은 하나, 둘…… 네 명인가. 게다가 카이힌 종합고 측에 비 하면 어딘가 위축되어 보인다. 어쩐지 기를 못 펴는 느낌이다.

"확실히 적긴 하네……."

"그냥 딱 봐도 적잖아……. 뭐 나야 별 상관없지만."

흥미를 잃었는지, 오리모토는 그 말을 끝으로 쓱 내 옆을 떠나 원래 있던 자리로 돌아갔다. 그러자 교대하듯 잇시키가 이쪽으로 다가왔다. 오리모토를 찬찬히 뜯어보던 잇시키가 불쑥 입을 열었다.

"선배님, 아는 분이세요?"

그렇게 물어보면 마치 「아는 사람이라는 게 존재했어요?」라는 말처럼 들리니까 삼가주지 않으련, 이로하스. 게다가 너 재 한 번 만난 적도 있거든? 하긴 먼발치에서 봤으니 제대로 기억은 못 하겠지만. 덕분에 뭐라고 대답해야 할지 난감했지만, 결국 늘 하던 대로 설명했다.

"그래, 중학교 동창인데."

"아하……."

잇시키도 물어보기는 했지만 큰 관심은 없는지, 별말 없이 가까운 의자에 앉아 아까 사온 과자를 꺼내놓기 시작했다. 그 모습을 본 카이힌 종합고 쪽에서도 음료와 다과 준비에 들어갔다.

이제 슬슬 회의가 시작되려나 보다.

카이힌 종합고와 소부고 측 모두 정해진 자리로 향했다. ㄷ자 형태로 배열된 책상과 의자에 옹기종기 둘러앉는다. 자아, 그럼 나는 어느 쪽 끄트머리에 앉을까……? 네 귀퉁이 중 한 군데를 지키다니 그야말로 사방신의 일원! 멋져! 라고 생각했을 때, 누군가 내 소매를 잡아당겼다.

"선배님, 이쪽에 앉으세요~."

"엉? 아니, 난 구석진 데가 좋다만……."

그래도 잇시키는 내 소맷자락을 놓으려 하지 않았다. 힘껏 마주 당기며 벗어나려 애썼으나, 잇시키는 꿈쩍도 하지 않았다. 뭐야, 이 악력. 자세는 귀여운데 도무지 떨쳐낼 수가 없습니다만……

"자자, 시작한다고요~."

그러면서 더 거세게 잡아당긴다.

"알았다고. 옷 늘어난다고."

하긴 어디 앉든 의견 따위는 안 낼 테니 그게 그거다. 그렇다면 눈앞에 과자가 놓여 있는 자리가 좋겠지. 마지못해 고집을 꺾고 잇시키 옆에 앉았다.

ㄷ자 배열이기는 하지만, 보통 상석이라고 불리는 한가운데 자리를 차지한 사람은 카이힌 종합고 학생회장 타마나와다. 우리는 그 오른쪽 모퉁이 부분에 자리 잡았다.

앉아서 다시금 찬찬히 살펴보니, 아까 오리모토가 지적했듯 저쪽이 수가 더 많았다. 인원도 두 배 가까이 차이가 나지만, 실질적으로는 더 큰 차이가 나는 것처럼 느껴졌다. 그 주된 이유는 아마 시끌벅적함일 테지. 카이힌 종합고는 남녀가 한데 어우러져 몹시 화기애애한 분위기를 자아내는 반면, 소부고 쪽은 썰렁하리만큼 조용했다.

하긴 저쪽에서 먼저 말을 꺼냈으니 의욕이 넘치는 거야 당연하다. 주최와 협찬의 차이랄까. 자리 배치에도 그런 심리가 반영된 것처럼 느껴졌다.

현재 상황으로 보아 카이힌 종합고가 주축이 되어 이런저런 일들을 처리하고, 우리 학교는 주로 후방 지원을 맡게 될 모양이다.

전원이 자리에 앉았음을 확인하자, 저쪽 학생회장 타마나와가 짝짝 손뼉을 쳤다.

"으음, 그럼 회의를 시작하겠습니다. 잘 부탁드립니다."

익숙한 느낌으로 선언하자, 참석자 일동도 가볍게 고개를 숙였다.

마침내 회의가 시작되었다.

타마나와가 임원 중 한 명을 불러내 화이트보드 앞에 세웠다. 찍찍 마커 긋는 소리가 울려 퍼지자, 그 모습을 곁눈질하며 타마나와가 입을 열었다.

"지난번과 마찬가지로 브레인스토밍부터 시작할까?"

엇, 그 폼 나는 기술명은 뭐냐. 난 그런 거 못 쓰는데.

순간적으로 그런 생각이 들었지만, 사실은 별거 아니다. 그냥 브레인스토밍이다. 구체적인 정의는 다양하지만, 그 핵심은 여럿이서 자유롭게 아이디어를 내놓는 데 있다.

"주제는 지난번에 이어 행사 컨셉과 내용 면에서의 아이디어 제시를……"

타마나와가 회의를 진행해나가자, 카이힌 종합고 쪽에서는 하나둘씩 손을 들고 자기 의견을 발표하기 시작했다.

그 모습을 한동안 조용히 관찰했다. 그게 말이지, 쥐뿔도 모르면서 끼어들었다가는 오히려 방해만 될 테니까. 농땡이나 무임승차가 아니라 사려 깊은 행동이라고!

카이힌 쪽에서 누군가가 말했다.

"우리 고등학생의 수요를 감안하면, 역시 젊은 마인드에 입각한 이노베이션을 꾀해야……."

흐음, 하긴. 일리 있는 이야기다.

또 다른 누군가가 말했다.

"그럼 당연히 우리와 커뮤니티 측의 원원 관계 구축을 전제로 생각해야겠네."

으, 으음. 뭐 그야 그렇겠지.

또다시 누군가가 말했다.

"그러면 전략적 사고로 코스트 퍼포먼스를 따져볼 필요가 있지 않을까? 그걸로 컨센서스를 얻어내서……."

어, 어어…… 그렇지.

한동안 잠자코 회의를 지켜보다가, 불현듯 의문이 싹텄다.

……뭐야, 이 회의.

뭘 하는지도 전혀 모르겠는 데다, 저 녀석들이 뭐에 관해 이야기하는 건지도 잘 모르겠다. 이거 혹시 그거냐. 내가 바보라서 못 알아듣는 거냐.

불안한 마음에 옆자리를 곁눈질하니, 잇시키는 고개를 끄덕였다가 호오, 하고 감탄한 기색으로 중얼거리는 등 다양한 리액션을 보여주는 중이었다. 알고 있나, 라이덴?

도와주러 왔는데 너무 헤매면 곤란하지 싶어 슬그머니 잇시키에게 물었다.

"잇시키, 지금 이거 뭐 하는 거냐?"

소곤소곤 묻자, 잇시키도 고개만 이쪽으로 살짝 돌렸다. 그 고개가 갸웃, 하고 깜찍하게 기울어졌다.

"네? ……글쎄요(さあ, 사아)?"

야야, 글쎄요라니……. 네가 무슨 후쿠하라 아이[#11]냐…….

그보다 너, 알아듣지도 못하면서 그런 리액션을 보인 거니? 어이없다는 표정으로 잇시키를 쳐다봤지만, 잇시키 님께서는 조금도 개의치 않는 기색이셨다. 그리고 걱정 마세요~ 라는 듯 생긋 웃었다.

"저쪽에서 이것저것 아이디어를 내줄 거예요~."

"흐음……."

저쪽에서 아이디어를 제공해준다니, 우리는 그냥 실무만 맡으면 되나……? 그렇다면야 나 혼자서도 충분히 처리할 수 있겠지.

단순노동은 싫지 않다. 똑같은 일을 하염없이 반복하는 기계적인 작업은 정신을 좀먹지만, 내 정신은 이미 좀이 슬다 못해 걸레짝이 된 수준이다. 공연히 신경을 쓰거나 머리를 굴릴 필요가 없으니 오히려 편한 면도 있다.

그럼 어디 뭘 해야 되는지만 유심히 들어두도록 할까. 그래 봤자 별로 알찬 토론은 아닌 것 같다만…….

회의를 이끌어가는 타마나와도 그 점에서는 나와 비슷한

#11 후쿠하라 아이 일본 탁구계의 국민 여동생. 경기 중에 공격이 성공하면 사이!라는 함성을 내지르는 것으로 유명함.

인상을 받은 눈치였다.

"다들 정말 중요한 걸 잊고 있는 거 아니야……?"

타마나와가 엄숙한 목소리로 운을 떼자, 회의 석상에 긴장감이 서렸다. 과연 학생회장이란 직함에 걸맞게 그 권위도 상당한 모양이다. 그의 다음 발언에 모두가 주목했다.

그러자 타마나와는 강습실 안을 한 바퀴 둘러본 후, 마치 도자기라도 빚는 것처럼 거창하게 손을 놀리며 입을 열었다.

"로지컬 씽킹으로 논리적으로 생각해야지."

그게 그거잖아. 대체 몇 번이나 생각하는 거냐.

"고객의 입장에서 커스터머 사이드에 서야 한달까."

그러니까 그게 그거잖아. 대체 몇 번이나 손님이 되는 거냐고.

내 얼굴에는 아마 경직된 미소가 감돌았을 것이다. 하지만 다른 사람들은 모두 아하~ 하는 표정을 하고 반짝이는 눈동자로 타마나와를 응시했다.

……망했다. 저 회장님도 다른 놈들과 비슷한 사고방식의 소유자인가 보다.

더 정확히는 끼리끼리 논다거나, 의도적으로 비슷한 타입만 모아들인 거겠지. 그 후의 회의 역시 유사한 양상으로 흘러갔다.

"그럼 아웃소싱도 염두에 두고……"

"하지만 지금 같은 메소드면 스킴 면에서 빠듯할걸?"

"하긴. 그럼 일단 리스케[12]할 가능성도 있겠네."

리스케라니 뭐냐고. 오디션 프로? 저 녀석들 왜 아까부터 영어로만 쌀라쌀라 떠드는 건데? 무슨 패션 잡지냐?

혁신적인 이노베이션! 대화와 협상 네고시에이션! 해결책은 솔루션! 같은 대화가 이어졌다. 신종 Hip-Hop을 넘어서 그들의 의식이 Pop-Up 되는 게 아닐까 싶을 정도였다.

후이잉…… 의식 수준이 너무 높아…… 제 의식도 하늘 높이 날아가 버릴 것만 같아요…….

× × ×

우리는 어디서 와서 어디로 가는가.

그런 생각이 절로 드는 회의였다. 대체 회의란 어디서 와서 어디로 향하는 걸까.

결론다운 결론을 내리지도 못한 채, 어느새 회의가 끝나버렸다.

하지만 브레인스토밍이란 대개 그런 법이다. 무조건 다채로운 아이디어를 짜내는 데 중점을 두는 기법이 바로 브레인스토밍이다. 그 목적은 오직 하나, 아이디어를 발전시켜나가는 것이다. 그러니 이 회의도 그저 시간낭비로 치부할 수는 없을지도 모른다.

다만 한 가지 마음에 걸리는 게 있다면, 대부분의 의견이 카이힌 종합고 측에서 나왔다는 점이다. 소부고 측은 회의에

#12 리스케 리스케줄(reschedule)의 줄임말.

참석만 했을 뿐, 시종일관 침묵을 지켰다. 하기야 아까처럼
「의식 있는 발언」만 줄줄이 쏟아지면 주눅이 들만도 하다. 회
장인 잇시키만 해도 그렇고, 뭔가 의견을 내놓을 만한 분위기
가 아니었다.

　바로 그 잇시키는 카이힌 종합고 학생회 멤버들과 뭔가 재
잘재잘 수다를 떠는 중이었다.

　현재로서는 딱히 할 일도 없고 해서 조금 떨어진 곳에 있는
잇시키를 멍하니 바라보았다. 그러자 시선을 감지한 잇시키가
적당히 대화를 마무리하고 내게 다가왔다.

　"선배님, 어떤 느낌인지는 대충 아시겠어요?"

　"아니…… 하나도 모르겠다만."

　잇시키의 질문은 이 모임의 취지를 이해했느냐는 뜻이겠지.
물론 그 정도쯤은 파악했지만, 오가는 대화가 대화이다 보니
정말 이해했다고 해도 될지 미묘했다.

　표정을 보고 그런 내 심정을 눈치챘는지, 잇시키가 가볍게
한숨을 쉬었다.

　"하긴 뭔가 어려운 말들만 하니까요."

　실제로는 난해한 게 아니라 애매해서 종잡기 힘들다는 쪽
에 가깝겠지. 하지만 잇시키에게 그런 차이는 중요한 게 아닌
지, 깜찍하고 사랑스러운 미소를 지었다.

　"그래도 우와, 대단해요~ 라든가 저도 열심히 할게요~ 라
고 하면 반응이 끝내준다니까요. 그 밖에는 가끔씩 오는 문
자에 답장만 해두면 오케이란 느낌이랄까요?"

"너 그러다 언젠가 칼침 맞는 수가 있다……"

지금이야 괜찮다 쳐도 나중에 호된 보복을 당하는 게 아닐까 걱정된다. 하여튼 인기 없는 남자는 간단히 걸려드니까 온갖 비극을 낳는다고……. 인기 없는 남자는 묘하게 순정파에다 외골수고, 일편단심 민들레에 한결같은 구석이 있어서 쉽게 착각에 빠지곤 한다. 뭐야 그거 곰곰이 생각해보니 인기 없는 남자, 무진장 좋은 녀석이잖아! 왜 인기가 없는 거래?

그런 생각을 하는 사이, 잇시키도 으음~ 하고 뭔가 생각하다가 입을 열었다.

"……하지만 선배님도 가끔 저런 느낌인데요? 머리가 좋아 보인다고나 할까요, 의식 있어 보인다고나 할까요."

웃음기 어린 얼굴로 건네는 한마디. 어째 의식 있다는 말 뒤에 (풉)이 붙는 것 같다만……

"똑같이 취급하지 마. 난 의식 있는 타입이 아냐. 자의식 과잉 타입이라고."

의식 있는(풉) 타입이란 요컨대 자기 계발에 열성적이란 이미지를 심어주고 싶어서 안달이 난 놈들을 가리킨다. 그럴싸한 비즈니스 용어나 경영학 용어를 주워섬기며 남들과는 다른 유능한 나를 연출하려 애쓰는 살짝 겉멋 든 애들이다. 중2병과 유사하다.

반면에 자의식 과잉은 그냥 살짝 겉멋 든 애들이다. 고2병과 유사하다.

"아, 네에. 뭔지는 잘 모르겠지만요."

어이없다는 말투로 잇시키가 대꾸했다. 사실은 나도 잘 모른다. 다만 양쪽 다 세상 사람들 눈에는 안쓰럽게 보인다는 공통점이 있겠지.

"아무튼 일감은 받아왔으니까 시작하죠."

잇시키가 종이뭉치를 척 꺼내놓았다.

옳거니. 아까 카이힌 애들과 수다를 떨 때 그냥 잡담만 한 게 아니라, 회의에서는 거론되지 않은 우리 소부고 측의 구체적인 업무 내용에 대해서도 이야기를 나눴나 보다.

자고로 회의란 무의미하게 끝나는 경우가 많다. 중요한 사안은 회의에서가 아니라 높으신 분들의 밀담으로 결정되는 법이다.

이런 면에서는 상당히 빠릿빠릿한 녀석이다. 예쁘장한 1학년 여자애라는 점도 한몫했는지, 저쪽에서도 호의적인 반응인 모양이다.

"나름대로 잘 지내는 모양이네."

"으음, 그런 편이긴 하죠."

잇시키가 턱에 집게손가락을 얹은 채 으음~ 하고 고개를 갸웃했다. 그리고는 아핫 웃었다.

"……게다가 선배님이 가르쳐주셨잖아요~. 열심히 배우려고 하는 연하의 여자애는 귀여운 법이라고요."

"그딴 거 가르쳐준 적 없거든……?"

물론 그 입장을 교묘하게 이용할 경우 얻을 수 있는 이득은 제시했지만, 저렇게 구체적인 행동 방침을 제시한 기억은 없다. 아니지, 내 말을 잇시키 식으로 해석하면 저렇게 되려나.
아뿔싸, 난 나도 모르는 사이에 괴물을 키워버린 건가. 저런
애가 여왕벌 노릇을 하면서 동호회를 아작내는 거겠지…….

"그나저나 이런 식이면 저쪽한테 맡겨두면 되는 거 아냐?
내가 낄 필요가 있어?"

"아, 그게 말이죠…….."

내 물음에 잇시키가 선뜻 대답하지 못하고 시선을 떨구었
다. 뭔가 걱정거리가 있나 싶어 잇시키가 다시 입을 떼기를
기다렸다. 하지만 결국 그 대답은 듣지 못했다.

누군가 우리 책상을 똑똑 두들겼기 때문이다.

"저기, 이로하. 이것도 좀 부탁해도 될까? 큰 틀은 우리가
잡아뒀으니까."

얼굴을 내민 사람은 카이힌 종합고 학생회장 타마나와였
다. 아까 잇시키와 상의해서 결정한 내역에 추가할 게 있었나
보다. 프린트 몇 장을 잇시키에게 건네준다.

"아, 네. 물론이죠~!"

잇시키가 싹싹하게 그것을 받아들었다. 그 얼굴에서 조금
전에 내비친 침울한 빛은 찾아볼 수 없었다.

"잘 부탁해. 모르는 게 있으면 뭐든 물어보고. 자세하게 알
려줄 테니까."

시원스레 웃어 보인 타마나와가 손을 흔들며 우리 곁을 떠
났다. 잇시키도 마주 손을 흔들며 그를 배웅했다.

"그, 그럼 시작할까요?"

다시 나를 향해 돌아선 잇시키가 새로 추가된 프린트를 정리해서 다른 학생회 임원들에게 나눠주기 시작했다.

"그러니까 우리가 할 일은 이 회의록을 정리하는 거예요. 그럼 잘 부탁드려요."

전원에게 일거리를 나눠준 잇시키가 그렇게 말했지만, 왠지 반응이 떨떠름했다. 화기애애한 저쪽 학생회하고는 열의 면에서 큰 차이가 났다.

하긴 일거리를 앞에 두고 의욕이 넘치는 게 이상하지. 아니, 그 논리가 더 이상한가.

다만 저쪽에서 넘겨주는 일거리를 처리하는 데 그치다 보니, 우리 학생회의 반응이 영 시큰둥한 것도 이해는 갔다. 그들이 꿈꿔온 학생회의 모습과는 다를 테니까.

나도 잇시키에게서 회의록 프린트를 넘겨받았다. 그 밖에 향후 계획표와 과제 체크 리스트 등도 있었다. 이걸 보기 좋게 다듬는 게 우리의 당면 과제인 모양이다.

그 일을 묵묵히 처리해나간다.

잠시 후, 우리 학생회 멤버 중 한 명이 쓱 일어서더니 잇시키에게 프린트를 건네주었다.

"회장, 이 정도면 될까?"

"아, 확인해볼게요."

받아드는 잇시키의 표정은 어딘가 딱딱했다. 상대하는 남학생도 뭔가 하고 싶은 말이 있는 기색으로 입을 열었다.

"저기, 이거 말인데……."

"네……."

"아냐, 역시 됐어……."

학생회 임원으로 보이는 남학생이 뒷말을 삼키며 시선을 돌렸다. 그리고는 나직한 목소리로 수고하라고 덧붙이고는 자기 자리로 돌아갔다.

저 녀석, 왠지 낯이 익은걸. 그렇게 생각하며 그 뒷모습을 눈으로 좇는데, 내 시선을 눈치챈 잇시키가 소곤소곤 귀띔해 주었다.

"부회장이에요."

그 말을 듣고 문득 깨달았다. 아하, 그래. 2학년의 그 누구 더라……. 사실 이름은 모르지만 같은 층 복도에서 본 적이 있다. 저 녀석이 우리 학교 부회장이었다. 하긴 회장 이름이 야 알아도 다른 임원들의 인지도는 그리 신통치 않다.

그나저나 나와 같은 학년인가. 그래서 잇시키가 존댓말을 쓴 거군.

흐음, 이거 꽤나 복잡한데. 부하가 연상이어도 상대하기 껄 끄럽지만, 상사가 연하여도 약간 찜찜한 구석이 있다. 편의점 에서 아르바이트를 할 때도 나이 많은 후배가 들어오는 바람 에 무진장 거북했다고……. 일을 가르칠 때도 왠지 신경이 쓰 이고, 상대방도 뭔가 조심스러운 눈치고.

연상에게 예쁨받는 잇시키도 그런 고충을 겪는 건 마찬가 지인가 보다.

"너도 고생이 많겠다."

"으음…… 별로 제게 호감이 있는 느낌은 아니죠. 하지만 원래 시작은 다 그런 법이니까요. 조만간 익숙해지지 않겠어요?"

내 말에 잇시키의 얼굴이 순간적으로 어두워졌다. 하지만 금방 평소처럼 어딘가 도발적인 미소를 지으며 그렇게 받아쳤다.

하긴 처음부터 순풍에 돛 단 듯 짝짜꿍이 척척 맞아 들어가기는 힘들다. 다소의 삐걱거림과 엇갈림, 뒤틀림을 겪기 마련이다.

하지만 그 관계에는 개선의 여지가 있다. 막 시작되었을 뿐이니 얼마든지 달라질 수 있다. 적어도 어딘가의 닫혀버린 공간과는 달리.

"선배님?"

부르는 소리에 퍼뜩 고개를 들었다. 그러자 미심쩍은 표정으로 나를 보던 잇시키와 눈이 딱 마주쳤다. 아무래도 딴생각을 하느라 작업하던 손이 멈춰버린 모양이다. 싹터버린 기묘한 침묵을 무마하듯 서류 작성을 재개하며 입을 열었다.

"근데 이거, 언제까지 해야 되는 거냐?"

"글쎄요……. 이제 슬슬 마칠 때가 되어가긴 하는데요~."

잇시키를 따라 출입문 위에 걸린 시계를 보았다. 어느새 상당한 시간이 흘렀다. 어지간한 동아리는 이미 귀가했을 무렵이다.

그때, 시계 밑의 문이 열렸다.

"오, 일하는 중이군."

그렇게 말하며 모습을 드러낸 사람은 정장에 흰 가운을 걸친 히라츠카 선생님이었다. 검고 긴 머리카락을 휘날리며 또각거리는 하이힐 소리와 함께 우리 쪽으로 걸어온다.

"선생님."

이 양반이 왜 여기에…… 라고 의아해하는데, 히라츠카 선생님이 못마땅한 기색으로 한숨을 내쉬었다.

"이것도 내 업무로 분류된 모양이라서 말이다……. 하여튼 젊은 말단 교사는 일거리만 끝도 없이 늘어나서 큰일이라니까."

그래요, 선생님은 젊으시니까요……. 무심코 따스한 눈길을 보내고 말았다. 그러자 히라츠카 선생님도 내 눈을 마주보았다. 어딘가 따스한 눈빛으로.

"……히키가야 혼자인가? 유키노시타와 유이가하마는 어쩌고?"

말투로 보건대 내가 있는 거야 당연하고 다른 봉사부원들도 왔을 거라고 짐작한 눈치였다. 아하, 그래. 잇시키에게 이번 합동 이벤트 참여를 지시한 사람이 바로 히라츠카 선생님이라고 했지…….

결국 봉사부 차원에서 이번 잇시키의 의뢰를 받아들이도록 유도한 셈이다. 하긴 예전 같은 상황이었더라면 봉사부로서 정식으로 이 의뢰를 수락했을지도 모른다.

하지만 지금은 다르다.

"아, 그게요. 이건 그냥 제가 개인적으로 도와주는 거라서요."

슬그머니 손맡의 프린트로 시선을 옮겼다.

"흐음……."

히라츠카 선생님은 내가 일하는 모습을 물끄러미 바라볼 뿐, 한동안 아무 말도 하지 않았다. 나도 별다른 설명 없이 바쁘게 손을 놀렸다. 그저 기계적으로, 큰 의미도 없는 문장과 글자들을 하염없이 베껴 쓸 뿐이다.

"……그래, 알겠다."

가벼운 한숨을 흘리고서, 히라츠카 선생님이 나와 잇시키를 번갈아 보았다.

"그나저나 히키가야와 잇시키라……. 재미있는 조합이로군."

"대체 뭐가요……."

콤비 취급당한 제 입장에서는 하나도 재미없습니다만. 하지만 그건 잇시키도 마찬가지인지, 몹시 불만스러운 기색으로 으엑, 하는 표정을 지었다. 좀 너무한 거 아니냐, 이로하스…….

히라츠카 선생님은 그런 우리의 얼굴을 바라보며 유쾌하게 웃었다.

"아니, 왠지 그런 생각이 들어서 말이다. ……그보다 많이 늦었다. 나머지는 내일 하고 슬슬 돌아가도록. 보아하니 저쪽도 그럴 생각인 모양이고."

그 말에 주위를 둘러보니 카이힌 종합고 애들도 하나둘씩 짐을 싸고 있었다.

"하긴 그러네요. 그럼 우리도 이만 갈까요~?"

잇시키가 다른 임원들을 향해 말하자, 모두들 제각기 뒷정리에 들어갔다. 그러자 잇시키가 히라츠카 선생님에게 들리지 않게 하려는 배려에서인지, 목소리를 낮추고 내게 귓속말을 건넸다.

"저는 저쪽 학생회 사람들하고 밥 먹고 갈 거니까, 선배님은 먼저 가셔도 돼요~."

한마디로 날 그 자리에 부를 생각은 털끝만큼도 없다는 소리구만……. 고맙기도 해라. 너 뭘 좀 아는구나.

"그럼 난 이만 가보마."

"네. 그럼 선배님, 앞으로 잘 부탁드려요."

장난스럽게 경례를 붙이는 잇시키에게 가볍게 손을 들어 화답하고 출입문 쪽으로 향했다. 아차, 한 가지 물어본다는 걸 깜빡했군.

"아, 맞다. 내일도 비슷한 시간에 시작한다고 생각하면 되냐?"

"네. 기본적으로는요."

"그러냐, 알았다."

아마 카이힌 종합고에서 여기까지 오는데 제법 시간이 걸린다는 점을 감안해서 개회 시각을 정한 거겠지. 그 말은 곧 우리 쪽에서는 모임이 시작될 때까지 약간 시간이 빈다는 뜻이다.

그 미묘한 시간을 어떻게 보내야 좋을지 고민하며 커뮤니티 센터를 나섰다.

×　×　×

　행복이란 무엇인고.

　그건 바로 고타츠다.

　"아, 오빠. 어서 와."

　고된 하루를 마치고 집으로 돌아오니 거실에 코마치가 있었다. 코마치의 눈빛이 몽롱하다. 아무래도 졸음이 솔솔 밀려오는 모양이다.

　졸린 까닭은 어느새 거실에 떡하니 자리 잡은 이 고타츠겠지.

　마침내 부활하고 말았나⋯⋯. 이 악마의 기계가. 고타츠는 잉여인간 제조기다. 의심스러우면 겨울철에 적국으로 고타츠를 잔뜩 보내보라고. 간단히 정복 가능할걸.

　"코마치, 고타츠 속에서 공부하지 마. 졸리는 건 기본이고, 고타츠에서 자면 감기 걸린다고. 고타츠는 사람을 못 쓰게 만들어."

　잔소리를 늘어놓자, 코마치가 냉랭한 눈초리로 나를 보았다. 어머 몰라 얘 혹시 반항기니?

　"저기, 꾸물꾸물 고타츠 속으로 파고들면서 그런 소리를 해봤자 설득력 없거든⋯⋯?"

　하하하, 코마치 얘가 무슨 소리를 하는 거람? 내가 고타츠에 들어갈 리가⋯⋯ 오옷! 정신을 차려보니 어느새 고타츠 속에 들어와 있다고?!

그렇게 유치찬란한 일인극을 하며 나도 고타츠에 몸을 묻었다.

······따끈따끈하다냥~.

기나긴 하루를 마치고 추운 밤길을 달려온 몸에 원적외선이 기분 좋게 스며든다. 나른하게 다리를 늘어뜨린 순간, 뭔가 말랑말랑한 것과 툭 부딪쳤다.

그러자 그 말랑말랑한 뭔가가 내 다리에 찰싹 휘감겨왔다. 의지를 지닌 말랑말랑한 것······. 이거 코마치 다리인가? 그렇게 생각하며 고개를 돌리자, 나와 눈이 마주친 코마치가 배시시 웃었다.

고타츠 속에서 다리를 뒤얽고 시시덕거리다니······. 최근 여동생의 상태가 조금 이상한 것 같다만. 그보다 꺄아 몰라 뭐야 이거 무진장 낯 뜨거워! ······요놈의 어리광쟁이가.

하지 말라는 신호로 다리를 휙 떨쳐냈다. 그러자 말랑말랑한 감촉이 사라졌다.

이윽고 고타츠 안에서 뭔가가 꿈틀꿈틀 기어 나왔다. 우리 집 고양이 카마쿠라다. 아무래도 내 다리에 달라붙은 건 코마치가 아니라 저 녀석이었나 보다. 고양이는 왜 걸핏하면 남의 다리를 베개로 삼는 거냐농?

고타츠에서 나온 카마쿠라가 끄응 기지개를 켜더니 푸우 거친 숨결을 토해냈다. 네가 무슨 사우나에서 나온 아저씨냐.

내 얼굴을 본 카마쿠라가 킁킁대며 코를 울렸다. 발로 밀어낸 게 언짢으셨나 보다. 아니면 내 발에서 구린내가 나는 건

가……. 불안해지니까 그런 반응은 자제해주라…….

"오빠, 카 군은 왜 그렇게 째려봐?"

"그냥……."

고타츠에서 나오기는 했지만 역시 좀 추웠나 보다. 앉아 있는 코마치의 다리에 척 올라탄 카마쿠라가 식빵 굽는 자세로 잠을 청한다. 낮에도 실컷 잤을 텐데 또 자는 거냐. 고양이는 좋겠다. 나도 저렇게 살고 싶다.

코마치가 자기 다리에 올라앉은 카마쿠라를 쓰다듬기 시작했다. 야, 그랬다간 거기 죽치고 앉아서 비켜주려 하질 않을걸.

아참, 맞다. 코마치를 보다 보니 생각났다.

"있잖니, 코마치. 이게 뭐니?"

교복 안주머니에 넣어두었던 편지를 꺼냈다. 코마치는 카마쿠라를 깨우지 않도록 살짝 몸을 기울여 그 쪽지를 들여다보았다. 그리고는 태연하게 응수했다.

"뭐긴, 보이는 그대로야."

"그러냐……."

이 녀석, 진심으로 백색가전을 원하는 거냐……. 내 동생이라지만 완전 깨는데…….

코마치는 더 이상 설명할 마음이 없는지, 콧노래를 흥얼거리며 카마쿠라를 쓰다듬었다.

……하긴 지나치게 캐물었다가 그 메시지 이야기가 나오기라도 하면 무안해진다. 그 목록은 그냥 참고 정도로만 삼고, 코마치에게 줄 선물은 따로 고심해보도록 하자.

서로 특별한 대화도 없이 멍하니 앉아 있는 평화로운 시간이 흘러간다.

그때 별안간 카마쿠라가 움찔하더니 벌떡 일어섰다. 뒷다리로 귀를 벅벅 긁고는 빠릿빠릿한 표정으로 거실을 나섰다. 곧장 현관으로 향할 모양이다.

아무래도 엄마가 돌아왔나 보다. 저렇게 매번 엄마와 코마치를 마중 나가는 게 저 녀석의 대단한 점이다. 참고로 나와 아버지가 돌아왔을 때는 코빼기도 안 비친다.

이윽고 찰칵 현관문 열리는 소리가 났다. 탁탁 계단을 올라오는 발소리가 울려 퍼졌고, 곧 엄마가 거실에 모습을 드러냈다. 그 뒤를 카마쿠라가 졸래졸래 따라왔다.

"엄마 왔다. 아, 피곤해라."

가방을 아무 데나 툭 내려놓은 엄마가 오면서 사온 것으로 추정되는 어느 카페의 커피를 쭉 들이켰다. 고단해 보이는 그 모습에 코마치와 내가 위로의 말을 건넸다.

"다녀오셨어요, 엄마?"

"오, 수고. 아버지는?"

아버지가 왔으면 코마치에게 줄 선물값을 뜯어낼 작정으로 물어본 거였으나, 엄마는 어리둥절한 표정으로 고개를 갸웃했다.

"글쎄(さ-, 사아)?"

"글쎄라뇨……."

헤이헤이, 마이 마더? 유는 마이 파더의 와이프잖습니까?

Sir(サー, 사아) 같은 존칭은 빼도 되는 거 아닙니까? 아니면 단순히 허즈번드에게 무관심한 것뿐?

"이맘때는 스케줄이 빡빡하니까 한밤중에나 오지 않을까? 나도 일거리를 싸들고 왔고."

엄마의 대답은 아주 자연스러웠고, 겸연쩍어하는 기색도 없었다. 관심이 없다기보다는 너무 당연한 일이라서 별생각이 없는 눈치였다. 흐음, 업종에 따라 다르긴 하겠지만 이 시기의 회사원은 바쁜 모양이로군. 크리스마스를 앞두고도 일해야 한다니 정말이지 못 해먹겠구만. 난 크리스마스 시즌은 꼭 가족과 함께 보내는 그런 어른이 되고 싶다. 죽어도 일하지 않을 테다. 부(노)동의 의지를 굳게 다지는데, 엄마가 문득 생각났다는 듯 입을 열었다.

"맞다, 하치만. 너 한가하지? 크리스마스 치킨 세트 좀 예약해놓으렴. 그리고 케이크도."

"엉?"

왜 내가 그런 걸, 아니 그보다 어째서 제가 한가하다고 확신하시는 겁니까? 를 줄여서 엉? 이라고 대꾸했다. 그 문장 어디에도 「엉」은 없지만.

"여태까지는 코마치에게 부탁했는데, 올해는 좀……."

"어, 알았어. 돈 줘."

그런 이유라면 기꺼이 나서야겠지. 여태까지는 딱히 의식한 적도 없지만, 내가 수험생이던 시절에는 코마치가 이것저것 챙겨줬을 거다. 뭣보다 평소에도 웬만한 집안일은 다 코마치

몫이었으니까. 이럴 때만큼이라도 내가 거드는 게 도리다.

내 대답에 잠자코 듣고만 있던 코마치가 끼어들었다.

"됐어. 그 정도는 코마치가 할게."

그러나 엄마는 뭣 때문인지 희미한 미소를 머금은 채 손사래를 쳤다.

"괜찮아. 안 그래도 우리가 맞벌이라서 코마치 네게 부담을 주고 있잖니. 가끔은 오빠한테 시키도록 하자꾸나."

아니, 틀렸다. 그건 오해다. 내게도 집안일을 할 의향은 있다. 하지만 「집안일을 한다」고 마음속으로 생각했다면! 그때는 이미 행동이 끝난 상태라고!(코마치의 손에 의해)

야무진 동생을 두면 편하긴 하지만 애로사항도 많다고요. 그렇게 변명해보려 했으나, 엄마는 내 반응 따위 안중에도 없는 듯 가방에서 지갑을 꺼냈다.

"이런, 돈 찾아오는 걸 깜빡했네. 다음에 줘도 되겠니?"

"어."

짧게 대답하자 엄마가 하품을 삼키며 그럼 부탁한다고 말했다. 그리고는 뭉친 어깨를 풀며 거실을 나섰다.

노곤해 보이는 그 뒷모습을 바라보며, 코마치가 혼잣말처럼 중얼거렸다.

"코마치 때문이라면 신경 안 써도 되는데."

"부모 마음이란 거 아니겠냐. 신경 끄고 넌 공부나 열심히 해라."

내 말에 코마치가 살짝 눈썹을 찌푸렸다. 하지만 이내 얼버무리듯 쓴웃음을 지었다.

"으음, 근데 그 말도 좀……."

"엇, 미안. 달리 해줄 말이 떠오르질 않아서 그만."

반사적으로 열심히 하라고 말해버렸지만, 수험생 입장에서는 그 소리를 하도 많이 들어서 신물이 날 지경이겠지. 게다가 코마치가, 저렇게 바보 같은 내 동생이 게으름을 피울 리가 없지 않은가.

열심히 노력하는 사람에게 열심히 하라는 말은 금기다. 뭣보다 대충 사는 놈한테 그런 말을 들어봤자 열만 받을 테고.

그럼 뭐라고 해야 힘이 나려나? 끄응, 하고 고민하는데 코마치가 미소 띤 얼굴로 말했다.

"오빠, 그럴 때는 『사랑해.』라고 하는 거야."

"그러냐. 사랑한다, 코마치."

"코마치는 딱히 그렇지도 않지만 고마워, 오빠!"

"너무해……."

왈칵 눈물이 솟구쳤다. 이 오빠는 나름대로 진심을 담아서 한 말이었는데. 심지어 브레이크 등도 다섯 번 깜빡였는데.[#13]

한동안 깔깔대며 웃던 코마치가 쓱 몸을 일으켰다. 자기 방에 가서 공부하려는 거겠지.

"오케이, 스트레스가 확 풀렸어."

"그거 잘됐구나……."

#13 브레이크 등도 다섯 번 깜빡였는데 Dreams Come True의 노래 「미래 예상도」의 가사 「브레이크 등 다섯 번 깜빡이기, 사랑한다는 사인」에서 따온 것.

"오빠도 명심해. 기분전환은 중요하다고. 왜냐면 말이야, 마음에 여유가 없을 때는 딴 일을 하면 신경이 분산되잖아?"

"그건…… 그래, 뭐 그렇겠지."

그건 도망치기 위한 핑계 아니냐고 맞받아치려 했다.

하지만 또 다른 누군가도 그런 식으로 현실을 외면하고 있다는 사실이 떠올라, 자신 있게 반박하지 못했다.

3

거듭해서
히키가야 하치만은
자신에게 묻는다.

방과 후의 교실에서 땅이 꺼지라 한숨을 쉬었다.

오늘도 이따가 커뮤니티 센터에 가서 잇시키를 도와야 한다.

그 자체는 크게 문제 될 게 없다.

회의는 지루하지만, 현재는 카이힌 종합고가 프로젝트를 주도하는 입장이다. 덕분에 우리는 얌전히 시키는 일이나 하면 된다. 브레인스토밍을 통해 활발한 논의가 이루어지고, 의욕도 넘쳐흐른다. 덤으로 의식 수준은 하늘을 찌른다.

유일하게 마음에 걸리는 점이 있다면 소부고 학생회. 어제 보여준 모습으로 추측할 때, 소부고 학생회가 원만하게 돌아간다고 말하기는 힘들어 보였다.

그 주된 원인은 잇시키와 다른 임원들 사이의 거리감이겠지.

1학년 학생회장이란 존재는 의외로 골칫거리인 모양이다. 고작 한 학년 차이이긴 하지만, 우리 고등학생에게 1년이라는 시간은 꽤 크다. 서로 예의를 차리는 거겠지만, 그런 배려와 매너가 의사소통에 걸림돌이 되는 눈치였다.

뭔가 도움이 될 수 있다면 좋겠지만, 그건 결국 학생회 내부의 문제다. 내가 참견할 일이 못 된다. 부원이라곤 달랑 세 명뿐인 동아리조차도 어쩌지 못하는데.

게다가 당장 심각한 트러블이 있는 것도 아니다. 크리스마스까지만 버티면 된다.

이제 막 출범한 학생회다. 머지않아 다들 포기, 아니 익숙해질 거다.

거기까지 생각하고서 또다시 한숨을 쉬었다.

회의가 시작되기까지는 어느 정도 시간이 있다. 그때까지는 부실에 머물러야 한다.

잇시키를 돕기로 한 것 자체가 유키노시타와 유이가하마한테는 비밀이므로 일단 부실에도 들러야 한다. 무턱대고 빠졌다가 쓸데없는 의심을 사기라도 하면 곤란하다.

아무것도 없는 부실이다. 더 이상 무언가를 끌어들이지 않는 편이 좋겠지.

그나저나 부실에 얼굴을 비쳤다가 의문의 작업을 하러 간다라……. 부실에서야 특별히 하는 일도 없지만, 대기하는 것도 활동 범주에 들어간다. 생각보다 빡셀지도 모른다.

어느샌가 습득해버린 나의 고유 결계 『무한의 겸업 −언리미티드 더블 워크스−』가 발동되었군……. 뭔가 기묘한 이중생활이 시작되려는 모양인데…….

가볍게 숨을 고른 후, 자리를 박차고 일어섰다.

유이가하마는 이미 교실에 없었다. 그렇게 매일같이 함께 부실에 가는 건 아니다. 십중팔구 서로가 분명 그곳에 갈 거라는 확신이 있는 거다. 여태까지도 그랬고, 앞으로도 그럴 테지.

교실에서 나와 특별관으로 향하는 복도를 걸었다.

날이 갈수록 추위가 심해지는 것만은 분명하지만, 하루 이틀로는 뚜렷한 차이를 감지하기 힘들다.

지금 내가 걸어가는 차디찬 복도 역시 어제와 별반 다르지 않았다.

그 쌀쌀하던 늦가을이 어느 시점에서 겨울로 바뀌었는지, 평범하게 생활하며 느끼는 것만으로는 알 수 없는 법이다.

그러니 이 복도 끝에 위치한 그 부실도, 사실은 어제보다 더 차가워진 거겠지. 그저 깨닫지 못할 뿐.

부실 문을 열고 안으로 들어갔다.

"아, 힛키."

"여어."

유이가하마와 유키노시타에게 가벼운 인사를 건네며 의자에 앉았다.

무심코 부실 안을 둘러보았다.

유키노시타는 문고본으로 시선을 돌렸고, 유이가하마는 휴대폰과 눈싸움을 벌이는 중이다. 역시 어제와 크게 달라진 점은 없었다.

창가 쪽 의자. 거기서 멀지도 가깝지도 않은, 어정쩡한 거리에 있는 의자. 그리고 창가 쪽 의자의 대각선상에 놓인, 딴 데를 보고 있는 의자.

다른 의자들은 사용하지 않는 책상과 함께 층층이 쌓여 있었다.

그 책상에 희미하게 깔린 먼지와 다 읽은 책 무더기가 찰나처럼 짧은 시간의 경과를 알려주었다.

유이가하마가 유키노시타에게 말을 걸었고, 이번에도 여느때와 똑같은 대화가 이어졌다. 알맹이 없는 대화에 귀를 기울이며 나도 문고본을 펼쳤다.

요 며칠간 끊임없이 반복되어온 일상적인 풍경.

위화감은 찾아볼 수 없었다. 변했다고 할 만한 것은 눈에 띄지 않았다.

전과 달라진 점이라면 내가 시계를 보는 횟수 정도다.

상체도 어깨도 고개도 움직이지 않고, 오로지 시선만 위로 향한다. 시간을 신경 쓰는 티가 나지 않도록 슬금슬금 훔쳐본다.

몇 번을 그렇게 체크했을까. 생각처럼 움직여주지 않던 긴 바늘이 마침내 원하는 위치에 왔다.

두 사람은 아까와 다른 화제로 열심히 수다를 떠는 중이었다. 쾌활하게 말을 거는 목소리와 온화한 미소. 그 모습을 확인하고 천천히 입을 열었다.

"아, 맞다. ……오늘 말인데, 먼저 가봐도 되겠냐?"

양해를 구하며 조용히 문고본을 덮었다. 그러자 유키노시타와 유이가하마가 하던 이야기를 중단하고 나를 돌아보았다.

"응?"

유이가하마가 시간대를 확인하듯 창밖으로 시선을 향했다. 날이 저물기에는 조금 이르다. 평소 같으면 아직 부실에 남아 있을 때다.

그 사실에 위화감을 느꼈는지, 유이가하마가 신기하다는 표정으로 물었다.

"오늘따라 빨리 가네? 무슨 일 있어?"

"어…… 그게, 엄마 심부름으로 치킨 세트를 예약해야 되거든."

그럴듯한 이유가 매끄럽게 흘러나와주었다. 예약을 해야 하는 건 사실이고, 이따가 끝나고 집에 가는 길에 KFC에 들러야겠다.

내 대답에 유이가하마가 납득한 기색으로 고개를 끄덕였다.

"우와, 예약도 하는구나."

"어. 우리 집 크리스마스 파티용. 그거 불티나게 팔리니까 빨리 예약하는 편이 좋다더라고. 작년에는 코마치가 예약했다고 들었다만."

"그렇구나. 코마치는 수험생이니까."

유키노시타도 수긍한 듯 한마디 했다.

"뭐 그런 거지. 그럼 난 가보마."

"응, 그럼 내일 봐."

일어서는 나를 향해 유이가하마가 작별인사를 건넸다. 유키노시타도 "코마치에게 안부 전해주렴."이라고 덧붙였다. 그 말에 가볍게 손을 흔들어 화답하고 부실을 나섰다. 등 뒤에서 유이가하마가 코마치의 입시에 대해 재잘재잘 떠들어대기 시작했다.

복도가 조용한 탓에, 문 저편에서 두 사람의 이야기소리가 어렴풋이 들려왔다. 그 소리에 좀처럼 떨어지지 않는 발걸음을 돌려, 나는 그 자리를 떠났다.

× × ×

학교를 나오자마자 커뮤니티 센터로 향했다.

주차장에 자전거를 세워두고 몇 발짝 걷다가 별로 무겁지도 않은 가방을 고쳐 멨다.

출입구로 걸어가는데, 뒤에서 누군가 뛰어오는 소리가 들렸다.

"선배니임~."

부르는 소리와 함께 등에 탁, 하고 가벼운 충격이 일었다. 뒤돌아보지 않아도 누구인지는 뻔했다. 날 선배라고 부르는 녀석은 한 명뿐이고, 내게 이런 짓을 할 만한 사람도 동생인 코마치 빼고는 잇시키 이로하밖에 없다.

"어."

대답하며 돌아보니, 예상대로 그 목소리의 주인공은 잇시키 이로하였다. 잇시키는 못마땅한 기색으로 뾰로통하게 뺨을 부풀리고 나를 살짝 흘겨보았다.

"반응이 너무 밍밍한 거 아니에요……?"

"그야 네가 속 보이는 짓을 하니까 그렇지……."

게다가 이런 장난, 코마치 때문에 익숙하다고…….

"아이참, 무의식적인 행동인 게 당연하잖아요~."

잇시키가 한 손으로 뺨을 감싸며 수줍은 시늉을 했다. 야야, 굳이 그렇게 속 보이는 짓을 할 필요가 있냐……. 그렇게 생각하며 잇시키를 바라보니 오늘도 그 손에는 과자와 페트병이 담긴 봉지가 들려 있었다.

그 봉지를 달라고 말없이 손을 내밀었다.

내 손을 본 잇시키는 조금 놀란 표정을 지었지만, 피식 웃으며 짐을 건네주었다. 그리고는 놀리듯 말했다.

"게다가 선배님의 이런 행동도 꽤나 속보이거든요……?"

"아이참, 무의식적인 행동인 게 당연하잖냐~."

유감스럽게도 내 오라버니 스킬은 자동으로 발동되고 만다. 이런 짓을 의식적으로 했다간 쑥스러운 나머지 손에 땀이 흥건해질걸. 엇, 의식했더니 갑자기 손이 축축해지는데.

그런 이야기를 주고받으며 어제와 같은 강습실로 들어가자, 카이힌 종합고와 소부고 일동은 이미 그곳에 모여 있었다.

"아, 이로하."

"안녕하세요~."

상대 측 학생회장 타마나와가 손을 들며 잇시키를 불렀다. 잇시키도 마주 인사하며 어제와 같은 자리에 앉았다. 나도 그 뒤를 따랐다.

아무래도 우리가 꼴찌였나 보다. 전원이 속속 자리에 앉자,

타마나와에게로 시선이 쏠렸다.

"그럼 시작할까? 여러분, 잘 부탁합니다."

개회 선언과 함께 회의가 시작되었다.

타마나와는 먼저 우리가 써낸 회의록을 점검했다. 맥북 에어를 타닥타닥 두들기더니 눈이 피로한지 미간을 꾹꾹 누르고서 입을 열었다.

"으음, 아직 약간 미흡한 부분이 있으니까 어제 하던 브레인스토밍을 마저 하자."

야야, 약간은 개뿔이. 어제 회의만 해도 뭐라고 지껄여대는지 도통 알아들을 수가 없었다. 덕분에 회의록도 끝내주게 추상적이었다.

오늘은 부디 알찬 회의록을 작성할 수 있기를 바라며 회의 내용에 귀를 기울였다.

포문을 연 것은 카이힌 종합고 쪽이었다.

"기왕 하는 거니까 좀 더 화려한 게 낫지 않을까?"

"응, 맞아맞아! 역시 뭔가 거창한 게 좋다고 봐."

귀에 익은 목소리에 시선을 돌리자, 몸을 불쑥 앞으로 내밀며 찬성하는 오리모토가 보였다. 그 말에 타마나와가 살짝 인상을 쓰며 맥북 에어를 노려보았다.

"……듣고 보니 짜임새가 너무 소박했는지도 모르겠네."

엉? 그래? 짜임새라는 게 있기는 했단 말이야? 다시 한 번 회의록을 들여다보았지만, 거기 적혀 있는 거라곤 컨셉을 전략적 사고로 로지컬 씽킹을 블라블라~ 뿐이었다.

설마 내가 모르는 데서 뭔가 결정이 난 건가? 불안한 마음에 옆에 앉은 잇시키한테 물었다.

"저기…… 난 뭘 하기로 했는지 모른다만……."

"……그야 구체적으로는 아직 아무것도 결정된 게 없으니까요."

잇시키가 질렸다는 말투로 속삭이듯 대꾸했다.

현재까지 결정된 사항은 날짜와 장소, 목적 정도다.

날짜는 크리스마스이브. 장소는 이곳 커뮤니티 센터의 대형 홀. 목적은 지역 교류와 지역 공헌에 중점을 둔 봉사활동으로, 근처에 있는 어린이집 아이들과 노인 복지회관에 다니는 어르신들을 대상으로 한 크리스마스 이벤트다.

하지만 정작 중요한 행사 내용이 빠져 있었다.

지금 논의 중인 것이 바로 그 행사의 컨셉과 방향성일 터였다. 솔직히 그런 느낌은 눈곱만큼도 안 들지만.

타마나와가 자기들의 의견을 대강 취합하여 잇시키에게 물었다.

"방금 이야기한 대로 규모를 좀 키워볼까 하는데, 어떻게 생각해?"

"으음, 그러게요~."

의견을 구하자, 잇시키가 생긋 웃으며 애매하게 말꼬리를 흐렸다. 그 반응을 동의의 뜻으로 해석했는지, 타마나와도 미소를 지었다.

그러자 가까운 곳에서 한숨 소리가 들려왔다. 힐끗 곁눈질해보니, 한숨을 쉰 사람은 바로 우리 학교 부회장이었다.

전적으로 동감이다.

제아무리 하찮은 도우미라 한들, 대책 없이 일거리만 늘어나는 건 사양이다. 이번에는 확실하게 반론을 해둬야겠지.

"잇시키, 판을 키우기에는 시간과 일손이 모자란다만."

기껏해야 일개 노동력에 불과한 내가 끼어들어 봤자 씨알도 안 먹힐 테니, 우리 측 대표인 잇시키의 입을 빌리고자 귓속말을 건네듯 나직하게 말했다.

하지만 타마나와에게도 다 들린 모양이었다.

"노노, 그게 아냐."

타마나와가 유난히 과장스러운 제스처를 곁들여가며, 나뿐만 아니라 여기 있는 모든 사람을 타이르는 말투로 설명했다.

"브레인스토밍이란 말이야, 상대방의 의견을 부정하면 안 돼. 시간과 일손 부족으로 규모를 키울 수 없다. 그럼 어떡하면 그 제약을 없앨 수 있을까? 라는 식으로 논의를 전개해나가는 거지. 섣불리 결론을 내려고 들면 안 돼. 그러니까 네 의견은 기각이야."

그, 그러냐……. 그런 것치고는 방금 내 의견, 단칼에 부정당했다만…….

타마나와가 나이스가이 특유의 시원스러운 미소를 지으며 나를 보았다.

"자, 어떡하면 그 아이디어를 실현시킬 수 있을지 함께 의논해보자!"

규모를 키우는 건 확정인 거냐…….

타마나와의 제안에 반대하는 사람은 아무도 없었다. 정확히는 방금 타마나와가 일장연설을 한 탓에 부정적인 의견을 내놓기가 껄끄러운 분위기였다.

그 후로는 행사 규모 확대와 그 실현 방안에 주안점을 둔 의견이 대세를 이루었다.

"지역 커뮤니티를 끌어들이는 건 어때?"

"그럴 거면 세대 간의 갭을 줄이는 방향으로……."

일단 회의록을 작성하고는 있지만, 써야 되나 말아야 되나 헷갈리는 제안들이 이어졌다.

"이 근방의 또 다른 고등학교와 연합하는 건 어떨까?"

카이힌 쪽에서 또다시 새로운 의견을 내놓았다. 하여튼 의식 있는 분들(품)은 왜 저렇게 남들과 함께하지 못해서 안달인 거냐고. 의식 수준이 하도 높아서 고차원으로 승천한 끝에 정보통합 사념체의 하나가 되기라도 하겠다는 거냐.

하지만 지금보다 참가 학교가 늘어봤자 나아질 게 없다. 지금만 해도 우리를 제대로 써먹지 못하는 실정이고, 뭣보다 더 많은 사람들이 의견을 내놓기 시작하면 통제 불능이 돼버린다. 게다가 일거리가 늘어날 게 불 보듯 뻔하다. 무슨 일이 있어도 그것만큼은 피해야 해…….

다만 대놓고 부정했다간 이번에도 묵살당하고 말 거다. 그럼 어떡해야 되지?

……하는 수 없군. 부정적인 의견을 내놓을 때는 완곡하게,

그들의 규칙에 맞춘 간접적인 화법을 쓰는 수밖에. 그렇게 하려면 설명이 길어질 테니 잇시키가 대신 말하도록 하기는 힘들겠지.

"이건 프레시 아이디어인데, 방금 그 의견의 카운터로 우리 두 학교가 보다 밀접한 관계를 구축하여 협력을 강화함으로써 시너지 효과의 극대화를 노리는 게 좋을 거 같다만, 어떻게 생각하냐?"

이래도 무시할 테냐는 듯 영어를 남발했다. 예상치 못한 인물의 생뚱맞은 발언에 강습실이 크게 술렁였다. 대각선 맞은편에 앉아 있는 오리모토는 눈을 휘둥그렇게 뜨고 나를 쳐다보기까지 했다.

하지만 지금 내가 상대하는 사람은 오직 한 명.

아니나 다를까, 영어 애호가인 타마나와가 반응을 보였다.

"……하긴. 그럼 고등학교가 아닌 편이 낫겠네. 대학생이라든가."

실패인가……. 빌어먹을, 이대로 내버려뒀다간 더 컨트롤하기 힘들어진다. 지금은 후속타를 날려야 할 때다.

"잠깐만, 그랬다간 이니셔티브를 빼앗기고 말걸. 스테이크홀더와 컨센서스를 이룬다 쳐도, 확고한 매니페스토를 명확하게 서제스천할 수 있는 파트너십을……."

"선배님, 무슨 소리 하시는 거예요……."

잇시키가 식겁한 표정을 지었다. 내가 말해놓고도 무슨 소리인지 잘 모르겠다. 매니페스토와는 하등의 관계도 없고.

그래도 지금은 이럴 수밖에 없다.

　고육지책이기는 했으나 아까보다 영어 함유율을 높인 덕분인지, 타마나와도 흠흠 고개를 끄덕였다.

　"하긴 그러네. 그럼……."

　오케이, 이번에는 타마나와도 납득한 모양이다. 뭐야, 저 녀석 의외로 말이 통하잖아. 나름 좋은 녀석인데. 또 논파해버렸나. 패배를 알고 싶다.

　그렇게 우쭐해한 것도 잠시뿐, 타마나와가 집게손가락을 척 치켜세우며 말했다.

　"요 앞에 있는 초등학교는 어때? 우리 고등학생하고는 다른 방향성을 도입할 수 있을지도 모르잖아."

　"……엉?"

　얘가 지금 뭐라는 겨……? 뜬금없는 제안에 미처 대응하지 못하는 사이, 타마나와가 다시금 고견을 늘어놓기 시작했다. 아무래도 자기 아이디어에 심취한 눈치였다.

　"으음, 게임 에듀케이션이라고 하나? 그런 식으로 즐기면서 작업 가능한 환경을 조성하면 초등학생들의 힘을 빌릴 수 있지 않을까?"

　"윈윈이네."

　그 의견에 카이힌 측의 누군가가 동조했다. 그러자 오리모토가 짝, 하고 손뼉을 치고는 그 녀석을 가리켰다.

　"윈윈! 그거 죽인다!"

　뭘 죽이는데…….

오리모토뿐만 아니라 다른 사람들도 대체로 동의하는 눈치였다. 그 모습에 타마나와가 흡족하게 고개를 끄덕이더니 결정된 걸로 간주한 듯 후속 지시를 내렸다.

"초등학교 측과의 어포인트먼트와 네고시에이션은 우리가 맡을게. 그 이후의 대응은 소부고 쪽에서 담당해주면 좋겠는데."

싱긋 웃으며 잇시키를 향해 말한다.

하지만 잇시키는 글쎄요~ 라며 예스도 노도 아닌 애매한 태도를 취했다. 워낙에 열성적인 편은 못 되는 잇시키다. 일거리가 늘어나는 데 대한 거부감이 있을 테지. 그런 마음가짐이 망설임으로 나타나는 거다.

"그렇게 해줄래?"

하지만 그때 타마나와가 쐐기를 박았다.

"……네, 알겠어요~."

활짝 눈부신 미소를 지으며 잇시키가 대답했다.

어쩔 수 없지. 잇시키 입장에서는 연상의 남학생, 그것도 다른 학교 학생회장의 부탁이다. 그러니 쉽게 거절하기도 힘들겠지. 아마 여태까지도 이런 식으로 저쪽의 요구를 수용해 왔을 거다.

그리하여 결국 우리가 할 일이 늘어나게 되었다.

또다시 부회장이 한숨짓는 소리가 들려왔다. 나도 덩달아 한숨이 나올 것만 같았다. 한숨 좀 작작 쉬어!#14

하지만 순순히 늘어난 일거리를 소화하자니 배알이 꼴렸다.

미약하나마 끝까지 저항해서 조금이라도 할 일이 줄어들 가능성에 기대를 걸어봐야겠지. 난 일하지 않기 위해서라면 그 어떤 수고도 마다하지 않는 남자라고…….

　"근데 그런 걸 우리가 멋대로 결정해도 되냐?"

　"오히려 우리가 이니셔티브를 발휘하는데 의의가 있는 게 아닐까?"

　내 물음에 타마나와가 앞머리를 스윽 쓸어 넘기며 대답했다. 이 녀석 진짜 골 때리네……. 나는 지끈거리는 이마를 짚으며 말했다.

　"그런 말이 아니라…… 초등학생들의 도움을 받는다고 치면 걔들도 행사 당일에 참석시켜야 하잖아. 그러니까 행사장의 수용능력을 감안해야 한다고."

　이곳 커뮤니티 센터에서 행사를 여는 건 초반에 결정된 사항이다. 이제 와서 번복할 수는 없다. 그러니 행사에 참여 가능한 인원에는 한계가 있다. 아무나 마음 내키는 대로 추가했다가는 걷잡을 수 없는 사태가 벌어진다.

　내 설명에 잇시키도 고개를 끄덕였다.

　"하긴 그러네요. 어린이집과 복지회관 분들도 얼마나 오실지 모르니까요……."

　그것도 아직 확인 안 한 거냐……. 규모를 늘리기 이전에 해야 할 일이 산더미처럼 많건만, 그래도 타마나와는 고집을 꺾

#14 한숨 좀 작작 쉬어! 일본 테니스 선수 다테 키미코가 시합 중에 실책을 해 관객들이 한숨을 짓자 짜증내며 한 말.

지 않았다. 우리 의견도 가미해가며 뚝심 있게 본인의 주장을 관철한다.

"으음, 그럼 확인을 해봐야겠네. 하는 김에 조율이 필요한 다른 사항도 협의하고 오면 더 좋고. 그런 후에 초등학생들의 참가 인원수를 정해서 문의해보자."

일단 행동 방침은 정해졌다.

소부고는 어린이집을, 카이힌 종합고는 복지회관을 찾아가 각각 확인해보고, 그 결과를 토대로 초등학교 측에 참가 의향을 타진해보기로 했다.

이젠 포기하는 수밖에 없나……. 어쨌든 참가 인원에 제한을 두는 데는 성공했다. 사람들을 무한정 상대할 필요가 없게 된 것만으로도 다행이라고 생각하자.

그래, 하치만! 어떤 상황에서든 긍정적인 면을 찾아내는 거야!

회의, 아니 브레인스토밍을 일단락 짓고 각자 주어진 업무에 착수하기로 했다.

"저기, 이제 어떡할까요?"

소부고 학생회와 나를 한 자리에 불러 모은 잇시키가 그렇게 운을 뗐다.

"다른 일도 해야 하니까, 어린이집에 갈 사람과 회의록을 정리할 사람을 나누는 편이 낫지 않을까 싶은데요……."

흐음, 하긴 그냥 문의하러 가는데 구태여 전원이 우르르 몰려갈 필요는 없다. 어린이집을 방문하는 인원은 최소화하는 게 좋겠지. 문제는 누가 가느냐다만……. 그거야 굳이 따져볼 것도 없는 일이다.

내가 뭔가 말을 꺼내기도 전에 부회장이 껄끄러운 기색으로 입을 열었다.

"협상은 회장이 맡는 게 좋지 않을까……?"

"아, 아아, 네. 하긴 그렇죠……."

그 말에 잇시키가 어깨를 축 늘어뜨렸다. 그야 이런 경우에는 대표가 가는 게 보통이겠지. 지금 잇시키가 해야 할 일은 누가 갈지를 정하는 게 아니라, 이곳에 남을 다른 임원들에게 업무 지시를 내리는 거다.

부회장도 나와 비슷한 생각인지, 조심스럽게 덧붙였다.

"으응……. 또 그뿐만이 아니라, 그 밖에도 이것저것 해야 되지 않나 싶은데."

"휴우…… 그렇겠죠~."

그런 잇시키의 반응에 부회장이 힘없이 한숨을 쉬었다.

—아하, 회의 도중에 한숨을 쉬었던 건 그런 이유에서였나.

부회장은 나하고는 달리 일거리가 늘어서 불만이었던 게 아니다.

잇시키의 태도가 못마땅했던 거다.

옳거니……. 그야말로 나쁜 의미의 하급자 의식이로군.

부회장을 비롯한 소부고 학생회 임원진은 잇시키 이로하가 학생회장다운 행동을 보여주길 기대한다.

하지만 당사자인 잇시키는 시종일관 저쪽 학생회장의 눈치를 보는 데다, 불리한 제안을 해도 그대로 수용하기 일쑤다. 게다가 1학년이란 점 때문에 소부고 멤버들을 대할 때도 저자세로 나오곤 한다.

우리 임원들 입장에서는 그런 데 신경 쓰지 말고 강단 있게 업무를 처리해주기를 바라는 게 아닐까.

다만 신경 쓰지 말라고 해도 신경이 쓰이는 게 인간의 Shimri. 당분간은 이런 미묘한 거리감 속에서 업무를 진행하는 수밖에 없다.

하지만 잇시키를 회장 자리에 앉힌 장본인인 이상, 내게도 어느 정도 책임이 있다. 그러니 이번 행사가 끝날 때까지는 착실하게 서포트해야겠지.

"잇시키, 어린이집에는 나도 가마. 그동안 해야 할 일은 다른 임원들한테 맡기자고."

그러면 되겠지? 라는 뜻으로 부회장을 돌아보자, 부회장도 고개를 끄덕였다. 옆에서 우리를 지켜보던 잇시키도 그 말에 조금 마음이 놓이는지, 아까보다는 한결 표정이 부드러워졌다.

"네, 좋아요. 그렇게 하죠. 그럼 일단 전화 좀 할게요."

그렇게 말하며 잇시키가 휴대폰을 꺼내 전화를 걸었다. 아무리 간단한 확인과 협의를 위한 방문이라지만, 일언반구도 없이 들이닥칠 수도 없는 노릇이다. 미리 약속을 잡아둘 필요가 있다.

통화가 끝나기를 기다리며 한가한 기분으로 멍하니 서 있는데, 저 멀리서 낯익은 얼굴이 다가왔다.

오리모토가 안녕, 하고 살짝 손을 들어 보이며 말을 걸어왔다.

"히키가야, 중학교 때 학생회 같은 거 했던가?"

"아니, 안 했는데."

같은 중학교 출신이면서 그런 것도 모르냐는 생각이 들었지만, 곰곰이 따져보니 나도 당시 학생회 임원진 중 기억나는 사람이 하나도 없었다. 그 말은 곧 학생회 멤버들은 내게 트라우마를 심어주지 않았다는 뜻이며, 아마도 괜찮은 애들이었을 거란 느낌이 들기 시작했다. 괜찮은 애들인데 까먹다니 면목이 없구만.

그러는 사이에 오리모토도 옛 기억을 더듬어보았는지, 흠흠 고개를 끄덕이며 말했다.

"그치? 그래도 왠지 익숙해 보이는데?"

"딱히 그렇지도 않다만."

말은 그렇게 했지만, 올해 들어 본의 아니게 문화제와 체육대회 등에 관여한 탓에 경험치가 쌓이기는 한 모양이다. 예전에 비하면 이런 일에는 내성이 생겼다.

"근데 이거, 왜 거드는 거야?"

"그냥. 부탁 받았거든."

"흐음……."

내 대답에 오리모토가 잠시 뜸을 들였다. 빤히 쳐다보니 좀 껄끄럽다. 그 시선을 피하려고 몸을 뒤튼 순간, 생뚱맞은 질문이 날아들었다.

"여친이랑 깨졌어?"

"엉?"

애가 미쳤나……. 질문의 의도를 알 수 없어 되묻자, 오리모토가 조금 떨어진 곳에서 통화 중인 잇시키를 힐끗 보았다.

"아니, 혹시 그래서 잇시키를 노리는 건가 싶어서."

애가 진짜 미쳤나……. 잇시키는 얼굴은 예쁘장하지만 내가 어찌해볼 만한 상대가 아니고, 애초에 어찌해볼 생각도 없다.

"아니거든……. 게다가 깨지기는커녕 여자친구가 있었던 역사조차 없다고."

난 왜 옛날에 고백했던 애 앞에서 이딴 소리나 해야 되는 거냐. 뭐야 이거, 시간을 초월한 신종 괴롭힘인가……. 그래도 정직하게 대답하는 제가 너무 좋습니다. 이게 옛날이야기라면 난 분명 승리자였겠지. 엇, 아니다. 나한테는 쇠도끼가 없잖아. 혹도 없고. 아참, 혹은 다른 이야기였던가?

오리모토가 눈을 깜빡였다.

"그렇구나……. 난 또 걔네들 중 한 명이랑 사귀는 줄 알았지."

걔네들이 누군데……. 시선만으로 그렇게 묻자, 그 사실을 알아차린 오리모토가 곧추세운 집게손가락을 빙글빙글 돌리며 덧붙였다.

"그 왜, 전에 놀러 갔을 때 걔네들 말이야."

오리모토와 내가 놀러 간 건 딱 한 번뿐이다. 심지어 단둘이 논 것도 아니다. 하야마와 오리모토의 친구도 함께였다.

더 정확히는 내가 짝을 맞추기 위해 끼어들어 간 덤이었지만.

그때 하야마의 농간으로 두 소녀를 만났다. 바로 유키노시타와 유이가하마다.

오리모토가 언급한 사람은 그 둘이 분명하다.

"걔들은…… 그냥 같은 동아리일 뿐이다만."

그 관계를 정확하게 표현할 수 있는 말이 좀처럼 떠오르지 않았다. 단적인 진실을 말했다고 생각하지만, 그게 옳은지는 알 수 없다. 같은 동아리라는 말이 지닌 의미를, 나는 과연 어디까지 이해하고 있는 걸까. 상념에 빠지려는 순간, 그것을 가로막듯 오리모토가 후와, 하고 얼빠진 소리를 냈다.

"동아리 하는구나. 무슨 동아리인데?"

"……봉사부."

뭐라고 설명해야 좋을지 모르겠지만, 괜히 거짓말을 했다가 캐묻기라도 하면 난감해진다. 사실대로 대답하자 오리모토가 풉 웃음을 터뜨렸다.

"뭐야 그게! 완전 의미 불명이잖아! 뽐기지만."

"아니, 안 뽐기거든……."

오리모토는 배꼽을 잡고 웃어댔다. 하긴 실제로 정체불명의 동아리이긴 하다. 그래도 딱히 뽐기지는 않는다.

정말이지 웃을 수가 없다.

×　×　×

통화를 마친 잇시키를 따라 어린이집으로 향했다. 커뮤니티 센터에서 엎어지면 코 닿을 거리라 미팅을 갖기도 편하다. 게다가 시립이어서 학교 측을 통해 뭔가를 제안하기도 쉽다.

미리 약속을 잡아놓은 덕분에 도착하자마자 곧장 실내로 안내되었다.

까마득한 옛날 눈에 담았을 터인 어린이집 풍경과, 사방에 감도는 달짝지근한 분유 냄새가 향수를 자극했다.

교실이라고 불러도 될지 모르겠지만, 유리창으로 들여다본 방은 모든 것이 조그마했다. 그 안에서 아이들이 나무 블록과 조립식 장난감을 갖고 놀거나 이리저리 뛰어다니는 모습이 보였다.

벽에는 삐뚤빼뚤한 글씨와 뭘 그렸는지 짐작도 안 가는 크레파스 그림을 쫙 붙여놓았고, 그 주변은 색종이로 만든 튤립과 별똥별로 장식되어 있었다.

나도 어린이집 출신이긴 하지만, 그 당시의 기억은 흐릿하다. 어쩌면 그 시절에 자프셰 인 러브란 말을 듣거나 열쇠인지 자물쇠인지를 받았을 가능성도 있지만, 안타깝게도 전혀 기억나는 게 없다.

신기한 마음에 호오, 하고 감탄하며 주위를 두리번거리다가, 방 안에 있는 보육 교사와 창문 너머로 눈이 마주쳤다.

그 보육 교사가 옆에 있는 다른 선생님과 소곤소곤 이야기를 나누기 시작했다. 그 눈빛에는 나를 향한 경계심이 가득했다. 으음, 학부모 여러분~! 이 어린이집은 위기관리가 아주 철저하네요! 강력 추천이랍니다!

일단 잽싸게 그 자리를 떠나 앞서 가던 잇시키에게 말을 걸었다.

"어째 난 별로 환영받지 못하는 분위기다만."

"그러게요……. 선배님, 눈빛이 위험하니까요……."

내 눈을 힐끗 보며 잇시키가 말했다. 너무해! 편들어줄 줄 알았는데!

하긴 아무리 미리 연락을 해뒀다지만, 교복 차림의 남고생이 나타나면 당연히 어느 정도는 경계하겠지. 이대로 따라가서 아이들과 선생님을 불안하게 만들 수도 없는 노릇이다.

"……난 그냥 저쪽에서 기다리련다."

아이들의 눈길이 닿지 않는 복도 바깥쪽 벽을 가리키면서 말하자, 잇시키가 허리춤에 손을 얹고 한숨을 푹 쉬었다.

"하는 수 없죠. 여기 일은 제가 알아서 할게요."

"부탁하마."

그 말을 끝으로 잇시키를 배웅했다. 요 앞 직원실에서 이야기를 나누려나 보다. 잇시키가 복도를 따라 똑바로 나아갔다.

그나저나 일부러 따라와 놓고 밖에서 기다리기나 하다니, 나도 참 인생에 도움이 안 되는 놈이구만.

이제 잇시키가 나올 때까지 뭘 하며 시간을 보낼까 생각하며 주위를 둘러보았다. 그냥 여기 털푸덕 주저앉아 있어도 되지만, 그랬다간 더 수상쩍어 보이기 십상이다. 선생님과 아이들에게 경계심을 심어주지 않으려고 혼자 남는 길을 선택했건만, 그래서야 본말전도다.

어쩔 수 없지. 그냥 멍 때리며 우두커니 서 있을까…….

소싯적에 아파트 모델 하우스 일일 홍보 아르바이트를 했을 때, 땡볕 아래에 간판을 든 채 몇 시간을 내리 서 있었던 적도 있는 내게 이 정도는 껌이다. 대략 여덟 시간을 그저 길에 멍하니 서서 보냈다. 상당히 고달픈 아르바이트였지만, 파견료다 보험료다 이것저것 뜯긴 결과 「헉…… 내 시급, 너무 적은 거 아냐……?」[#15]라며 울먹이기도 했다.

그때에 비하면 지금은 지붕과 벽이 있는 데다 시간도 짧다. 그것만으로도 양호한 환경처럼 느껴졌다. 헉…… 내 사축(社畜) 적성, 너무 뛰어난 거 아냐……?

그렇게 멍하니 서서 시답잖은 잡생각만 되풀이하던 그때, 가까운 곳에 있는 교실 문이 소리 없이 열렸다.

뭐지? 하고 지켜보는데, 웬 여자애가 살금살금 복도로 나왔다. 그리고 변함없이 조심스러운 걸음걸이로 현관 쪽으로 향하더니 주위를 두리번거리기 시작했다.

까치발을 디뎠다가 폴짝폴짝 뛰는 등 꼬물꼬물 귀여운 몸놀림으로 바깥을 내다보려고 애를 썼지만, 아무것도 보이지 않는다는 걸 깨닫고는 터덜터덜 되돌아왔다.

그 여자애의 푸르스름한 흑발은 양갈래로 나뉘어 헤어슈슈로 묶여 있었다. 거기다 앳되지만 반듯한 이목구비가 어우러

#15 헉…… 내 시급, 너무 적은 거 아냐……? 일본 인터넷 이직 사이트 배너 광고 패러디. 원래는 「헉…… 내 연봉, 너무 적은 거 아냐……?」

져 무진장 귀여웠다.

나를 발견한 여자애가 아, 하고 탄성을 지르며 이쪽으로 다가왔다.

그리고 내 재킷 자락을 꼭 쥐더니 입을 헤 벌리고 나를 올려다보았다. 아뿔싸, 이 패턴은 그거냐. 신고당하거나 수상한 인간으로 몰리는 거냐. 그래도 어린이집 안이고, 달리 보는 사람도 없으니까 괜찮겠지…….

"……왜 그래, 무슨 일 있어?"

이 상황에서 무시할 수도 없는 노릇이라, 애써 차분하고 느긋한 목소리로 물었다. 그러자 여자애가 내 옷자락을 더 세차게 잡아당겨서 천천히 허리를 굽혔다. 눈높이가 비슷해지자, 여자애가 난감한 목소리로 말했다.

"있잖아, 사아가 안 와."

"어, 그러냐."

사아가 뭐지……? 엄마(かーちゃん, 카아 짱) 말인가……? 어린애들은 혀짧은 소리도 많이 내니까. 코마치도 어릴 적에는 오빠가 아니라 허파라고 불렀고. 내장기관인 줄 알았다니까.

코마치 덕분에 연하에는 내성이 있지만, 그래도 이 정도로 어릴 때 어떤 식으로 돌봤는지는 기억나지 않았다. 그때는 나도 애였고 말이야. 자, 그럼 어떻게 대처해야 한담……? 어쨌든 이 꼬마 혼자 밖에 나와 있는 것도 좋지는 않겠지. 일단 교실에 데려다 줄까.

"사아는 곧 올 거야. 그때까지 저기서 놀자."

조그만 어깨를 부드럽게 밀어 교실 앞으로 데려간다. 여자애도 의외로 말을 잘 들어서 내가 이끄는 대로 순순히 교실까지 왔다. 유리로 된 미닫이문을 열려는데, 여자애가 또 내 옷자락을 잡아끌었다.

"아, 저거! 저게 사아야."

그렇게 말하며 교실 벽에 붙여놓은 크레파스 그림을 가리켰다. 어느 그림을 말하는지 전혀 감이 안 잡힌다만…… 아마도 엄마를 그린 게 아닐까. 하지만 그림이 여러 개라 어느 건지 알 수가 없었다.

"어느 게 사아라고?"

"저거!"

막연하게 벽을 가리키는 꼬마. 하지만 벽에는 그림이 잔뜩 붙어 있어서 여전히 찾을 수가 없었다. 으음…… 대체 어느 거람……?

다시 허리를 구부려 여자애와 시선을 맞추었다.

"……좋아, 이렇게 해보자. 이쪽이 오른쪽, 그리고 이쪽이 왼쪽이다. 알겠지?"

오른손과 왼손을 차례로 들어 보이자, 여자애가 힘주어 고개를 끄덕이고는 똑같이 손을 들며 복창했다.

"오른쪽, 왼쪽."

"그래그래, 잘했다. 자, 오른쪽 들어."

내 말에 여자애가 힘차게 오른손을 들었다.

"왼쪽 들어."

이번에는 왼손을 번쩍 치켜든다. 흐음, 좌우는 구분할 줄 아는 모양이군. 그러면…… 이라고 생각하며 벽에 붙여놓은 그림을 가리켰다.

　"자아, 그럼 퀴즈입니다. 오른쪽에서 몇 번째가 사아일까~요?"

　새로운 게임에 여자애가 와아! 하고 눈을 빛냈다. 그리고 손가락을 하나씩 꼽아가며 숫자를 세기 시작했다.

　"우움…… 네 번째!"

　"정답. 참 잘했어요~."

　그렇게 말하며 살짝 머리를 쓰다듬어주었다. 그래, 저게 사아란 말이지. ……역시 모르겠다. 결국 어느 그림인지는 알아내지 못했다. 그래도 한동안 놀아줬으니까 조금은 기분이 나아졌겠지.

　교실 안으로 들여보내려 했을 때, 뒤에서 다정한 목소리가 들려왔다.

　"케이."

　돌아보니 몹시 낯익은 녀석이 서 있었다. 동급생인 카와사키 사키다.

　케이라고 불린 여자애가 반색하며 쪼르르 그쪽으로 달려갔다.

　"사아 언니!"

　와락 끌어안긴 카와사키가 사랑스럽다는 듯 케이의 머리를 쓰다듬었다. 그리고는 내게 의심스러운 시선을 보내왔다.

"……넌 왜 여기 있어?"

"아, 일이 좀 있어서……."

나 역시 카와사키 네가 왜 여기 있느냐고 물어볼 작정이었으나, 카와사키가 선수를 쳤다. 탐색하는 듯한 눈빛으로 흘 끗 내 등 뒤를 살핀다.

"흐음……. 유키노시타와 유이가하마는?"

물어볼 거라고 예상하긴 했다. 내가 말하는 일이란 곧 봉 사부 의뢰를 가리키니까. 그동안 이런저런 의뢰에 관여해온 입장이니 궁금해할 만도 하다. 하지만 굳이 사정을 밝힐 필 요도 없다. 그렇게 심도 있는 질문도 아니고, 내막을 털어놔 봤자 카와사키를 난처하게 만들 뿐이겠지. 그래서 간결하게 대답했다.

"……좀 다른 일이라서. 나 혼자다만."

"……그래?"

카와사키는 잠시 나를 물끄러미 바라보았지만, 이내 짤막 하게 대꾸하고는 관심 없다는 듯 시선을 돌렸다.

"넌?"

이번에는 반대로 내가 묻자, 카와사키가 케이라는 애의 어 깨를 살포시 감싸 쥐었다. 그리고 조금 쑥스러운 기색으로 우물우물 대답했다.

"난…… 동생을 데리러."

"그러냐."

아하, 동생이었냐. 다행이다……. 순간적으로 딸인가 했잖아…….

하지만 듣고 보니 확실히 닮은 구석이 있었다. 장래가 촉망되는 인재로군요. 바라건대 부디 착하고 얌전한 소녀로 자랐으면 한다. 언니는 무서우니까.

그런 소망을 담아 카와사키 자매를 번갈아 보자, 그 시선을 어떻게 해석했는지 카와사키가 당황한 기색으로 입을 열었다.

"아, 저기, 얘는 내 동생 케이카. ……자, 케이. 자기소개해야지."

"카와사키 케이카!"

재촉받은 케이카가 얍, 하고 씩씩하게 손을 들며 외쳤다.

"난 하치만이다."

그 생기발랄한 모습에 흐뭇해하며 나도 통성명을 했다. 그러자 케이카가 커다란 눈망울을 깜빡였다.

"……하치, 만? ……이름이 이상해!"

"케, 케이! 그럼 못 써!"

카와사키가 허둥지둥 케이카를 야단쳤다. 하지만 그 목소리는 변함없이 다정했다. 평소의 카와사키와는 달리 부드러운 분위기가 감돌았다. 의외로 좋은 언니구만. 브라콤일 때하고는 또 다른 느낌이다.

"됐어, 나도 이상하다고 생각하니까. 그보다 네가 동생을 데리러 오는 거냐. 고생이 많다."

내 말에 카와사키가 퉁명스럽게 대꾸했다.

"별로……. 평소에는 엄마아빠가 하시니까. 학원 수업이 없는 날은 내가 오는 것뿐이고."

"그래도 너희 집, 꽤 멀지 않냐?"

학군은 다르지만, 카와사키네 집은 우리 집에서 그리 멀지 않다. 그 동네에서 여기까지는 전철로 한두 정거장쯤 되려나. 아이를 맡기기에 적당한 거리인지는 모르겠으나, 결코 가깝다고 할 정도는 아니다. 그런 면에서도 수고스러울 것 같았다. 그러나 카와사키는 긴 머리카락을 쓸어내리며 나직하게 대답했다.

"그렇기는 하지만 아침에는 차로 오고……. 요즘 어린이집은 좀처럼 자리가 안 나는 데다, 여기는 시립이어서 싸거든."

"아하, 그렇군."

어쩐지 살림꾼의 향기가 물씬 풍기는데, 이 녀석. 살짝 감탄하며 바라보는데, 그 손에 들린 장바구니가 눈에 들어왔다. 저녁 장을 봐 가지고 왔는지, 장바구니 밖으로 삐져나온 대파가 그런 이미지를 한층 강화시켰다.

"예전에는 계속 아르바이트를 했으니까, 못 왔지만……."

"아, 맞다. 그랬지 참."

"응…….."

대답하는 카와사키의 음성은 따스했고, 눈길은 케이카에게 쏠려 있었다. 불현듯 그 시선이 나를 향했다.

힐끔힐끔 내 눈치를 살피던 카와사키가 뭔가 말하기 껄끄러운 게 있는지 입을 오물거린다. 기다린다고 말해줄 것 같지는 않지만, 저렇게 움찔거리면 뭔가 있나 싶어 나도 괜히 움찔거리게 된다. 어쩐지 쑥스러우니까 그만두지 않으련……?

"……뭐냐?"

"아, 아무것도 아니야."

물어보자 카와사키가 도리도리 고개를 내저었다. 그때마다 포니테일이 진자처럼 흔들렸고, 케이카가 고양이처럼 그 움직임을 눈으로 좇았다.

나도 덩달아 그 모습을 바라보다가, 복도 저편에서 잇시키를 발견했다.

"앗, 찾았다. 선배님~."

어린이집 측과 이야기를 끝마쳤는지, 잇시키가 이리로 다가왔다. 확인과 협의 작업이 완료됐다면 우리의 임무도 끝난 셈이다. 난 아무것도 한 게 없지만.

"……저, 저기, 이만 돌아가도 될까요?"

카와사키의 존재를 깨달은 잇시키가 그 쪽을 흘끔거리며 내게 물었다. 그러자 카와사키가 흘끗 잇시키의 시선을 되받아쳤다. 그 눈빛에 잇시키가 겁먹은 기색으로 흠칫 몸을 굳혔다. 아, 카와사키 양은 원래 저러니까 겁내지 않아도 돼. 일진이 째려보는 것처럼 느껴질지도 모르지만, 조금 무서울 뿐이지 평범하게 좋은 애니까.

하지만 그렇게 설명했다간 카와사키가 화를 낼 테지. 뭐라고 하는 게 좋을지 고심하는데, 머리카락을 휙 넘기며 뒤돌아선 카와사키가 교실 문 쪽으로 손을 뻗었다. 슬슬 선생님한테 인사하고 돌아가려는 모양이다.

"……갈게."

카와사키는 몸을 비스듬히 틀어 이쪽을 보며 말한 뒤 케이카의 손을 잡았다. 그러자 케이카도 카와사키의 손을 맞잡고 반대쪽 손을 들어 힘차게 흔들었다.

"바이바이, 하아 오빠!"

"그래, 잘 가라."

나도 가볍게 손을 들고 마주 흔들어주었다. 그보다 하아 오빠는 또 뭐냐. 내 이름을 까먹은 건가. 남의 이름은 정확하게 기억하려무나. 절대로 하치 어쩌고 군처럼 날림으로 외우면 안 된단다.

자매를 배웅하는데, 옆에 선 잇시키가 멀어져가는 카와사키에게서 내게로 시선을 돌렸다. 그리고 떨떠름한 기색으로 쭈뼛쭈뼛 입을 열었다.

"서, 선배님 주변 분들은 뭔가 독특하네요……."

부정은 안 하겠다만, 너도 그 특이한 주변인 중 하나거든…….

× × ×

어린이집을 방문한 이튿날. 종례를 마치고 끄응 기지개를 켰다.

어제의 피로가 진득하게 남아 있는 느낌이었다.

체력적으로 부담이 되는 일은 한 게 없지만, 헛되이 흘려보내는 시간은 정신을 좀먹는다.

결국 어제 거둔 수확이라곤 어린이집 측의 예상 참가 인원을 파악한 것과, 그들의 소박한 희망사항을 접수한 것뿐이다. 회의록 갱신도 일종의 성과지만, 애초에 그 회의 자체가 별로 실속이 없었다.

오늘도 그렇게 무익한 시간을 보내게 될 거라고 생각하니, 입이 찢어져라 하품이 나왔다. 우울한 기분을 떨쳐내듯 후아암 하고 거친 숨결을 토해냈다.

찔끔 새어나온 눈물을 훔치다가, 교실 문을 열려던 토츠카와 눈이 마주쳤다. 아무래도 하품하는 모습을 들킨 모양이다.

발걸음을 돌려 내 자리로 온 토츠카가 한쪽 손을 살짝 오므려 입가를 가리고 이상하다는 듯 웃었다. 그런 미소를 지으면 나야말로 이상해져 버린다고…….

"왠지 피곤해 보여."

아까 늘어지게 하품을 한 탓인지, 토츠카가 그렇게 운을 뗐다.

그야 좀 피곤하긴 하지만, 그렇다고 토츠카한테 피곤함 자랑 따위를 할 수 있을 리가 없다. 「피곤함 어필」은 「과음 어필」만큼이나 짜증 나니까. 왜 그게 폼 난다고 생각하는 거냐. 오히려 꼴사나울 따름이다만. 앞으로는 반대로 「음주 불가능 어필」이 흥할 거라고.

이상의 내용을 종합해볼 때, 지금은 쌩쌩함 어필을 하는 편이 토츠카에게 잘 먹힐 거라고 생각합니다!

"언제는 안 그랬냐."

"듣고 보니 그러네."

너스레를 떨자 토츠카도 미소로 화답했다. 아까부터 끊임없이 새어나오던 한숨도 쏙 들어가 버렸다. 그 대신 복숭앗빛 숨결이 새어나올 것만 같습니다. 토츠카의 웃음소리에는 1/f 잡음[16]과 유사한 효과가 있는 거 아냐? 여기서 f는 페어리의 f려나…….

그 눈부신 미소가 만들어낸 음이온이 내게 플라세보 효과와 비슷한 작용을 하는 사이, 토츠카가 테니스 가방을 고쳐 멨다.

"테니스부 가려고?"

"응! 하치만도 봉사부 갈 거지?"

"……그래야지."

"……?"

한 박자 늦은 대답에 토츠카가 살짝 고개를 갸웃했다. 그 의구심을 불식시키고자 애써 밝은 목소리로 말을 이었다.

"그럼 연습 열심히 해라."

"응, 하치만도 열심히 해."

"알았다."

토츠카는 가슴 앞에서 살짝 손을 흔들어 보이고 교실을 나섰다. 그 뒷모습을 미소 띤 얼굴로 배웅했다. 하지만 토츠카

#16 1/f 잡음 모든 옥타브에서 동일한 에너지를 갖는 소리로, 정신 안정과 스트레스 해소 효과가 있음.

가 복도로 사라진 후에도 선뜻 일어설 마음이 나지 않았다.

의자 등받이에 몸을 기대고 천장을 올려다보았다.

그러다 문득 시야 한구석에서 유이가하마를 발견했다.

먼발치에서 쭈뼛쭈뼛 이쪽의 동태를 살핀다. 아무래도 토츠카와 이야기를 마칠 때까지 기다렸던 모양이다.

몸을 일으켜 넌지시 이쪽으로 와도 된다는 뜻을 내비쳤다. 그러자 조금 어색한 걸음걸이로 유이가하마가 내게 다가왔다.

책상 앞에 선 유이가하마가 불안한 기색으로 내 얼굴을 들여다보았다.

"……오늘, 봉사부 갈 거야?"

그 물음에 그만 말문이 막혀버리고 말았다.

어제 일찍 돌아가는 바람에 유이가하마한테 걱정을 끼쳤나. 그 얼굴을 보고 있으려니 차마 안 간다는 말은 할 수 없었다. 그렇게 강아지 같은 눈망울로 쳐다보지 말라고……. 알았어, 가면 될 거 아냐.

"그래. 그럼 슬슬 가볼까……?"

"알았어! 가방 갖구 올게."

내 대답에 유이가하마가 자기 자리로 되돌아갔다. 나는 먼저 교실을 나와 특별관으로 가는 복도에서 유이가하마를 기다리기로 했다.

그동안 인적 없는 복도에서 앞으로의 부활동과 행사 준비 작업에 관해 생각해보았다.

아직까지는 작업량이 많지 않다.

하지만 향후 일정을 감안하면 시간이 부족해질 건 불 보듯 뻔하다. 작업 시간을 확보하려면 귀가를 앞당길 필요성이 생길지도 모른다.

그러면 조만간 봉사부 활동을 쉬겠다고 이야기해야 한다.

하지만 가능하면 쉬고 싶지 않았다. 근거는 없지만, 봉사부 활동이 없는 상황을 만드는 건 좋지 않다는 느낌이 들었다. 그렇다면 결국 지금과 마찬가지로 단축 근무를 하고 조퇴하는 형식을 취하는 수밖에 없다.

생각에 잠겨 있는데 허리에 툭 하고 둔탁한 충격이 전해져 왔다. 아야야, 이건 또 뭐냐……. 고개를 돌리자 심통 난 표정으로 서 있는 유이가하마가 보였다. 아무래도 손에 든 가방으로 가볍게 친 모양이다.

"왜 먼저 가버리냐구."

"가긴 누가 갔다고 그러냐……."

부실로 향하는 복도를 걸으며, 얼마 전에도 했던 이야기를 되풀이한다. 똑같은 일상의 재현, 끝이 예정된 시나리오다. 또다시 그 시간이 시작될 테니, 어쩌면 당연한 일인지도 모른다.

미약하게나마 차이가 있다면, 아마도 잇시키의 의뢰 이전과 이후로 나뉜다는 점 정도일까. 유이가하마한테는 오늘도 일찍 나갈 거라고 귀띔해둬야겠다.

"……저기, 오늘 말인데, 좀 일찍 나가봐야 될지도 모르겠다만. 게다가 실은 앞으로 한동안 계속 그럴지도 모른달까 뭐랄까."

내 말에 유이가하마가 가볍게 고개를 끄덕이더니 입을 열었다.

　"이로하 때문에?"

　그 말에 가슴이 철렁 내려앉았다.

　"……알고 있었냐?"

　"보구 있음 아무래두 티가 나니까."

　유이가하마가 얼버무리듯 아하하 웃었다.

　하긴 혼자 먼저 부실을 빠져나가고 교실에서는 피곤한 표정을 지어대니 뭔가 있구나 싶긴 했겠지. 내 무신경함에 신물이 날 지경이었다. 유이가하마가 알아차렸다면, 다른 한 명 또한 알아차렸다 해도 이상할 게 없다.

　"유키노시타도 아냐?"

　그렇게 묻자, 유이가하마는 가만히 창밖으로 시선을 돌렸다.

　"우움…… 글쎄. 힛키 이야기, 안 하니까."

　유이가하마의 표정은 알 수 없었다. 하지만 그 나직한 목소리는 더 이상의 추궁을 용납하지 않는 것처럼 들렸다. 애매하게 끊겨버린 대답은 지금 우리가 처한 상황 그 자체. 항상 결정적인 한마디를 피하려고 안간힘을 쓰는 느낌이 들었다.

　그것을 끝으로 우리는 묵묵히 텅 빈 복도를 걸었다.

　그저 조용한 발소리만이 울려 퍼졌다.

　유이가하마는 여전히 창밖을 보고 있었다.

　나도 덩달아 반대쪽 창문에 눈길을 주었다.

　동지가 가까워져 오는 시기라 이른 시간임에도 해가 서쪽으로 기울어져, 햇볕이 잘 들지 않는 특별관은 전보다 어둡게 느껴졌다.

해가 비치지 않는 그늘로 들어섰을 때, 유이가하마가 불쑥 물었다.

"……또 혼자 하려구?"

어둑어둑한 가운데서도 유이가하마의 얼굴은 또렷하게 보였다. 착잡하게 내리뜬 눈동자와 힘없이 깨문 입술. 저런 표정을 짓지 않도록 하겠다고, 그렇게 다짐했건만.

가슴이 조여드는 듯한 감각을 떨쳐내고자, 서둘러 발걸음을 내디뎠다.

"난 그냥 해야 할 일이 있으니까 하는 것뿐이야. 넌 신경 쓸 거 없어."

"신경 쓰인다구……."

난처한 듯 웃으며, 유이가하마가 그렇게 말했다.

그 미소를 보고 있으려니, 그때의 의문이 다시금 고개를 쳐들기 시작했다.

―나는 실수한 게 아닐까.

그날 이후로 끊임없이 던져온 그 질문의 답은 이미 오래전에 나왔다.

나는 분명 실수를 저지른 거다.

학생회 선거 이후의 나날들이 그 사실을 여실히 보여준다. 유이가하마의 저 서글픈 미소가 시사한다. 유키노시타의 그 체념 어린 눈빛이 말해준다.

그러니 그 책임을 져야 한다. 자신의 행동에 책임을 지는 건 인간의 도리다.

자신의 잘못을 바로잡는데 남의 힘을 빌려서는 안 된다. 이보다 더 큰 피해를 끼쳐서 어쩌겠단 말인가. 안이하게 의지했다가 또다시 실수를 저지르고, 그 사람에게 헛수고를 시키는 것이야말로 신뢰에 대한 가장 큰 배신이다.

더 이상의 실수를 막기 위해, 올바른 원리 원칙을 바탕으로 내가 지금 취해야만 할 행동이 무엇인지 따져보았다.

우선은 유이가하마에게 쓸데없는 걱정을 끼치지 않도록 해야겠지.

"난 됐어. 그보다 네가 신경 쓸 건 따로 있잖냐."

가볍게 숨을 고른 후, 입가에서 힘을 빼고 억지로나마 미소를 지어 보였다. 비겁한 짓임을 알면서도 은근슬쩍 화제를 돌렸다.

"응······."

유이가하마가 가냘픈 목소리로 대답하며 눈을 내리깔았다.

특별관 복도를 따라가는 우리의 발걸음은, 콜타르의 바다에 발을 들여놓기라도 한 것처럼 점점 더 무거워져만 갔다.

평소보다 훨씬 느린 속도로 걷다 보니, 마침내 부실 문이 시야에 들어왔다.

저 방의 문은 이미 열려 있을까. 그 열쇠를 갖고 있는 사람은 유키노시타뿐. 우리는 거기에 손댄 적이 없다.

그때 문득 유이가하마가 걸음을 멈추었다. 나도 덩달아 그 자리에 멈춰 섰다. 유이가하마의 시선 끝에는 부실이 있었다.

"유키농, 학생회장이 되구 싶었던 걸까……?"

"……모르지."

이제는 확인할 방법도 없다. 유키노시타의 성격상 본인에게 물어본들 솔직하게 대답할 리 없으니까. 그때 하지 않은 말을 이제 와서 할 거란 생각은 들지 않았다. 물어봐도 대답하지 않을 걸 알면서 굳이 캐물을 마음도 없다.

아니, 아마도 나는 그 대답을 원치 않는 것이다.

최소한 표면상으로는 나도 유키노시타도 돌이킬 수 없는 과거를 한탄하는 짓은 절대 하지 않겠지. 차라리 원망이라도 해준다면 얼마나 편할까.

하지만 우리는 거론하지 않을 과거를, 유이가하마만은 언급했다. 아까처럼 가녀린 목소리가 아니라, 명확한 의지와 힘이 담긴 목소리로.

"……그 의뢰 말이야, 역시 봉사부 차원에서 받아들였음 좋았을 거라구 생각해."

실제로 잇시키가 상담하러 왔을 때, 유이가하마는 의뢰를 받아들이자고 주장했다. 그때는 따로 이유를 물어보지 않았지만, 다시 그 이야기를 꺼낸 걸로 봐서는 뭔가 명확한 근거가 있었던 거겠지. 그 눈을 마주보자, 유이가하마가 분명하게 자신의 생각을 밝혔다.

"예전의 유키농 같음 분명 그 의뢰를 수락했을 테니까."

"……어째서 그렇게 생각하는데?"

"왜냐면 그런 걸 넘어서려구 하는 게 유키농다운 행동이라구 생각하니까. 뭔가…… 뭐랄까, 이루지 못했으니까, 더 커다란 것에 도전한다구나 할까……."

유이가하마가 애타는 목소리로 한 마디 한 마디 생각하듯, 곱씹어보듯 설명했다.

그래서일까. 무심코 유이가하마를 지그시 응시하고 말았다. 서투른, 하지만 따스한 그 말은 참으로 유이가하마다웠다.

내 시선을 정면으로 받은 탓인지, 유이가하마가 말끝을 흐렸다. 그리고 자신 없는 말투로 덧붙였다.

"그러니까, 좋은 계기가 될지두 모른다구, 생각했는데……."

"그래……?"

잃어버린 것은 되돌아오지 않는다.

벌충하려면 그보다 나은 것이 필요하다.

잃어버린 것과 잃어버림으로써 발생하는 손해. 그 두 가지를 모두 벌충해야 한다. 보상이란 그런 것이다.

내가 안다고 생각했던 유키노시타라면, 자기가 한 일을 스스로 만회하려 할 게 분명하다. 그러니 유이가하마의 판단은 옳을지도 모른다.

유이가하마는 거기까지 내다보았던 거다. 유키노시타에게는 학생회와 관련된 의뢰가 괴롭게 느껴질지도 모른다는 사실을 알지만, 그럼에도 일말의 기대를 걸고서.

나는 어땠던가.

오로지 그 공간을 더 이상 망가뜨리지 않겠다는, 더 이상

공허하게 만들지 않겠다는 일념만으로 지금 같은 선택을 한 게 아니었을까. 그런 자기방어와 자기만족이 낱낱이 까발려지는 느낌이 들어, 반사적으로 유이가하마의 시선을 피하고 말았다.

"……예전 같으면 그랬을지도 모르지. 지금은…… 글쎄, 어떠려나."

"응……."

대답하는 유이가하마의 목소리도 어딘가 침울했다. 유이가하마 역시 그 가능성이 결코 높지 않다는 사실을 아는 거겠지.

잇시키가 부실로 찾아왔을 때, 유키노시타가 보인 반응은 예전과 달랐다.

유키노시타는 의뢰와 상담에 대한 열의를 상실한 것처럼 보였다.

아마 지금도 여전히 뭔가를 포기해버린 것처럼, 잊어버린 것처럼, 그저 조용히 이 문 뒤에 앉아 있을 테지.

평소보다 훨씬 오랜 시간을 들여 도착한 부실 문으로 천천히 손을 뻗었다.

문을 열고 안으로 들어가자, 유이가하마도 내 뒤를 따랐다.

"야헬롱~!"

유이가하마가 짐짓 쾌활한 목소리를 내자, 창가에 앉아 있던 유키노시타가 우리를 돌아보았다.

"왔구나."

"……어."

가볍게 대구하며, 그 자리에서 움직일 줄 모르는 의자에 걸터앉았다.

잠자코 유키노시타를 관찰했지만, 어제와 다른 점은 눈에 띄지 않았다. 차이가 있다면 유키노시타가 독파한 책이 한 권 더 쌓여 있다는 것 정도일까. 그 책들이 마치 삼도천[17]의 돌탑처럼 보였다.

휴대폰으로 문자라도 확인하는지, 유이가하마가 까닥까닥 엄지손가락을 놀렸다. 나도 평소처럼 가방에서 문고본을 꺼내려다가, 문득 떠오른 생각에 움직임을 멈추었다.

응고된 시간을 보내기에 앞서, 유키노시타에게 말해둘 것이 있다. 유이가하마에게는 이미 양해를 구했지만, 앞으로 한동안은 일찍 들어가 봐야 한다고 이야기해야 한다.

"저기, 잠깐 할 말이 있다만."

말을 걸자, 유키노시타의 어깨가 움찔 떨렸다. 그냥 평범하게 말했지만, 조용한 부실에서는 생각보다 크게 울린 모양이다. 유이가하마도 자세를 바로 하고 나를 돌아보았다.

유키노시타는 내게 시선을 고정한 채 한동안 가만히 있었다. 그러다 문득 정신이 든 것처럼 책을 덮으며 물었다.

"……뭐니?"

담담한 목소리와 이지적인 눈동자가 나를 향했다. 지금 내

#17 삼도천 불교에서 망자가 건넌다는 강으로, 부모보다 먼저 죽은 아이들이 부모 공양을 위해 강가의 자갈밭에 돌탑을 쌓는다고 함.

표정도 아마 저렇겠지.

"당분간 집에 좀 빨리 가봐도 되겠냐?"

내 물음에 유키노시타가 두세 번 눈을 깜빡였다. 그러더니 턱을 매만지며 생각하는 포즈를 취했다.

"글쎄, 특별히 바쁜 일이 있는 건 아니지만……."

유키노시타가 말을 잇기를 기다렸으나, 좀처럼 그럴 기미가 보이지 않았다.

"으음, 그 뭐냐…… 이런저런 사정이 있어서. ……코마치 입시라든가."

마지막으로 덧붙인 이유는 완전히 지어낸 건 아니다. 하지만 그래도 진짜 사정은 밝힐 수 없었다. 때로는 말없이 넘어가는 일, 모르고 넘어가는 일이 있어도 될 테니까.

"……그래?"

유키노시타가 읽고 있던 문고본 커버를 손가락으로 가볍게 쓸었다. 여전히 뭔가 생각하는 눈치였다. 생각이 정리될 때까지 기다려도 명확한 결론이 나오기까지는 조금 시간이 걸릴 듯했다. 그러자 잠자코 상황을 지켜보던 유이가하마가 대화의 바통을 넘겨받았다.

"……하긴 그러는 편이 나을지두 몰라. 우리가 코마치한테 해줄 수 있는 일두 별루 없잖아. 그니까 힛키한테 우리 대신 잘해주라구 하자! 어때? 유키농."

유이가하마가 책상에 몸을 기대고 유키노시타를 돌아보자, 유키노시타가 희미한 미소를 지었다.

"······그래, 그게 좋겠구나."

"······미안하다."

머쓱하게 머리를 긁적이며 말하자, 유키노시타가 신경 쓰지 말라는 듯 살짝 고개를 저었다. 그리고 부실은 다시 찬물을 끼얹은 듯한 고요함을 되찾았다.

그 침묵을 깨뜨리듯, 유이가하마가 탄성을 질렀다.

"아, 맞다. 코마치한테 문자해야지."

생각난 김에 곧바로 실행에 옮기기로 했는지, 말이 떨어지기가 무섭게 탁탁 문자를 보내기 시작한다.

그 모습에 새삼스럽게 실감했다. 유이가하마가 줄곧 이 공간을 지탱해왔다는 사실을. 자칫하면 순식간에 와해되어버릴지도 모르는 불안정한 관계를, 홀로 떠받쳐온 거다.

아무런 문제도, 아무런 특징도 없는 대화. 그것은 보기에 따라서는 참으로 평온한 시간처럼 느껴질 테지.

협의와 관리에 의해 결론이 도출되는 세계. 차근차근 대화를 나누고, 서로의 허락을 얻고, 모두가 납득할 수 있는 방안을 제시하고, 전원의 동의하에 결정을 내린다.

이게 정말 옳은 걸까. 그런 의문을 눌러 삼켰다.

그 대신 토해낸 숨결은 지독하게 뜨거워, 타는 듯 목이 말랐다. 저도 모르게, 이제는 쓰지 않는 티 세트를 바라보고 있었다.

그래서
토츠카 사이카는
동경을 품는다.

　부실에서의 시간을 무사히 넘기고, 커뮤니티 센터에 도착해 업무 모드로 전환했다.

　입구에서 잠시 잇시키를 기다렸지만, 올 시간이 됐는데도 나타나지 않았다.

　어쩌면 먼저 들어갔는지도 모른다. 기다리기를 포기하고 강습실로 향했다.

　커뮤니티 센터 안은 평소보다 적막하게 느껴졌다. 오늘은 그 댄스 동호회인지 뭔지가 쉬는 날인 모양이다.

　그래도 우리가 쓰는 강습실에서는 두런두런 이야기소리가 새어나왔다.

　드르륵 문을 열고 안으로 들어가니, 떠들어대는 놈들은 대부분 카이힌 소속이었다. 반면에 소부고 쪽은 잠잠했다.

　"여어."

　인사를 건네며 가방을 내려놓다가 문득 깨달았다. 먼저 와 있을 줄 알았던 잇시키가 보이지 않는다.

"잇시키는?"

물어보자, 근처에 앉아 있던 부회장이 뜻밖이라는 표정으로 대답했다.

"아직인데……. 같이 온 거 아니었어?"

그 말에 내가 고개를 가로젓자, 부회장이 다른 임원에게 물었다.

"뭔가 들은 거 없어?"

"일단 문자는 보냈는데요……."

부회장한테 높임말을 쓰는 걸 보니, 얘는 1학년인가. 아마도 서기나 회계 쪽이겠지. 안경에 땋은 머리, 교칙에 딱 맞추어 단정하게 교복을 차려입은 얌전해 보이는 타입으로, 어딘가 안절부절못하는 기색이었다.

잇시키와 같은 1학년이지만, 둘이 그렇게 친하지는 않은 눈치였다. 일단 따로 이야기하는 모습을 본 기억이 없고, 지금도 문자만 보냈을 뿐이다. 문자를 하느냐 전화를 하느냐로 그 관계의 친밀도가 갈리는 거겠지. 복잡하구만…….

그 여자애가 조심스럽게 나와 부회장의 눈치를 살피며 말했다.

"아직 축구부에 있을지도 몰라요."

지적 받고서야 그 가능성에 생각이 미쳤다. 잇시키는 학생회장이 되기 전부터 축구부 매니저로 활동해왔다. 그건 지금도 마찬가지일 터였다.

잇시키도 나처럼 동아리에 얼굴을 내민 거라면, 휴대폰을 확인할 틈이 없었을지도 모른다. 그렇다면 직접 데리러 가는 편이 빠르겠지.

"가서 불러오마."

"그, 그래. 부탁한다."

부회장의 배웅을 받으며 강습실을 나섰다.

그리고 방금 온 길을 되돌아간다.

자전거로 가면 몇 분밖에 안 되는 거리다. 별로 번거로울 것도 없다. 자전거를 쭉쭉 몰아 서둘러 우리 학교 운동장으로 향했다.

비좁은 운동장에서는 늘 그렇듯 야구부와 축구부, 럭비부와 육상부가 한데 뒤엉켜 연습에 열을 올리는 중이었다.

해가 저물기 시작했지만, 사람을 알아보는 데는 큰 지장이 없었다. 운동장 옆에 자전거를 세우고 축구부원들이 어슬렁대는 쪽으로 다가갔다.

멀리서 보니, 축구부는 두 팀으로 나뉘어 청백전을 하고 있었다.

잇시키가 아닌 다른 여자 매니저(예쁨)가 스톱워치와 호루라기를 들고 그곳에 서 있었다. 이윽고 그 호루라기가 삐익 울었다.

그러자 부원들이 몸에서 힘을 빼고 이쪽으로 터덜터덜 걸어왔다. 휴식 시간이라 여기 놓여 있는 음료수로 수분 보충이라도 하려는 모양이다.

그 무리 속에서 토베를 발견했다. 토베도 나를 봤는지, 가볍게 손을 들어 보이며 내 옆으로 다가왔다. 뭐야, 그딴 짓을 하면 친구인가 싶어지잖아. 그만둬.

"얼라리오? 히키타니잖어. 웬일이래?"

토베가 무진장 살갑게 말을 걸어왔다. 바보인지 뭔지는 모르겠다만, 이 녀석은 왜 이렇게 친한 척을 하는 거냐……. 나쁜 녀석은 아니라고 생각하니까 별 상관은 없지만.

어쨌거나 마침 잘됐다. 토베한테 물어볼까.

"잇시키 있냐?"

"이로하스? 이로하스라면…… 어랍쇼? 없네? 하야토, 이로하스 어딨는지 알어?"

사방을 두리번거려도 잇시키가 보이지 않자, 토베가 저 멀리 있는 하야마를 소리쳐 불렀다.

매니저(예쁨)가 건네준 타월로 땀을 닦으며 하야마가 이리로 다가왔다. 우와, 여자 매니저는 진짜로 타월을 주는구나. 그런 걸 받았다간 긴장한 나머지 땀만 더 날 것 같다만.

"이로하는 볼일이 있다고 먼저 갔는데."

하야마의 대답에 토베가 나를 돌아보며 말했다.

"그렇댄다, 히키타니."

"그러냐. 알려줘서 고맙다. 그럼 잘 있어라."

아무래도 중간에 길이 엇갈렸나 보다. 완전히 헛걸음을 한 꼴이 되고 말았다. 얼른 돌아가야겠다는 생각에 자전거 핸들을 쥐며 토베와 하야마에게 고마움을 표시했다.

"됐어, 이딴 걸로 뭔 인사씩이나."

토베가 밝게 웃으며 가볍게 손사래를 쳤다. 하지만 그 옆에 있는 하야마는 여전히 냉랭한 표정이었다.

"토베, 가서 다음 게임 팀 좀 짜놓을래?"

"엉? 그래, 알았어~."

갑작스러운 지시에 토베가 서둘러 운동장으로 향했다. 그 모습이 어쩐지 여기서 쫓겨 가는 것처럼 보였다.

나도 너무 오래 있으면 방해 되겠지. 얼른 커뮤니티 센터로 돌아가려고 자전거를 밀었다. 그때 뒤에서 부르는 소리가 들렸다.

"……잠깐 이야기 좀 할 수 있을까?"

뒤돌아보면 녀석이 있다[#18].

하야마가 목에 둘렀던 타월을 쓱 풀어 차곡차곡 접으며 입을 열었다.

"꽤 힘들어 보이는데."

뭘 말하는 건지 알 수가 없었다. 고개를 갸우뚱해서 무슨 뜻이냐고 물었다. 내 표정에 담긴 의문을 읽었는지, 하야마가 미소 지었다.

"학생회의 요청으로 이것저것 돕는 중이잖아? 이로하를 잘 부탁해."

"뭐야, 알고 있었냐?"

잇시키가 이번 일에 관해서는 하야마한테 입도 뻥끗 안 한 줄 알았더니.

#18 뒤돌아보면 녀석이 있다 일본 드라마 제목.

하야마가 쓴웃음을 지었다.

"그래. 뭘 하는지는 말 안 해도 바쁘다는 티는 내니까."

옳거니. 폐를 끼치기는 싫지만 자기가 하는 일은 알아줬으면 하는 복잡한 소녀 회로구만. 네네, 그 마음 이해합니다. 이해는 쥐뿔이.

하야마의 태도 역시 이해가 가지 않기는 마찬가지였다.

"그럼 네가 도와주면 될 거 아냐."

따지고 보면 나보다는 하야마가 잇시키와 친분이 깊다. 잇시키가 하야마에게 부탁하지 않은 까닭은 알지만, 내가 아는 하야마라면 바쁘다는 걸 눈치챘을 때 도와주길 원하는지 정도는 물어봤을 거다.

그러나 하야마는 눈꼬리를 휘어 엷은 미소를 머금은 채, 뜻밖의 말을 했다.

"부탁받은 것도 아니잖아. 이로하가 도움을 청한 사람은 너지."

"그냥 부려 먹기 편해서 그런 거잖냐."

"그래, 넌 부탁받으면 거절하지 않으니까."

마치 감탄이라도 하듯 부드럽게 귓가를 울리는 음성이었다. 하지만 감미로운 만큼, 내게는 그 말이 비꼬는 소리처럼 들렸다. 덕분에 나도 뾰족하게 반응하고 말았다.

"그야 봉사부니까. 딱히 거절할 이유도 없고. 너하고는 달리 시간이 남아돌거든."

"그게 다야?"

"……무슨 말을 하려는 건데?"

떠보는 듯한 그 말투가 비위에 거슬렸다.

반문했지만 하야마는 대답하지 않았고, 미소도 거두지 않았다. 주위가 조용해진 탓에 다른 운동부에서 내는 소리가 더 크게 들려오는 기분이 들었다. 그럼에도 그 소란스러움은 지금 나와 하야마가 있는 곳과는 아득히 먼, 별개의 차원에 존재하는 것처럼 느껴졌다.

귀가 쟁한 정적에, 침묵을 메우고자 입을 열었다.

"……뭣보다 너도 거절은 안 하잖아. 봉사부도 아니면서."

"글쎄……."

내게서 시선을 돌린 하야마가 서쪽 하늘을 바라보았다.

길게 깔린 구름이 붉은빛으로 물들기 시작했다.

생각에 잠긴 표정으로 입을 꾹 다물고 있던 하야마가 다시 나를 바라보았다. 잔잔한 석양이 그 얼굴을 비추었지만, 이상하게도 온기는 느껴지지 않았다.

"……난 네가 생각하는 것만큼 좋은 녀석이 아니야."

그리고 증오스럽다는 기색으로 그렇게 말했다. 뼛속까지 얼어붙을 듯 차가운 눈동자가 나를 조용히 노려보았다.

아무 말도 할 수 없었다.

나직하지만 차가운 격정을 숨긴 목소리. 지난 여름방학에도 저런 음성을 들은 적이 있었다. 그날 밤 어둠 속에서, 하야마는 저런 표정을 지었던 걸까.

나는 침묵을 고수했고, 하야마 역시 더는 이야기하려 들지 않았다.

오로지 시선만이 교차할 뿐, 그 밖에는 무엇 하나 접점이 없다. 그대로 시간이 멈추어버린 기분이었다. 그저 운동부원들이 내지르는 함성 소리가 끊임없이 들려왔고, 그것만이 시간의 경과를 알려주었다.

그 소리들 중 하나가 한층 커다랗게 들려왔다.

"하야토, 빨랑 와~."

"지금 가."

그 외침에 퍼뜩 정신을 차린 하야마가 코트 안쪽에 있는 토베를 돌아보며 대답했다. 그리고 나를 향해 살짝 손을 들어 보이고는 발걸음을 돌렸다.

"그럼 가볼게."

"……그래, 방해해서 미안하다."

멀어져가는 하야마를 외면하고 자전거에 올라탔다. 저도 모르게 페달을 밟는 다리에 힘이 들어갔다.

진의를 밝히려는 듯한 태도에 대한 혐오감, 그리고 무언가를 간과해버린 듯한 위화감. 그 두 가지 감정이 가슴속에 응어리져 기분이 더러웠다.

하야마의 태도는 뭔가 석연치 않았다.

하야마 하야토에 대한 내 인식에 뭔가 착오가 있는 걸까.

좋은 녀석이라고 생각한다. 한편으로 여간내기가 아니라는 사실도 안다. 모두가 사이좋게 지내게끔 한다는 목적을 위해서라면 때로는 비정한 모습을 보이기도 한다. 그것이 하야마 하야토의 본질이라고 여겼다.

하지만 그 미소는 뭔가 달랐다. 부드럽고 온화한 그 미소는 언뜻 보면 완벽하게 느껴진다. 그러나 지나치게 빈틈없고 완벽하기에, 그 바닥을 알 수 없어 으스스하다.

그 미소와 똑 닮은 무언가를, 틀림없이 어디선가 본 적이 있었다.

어디서 보았을까 생각하며 자전거를 몰다 보니, 어느새 커뮤니티 센터에 도착하고 말았다. 자전거를 세우고 안으로 들어가려는데, 때마침 맞은편 편의점에서 나오는 잇시키가 보였다. 살짝 고개를 수그린 채 내딛는 그 발걸음은 몹시 느렸다.

"잇시키."

이름을 부르자 잇시키가 고개를 들었다. 나를 발견하고 편의점 비닐봉지를 양손으로 부스럭 끌어안으며 살짝 심호흡을 한다. 그리고 생긋 미소 지었다.

"아, 죄송해요. 많이 기다리셨어요?"

"기다리다 못해 데리러 가기까지 했다만."

"이럴 때는 기다리긴 뭘, 나도 방금 왔어, 라고 대답하는 게 보통 아닌가요……."

뾰로통하게 볼멘소리를 늘어놓는 잇시키를 향해 묵묵히 손을 내밀었다. 그것을 본 잇시키가 피식 웃었다. 그 미소가 마치 나직하게 한숨짓는 것처럼 보였다.

"……오늘은 별로 안 무거우니까 됐어요."

"그래?"

"네."

잇시키의 대답은 짧았다. 하긴 딱 봐도 든 게 많아 보이지는 않았다. 하지만 그 봉지를 든 손은 오히려 여느 때보다 무거워 보였다.

"늦었으니 서두르죠."

그렇게 말하며 잇시키가 커뮤니티 센터로 들어갔다. 나도 뒤따라 걸음을 옮겼다.

뒤에서 보는 잇시키의 어깨는 평소보다 약간 처져 있었고, 기분 탓인지 등도 구부정했다.

이런, 아무래도 의욕이 떨어졌나 본데……. 대범해 보이지만, 의외로 소심하니까.

어찌 보면 당연한 일이다. 행사도 썩 마음에 와 닿지 않고, 학생회에서도 겉도는 형편이니 회의감이 드는 거겠지. 고등학교 1학년 여자애가 감당하기에는 조금 벅찬 상황이다.

다만 잇시키가 그런 환경으로 내몰린 데는 내가 벌인 일도 한몫했다. 내가 해줄 수 있는 일은 그리 많지 않지만, 그래도 최선을 다해 돕도록 해야겠지.

지금 당장은 저 편의점 봉지를 들어주는 것 정도가 고작이지만.

× × ×

시간을 들이면 들일수록 그만큼 좋은 결과물이 나오는가.

무언가를 만들어내는 사람에게, 그 질문은 영원한 딜레마가 아닐까 한다.

아직 멀었어, 아직 괜찮아, 조금 이따 해도 되겠지……. 그렇게 생각하는 사이 어느새 수습 불가능 상태에 빠지는 경우는 결코 드물지 않다. 시간이 주어지면 주어질수록 게을러지고 무성의해지며 거만해진다. 인간이란 원래 그런 법이다. 여유? 무슨 소리지? 이건 방심이란 거다!

이번에도 「아직 괜찮아, 아직 괜찮아, 아지매잖아!」 같은 소리나 지껄이는 사이, 상당히 위험한 상황에 처하고 말았다.

어제 카이힌 측이 내놓은 제안에 따라, 오늘부터 근처 초등학교 아이들이 작업에 합류하게 되었다. 구체적인 부분은 하나도 정해진 게 없는 가운데, 판만 자꾸 커져간다.

"지금부터 함께 결정해나가자! 그러니 다들 적극적으로 아이디어를 내줬으면 해!"

행동거지만큼은 시원시원한 타마나와가 초등학생들에게 환영의 뜻을 전했다.

그러자 초등학생들도 잘 부탁드립니다, 하고 입을 모아 인사했다.

역시 전교생을 참가시킬 수는 없었는지, 일종의 아동회, 즉 초등학교 측에서 뽑은 아이들을 데려온 모양이었다.

그 수는 대략 열 명.

그 속에서 눈에 익은 소녀를 발견했다.

다른 아이들보다 약간 어른스러운 용모 덕택에, 한눈에 알아보았다. 윤기 있는 긴 흑발에 어딘가 냉정한 분위기를 풍기는 소녀.

츠루미 루미는 그때처럼 혼자였다.

빤히 쳐다보자, 저쪽도 나를 알아보았는지 눈이 휘둥그레졌다. 하지만 이내 슬며시 시선을 돌려 바닥을 내려다보았다.

그 모습이 주위에서 재잘재잘 떠들어대는 아이들과 극명한 대조를 이루어, 내가 루미에게 한 행동을 떠올리게 했다.

여름방학 기간의 치바 마을. 초등학교 수련회에서 나는 츠루미 루미를 둘러싼 인간관계를 파괴했다. 그것도 하야마 그룹에게 악역을 떠넘겨서.

그 결과가 지금 눈앞에 있었다.

그때 한 일이 옳았는지 아닌지는 모른다. 결과적으로 루미에게 도움이 되었는지는 루미밖에 판단할 수 없는 문제니까.

"선배님, 왜 그러세요?"

부르는 소리에 돌아보니, 잇시키가 의아한 표정으로 서 있었다.

"……별일 아냐."

짤막하게 대꾸하고, 다시 루미 일행을 관찰했다.

보아하니 수련회 때 같이 다녔던 그룹의 멤버는 없는 모양이었다. 그 말은 곧 현재 츠루미 루미의 인간관계가 어떤지는 알 수 없다는 뜻이다. 제아무리 머리를 굴려본들 억측에 불과하다. 그러니 그 생각은 이만 접어두도록 하자.

지금은 그 밖에도 생각해야 할 것투성이다. 우선 이 초등학생들을 어떻게 할지부터 정해야 한다.

초등학생들이 합류했다고는 하나, 뭔가 뚜렷한 역할이 주어진 것도 아니다.

인솔자 역할인지 교사가 한 명 따라오기는 했지만, 아이들의 지도는 우리에게 일임하려는 눈치였다. 도착해서 타마나와와 두어 마디 인사를 나눈 후, 곧바로 뒷짐 지고 물러나 버렸다.

바로 그 타마나와가 환영 인사를 마치고 우리 쪽으로 다가오며 시원한 미소를 지었다.

"그럼 대응을 부탁해도 될까?"

불러다 놓고 나 몰라라 하기냐……. 아직 아무것도 결정된 게 없다 보니, 대응이라고 해봤자 잡담 정도밖에 할 게 없다. 게다가 초등학생들을 늦은 시간까지 붙들어놓을 수도 없으니, 작업할 수 있는 시간도 제한적이다. 까놓고 말해서 있으나 없으나…… 라는 상황이다.

"……으음~."

타마나와의 부탁에 잇시키도 난색을 표했다.

하지만 협조를 구한 이상, 이제 와서 취소할 수도 없는 노릇이다. 초등학교 측을 설득할 때 타마나와가 뭐라고 했는지는 모르지만, 카이힌 측에 미팅을 맡긴 우리에게도 책임은 있다. 브레인스토밍에서 저쪽의 주장을 꺾지 못한 것도 뼈아팠다.

여기서 다퉜다가는 우리 두 학교와 초등학교 측, 그리고 이 기획을 추진하는 관계각처에도 나쁜 이미지를 심어주게 된다. 안 그래도 암초에 부딪친 형국인데, 지금 다퉜다간 암초와 부둥켜안고 블루스를 추게 될 거다.

이쪽이 웃으면 저쪽이 울고……. 이러지도 저러지도 못하는 정도가 아니라 여기도 저기도 위치 위치!

우리도 갈팡질팡하는 판국이니, 초등학생들이야 더 말할 나위도 없다. 학교에서 가라니까 오기는 했는데, 뭘 해야 되는지 모르겠다는 기색으로 한데 똘똘 뭉쳐 있었다.

다만 딱 한 명, 그 원 바깥으로 툭 튀어나온 아이가 있었다.

굳이 확인해볼 것도 없이, 루미다.

다른 애들이 쑥덕쑥덕 비밀 이야기를 나누는 동안에도, 루미는 그 원 안으로 들어가려 하지 않았다.

초등학생들이 우리를 힐끗 보더니, 소곤소곤 귓속말을 주고받기 시작했다.

"뭐 해야 되나 물어볼까?"

"누가?"

"가위바위보 할래?"

"좋아. ……몇 판으로 할까?"

"잠깐만, 뭐 낼지 좀 보고."

상의하는 사이에 비밀이란 걸 깜빡했는지, 초등학생들의 목소리는 점점 커져서 우리한테도 들릴 정도가 되었다.

그래, 있지. 뭐든 가위바위보로 결정하려 드는 문화. 뭐든 듀얼로 흑백을 가리려 드는 듀얼광 같은 거다. 그러다 외톨이가 이기면 「이번에는 이긴 사람이 하기~!」라고 우겨댄다니까. 그럴 거면 처음부터 다수결로 하라고. 그편이 차라리 포기가 빠르니까. 가엾어라, 초등학교 시절의 나.

　내 이야기는 됐고, 그보다 요즘 초등학생들은 어떠려나? 하고 지켜보는데, 의외의 결과가 나왔다.

　"……내가 갈게."

　옆에서 그 대화를 듣고 있었던 거겠지. 루미가 흘끗 아이들을 곁눈질하며 말했다. 특별히 긴장한 기색도 없이 태연하게 나서는 그 모습이 다른 아이들에게는 위압적으로 비쳤을지도 모른다. 주눅 들었는지, 자신 없는 목소리로 루미에게 고마움을 표시한다.

　"아, 으응……."

　"고마워……."

　기어들어가는 목소리로 하는 말에, 루미는 별다른 반응 없이 우리 쪽으로 걸어왔다. 그리고 아무래도 내게 묻기는 껄끄러웠는지, 옆에 있는 부회장에게 말을 걸었다.

　"뭘 하면 되나요?"

　루미의 행동거지는 나이에 비해 차분했고, 오히려 질문을 받은 부회장 쪽이 더 허둥댔다.

　"으, 으음……."

　뭐라고 대답해야 좋을지 고민하던 부회장이 나를 바라보았다.

　"어떡하지?"

　"그걸 왜 나한테 묻냐……."

　"아, 미안."

핀잔을 주자, 부회장이 잇시키를 돌아보았다. 정확한 판단이다. 지휘 계통을 생각하면 먼저 잇시키의 의사를 확인해봐야 한다.

"잇시키."

타마나와 옆에 있는 잇시키를 불러들였다. 잇시키가 타마나와에게 간단히 양해를 구하고, 잰걸음으로 되돌아왔다.

"초등학생들한테 뭘 시킬 거냐?"

그렇게 묻자, 잇시키가 팔짱을 끼고 고개를 갸웃했다.

"으음……. 하지만 아직 결정된 게 아무것도 없으니까요……. 저쪽에 가서 물어보는 편이 나으려나요~?"

"아니……."

카이힌 쪽 분위기로 봐서는 물어본들 소용없을 테지. 대응을 전부 떠맡은 이상, 우리끼리 알아서 하는 수밖에 없다.

"일단 방해가 되지 않으면서 필요한 일을 시켜야겠지. 장식물이나 트리 만들기 같은 거라면 할 수 있을 거야. 재료를 사와서 작업을 하면 될 것 같다만……."

"……그러네요. 그럼 그렇게 할게요."

고개를 끄덕이며 동의한 잇시키가 루미를 포함한 초등학생들에게 설명하러 갔다.

당장 급한 불은 껐다. 하지만 향후 방침에 대해서도 생각해봐야 한다. 우리도 뭘 해야 될지 갈피를 못 잡는 상황인데, 생각할 거리만 늘어나 버렸다. 얼른 행사의 골자를 정하지 않으면 오합지졸들이 빈둥빈둥 시간만 낭비하는 꼴이 되고 만다.

초등학생들을 감독하는 일은 잇시키한테 맡기고, 타마나와에게 향했다. 이건 원래 잇시키가 해야 할 일이지만, 사람들 사이에는 궁합이라는 게 존재한다. 연상에 대한 어려움 때문인지, 잇시키는 타마나와에게 강하게 나가지 못한다. 그렇다면 그런 부분은 내가 커버해야 한다.

친구들과 담소 중인 타마나와 옆으로 가서 가볍게 헛기침을 했다. 그러자 내 존재를 깨달은 타마나와가 이쪽을 돌아보았다.

"왜?"

시원스러운 미소와 함께 물어오는 타마나와. 이렇게 좋은 사람 아우라를 팍팍 내뿜어대는 타입은 상대하기가 껄끄럽다. 자꾸만 내가 아는 어떤 녀석의 얼굴이 아른거린다. 거북함이 앞선 탓에, 내 말투도 어딘지 모르게 어색해졌다.

"저기, 슬슬 뭘 할지 정하지 않으면 사람 수가 늘어나도 의미가 없을 것 같은데……."

"그럼 모두 함께 생각해보자."

말을 꺼내기가 무섭게 돌아온 대답에 그만 어안이 벙벙해지고 말았다.

"모두 함께라니……. 막연하게 회의만 해서는 평생 가도 못 정할걸. 일단 적당히 후보군을 추려서 그걸 검토하는 편이……."

"하지만 그러면 시야가 좁아지지 않을까? 다 함께 해결할 방법을 모색하는 게 옳다고 봐."

말을 끝맺기도 전에 타마나와가 끼어들었다. 하지만 여기서 물러섰다간 또 똑같은 상황이 반복되고 만다. 나는 다른 방향에서 재차 반론을 시도했다.

"아니, 하지만 시간이……."

"맞아. 그것도 어떻게 할지 함께 생각해봐야겠지."

야야, 그건 야근을 없애기 위한 회의를 하려고 야근하는 꼴이잖아. 뭐라고 설득해야 통할까 머리를 긁적이며 고민하는데, 그걸 초조함의 표현으로 해석했는지 타마나와가 사뭇 인간미 넘치는 미소를 지으며 말했다.

"조급한 마음은 알겠지만, 모두가 힘을 합쳐서 극복해나가자."

타마나와가 약간 과장스러운 몸짓으로 격려하듯 내 어깨를 툭툭 두들겼다. 별로 세게 때린 것도 아닌데 내 어깨는 축 늘어지고 말았다.

이래서야 완전히 쇠귀에 경 읽기다.

거듭 강조하지만, 사람들 사이에는 궁합이라는 게 존재한다. 그런 면에서 나와 타마나와는 서로 상극이라 해도 무방하겠지. 그러니 타마나와가 일방적으로 나쁘다고 할 수만은 없다.

실제로 다수의 의견과 시각을 도입한 집단 지성에 의해 탄생한 결과물이 뛰어난 완성도를 자랑하는 경우도 많다. 그저 내 방식과 다를 뿐인지도 모른다.

남과 협력하는 것, 누군가에게 의지하는 것. 그것은 보통 충분한 시간을 들여야만 가능한 일이겠지. 내게는 그런 경험이 별로 없다 보니, 타마나와의 철학을 제대로 이해하지 못하는 건지도 모른다.

숱한 잘못을 저질러온 내가 아닌가. 이번에도 잘못된 건 나일지도 모른다.

"……그래. 다만 그 회의는 당장 시작하는 게 좋겠다만."

그렇게 말하며, 피어오르는 의문을 애써 눌러 삼켰다.

"그럼 곧바로 회의에 들어가도록 할까?"

나와의 대화를 매듭지은 타마나와가 카이힌 종합고 멤버들을 불러다가 회의를 시작했다.

$$\times \quad \times \quad \times$$

오늘 회의에서는 보다 구체적인 행사 내용을 둘러싼 논의가 이루어지게 되었다.

"그간의 브레인스토밍을 통해 모두가 그랜드 디자인을 공유했을 테니, 오늘은 좀 더 크리에이티브한 부분에 대해 디스커션해보도록 하자."

의장석에 해당하는 자리에 앉은 타마나와가 거창하게 운을 뗐다.

그 말에 카이힌 종합고 멤버들도 고개를 끄덕였다.

장식을 만드는 초등학생들의 감독자 한 명을 빼놓고, 우리 소부고 측도 회의에 참여했다.

구체적인 프로그램을 논의하는 단계에 들어감으로써, 이 회의도 간신히 한 발짝 전진했다고 평가할 수 있으리라.

그 제안에 이의를 제기하는 사람이 없음을 확인하고, 타마나와가 차분한 목소리로 모두에게 말했다.

"이번 안건은 제로베이스에서 시작하니까, 모두들 스스럼없이 자유롭게 발언해줬으면 해."

그러자 카이힌 측에서 하나둘씩 의견을 내놓기 시작했다.

"역시 크리스마스 분위기가 나는 게 좋겠어."

"트래디셔널한 부분은 빼놓을 수 없는 요소겠지."

"하지만 우리한테 일을 맡겼다는 건 고등학생다운 행사를 원하는 거 아냐?"

토론이 점차 추상적인 개념론으로 흘러가기 시작했다. 큰일이다. 이런 식이면 여태까지의 브레인스토밍과 차이가 없어진다.

타마나와도 그 점은 인식하고 있는지, 힘주어 고개를 끄덕이며 좌중을 향해 물었다.

"크리스마스에 어울리면서도 우리다운 거란 말이지? 예를 들면 어떤 게 있을까?"

그 후에는 마치 연상 게임이라도 하듯 아이디어가 줄줄이 쏟아져 나왔다.

"클래식한 크리스마스 콘서트는 어때? 지역 행사의 스탠더드라는 느낌이잖아."

"기왕이면 젊은 마인드도 가미하는 편이 좋지 않으려나?

밴드라든가."

"그보다는 재즈가 더 크리스마스에 어울리지 않아?"

"그럴 바엔 차라리 성가대로 하자. 파이프오르간 같은 것도 빌리고."

의욕이 넘치는지, 카이힌 종합고 멤버들이 활발하게 아이디어를 제시했다. 누군가 의견을 내놓으면 그 가능성을 더욱 넓히고자 다시 새로운 의견이 추가된다.

오케스트라, 밴드, 재즈 콘서트, 성가대, 댄스, 연극, 가스펠, 뮤지컬, 낭독회 등등…….

회의록도 작성해야 하므로, 열거되는 아이디어를 끄적끄적 적어나갔다.

나쁘지 않은 흐름이다. 그동안의 답답했던 회의가 거짓말처럼 느껴질 정도였다.

시간이 지나자 우리 학생회에서도 손을 들고 의견을 피력하는 사람들이 나오기 시작했다. 그동안은 선뜻 끼어들기 힘든 분위기였던 탓에 적극적으로 발언하기가 어려웠겠지.

한동안 그렇게 메모를 해나갔다.

이 정도면 대충 정리가 됐으려나. 적어놓은 목록을 다시 훑어보니, 실낱같은 희망이 비추는 기분이 들었다. 이런 페이스라면 오늘 안에 행사 내용이 결정될지도 모른다.

그렇게 생각하자마자, 타마나와가 무시무시한 소리를 했다.

"좋아, 그럼 하나씩 전부 검토해보자."

거참 농담도 잘하시네. 치바리언 조크인가? 그렇게 생각하며 타마나와를 빤히 응시했지만, 본인은 어디까지나 진지한 눈치였다. 심지어 이 흐름을 즐기듯 시원스러운 미소마저 띠고 계셨다.

……전부라니, 설마 지금까지 나온 의견들 전부를 말하는 거냐? 그 실현 가능성을 일일이 검토하자고?

아무리 봐도 그럴 정도의 여유는 없어 보였다. 행사일까지 남은 기간은 고작 일주일 남짓. 무엇을 하든 준비와 연습, 관계각처와의 조율 등에 드는 시간을 감안하면 지금 당장 작업에 착수해도 모자랄 지경이다.

"그냥 지금 그중 하나를 고르는 편이 빠르지 않겠냐?"

참다못해 한마디 하자, 타마나와가 눈을 감더니 천천히 고개를 가로저었다.

"그건 안 돼. 섣불리 의견을 부정하기보다 모두의 의사를 수렴해서 전원이 납득할 수 있는 결과물을 만들어내야지."

"아니, 아무리 그래도……."

"계통상 비슷한 것들도 있으니까, 통합의 여지는 있다고 봐."

반론하려 했지만, 타마나와는 고집을 꺾지 않았다.

물론 타마나와가 말한 대로 절충안을 모색하는 것도 하나의 방법이기는 하다.

하지만 정말 그래도 괜찮은 걸까.

위벽을 긁어내는 것 같은 지독한 위화감이 엄습했다.

그러나 내가 타마나와의 주장을 반박할 근거를 찾지 못하는 사이, 회의는 다음 단계로 넘어갔다.

그 후의 회의는 아까와는 또 다른 양상으로 전개되었다.

"음악 계열을 합쳐서 다양한 장르의 크리스마스 콘서트를 여는 건 어때?"

"합친다는 관점에서 보면 음악과 뮤지컬은 친화도가 높지."

"차라리 전부 뭉뚱그려서 영화로 가는 것도 좋지 않을까?"

카이힌 종합고는 타마나와의 견해에 따라 절충안을 마련하기로 한 모양이다. 어떻게 하면 모든 아이디어를 실현시킬 수 있을지로 토론의 초점이 옮겨갔다.

아이디어를 내놓는 것 자체는 좋다. 회의가 활성화되는 것 역시 반가운 일이다.

다양한 아이디어를 얻기 위해 브레인스토밍 형식을 채택하는 것도 상관없다.

그러나 우리가 지금까지 해온 브레인스토밍과 회의들은 상대방의 의견을 부정하지 않기에 어떤 결론도 내리지 못한다.

끝이 보인다고 생각했던 회의가 다시금 미궁 속으로 빠져들었다.

정신을 차려보니, 필기하던 손은 어느새 멎어 있었다. 책상 밑으로 두 손을 축 늘어뜨리고, 그저 묵묵히 회의하는 모습을 관찰했다.

활발하게 의견을 교환하는 그들의 표정은 나와 전혀 달랐다.

그 얼굴에는 밝고 활기찬 미소가 감돌았다.

덕분에 깨닫고 말았다.

그들은 이 순간을 즐기는 거다. 더 나아가서는 이 대화를 즐기는 거다.

그들이 원하는 것은 봉사활동 그 자체가 아니다. 선행을 하는 자기 자신에게 도취되고 싶은 것뿐이다.

그들은 일을 하고 싶은 것이 아니다. 일을 하고 있다는 만족감에 젖고 싶을 뿐이다. 일을 하고 있다는 착각에 빠져 있을 뿐이다.

그리고 끝내는 잘하고 있다고 생각하며, 결국 모든 것을 망쳐버린다.

—아아, 그 모습이 마치 누군가를 보는 것 같아, 과거의 실수를 되새겨주는 것만 같아, 지독하게 짜증이 났다.

잘하고 있는 줄 알지만, 사실 실제로는 무엇 하나 제대로 한 게 없는데.

아무것도 보지 못하는데.

× × ×

결국 종료 시간이 임박했음에도 회의는 끝나지 않았고, 결론은 뒤로 미루어졌다.

우선 각자 의견의 현실성을 검토해본 후 그 결과를 가지고 다시 논의하기로 결정이 났고, 해산 명령이 떨어졌다.

초등학생들은 한참 전에 돌려보냈다. 남은 우리들도 돌아갈 채비를 마치는 대로 차례차례 귀갓길에 올랐다.

잇시키를 비롯한 학생회 임원들과 헤어져서 자전거를 몰고 커뮤니티 센터를 나서다가 문득 깨달았다.

배고프다……. 멍하니 앉아 있다 보니 회의 중에 간식 먹는 것마저 깜박했다.

집에 가면 저녁밥이야 있겠지만, 한번 시장기를 의식하니 미친 듯이 배가 고파왔다. 가볍게 때우는 정도라면 괜찮으려나……. 일단 자전거를 세우고 코마치에게 「오늘 밥 안 먹음」이라고 전보처럼 간결한 문자를 보냈다.

그리고 현재 위치와 내 허기의 강도를 감안하여 최선의 메뉴를 따져보았다. 흔히들 시장이 반찬이라고 하지만 그 말은 틀렸다. 남이 내주는 식대야말로 최고의 반찬이라는 게 내 지론이다. 하지만 혼자니까 누가 밥을 사줄 리도 없다. 고로 내 주머니 사정도 계산에 넣어야만 한다.

그렇다면…… 라면이로군.

일단 결정이 나면 행동은 빠르다.

랑랑♪랑라라랑라면♪ 하고 나우시카 못잖은 콧노래를 흥얼거리며, 자전거로 거리를 신 나게 질주한다.

육교를 건너 이나게 역 앞까지 왔다. 역 앞 로터리를 지나면 다양한 음식점과 오락실, 볼링장에 노래방이 즐비한 번화가가 나타난다. 그 앞 교차로에서 왼쪽으로 꺾어져 잠시 달리다 보면 목적지에 도착한다.

교차로에 멈춰 서서 신호가 파란불로 바뀌기를 기다렸다.

그때 뜻밖의 인물이 눈에 들어왔다.

소부 고등학교 체육복 위에 바람막이 점퍼를 걸치고, 목에는 폭신폭신한 머플러를 둘렀다. 토츠카다.

토츠카도 나를 발견했는지, 등에 짊어진 테니스 가방을 약간 무거운 듯 고쳐 메면서 내게 손을 흔들었다.

신호가 바뀌자, 좌우를 살피고는 이쪽으로 뛰어온다.

"하치만!"

내 이름을 부르는 소리와 함께, 토츠카의 입에서 하얀 입김이 새어나왔다.

이런 시내 한복판에서 딱 마주쳤다는 우연에 놀라며, 가볍게 손을 들어 화답했다.

"여어."

"응, 여어."

껄렁한 인사가 쑥스러운지, 토츠카가 수줍은 미소를 지으며 빼꼼 손을 들어 보였다. 아아, 치유된다…….

학교 밖에서 토츠카를 만나는 일은 흔치 않다. 사실 내가 워낙 외출을 안 해서 그렇지만, 이럴 때면 기적도 마법도 있는 건가 싶어진다니까.

하지만 실제로는 기적도 마법도 없는 곳이 이 세상이다. 어째서 토츠카가 여기 있는 걸까.

"여기서 뭐하냐?"

내 물음에 토츠카가 테니스 가방을 살짝 들어 보였다.

"교습받고 돌아가던 길이야."

그러고 보니 토츠카는 테니스부 외에 테니스 스쿨에도 다

닌다고 했다. 그리고 그 스쿨이 이 근처라고 했던가. ……좋았어. 다음부터 이 시간대에는 무의미하게 이 동네를 쏘다니도록 하자. 다만 너무 자주 마주치면 소름 끼쳐 할 테니 일주일에 한 번꼴로 조절할 것.

그렇게 주간 계획을 짜는 사이, 토츠카가 자전거에 올라탄 나를 신기하다는 듯 바라보았다.

"하치만이야말로 웬일이야? 집은 이쪽이 아니지?"

"어. 그냥 밥이나 좀 먹고 갈까 해서 왔다만."

"그렇구나."

내 대답에 토츠카가 흠흠 납득한 기색을 보이더니, 뭔가 생각하듯 잠시 뜸을 들였다. 그러다가 고개를 살짝 기울이고는 눈만 빼꼼 들어 조심스럽게 내 눈치를 살폈다.

"……나도 같이 가면 안 돼?"

"엥?"

예상치 못한 말에 반사적으로 몸이 굳어졌다. 덕분에 무진장 얼빠진 소리를 내고 말았다.

그동안 토츠카는 목에 두른 머플러를 꼭 움켜쥔 채 불안한 기색으로 몸을 꼬며 내 대답을 기다렸다.

"아, 안 되긴. 당연히 되지."

그 대답에 토츠카가 후우 안도의 한숨을 내쉬었다. 그리고 빙그레 부드럽게 웃어 보였다.

"다행이다. 그럼 뭐 먹을래?"

"뭐든 괜찮다만."

말해놓고서 아차 싶었다. 여자 상대로 뭐든 괜찮다는 NG라던데. 참고로 남자가 라면이나 우동이라고 구체적으로 대답해도 못마땅해한다고 들었습니다. 결국 여자가 「뭐 먹을래?」라고 물으면 그 여자가 먹고 싶어 하는 메뉴를 골라야 한다는 소리다. 그게 웬 초고난도 게임이냐고. 여자란 에스퍼 양성기관이냐?

하지만 토츠카는 남자니까 괜찮다.

천천히 눈을 깜빡이더니, 내게 물었다.

"하치만, 뭐 먹을지 정해놓은 거 아니었어?"

그건 말이지…… 바로 너닷! 하고 빨간 망토에 나오는 늑대 같은 대사를 칠 뻔했으나, 그런 소리를 할 수 있을 리 없다. 그야 내는 인간이니까…….

"아니, 그냥 이쪽으로 와본 것뿐인데. 그러니까 뭐든 괜찮아."

사뭇 신사적인 목소리로 그렇게 말했다.

라면을 먹을 생각이긴 했지만, 그건 소거법을 적용한 결과다. 혼자 밥 먹는 일이 많아지면 습관적으로 카운터석이 있는 음식점을 고르게 된다. 붐빌 때 말고는 구태여 신경 쓸 필요도 없지만, 혼자서 테이블을 독차지하고 앉아 있으면 어쩐지 미안해진다.

게다가 꼭 라면을 고집하지 않아도 토츠카와 함께 먹는다면 뭐든 맛있고. 아까 남이 내는 식대가 최고의 반찬이라고 했지만, 그 주장을 철회하겠다. 최고의 반찬은 토츠카다. 모모야[19]에서 「토츠카예요!」 같은 걸 출시했다간 큰일 난다. 싹 쓸이하는 걸로도 모자라 기업 매수에 나설 수준.

뭘 먹을지 의논하던 중에 토츠카가 손바닥을 탁 쳤다.

"아, 그럼 고깃집에 갈까?"

야야, 함께 고깃집에 가는 남녀는 깊은 사이라지만, 함께 고깃집에 가는 남남은…… 글쎄요, 뭘까요?

고민하는 사이, 토츠카도 마음에 걸리는 게 있는지 으음~ 하고 고개를 비스듬히 꼬았다.

"그치만 좀 비싸려나?"

"그야 그렇지. 자고로 고기란 남의 돈으로 먹는 거라고."

"하치만은 역시 대단하구나……."

난감한 듯 아하하 웃는다.

그나저나 고기라…….

고기가 먹고 싶은 거면 꼭 고깃집이 아니어도 뭔가 있을 법한데……. 그렇게 생각하며 찾다 보니 패스트푸드점 퍼스트 키친, 일명 퍼킨이 눈에 들어왔다. 역세권이라 입지가 좋아서 이 근처 학생들은 비교적 자주 이용하는 곳이다. 가게 바깥에 걸린 현수막에는 「갈비구이 랩」이라는 상품명이 큼지막하게 적혀 있었다.

"저긴 어떠냐?"

손가락으로 가리키자, 토츠카도 와아 하고 눈을 빛냈다.

#19 모모야 일본 식품업체. 간판 상품이 일본판 밥도둑으로 유명한 「밥이에요!」란 이름의 김 조림임.

"응, 괜찮겠다!"

토츠카의 동의를 얻어 역 앞 퍼킨에 들어갔다. 그나저나 퍼킨이란 약칭은 좀 그렇지 않나. 왠지 울분에 차 있는 느낌이 든단 말이지.[20]

찬바람이 쌩쌩 휘몰아치는 바깥과는 달리 훈훈한 가게 안은 혼잡했다. 시간대로 보아 학원이나 직장에서 돌아오는 사람들이 들렀다 가는 건지도 모른다.

계산대 앞에 서서 차례를 기다리는데, 토츠카가 후우 달뜬 숨결을 토해냈다. 그 뺨이 조금 발그스름했다.

"여기, 난방이 꽤 세네."

그렇게 말하며 토츠카가 머플러로 손을 가져갔다. 스륵스륵 옷자락 스치는 소리를 내가며 가느다란 손끝으로 머플러를 풀자, 그 밑에서 드러난 목덜미가 묘하게 요염했다. 지켜보던 나까지 얼굴이 벌겋게 달아올랐다.

이상하다, 이상하다고. 토츠카는 남자다. 지금 얼굴이 붉어진 것도 난방 탓, 혹은 감기 탓일 가능성이 크다. 진정해라. 진정하고 한 수 읊는 거다!

병일까? 병 아냐! 병이네. (제목: 병)

⋯⋯네네, 병 맞네요. 한 수 읊은 시점에서 이미 병이다.

쿵쾅대는 가슴을 억누르며 줄을 서 있자니, 이윽고 우리 차례가 왔다. 창구가 혼잡하니까 둘이 따로 주문하기보다 한꺼번에 계산하는 편이 나을 것 같았다.

#20 퍼킨이란 약칭 퍼킨은 일본어로 퍽킹(fucking)과 발음이 같음.

토츠카 옆에 나란히 서서 함께 메뉴를 훑어보았다.

그러자 토츠카가 메뉴판에 적힌 갈비구이 랩을 가리켰다.

"아, 하치만. 우리 이거 먹자."

"어, 그래."

계산을 마친 후, 갈비구이 랩 세트를 받아들고 2층으로 올라갔다.

운 좋게도 테이블석이 한 군데 비어 있었다. 털썩 그 자리에 앉아서 곧바로 식사에 들어가기로 했다. 우선 메인이라고 할 수 있는 갈비구이 랩을 입에 넣고 우물우물 씹었다.

무심코 맛있도다아아아! 라고 부르짖으며 눈과 입에서 광선을 뿜어내고 우주 공간을 유영할 정도는 아니었지만, 토츠카 추천 메뉴라는 보정도 가세해서 그냥 무난하게 맛있었다.

무난하게 맛있으니 됐지만, 토츠카가 이걸 먹자고 한 이유가 궁금해졌다.

"……근데 왜 하필 고기냐?"

토츠카하고는 몇 번 같이 밥을 먹을 기회가 있었는데, 소식하는 편이었던 걸로 기억한다. 게다가 군이 따지자면 고기보다는 야채를 좋아하는 눈치였는데…….

내 물음에 토츠카가 조금 부끄러워하는 기색으로 입을 열었다.

"피곤할 때는 그런 게 낫지 않을까 해서……."

아하, 그랬군. 마침 운동하고 난 뒤라서 배가 고팠는지도 모른다. 알 것 같다. 헬스를 한 후에는 단백질을 섭취하는 게 좋다든가 뭐 그런 느낌이겠지, 아마도.

그렇게 멋대로 해석하는데, 토츠카가 나직한 목소리로 덧붙였다.

"하치만, 요새 피곤해 보이니까……."

"그러냐?"

피곤하다는 자각은 있다. 하지만 그건 스트레스에서 비롯된 정신적인 피로감이다. 그래서 천연덕스러운 얼굴로 그렇게 대꾸했지만, 토츠카는 도리도리 고개를 저었다.

갈비구이 랩을 먹다 말고, 머뭇머뭇 내 얼굴을 올려다본다.

"무슨 일 있었어?"

그렇게 묻는 토츠카의 눈동자와 목소리는 다정했다. 다만 그 눈빛은 평소보다 훨씬 필사적이었고, 그래서 그 진지함에 압도되고 말았다.

대답하기 전에 우롱차를 한 모금 삼켰다. 그러지 않으면 메마른 목소리가 나와 버릴 것만 같았다.

"……아니. 아무 일도 없었다만."

많은 것을 삼킨 덕분에, 그 대답은 생각보다 매끄럽게 흘러나와주었다. 그 음성은 평소보다 밝았고, 토츠카에게 괜한 걱정을 끼치지 않으려고 희미한 미소도 지어 보였다.

하지만 그 미소를 바라보는 토츠카의 표정은 조금 서글퍼 보였다.

"……하긴. 하치만은 그런 이야기 안 하니까."

어깨를 축 늘어뜨리고 고개도 수그린 채라, 어떤 표정인지는 알 수 없었다. 다만 나직하게 말을 잇는 그 목소리는 침울하게 들렸다.

"자이모쿠자는 알까……?"

"여기서 그 녀석 이야기가 왜 나오냐."

생뚱맞은 이름이 튀어나오는 바람에 어안이 벙벙해졌다. 하지만 토츠카에게는 연관이 있는 이야기인지, 도리도리 고개를 젓더니 얼굴을 들었다.

"하지만 전에도 자이모쿠자한테는 말해줬잖아."

그 말을 듣고서야 무슨 뜻인지 깨달았다.

지난번 학생회 선거를 앞두고, 가족인 코마치 이외에 유일하게 내가 상담했던 사람이 바로 자이모쿠자였다. 그 후 코마치의 주선으로 협력자가 늘어나기는 했지만, 내가 개인적으로 사정을 털어놓은 사람은 자이모쿠자 한 명뿐이었다. 하지만 그건 특별한 의미가 있어서가 아니다. 그저 맨 처음 만났고, 이야기하기가 편하며, 스스럼없이 도움을 청할 만한 사람이 자이모쿠자였던 것뿐이다.

그 모습이 토츠카에게는 조금 다르게 비쳤던 모양이다.

"참 좋겠다 싶었거든. 그런 이야기를 할 수 있다는 게, 굉장히 부러웠다고나 할까……."

토츠카가 더듬거리며 한 마디씩 천천히 말을 이어갔다. 그런 식으로 표현하면 꼭 칭찬받아 마땅한 행위처럼 들린다.

하지만 틀렸다. 그건 결코 토츠카의 말처럼 아름다운 행위가 아니다. 훨씬 더 독선적이고 이기적이며, 남의 호의를 이용하는 지독하게 타산적인 행동에 불과하다.

토츠카는 그 사실을 모른다.

그래서 지금처럼 따스한 말을 해주는 거다.

"내 힘으로는 별로 도움이 안 되겠지만……."

토츠카의 손은 테이블 밑에서 체육복 자락을 꼭 움켜쥐고 있었다. 가녀린 어깨가 전율하듯 가늘게 떨린다. 더 이상 쓸데없는 걱정을 끼치고 싶지 않다.

뭐라고 둘러대야 하나 잠시 고민한 끝에, 머리를 벅벅 긁으며 더듬더듬 설명했다.

"오해야. 그게, 정말로 별거 아니라고. 잇시키한테 부탁받은 게 있는데, 그래서 좀 바쁘긴 하다만…… 어쨌거나 그 녀석을 회장으로 민 사람은 나니까, 어느 정도 책임도 있고 해서. 그게 다야."

단적인 사실만 요약해서 들려주고, 그 밖의 진실은 감춘다. 덕분에 말투가 약간 어눌해졌다.

하지만 그런 말이라도 안 하는 것보다는 나은지, 토츠카가 고개를 들었다. 그리고 진위를 따지듯 올곧은 눈동자로 나를 응시했다.

"정말?"

"그래. 그러니까 걱정은 접어둬."

조금이라도 생각할 시간이 주어지면 딴소리를 해버릴 것만 같았다. 그래서 냉큼 대꾸했다.

"그렇구나."

후우 나직하게 한숨을 쉰 토츠카가 커피로 손을 뻗었다. 홀짝 한 모금 들이켠 후에도 컵을 놓지 않는다. 손을 녹이듯 컵을 꼭 움켜쥔 채, 토츠카가 불쑥 입을 열었다.

"하치만은 역시 멋있어."

"엉?"

놀라움이 노골적으로 표정에 드러난 거겠지. 내 얼굴을 본 토츠카도 화들짝 놀랐다.

"이, 이상한 의미는 아니야!"

토츠카가 허둥지둥 두 손을 내저으며 부정했다. 새빨개진 얼굴로 머리카락을 만지작거리며 있잖아, 하고 운을 뗀 후 덧붙였다.

"그게, 설명하기는 힘들지만……. 괴롭고 힘들 때도 우는소리 하지 않고 혼자 노력하잖아. 그런 모습이, 멋있다고 생각해……."

설명을 들으니 더 낯간지러워졌다. 턱을 괴는 척하며 슬그머니 눈을 돌렸다. 말투도 저절로 퉁명스러워졌다.

"……천만에. 우는소리도 하고, 원망도 죽어라 한다고."

"아하하, 하긴 그럴지도."

토츠카가 후훗 소리 내어 웃었다. 그리고 그 따스한 미소를 머금은 채, 조심스럽고 나직한 목소리로 말했다.

"……그래도 힘들 땐 말해줘. 알았지?"

마지막으로 당부하는 듯한 그 물음에, 나는 말없이 고개를 끄덕였다. 진지한 부탁이니만큼 안이하게 대답해서는 안 될 것 같았다. 토츠카가 신뢰와 협력을 아름다운 것으로 여긴다면 더더욱.

내가 수긍하자, 토츠카도 마주 고개를 끄덕였다.

그러자 기묘한 침묵이 싹텄다. 토츠카가 겸연쩍은 기색으로 고개를 수그렸다.

아까보다 느슨해진 분위기를 피부로 느끼며, 무심하게 입을 열었다.

"뭔가 단 게 땡기지 않냐?"

"응, 좋아. 디저트 먹자."

번쩍 고개를 든 토츠카가 찬성의 뜻을 밝혔다.

"가서 뭐 좀 사올 테니 기다려라."

말을 끝맺기가 무섭게, 토츠카의 대답을 듣지도 않고 몸을 일으켰다.

아래층으로 내려가니, 창구는 여전히 혼잡했다. 내 차례가 돌아오려면 한참을 기다려야 할 눈치였다.

사람들이 수시로 드나드는 탓인지, 창구 근처는 난방이 조금 셌다. 왠지 머릿속이 멍해지는 느낌이 들어, 잠깐 바람을 쐬고 오기로 했다.

12월의 밤은 추울 정도였지만, 달아오른 얼굴에는 차가운 바깥바람이 기분 좋게 느껴졌다. 코트와 머플러를 안에 두고 나온 탓에, 건조한 바람이 목덜미로 파고들었다. 저도 모르게 몸을 움츠렸다.

어두운 길모퉁이에서 혼자 부르르 떠는데, 길 가던 이들

중 한 명이 희한하다는 표정으로 나를 쳐다보았다. 다른 많은 사람들은 무심하게 내 곁을 스쳐 지나갔다.

불현듯 아까 토츠카가 한 말이 뇌리를 스쳤다.

멋있다고 했던가…….

그건 착각이다. 그저 오기에 사로잡힌 것뿐이다. 그냥 허세를 부리는 것뿐이다.

마음속으로 규정한 자신의 올바른 모습을 배신하지 않으려고, 아득바득 고집을 부리는 데 지나지 않는다.

지금도 끔찍한 이성의 괴물이, 소름 끼치는 자의식의 괴물이 내 안에 도사리고 있다.

그 사실을 자각하기 전이었더라면, 토츠카의 말을 긍정적으로 받아들였을지도 모른다.

하지만 유이가하마가 힘겹게 웃는 모습과 잇시키가 이따금 보여주는 침울한 표정이, 츠루미 루미가 혼자 있는 광경이, 무엇보다도 전부 체념해버린 듯한 유키노시타의 조용한 미소가, 거듭해서 물어오는 것이다.

그게 정말 옳으냐고.

나직하게 한숨을 쉬며 올려다본 밤하늘에는 별이 없었다. 시내의 불빛을 받아 드러난 하늘에는 구름이 깔려 있었다.

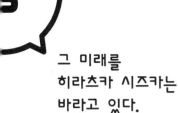

그 미래를 히라츠카 시즈카는 바라고 있다.

방과 후, 부실을 나와 특별관 복도에서 바깥을 내다보았다.

유리창에 맺힌 빗방울이 또르륵 흘러내렸다. 아침부터 내린 비는 그칠 줄 모르고 추적추적 을씨년스럽게 쏟아졌다.

저번에 코마치의 입시를 핑계 삼아 당분간 빨리 돌아가야 할 것 같다고 말해둔 덕분인지, 유키노시타한테도 큰 의심을 사지 않고 부실을 떠날 수 있었다.

창문이 열려 있었는지 바닥은 축축했고, 걸음을 옮길 때마다 텅 빈 복도에 실내화 소리가 찰싹찰싹 울려 퍼졌다.

크리스마스까지 앞으로 일주일.

12월의 치바는 거의 눈이 오지 않는다. 따라서 화이트 크리스마스를 걱정할 필요는 없다. 걱정해야 할 건 지금부터 가봐야 하는 블랙한 일터 쪽이다.

학교에서 나와 곧장 커뮤니티 센터로 향했다.

아침부터 비가 내렸기 때문에, 오늘은 전철과 버스를 갈아타고 등교했다. 따뜻한 계절에는 조금 젖는 한이 있더라도 자전거를 타고 오지만, 그래도 겨울철에 비를 맞기는 싫었다.

공원 옆을 지나치는 길은 이파리를 떨군 나무들 때문에 한층 황량해 보였다.

평소 같으면 아직 해가 지기에는 이른 시간대지만, 오늘은 날씨가 궂은 탓에 주위는 이미 어두컴컴했다.

시야가 온통 우중충한 가운데, 내 앞을 걸어가는 우산만은 화사했다. 비닐 재질로, 귀여운 꽃무늬를 넣어 포인트를 준 우산이었다.

따분함을 달래려는 건지, 우산 주인은 우산을 빙글빙글 돌리며 걸었다. 그 밑으로 황갈색 머리카락이 얼핏얼핏 드러났다.

헤어스타일과 체격으로 보아 앞서 가는 사람은 잇시키인 듯했다.

잇시키의 걸음걸이는 느릿해서 금방 따라잡고 말았다. 그 옆에 나란히 서자, 잇시키도 나를 발견하고는 우산을 비스듬히 기울여 내 얼굴을 확인했다.

"아, 선배님."

"여어."

나도 우산을 가볍게 들어 화답했다.

"오늘도 간식 사갈 거냐?"

"아뇨, 오늘은 회의도 없을 것 같으니까요."

"아참, 그랬지."

잇시키의 말대로 오늘은 회의가 없다. 어제 나온 의견들을 꼼꼼히 살펴보고 실현 가능성과 절충안을 찾는 데 주력할 예정이다. 따라서 오늘은 주전부리를 조달할 필요가 없다. 그러니 내가 과자 봉지를 들 일도 없을 테지.

그렇게 생각하는데, 잇시키가 내 우산 안쪽을 빼꼼 들여다보며 음흉하게 웃었다.

"……후후훗, 유감이네요. 제 점수를 따지 못하게 돼서."

"고작 그딴 걸로 무슨 점수를 따겠냐."

그런 실없는 대화를 나누며 걸어가는데, 저 앞에서 소박한, 어찌 보면 투박하게도 느껴지는 커다란 비닐우산이 허둥지둥 이쪽으로 달려왔다. 우산 아래로 카이힌 종합고 교복 치마가 팔락팔락 정신없이 휘날렸다.

"어라? 잇시키랑 히키가야잖아?"

우산을 높이 치켜들며 말을 걸어온 사람은 다름 아닌 오리모토였다.

"안녕하세요~."

"하이~. 에고, 친구랑 이야기하다 보니까 좀 늦어버렸네."

오리모토는 여전히 사람들을 대할 때 스스럼이 없다. 곧바로 잇시키 옆으로 가서 사이좋게 이야기를 나누기 시작했다. 물론 그런 행동에도 잇시키는 전혀 싫은 내색을 하지 않았다. 활짝 붙임성 좋은 미소를 지으며 수다에 동참한다.

그 옆에서 잠자코 빗속을 걸었다.

두 사람의 대화가 끊기려던 찰나, 잇시키가 앗, 하고 뭔가 생각났다는 투로 물었다.

"맞다, 선배님하고 아는 사이셨죠?"

"응, 같은 중학교였거든."

오리모토의 대답에 잇시키가 나를 힐끔 곁눈질했다.

"선배님한테도 친한 분이 계셨군요."

그런 반응을 보여도 난감할 따름이다. 하지만 난감하기는 오리모토도 매한가지인지, 뭐라고 대답해야 하나 고민하는 눈치였다.

"친하다기보다는, 으음…… 그냥 좀."

그 애매한 대답에 위화감을 느꼈는지, 잇시키가 눈을 반짝이며 집요하게 캐물었다.

"앗 뭐예요 그 의미심장한 말투는!"

오리모토가 아차 싶은 표정으로 나를 바라보았다.

하지만 따지고 보면 어쩔 수 없는 노릇이다. 우리가 딱히 친했던 것도 아니다 보니, 저런 어정쩡한 대답밖에는 할 수 없겠지.

그러나 잇시키는 그 빈틈을 놓치지 않았다. 씨익 웃으며 내 소맷자락을 마구 잡아끈다.

"선배니임~ 뭐예요, 네에~?"

하지 마. 잡아당기지 말라고. 손과 손이 살짝살짝 부딪쳐서 그 뭐랄까, 보들보들한 데다 괜히 의식하게 되니까 그만해!

내가 동요한 틈을 파고들 작정이었는지, 그 끈질긴 애교 공격에 약해진 나는 잇시키의 손을 피하다가 그만 말실수를 하고 말았다.

"그냥 옛날에 이런저런 일이 좀 있었을 뿐이라고……."

"이런저런 일⋯⋯."

내가 한 말을 앵무새처럼 따라한 잇시키가 다시 오리모토를 돌아보았다. 오리모토는 대답이 궁한지 윽, 하고 말문이 막힌 표정을 지었지만, 이윽고 얼버무리듯 아하하 웃었다.

"어차피 다 지나간 일인데 뭐."

그 대답이 조금 의외였다. 영락없이 내 고백을 안주 삼아 신 나게 떠들어댈 줄 알았는데, 뜻밖에도 오리모토는 잇시키를 외면하며 살짝 말꼬리를 흐렸다.

옛날 일을 떠벌려도 상관없다고는 못하겠지만, 반쯤 포기했던 만큼 오리모토의 그 변화가 조금 마음에 걸렸다.

잇시키는 아직도 궁금한 게 남은 눈치였지만, 그것을 눈치챈 오리모토가 내 쪽을 빙글 돌아보며 서둘러 화제를 바꾸었다.

"그보다 하야마는 이런 거 안 하나 보지?"

하야마의 이름이 거론되자, 잇시키가 움찔했다. 흥미진진해 하던 능글맞은 미소가 딱딱하게 굳어졌다.

"⋯⋯하야마 선배하고도 아는 사이세요~?"

잇시키의 목소리가 조금 낮아졌다. 무섭다. 눈꼬리를 휘어 우후훗 미소 짓긴 했지만, 저건 뭐랄까, 눈빛이 너무 매서우니까 웃어서 감추려는 거겠지⋯⋯.

"응. 전에 같이 놀았거든."

"호오, 놀았다고요⋯⋯?"

말꼬리를 잡은 잇시키가 음산한 눈빛으로 오리모토를 보았다. 이크, 이러다 큰일 나겠다.

"그 녀석은 축구부 때문에 바쁘니까 못 올걸."

내가 불쑥 끼어들자, 오리모토가 우산을 살짝 젖혀 나를 보았다.

"히키가야랑 친해 보이길래 중간에 합류하려나 했는데."

"별로 친한 사이도 아니고, 이런 타이밍에 불려 와봤자 난 감하기밖에 더 하겠냐."

"그래? 하지만 뭔가 위태로운 느낌이잖아? 우리 학생회도 이번 가을부터 막 활동에 들어간 참이라 아직 서툴고. 그러니까 구원투수 같은 느낌으로 부르려나 했거든."

옳거니. 카이힌 종합고 멤버들, 적어도 오리모토한테는 위기의식이 있는 건가. 무조건적으로 찬성하는 것처럼 보였지만, 실제로는 내심 걱정됐던 모양이다.

"위태로운 건 사실이다만, 그래도 하야마는 안 불러."

"흐음……. 하긴 마주치면 마주치는 대로 거북하겠지만."

나직하게 덧붙인 말에서는 진심이 묻어났다. 하긴 저번에 하야마하고 놀러 갔을 때, 막판에 벌어진 촌극을 생각하면 만나기가 껄끄러울 만도 하다. 나만 해도 하야마와 적극적으로 얼굴을 마주하고픈 생각은 없으니까.

오리모토가 하야마 이야기를 꺼낸 데는 만남을 피하고픈 심정에서 비롯된 견제 또는 확인의 의도가 깔려 있을 테지. 그 심리는 이해가 간다.

다만 잇시키는 영문을 모르겠는지, 궁금한 표정으로 나와 오리모토를 힐끔힐끔 쳐다보았다. 잇시키가 오리모토를 기억

못 한다면 굳이 알려줄 필요는 없겠지. 저 녀석, 십중팔구 다른 여자한테는 관심 없을 테니까……

우리 셋의 공통 화제인 하야마 이야기가 중단된 후로는, 다들 그저 묵묵히 걸음을 옮겼다.

커뮤니티 센터 입구 앞까지 왔을 때, 오리모토가 아, 하고 뭔가 할 말이 있는 기색을 내비쳤다. 뭔가 싶어 흘끗 돌아보자, 오리모토가 내 얼굴을 빤히 쳐다보며 말했다.

"……그리고 그 히키가야랑 친하다는 애들도, 올지 모른다고 생각했는데."

"걔들은…… 안 올걸."

부를 리가 없다. 부를 수 있을 리가 없다.

"흐음……"

심드렁하게 대꾸한 오리모토가 찰박 물웅덩이를 찼다. 그리고는 우산을 뒤로 젖혀 하늘을 올려다보았다. 나도 덩달아 하늘을 바라보았다. 서쪽 하늘로 희미한 저녁노을이 번져간다. 이대로라면 금방 비가 그칠지도 모른다.

그럼에도 하늘은 여전히 어두운 채였다.

×　×　×

커뮤니티 센터에 도착한 지 얼마 후. 문득 벽시계를 보았다.

오늘도 부질없이 시간만 흘러간다.

대여해온 노트북을 탁 덮고, 손가락으로 눈가를 꾹 눌렀다.

어제 회의에서 나온 의견을 검토하는 작업은 생각보다 까다로웠다.

시간이 지날수록 할 수 있는 일도 적어진다.

시간이 달린다, 일손이 달린다, 예산이 달린다. 핑곗거리도 세 가지나 되면 번듯한 이유다. 그 이유를 내세우면 무엇이든 포기하고 타협할 수 있다.

물론 일정을 미루거나 프로젝트를 동결시킬 수 있다면 이야기가 달라지겠지만, 이미 물러서려야 물러설 수 없는 상황이다.

관계자만 대책 없이 늘어났을 뿐 핵심적인 부분은 여전히 미정이다. 애니메이션에 비유하면 제작 위원회만 결성되고 정작 중요한 애니메이션 본편이 만들어지지 않은 거나 마찬가지다. 그런 애니메이션이 잘되면 그게 기적이지…….

게다가 이러는 사이에도 시곗바늘은 돌아가고 달력은 넘어간다. 정성을 들인다고 표현하면 듣기야 좋겠지만, 실제로는 작업 시간을 갉아먹는 것에 불과하다. 애니메이션에 비유하면 기획회의만 죽어라 해대고, 다른 중요한 것들은 죄다 엉망진창인 상황이라고나 할까.

중요한 것은 균형과 결단이다. 그리고 현재로서는 둘 다 결여된 상태다.

한숨 돌리고, 다시 노트북을 마주했다.

예산을 짜고, 스케줄을 확인하고, 기획의 현실성과 필요 경비를 가늠하여 비용 대비 효과를 따져본다. 혹시나 해서 교회와 재즈 밴드의 연락처도 알아보았다.

그러나 조사를 하면 할수록 이 행사가 실현 불가능한 게 아닌가 하는 의구심만 강해졌다. 이게 뭐야 미친 거 아냐~? 이딴 게 가능할 리가 있겠냐고~. 투덜투덜 혼잣말을 늘어놓자 소부고 멤버들도 답답하기는 마찬가지인지, 부회장이 후우 한숨을 쉬었다.

그리고 내게 서류를 보여주었다.

"이거, 아무리 계산해 봐도 예산이 부족한데, 어떡할까?"

"프로그램을 축소하거나 우리 내부에서 돈을 걷거나 둘 중 하나겠지. 다음 회의에서 의결에 부치지 않겠냐?"

솔직히 그런 데 소비하는 시간도 아까울 지경이었다. 하지만 저쪽을 단념시키려면 확고한 논거와 자료를 갖추어야 한다. 어쩌면 논거와 자료를 갖추어도 퇴짜 맞을지 모른다.

뒤통수를 벅벅 긁으며 커피로 손을 뻗었다. 종이컵에 든 블랙커피는 텁텁함과 씁쓸함만이 부각되어, 빈말로도 맛있다고는 할 수 없었다.

뭐 좀 달달한 거 없나……? 입가심할 만한 걸 찾아 주위를 둘러보았다. 그때 저 앞에 있던 잇시키가 잰걸음으로 내게 다가왔다.

"선배님, 장식 만들기가 거의 끝나가는 것 같은데요. 이제 뭘 하면 좋을까요~?"

아참, 그러고 보니 초등학생들을 관리하는 것도 우리 소관이었지……. 하던 일을 잠시 중단하고 팔짱을 낀 채 생각에 잠겼다.

행사 내용에 관계없이 필요하고, 초등학생도 할 수 있는 일이라. 행사장 꾸미기는 마무리 단계에 접어들었다. 그밖에 할 수 있는 일은……

생각을 더듬어가다가 문득 깨달았다.

"트리 조립은?"

그렇게 묻자, 잇시키가 미묘한 표정을 지었다.

"트리 자체는 도착했는데요…… 지금 조립해놓으면 일하는 데 방해되지 않을까요~?"

예상했던 반응이었다. 사실 지금 여기 트리가 덩그러니 놓여 있어봤자 거추장스럽기만 할 뿐이다. 게다가 이번에 준비한 크리스마스 트리는 제법 커서 이상한 존재감을 뿜어내기까지 한다. 그렇다면 그 존재감을 역이용하는 수밖에 없다.

"센터 측에다 이야기해서 현관에 놔두자고. 일주일 전이니 딱 좋겠지. 당일에 다시 행사장으로 옮기면 되니까."

"아하……. 네, 알겠어요~."

흠흠 고개를 끄덕인 잇시키가 총총히 초등학생들 쪽으로 돌아갔다. 그 뒷모습을 바라보다 다시 노트북으로 시선을 돌렸다. 입가심거리는 못 찾았지만, 잇시키하고 이야기한 덕분에 한결 숨통이 트였다. 그나저나 업무 스트레스를 업무로 풀다니, 이쯤 되면 이미 말기 증상이구만. 사축의 안녕, 허위의 반영, 과로로 죽어가는 이들 앞에 자유를…….

하지만 사실은 이런 농담 따먹기나 하고 있을 때가 아니다. 잇시키를 회장으로 만든 책임이 있으니 거들고는 있지만, 정신을 차려보니 어느새 내가 업무 지시를 내리고 있었다.

이건 업무 보조나 후방 지원과는 전혀 다른 개념이다. 하지만 아무도 그 점에 의문을 품지 않았다. 지극히 자연스럽게 나를 찾아와서 허락을 구한다.

이런 구도는 위험하다. 어디선가 본 적이 있는 뒤틀림이다.

상황을 바꾸지 않으면 머지않아 파국으로 치닫게 된다. 내가 직접 경험했기에 누구보다도 잘 안다. 무엇보다도 학생회장 잇시키 이로하의 앞날을 생각하면, 지금 같은 상태는 결코 바람직하지 않다.

조속히 상황을 바꾸고 뒷일을 잇시키에게 맡길 수 있게끔, 얼른 담판을 짓도록 하자.

그동안 정리한 자료를 들고 타마나와에게 다가갔다. 예전 같은 회의 스타일로는 안 된다. 대표자끼리 정상회담 스타일로 결정하지 않으면 어물쩍 넘어가 버리기 십상이니까.

"저기, 잠깐 시간 되냐?"

"뭔데?"

타마나와도 자기 나름대로 뭔가 작업 중이었던 모양이다. 맥북 에어 화면에 기획 개요라는 타이틀이 둥둥 떠다녔다. 슬쩍 들여다보니 수많은 의견을 어떻게 통합하여 시너지 효과를 창출해나갈지에 관해 주절주절 쓰여 있었다.

끝까지 모두의 의견을 실현시키는 방향으로 밀고 나가려는 눈치였다.

그런 기획서 초안을 봐버린 뒤라 말을 꺼내기가 조금 껄끄러웠지만, 그래도 들고 온 자료를 쑥 내밀었다.

"지난번에 쏟아져 나온 아이디어, 우리 쪽에서 검토해봤거든. 가능해 보이는 것과 불가능해 보이는 것을 추려봤는데…… . 물론 대부분은 절대 불가능해 보인다만…… ."

"우와, 고마워!"

자료를 받아든 타마나와가 팔랑팔랑 페이지를 넘겼다.

"이걸로 문제점은 확실해졌네."

"그렇지."

당연한 이야기지만, 시간과 자금이 모자란다.

"그럼 어떻게 해결할지 다 함께 생각해보자."

"잠깐, 아무리 그래도 그건 무리야. 일주일밖에 안 남았다고."

"응, 그러니까 밴드 쪽은 외부에 발주를 넣으면 되지 않을까? 내가 조금 알아봤는데, 프라이빗 라이브 출장 서비스를 제공하는 곳이 꽤 있더라고. 그런 걸 잘 조합해서 우리 나름의 행사로 승화시키면 될 것 같아."

야야, 그 돈은 하늘에서 뚝 떨어지냐…… . 반박하고픈 마음이 굴뚝같았지만, 자기만의 고집으로 똘똘 뭉친 사람에게는 통하지 않을 테지.

타마나와는 남의 말을 듣지 않는 게 아니다. 듣는 거다. 그것도 전부를.

그래서 그 모든 의견을 빠짐없이 반영한 결론을 이끌어내려고 하는 거다.

"일단 다 함께 검토해보고, 다음 회의에서 결정하자."

타마나와의 의지는 확고해 보였다. 그 모습은 어딘가 오기를 부리는 것처럼 보이기도 했다. 여러 차례 설득했음에도 불구하고, 타마나와는 절대로 자신의 견해를 굽히려 하지 않았다. 오기라기보다 집념, 아니 아집이라고 하는 편이 옳을지도 모른다. 어째서 그토록 기를 쓰며 모든 의견을 수용하려 드는지 이해할 수가 없었다.

하지만 그때 불현듯 깨달았다.

타마나와도 학생회장이 된 지 얼마 안 됐다고 들었다. 하도 강경하게 나와서 착각했지만, 타마나와도 잇시키처럼 최근에야 학생회장이 되었을 터였다.

그래서 남의 의견을 들으려 하고, 그것에 귀를 기울인다. 승낙을 얻은 다음 행동에 옮긴다. 문제가 생기지 않도록, 추후에 갈등이 불거지지 않도록 조정해나간다.

그런 사고방식은 내가 지시를 내려주길 원하는 잇시키의 심리와 일맥상통한다. 비교적 잘 아는 잇시키조차 제대로 보조하지 못하는 판국에, 며칠 전에 처음 본 타마나와를 보조할 수 있을 리 없다. 하물며 그 마음을 돌리게 만들다니, 그야말로 어불성설이다.

이제는 많은 것을 기대하지 않는다. 다음에야말로 반드시 결정을 내린다. 그것 하나만큼은 확실하게 다짐을 받아두기로 했다.

"……다음 회의에서도 결정 못 하면 행사일에 못 맞춘다고.

그것만은 명심해라."

"물론이지."

그렇게 대답하는 타마나와의 얼굴은 여전히 시원스러웠다. 하지만 지금은 그 표정도 어딘가 미심쩍게 느껴졌다.

타마나와를 설득하기를 포기하고, 내가 원래 있던 자리로 돌아가기로 했다.

큰일이군……. 이제는 정말 손 쓸 방도가 없다.

최종적으로 무엇을 할지는 다음 회의에서 결정될 테지만, 과연 다음이라고 결론이 난다는 보상이 있을까. 그동안의 회의 진척도로 봐서는 장담하기 힘들었다.

어쨌거나 방금 그 대화를 끝으로 내가 할 수 있는 일은 사라지고 말았다. 이제는 이 행사가 와해되어가는 모습을 손가락이나 빨며 지켜보는 수밖에 없다.

생각을 정리하며 자리로 돌아가다가, 혼자 오도카니 작업 중인 루미를 발견했다.

주위를 둘러봤지만 다른 초등학생들은 눈에 띄지 않았다. 내 기억대로라면 지금쯤 트리를 조립하고 장식을 달고 있을 터였다. 혼자 뭘 하는 건지 궁금해져서 다가가 보았다.

"……장식물을 만드는 건가."

가위를 든 루미가 밑그림을 따라서 색종이를 잘라낸다. 아무래도 눈꽃송이 모양의 장식을 만드는 중인 듯했다.

보아하니 실내 장식 제작이 아직 덜 끝난 상태라, 남은 일거리를 루미가 떠맡은 눈치였다. 하긴 애들 입장에서는 계속 똑같은 걸 만드는 것보다야 트리 조립처럼 새로운 작업을 하고 싶을 테지.

그렇다고 감독하는 사람도 없는데 초등학생이 날붙이를 쓰게 놔두려니 신경이 쓰였다. 가서 잠깐 말이라도 걸어볼까. 보는 사람도 없으니 내가 말을 건다고 루미가 호기심 어린 시선을 받을 염려도 없을 테고.

"혼자 일하냐?"

쪼그려 앉아 말을 걸어봤지만, 루미는 묵묵부답이었다. 그저 묵묵히 색종이만 오려댔다.

……하긴 무시당해도 별수 없나.

포기하고 떠나려고 몸을 일으키자, 루미가 흘끗 나를 곁눈질했다. 그리고 색종이를 한 장 더 집어 들더니, 홱 고개를 돌려 나를 외면했다.

"……보면 몰라?"

사람을 깔보는 듯한 시건방진 말투로 그렇게 쏘아붙인다. 이야, 시차 한번 끝내주는데? 요새는 위성방송도 그것보다 딜레이가 적을걸.

하여튼 얄미운 꼬맹이구만. 그렇게 생각하면서도 혼자지만 착실하게 일하는 모습에 호감을 느꼈다. 그와 동시에 저런 상황을 초래한 원인에 생각이 미쳤다.

츠루미 루미의 현재 상태도 내 행동이 초래한 결과 중 하나다. 그렇다면 이 상황에도 내가 책임져야 할 부분이 있을 터였다.

루미 옆에 털썩 주저앉아 색종이를 한 장 집어 들었다. 가위는 근처에 굴러다니는 걸 잠시 빌리기로 했다.

으음……. 아하, 색종이에 눈꽃송이 도안을 그린 다음 선을 따라 그대로 오려내서…… 아니, 틀렸다. 색종이를 작게 접은 다음 군데군데 잘라내서 대칭적인 모양이 나오도록 하는 건가. 의외로 고난도 작업이구만. 그렇게 생각하며 나도 눈대중으로 색종이를 접어 싹둑싹둑 가위질을 했다.

그러자 옆에서 들려오던 가위 소리가 뚝 그쳤다. 고개를 돌리자, 눈꽃 만들기를 중단하고 놀란 표정으로 나를 쳐다보는 루미가 보였다.

"……뭐해?"

"보면 모르냐?"

아까 루미가 한 대답을 고스란히 돌려주었다. 루미도 그 사실을 아는지, 불퉁한 표정으로 나를 흘겨보았다.

"……할 일이 그렇게 없어?"

"유감스럽게도 없다만."

사실 해야 할 일은 산더미처럼 많지만, 어쩌겠는가. 지금은 더 이상 할 수 있는 일이 없는 것을. 나머지는 실제로 회의를 해봐야 알 수 있다.

그 대답에 루미가 내게 싸늘한 눈길을 보냈다.

"……한량."

"남이사."

그 후로는 둘이서 묵묵히 주어진 일거리를 해치워나갔다.

누가 낸 아이디어인지는 몰라도 색종이로 만드는 장식물은 생각보다 훨씬 정교해서, 가위로 찔끔찔끔 잘라내는 작업은 상당한 집중력을 필요로 했다.

정신없이 작업에 빠져들자, 강습실의 소음도 잠잠해진 것처럼 느껴졌다.

하지만 이윽고 타박타박 부산스러운 발소리가 들려왔다.

고개를 들자, 잰걸음으로 다가오는 잇시키가 보였다.

"선배님, 커터칼 좀 빌려 갈게요~."

내게 양해를 구하고 책상에 놓여 있던 커터 몇 개를 챙긴다. 보아하니 트리를 장식하는 데 필요한 모양이다.

그때 잇시키가 루미를 발견했다. 루미는 작업에 여념이 없는지, 잇시키가 있든 말든 신경도 쓰지 않았다. 하지만 잇시키는 뭔가 마음에 걸리는 눈치였다.

잇시키가 까닥까닥 손짓을 했다. 또 뭐냐……. 몸을 살짝 기울이자, 잇시키가 내게 소곤소곤 귓속말을 해왔다.

"……선배님, 혹시 연하가 좋으세요?"

"뭐 딱히 싫지는 않은데."

여동생을 뒀기 때문인지, 저 또래 애들을 상대하는 데는 큰 어려움이 없다. 오히려 동갑이 훨씬 긴장된다. 물론 카와 사키네 여동생만큼 어리면 어떻게 대해야 좋을지 감이 안 잡혀서 허둥대지만, 특별한 거부감은 없다. 아, 동생뻘 되는 남자는 평범하게 거북합니다. 그놈들, 짐승 같아서 말이 안 통하니까……

내 말을 듣고도 잇시키는 대답이 없었다. 그냥 시체인가······[#21] 하고 돌아보자, 잇시키가 곤혹스러운 표정을 지었다.

"······혹시 지금 절 꼬시는 건가요 죄송해요 연상은 꽤 좋아하지만 무리예요."

"저기요, 죄송한데 어디로 보나 댁의 착각이거든요······?"

저 녀석의 질문에 진지하게 대답한 내가 바보지······.

방해되니 꺼지라고 휘이휘이 손을 내젓자, 잇시키가 "뭐예요, 그 훼방꾼 취급은······."이라고 투덜거리며 강습실에서 나갔다.

잇시키가 사라지자, 다시 조용한 시간이 되돌아왔다.

종이 스치는 소리와 가위질하는 소리. 말 한마디 없이, 그저 색종이로 만든 눈꽃송이만 하염없이 쌓여간다.

이윽고 마지막 하나가 완성되자, 나와 루미는 서로 마주보았다.

"······다 끝난 거야?"

"······응."

그렇게 대답한 루미가 만족스러운 숨결을 토해내며 빙그레 웃었다. 그래놓고는 쑥스러운지, 나와 눈이 마주치자 홱 고개를 돌려버렸다.

나는 나직하게 한숨을 쉬고 몸을 일으켰다.

"······그럼 난 가보마."

#21 그냥 시체인가······ 드래곤 퀘스트에서 시체를 조사하면 「대답이 없다. 그냥 시체인 모양이다」라는 대사가 뜸.

"저, 저기……."

루미가 의자에 앉은 채 뭔가 하고 싶은 말이 있는 기색으로 나를 보았다. 하지만 루미가 뭔가 말을 꺼내기도 전에, 내가 먼저 입을 열었다.

"트리, 아직 만드는 중일 텐데 가보지그래?"

"……아, 으응."

그 대답을 끝으로, 루미도 자리에서 일어나 강습실을 떠났다. 나도 원래 자리로 돌아왔다.

루미가 하려던 말이 무엇인지 묻지 못했다. 그 미소에 가슴이 아파져 왔으니까.

그런 모습을 보면, 이런 사소한 행위를 면죄부로 삼으려고 드는 나 자신을 자각하게 된다. 츠루미 루미의 미소는 내 행동을 정당화하는 증거가 아니건만.

예전의 방식으로도 분명 누군가를 구하기는 했다.

다만 그것만으로는 무언가 부족한 거다.

나의 책임. 그 답을, 나는 아직 찾지 못했다.

× × ×

초등학생들을 돌려보낸 후, 한동안 작업을 한 끝에 남아 있던 자료 정리를 마쳤다. 그러자 일거리가 똑 떨어지고 말았다.

소부고 학생회 임원진도 무료한 기색으로 각종 확인 작업과 예산 재산출 등의 심심풀이성 업무를 하며 시간을 때웠다. 반면에 카이힌 쪽에서는 뭔가 열띤 토론이 한창이었다.

오늘 내게 주어진 업무는 이 정도인가.

"잇시키, 더 할 일도 없는 거 같은데 그만 돌아가도 되겠냐?"

옆에서 서류를 팔랑팔랑 넘기던 잇시키에게 물었다. 그러자 잇시키가 시계를 올려다보더니 으음, 하고 잠시 생각한 끝에 말했다.

"하긴 그러네요……. 오늘은 이만 끝내기로 할까요?"

"오케이. 그럼 먼저 실례하마."

등 뒤에서 고생 많으셨어요~ 라고 인사하는 잇시키의 목소리를 들으며, 강습실을 나섰다.

커뮤니티 센터 밖으로 나오자, 비는 이미 그친 뒤였다. 바닥의 물웅덩이가 거리의 조명을 반사하고, 처마에 맺힌 물방울이 불빛을 흡수한다. 하지만 아름다운 만큼, 그 광경은 어딘가 쓸쓸해 보였다.

코트 앞섶을 여미며 주차장으로 발걸음을 돌리려다, 오늘은 자전거를 집에 놔두고 왔다는 사실을 깨달았다. 아침부터 비가 내렸기 때문에 오늘은 전철과 버스를 이용해서 등교했다.

전철역을 향해 걸어가는데, 불현듯 마리핀이 눈에 들어왔다. 간판은 휘황찬란한 빛을 뿜어내고, 자동문이 열리자 실내에서 훈훈한 공기가 새어나왔다.

그러고 보니 마리핀에도 KFC가 있지……. 예약하는 걸 까맣게 잊고 있었다.

여느 때보다 이른 시간이고, 부탁받은 치킨 세트나 예약해 둘까. 집에서는 좀 멀지만 어차피 오븐 토스터로 데울 거고, 찾으러 오는 사람도 나일 테니까 여기다 예약해도 상관없겠지. 그나저나 치킨을 찾으러 오다니, 치킨스러운[#22] 제게 딱 맞는 역할이로군요!

마리핀으로 들어가자, 크리스마스 세일 기간이라서 그런지 큼지막한 쇼핑백을 든 사람들이 눈에 띄었다. 은근슬쩍 주위를 둘러보며 KFC의 위치를 확인하고 그쪽으로 향했다.

크리스마스가 일주일 앞으로 다가온 이 시기는 KFC에도 대목인지, 치킨 세트를 예약하러 온 사람 몇 명이 줄을 서서 기다리고 있었다. 하긴 퇴근길에 들르기에는 딱 좋은 위치니까. 역에서도 가깝고. 나도 그 행렬에 끼어 무사히 예약을 마쳤다.

볼일은 끝났다. 이제 돌아가기만 하면 된다.

KFC에서 가장 가까운 출구로 걸음을 옮겼다. 사람들이 끊임없이 드나드는 탓에 자동문은 활짝 열려 있었다. 1층에 있는 손님들뿐만 아니라 근처에 있는 에스컬레이터를 타러 가는 사람들, 그 에스컬레이터에서 내리는 사람들이 뒤엉켜 다소 혼잡한 모습이었다.

과연 크리스마스, 연말 시즌이다. 분위기 한번 어수선하구만……. 그렇게 생각하며 에스컬레이터를 바라보았다.

그때 문득 그 에스컬레이터를 타고 내려오는 사람들 중에

[#22] **치킨스러운** 치킨(chicken)이란 영단어에는 겁쟁이, 비겁자라는 뜻이 있음.

서 유키노시타 유키노를 발견했다. 서둘러 자리를 피했어야 했는데, 놀란 나머지 그만 발걸음이 멎어버렸다.

유키노시타 유키노는 인파 속에서도 확 눈에 띄었다. 찾으려고 한 적도 없건만, 그 모습은 저절로 시야에 들어왔다.

책이라도 샀는지, 유키노시타의 손에는 서점 쇼핑백이 들려 있었다.

유키노시타가 걸어가는 방향에 내가 있다. 당연히 유키노시타도 나를 발견하고 깜짝 놀란 표정을 지었다. 눈이 마주치며 서로의 존재를 인식하고 말았다. 이 상황에 못 본 척할 수도 없는 노릇이다.

고개만 까딱해서 인사하자, 에스컬레이터에서 막 내려 출구로 향하던 유키노시타도 살짝 고개를 숙여 보였다.

"여어."

"……안녕."

조금 전까지 우두커니 서 있었던 나와 에스컬레이터에서 내려 거침없이 나아가는 유키노시타의 발걸음이 맞물리며, 거의 동시에 바깥으로 나왔다.

큰길가는 귀가하는 사람들과 쇼핑객들로 북적거렸다.

KFC 쪽 출구로 나오면 바로 앞에 조그만 광장이 있다. 휴일 낮이나 따뜻한 계절이라면 또 모를까, 이제 막 부슬비가 그친 추운 밤중에 그곳을 거니는 사람은 없었다.

그러나 우리는 왠지 모르게 거기서 발걸음을 멈추고 말았다.

유키노시타가 코트 앞섶을 정돈하고 머플러 상태를 확인하는 것처럼 목 언저리를 매만졌다. 나도 어색함을 달래듯 머플러를 고쳐 맸다.

요 며칠간 부실에서 몸에 밴 습관 탓일까. 그만두면 좋았으련만, 무의식적으로 화젯거리를 찾으며 입을 열고 말았다.

"어, 쇼핑하러 왔냐?"

"그래. ……그러는 너야말로 이런 시간에 무슨 일이니?"

유키노시타는 평소처럼 눈썹 하나 까딱하지 않고 서늘한 목소리로 되물었다.

나는 오늘도 먼저 부실을 나왔다. 따라서 이런 시간에 이런 장소에 있는 건 부자연스럽다. 유키노시타가 물어보는 것도 당연하다. 여기서 마주치는 상황은 피했어야만 했다. 하지만 이미 쏟아진 물을 주워담을 수도 없는 노릇이다.

나는 얼굴을 긁적이며 유키노시타를 외면했다.

"……나도 뭐, 그냥 좀."

사실대로 털어놓을 수는 없었다. 그래서 무의미하고 애매모호한, 그렇지만 거짓말이라고도 할 수 없는 무미건조한 단어들을 나열했다.

유키노시타는 살짝 눈을 내리깔며 나직한 목소리로 대꾸했다.

"그래……?"

그리고 고개를 들었다. 말할지 말지 망설이듯 꼭 깨문 그 입술은 가늘게 떨렸고, 나를 바라보는 눈동자는 희미하게 흔들렸다.

"……잇시키를 돕고 있는 모양이구나."

조용하게 가라앉은, 나직한 목소리. 건드리면 파스스 무너져 내릴 듯한 그 말은, 마치 밤에 내리는 서리 같았다. 그래서 지독히도 차갑게 느껴졌다.

유이가하마가 이야기했을 거란 생각은 들지 않았다. 유키노시타가 스스로 짐작한 거겠지. 여태까지는 모르는 척 묵인해 왔지만, 그 두 눈으로 직접 내 수상한 행동을 목격한 이상, 묻지 않을 수 없었으리라.

"어, 그게, 사정상……."

말꼬리를 흐린다고 사실이 달라지는 건 아니지만, 달리 설명할 방도가 없었다. 이제 와서 부정해봤자 부질없는 짓이다.

"일부러 그런 거짓말까지 할 필요는 없었는데……."

유키노시타의 시선은 그저 메마른 겨울바람만 휘몰아치는 휑한 바닥을 향한 채였다. 유키노시타가 말하는 거짓말이란 코마치의 입시 등, 내가 덧붙인 이런저런 핑계를 일컫는 거겠지.

"거짓말은 아냐. 그것도 이유 중 하나라고."

"……그래. 분명 거짓말은 아니지."

자조하듯 대꾸한 유키노시타가 차가운 밤바람에 흐트러진 머리카락을 쓸어 넘겼다.

그 모습을 보자, 예전에도 이런 대화를 나눈 적이 있다는 사실이 떠올랐다.

유키노시타 유키노는 거짓말을 하지 않는다. 나는 그 사실에 절대적인 믿음을 갖고 있었고, 유키노시타가 진실을 말하지 않았다는 이유로 환멸을 느꼈다.

유키노시타에게 실망한 게 아니다. 과거의 내가 환멸을 느낀 대상은, 그런 이상을 강요했던 나 자신이었다.

반면에 지금의 나는 어떤가. 그때보다 훨씬 저열하다. 진실을 숨기는 건 거짓말이 아니라는 기만을 받아들이고, 심지어 그것을 이용하기까지 한다.

그토록 완강하게 거부해왔던 가식적인 행위를 태연하게 해대는 내가 추악하게 느껴졌다. 그 때문인지 내 입에서 흘러나오는 말에서도 참회의 빛이 묻어났다.

"……내 멋대로 해서 미안하다."

유키노시타는 지그시 눈을 감고 조용히 고개를 저었다.

"괜찮아. 네 개인적인 행동까지 내가 참견할 수는 없고, 그럴 자격도 없으니까. 아니면……."

대답하던 유키노시타가 말을 끊었다. 어깨에 멘 가방을 움켜쥔 손에 힘이 들어간다.

"내 허락이 필요하니?"

유키노시타가 고개를 살며시 기울인 채, 투명한 눈빛으로 내게 물었다. 그 부드러운 음성은 나를 나무라는 것이 아니었다. 그래서 더욱 고통스럽게 느껴졌다. 서서히 숨통이 조여드는 듯한 압박감이 가슴을 짓눌렀다.

"……아니, 그냥 확인한 것뿐이야."

툭 내뱉듯 그렇게 대꾸했다. 무엇이 정답이었는지는 모른다. 애초에 정답 따위 존재하지 않았는지도 모른다.

눈만 움직여 유키노시타를 보았다. 부실에 있을 때와 마찬가지로, 그 얼굴에는 아득히 먼 지난날을 추억하는 듯한 미소가 감돌았다.

"……그래? 그러면 사과할 필요 없잖니. 게다가 잇시키도 너와 이야기하는 편이 마음 편할 테고."

조곤조곤, 조금도 서두르는 기색 없이 이어지는 유키노시타의 음성은 매끄러웠다. 나는 그 말을 잠자코 듣기만 했다. 사과하는 것조차 허락되지 않는다면, 달리 무슨 말을 할 수 있겠는가.

유키노시타는 다시 말을 이었다. 내게서 시선을 돌려 별 하나 없는 흐린 하늘을, 저 멀리 도쿄만의 공업단지에서 새어나오는 불빛에 탁한 오렌지색으로 물든 안개 같은 구름을 바라보며.

"너라면 혼자서도 해결할 수 있을 거야. 여태까지도 그랬으니까."

오해다. 나는 아무것도 해결한 게 없다. 잇시키 일도 루미 일도, 전부 얼렁뚱땅 무마하고 엉망으로 만들어버렸을 따름이다. 그들이 행복해졌느냐 하면 결코 그렇지 않다.

"해결 따위 한 적 없어. ……게다가 혼자니까 혼자 하는 것뿐이라고."

자기 일은 자기가 한다. 지극히 당연한 논리일 뿐이다. 남의 일에 휘말려 들었든 느닷없이 봉변을 당한 꼴이든, 일단 관여하고 나면 결국은 내 문제가 되어버린다. 그러니 내 힘으로 처리하려는 것뿐이다.

그런 습관이 몸에 배어, 다른 방법은 알지도 못하면서 안이하게 남에게 의지하니까 문제가 생기는 거다. 애초에 잘못된 인간이 정당한 수단을 쓴다고 올바른 결과가 나올 리 없는데.

그러니 내가 직접 한다. 단지 그것뿐이다.

그 점은 반년 이상 함께 봉사부 활동을 해온 유키노시타도 마찬가지일 터였다.

"너도 그렇잖아?"

확신을, 아니 기대를 담아 그렇게 물었다. 하지만 유키노시타는 말문을 흐렸다.

"나는, ……그렇지 않아."

시선을 떨구고 입을 꾹 다문 채 코트 소맷자락을 움켜쥔다. 느슨해진 머플러 틈새로 드러난 새하얀 목이 꿈틀 경련했다. 그 모습이 바람 속에서 숨이 가빠 괴로워하는 것처럼 보였다. 그런 유키노시타는 난생처음 보았는지도 모른다.

유키노시타는 고개를 숙인 채, 힘겹게 말을 이어갔다.

"언제나 잘하고 있다고…… 이해하고 있다고만 생각했을 뿐인걸."

누구를 두고 하는 말일까. 유키노시타일까, 아니면 나일까. 다만 어느 쪽이든 마찬가지라고 생각했다. 이해할 거라고만 생각했던 사람은 과연 누구였을까.

그래서 뭔가 말해야 한다는 조급함에, 미처 생각이 정리되기도 전에 입을 열었다.

"저기, 유키노시타……."

무작정 운을 뗐지만, 그 말은 도중에 끊겼다. 유키노시타가 불쑥 고개를 들고 여느 때처럼 차분한 목소리로 내 말을 가로막았기 때문이다.

"봉사부, 당분간 쉬는 게 어떻겠니? 우리에게 신경 써주는 거라면, 그럴 필요는 없으니까."

끼어들 틈도 없이 말을 이어가는 그 얼굴에 다시 투명한 미소가 깃들었다. 유리 상자에 든 정교한 비스크 인형처럼 온화한 미소가.

"신경 쓴 적 없어."

이런 대답을 원하는 게 아니라는 것쯤은 알고 있었다. 하지만 여기서 침묵했다간 그 공허한 공간마저 잃게 될 터였다.

하지만 이미 저지른 실수는 돌이킬 수 없다. 그 어떤 말로 포장한다 한들 바로잡기는 불가능하다.

유키노시타는 조용히 고개를 저었다. 어깨에 멘 가방이 힘없이 아래로 흘러내렸다.

"계속 신경 써왔잖니……. 그때 이후로 계속……. 그러니까……."

꺼질 듯 가냘픈 목소리를 놓치지 않도록 신경을 곤두세우고, 그다음을 기다렸다. 하지만 그 뒷말은 끝내 나오지 않았고, 유키노시타는 다른 이야기를 꺼냈다.

"하지만 이제는 더 이상 무리하지 않아도 돼. 그래서 망가져 버린다면, 원래부터 그 정도에 불과한 것뿐이니까……. 안 그래?"

그 물음에 이번에야말로 말문이 막히고 말았다.

그것은 내가 믿었고, 끝까지 믿지 못한 신념이었다.

하지만 유키노시타는 믿고 있었다. 그 수학여행에서 내가 포기해버린 신념을.

그때 나는 한 가지 거짓말을 했다. 변하지 않기를 바라는, 변하고 싶지 않다는 그 소망을 거짓말로 일그러뜨렸다.

에비나와 미우라, 그리고 하야마.

그들은 변화 없는 행복한 일상을 원했다. 그래서 조금씩 거짓말을 하고, 또 서로를 속였다. 그렇게 해서라도 지키고 싶은 관계였을 테지. 그 마음을 이해해버린 이상, 쉽사리 부정할 수는 없었다.

그들이 내린 결론이, 지키기 위한 선택이 잘못되었다고는 생각하지 않는다.

나는 그들을 나와 동일시하고, 그 관계를 용인하고 말았다. 나 역시 그 나날들이 나름대로 마음에 들었고, 잃고 싶지 않다고 느끼기 시작했기에.

언젠가는 반드시 잃어버리게 된다는 사실을 알면서도.

그래서 신조를 어기고 나 자신에게 거짓말을 했다. 소중한 것은 대체할 수 없다. 둘도 없이 귀중한 것은 잃어버리면 다시는 되찾을 수 없다. 그러니 반드시 지켜야만 한다고, 자신을 합리화하며.

나는 지킨 게 아니라, 지켰다고 착각하며 그것에 매달렸을 뿐이다.

방금 유키노시타가 던진 질문은 분명 최후통첩이다.

형식적인 것에 의미를 부여하지 않는다. 그것은 나와 그녀가 공유했던 하나의 신념.

—그 신념을, 지금도 간직하고 있는가.

대답할 수 없었다. 지금의 나는 가식이 전적으로 무의미한 것은 아님을 깨달아버렸다. 그것 또한 삶의 한 방식임을 이해했다. 그러므로 부정할 수 없다.

아무 말도 하지 못하는 나를 유키노시타가 서글픈 눈빛으로 응시했다. 유키노시타는 한동안 잠자코 내 대답을 기다려주었다. 하지만 그 침묵이 곧 대답임을 이해하자, 나직한 한숨을 흘리며 덧없는 미소를 지었다.

"이제 억지로 오지 않아도 돼⋯⋯."

그렇게 선언하는 목소리는 지독하게 다정했다.

로퍼가 벽돌로 된 계단을 또각또각 울렸다. 시끌벅적한 길거리에 서 있는데도, 멀어져가는 그 발소리가 하염없이 귓가를 맴도는 것처럼 느껴졌다.

유키노시타가 전철역의 인파 속으로 모습을 감추었다. 대단한 거리도 아닌데 한없이 멀게만 느껴졌다.

말 한마디 걸지 못한 채 그 뒷모습을 배웅하고, 광장 계단에 털썩 주저앉았다.

정신을 차리자, 상점가에서 흘러나오는 크리스마스 캐럴이 들려왔다. 광장에 놓인 트리에는 환하게 불이 들어왔고, 가지

곳곳에는 선물상자 모양의 장식품이 달려 있었다.

저 상자 안은 텅 비어 있을 테지.

마치 그 부실처럼.

그런데도 저런 공허한 상자를 손에 넣으려고 했었다.

그런 걸 원했던 게 아니건만.

×　×　×

그저 멍하니 있었다. 머리를 텅 비우고 아무런 생각도 하지 않았다.

한동안 광장 계단에 앉아 깜빡깜빡 점멸하는 트리 조명을 바라보고 있었다.

그렇게 한참 추위에 몸을 담그고 있자니, 마침내 결심이 섰다. 새하얀 입김을 흘리며 몸을 일으켰다.

시계를 보니 유키노시타가 떠난 후로 그렇게 많은 시간이 지나지는 않았다.

역 앞은 퇴근하는 직장인과 쇼핑객, 동아리 활동을 마치고 귀가하는 학생들로 가득 차 무척 소란스러웠다.

그런데도 어쩐지 조용하게 느껴졌다.

광장에서 나와 혼잡한 거리에 발을 들여놓았지만, 주변의 소음도 크리스마스 캐럴도 귀에 들어오지 않았다. 그저 내 입에서 흘러나오는 한숨 소리만이 유독 크게 들려왔다.

인도를 천천히 걸었다. 역에서 나오는 사람들의 흐름에 가로막혀서인지, 생각처럼 순조롭게 나아갈 수가 없었다.

사람들뿐만 아니라, 그 옆 도로를 달리는 자동차도 가다 서다를 반복했다. 역으로 누군가를 마중 나왔거나, 근처 주차장을 드나드는 차들이 있기 때문이겠지.

그중 한 대가 경적을 울렸다. 시내 한복판에서 뭐 하는 짓거리냐……. 무심결에 짜증스러운 시선을 보내고 말았다. 나 말고도 몇 사람이 그쪽을 돌아보았다.

그러자 이 동네에서는 좀처럼 보기 힘든, 앞부분이 슬림하게 빠진 검은색 스포츠카가 눈에 들어왔다. 그 차가 내 옆으로 바짝 붙더니, 왼쪽 창문을 지잉 내렸다.

"히키가야, 이런 데서 뭐하나?"

그 창문으로 얼굴을 내민 사람은 다름 아닌 히라츠카 선생님이었다.

"그냥 집에 가던 중이었는데요……. 선생님이야말로 웬일이세요?"

예상치 못한 곳에서 예상치 못한 인물과 맞닥뜨리고 말았다. 내 물음에 히라츠카 선생님이 후훗 웃었다.

"그야 행사가 일주일 앞으로 다가왔으니까. 상황을 살펴보러 갔더니 오늘은 이미 끝난 거 같아서 말이다. 나도 돌아갈까 하던 참에 너를 발견한 거지."

"눈썰미가 좋으시네요."

"학생 지도를 맡다 보면 길거리에서 교복이 저절로 눈에 들어오거든."

히라츠카 선생님이 어딘가 자조적인 미소를 지으며 조수석을 가리켰다.

"마침 잘됐군. 바래다주지."

"아뇨, 안 그러셔도 되는데요."

"됐으니까 타라. 뒤에 차가 온다."

히라츠카 선생님이 재촉했다. 돌아보니 정말 뒤에서 차가 오는 게 보였다. 이렇게 된 이상 얌전히 타는 수밖에 없다.

마지못해 타려고 보니, 왼쪽에는 문이 하나뿐이었다. 2인승이란 소리군. 별수 없이 차체를 빙 돌아서 오른쪽으로 갔다. 그나저나 이 차, 지금 보니 핸들이 왼쪽에 있잖아…….[#23]

문을 열고 조수석에 앉았다. 안전벨트를 매며 차 안을 둘러보니, 시트와 대시보드는 고급스러운 가죽 재질에, 미터계와 운전대 주위는 알루미늄으로 마감해 금속성의 광택을 발했다. 뭐야 이거, 완전 끝내주는데.

"선생님, 이런 차 타셨어요? 여름방학 때 본 거하고 다른 것 같은데……."

치바 마을에 갔을 때는 그냥 평범한 승합차였던 걸로 기억한다만…….

"아, 그건 렌터카다. 내 애마는 이 녀석이지."

대답하던 히라츠카 선생님이 흐뭇한 표정을 지으며 주먹으로 핸들을 툭 쳤다. 뿌듯해 하는 그 모습이 남자답기 그지없

[#23] 핸들이 왼쪽에 있잖아　일본에서는 차량이 좌측통행을 하므로 보통 핸들이 오른쪽에 달려 있음.

었다. 그나저나 독신 여성이 비싸 보이는 2인승 스포츠카라……. 뭐랄까, 이렇게 취미생활에 푹 빠져 사는 느낌을 주는 게 결혼을 못 하는 이유 중 하나겠지…….

바로 그 히라츠카 선생님의 애마가 중후한 소리를 내며 출발했다.

우리 집의 위치를 대충 설명하자, 가볍게 고개를 끄덕인 히라츠카 선생님이 핸들을 돌렸다. 여기서 간다면 국도를 따라가는 게 가장 빠를 터였다.

하지만 전조등이 비추는 방향을 보니, 국도 쪽으로 향하는 게 아니었다.

의아한 마음에 운전석을 돌아보자, 히라츠카 선생님이 입에 문 담배를 뻐끔거리며 정면을 응시한 채 말했다.

"잠깐 다른 데 들렀다 가도 되겠나?"

"네, 뭐어."

얻어 타고 가는 처지에 불만이 있을 리 없다. 어디로 가는 건지는 몰라도, 최종적으로 우리 집에 데려다 주기만 한다면야 큰 상관은 없다.

등받이에 몸을 기대고 창틀에 턱을 괬다. 살짝 안개가 꼈는지, 창밖으로 보이는 가로등이 오렌지색으로 번지며 저 멀리 사라져갔다.

발치에서 따뜻한 바람이 솔솔 흘러나왔다. 꽁꽁 얼어붙었던 몸에 그 온기가 기분 좋게 스며들어 자꾸만 하품이 났다.

옆에서 운전하는 히라츠카 선생님은 말이 없었고, 그 대신

허밍하듯 콧노래를 흥얼거렸다. 그 희미한 숨결과 나른한 멜로디가 어딘가 자장가처럼 느껴져 스르르 눈이 감겼다. 차종에 비해 얌전한 운전 스타일 덕분에, 엔진의 은은한 진동이 꼭 요람 속처럼 편안했다.

행선지를 알 수 없는 한밤의 드라이브.

꾸벅꾸벅 조는데, 이윽고 차가 서서히 멈추어 섰다.

얼핏 보니, 등간격으로 늘어선 가로등 이외에는 반대 차선을 달리는 차들의 불빛만이 눈에 띄는 평범한 밤거리였다.

"도착했다."

히라츠카 선생님이 그렇게 말하며 차에서 내렸다. 도착했다니, 어디에…… . 그렇게 생각하며 나도 차에서 내렸다.

불현듯 바다 내음이 코끝을 간질였다. 눈앞에 반짝이는 신도심의 불빛을 보고 어디인지를 깨달았다. 바로 앞이 도쿄만이고, 지금 우리가 있는 이곳은 도쿄만 하구에 있는 다리 위다. 우리 소부고 학생들에게는 매년 2월에 열리는 마라톤 대회의 반환점으로 기억되는 장소다. 다리 난간이 커플들의 낙서로 도배되다시피 해서 쳇, 하고 짜증냈던 기억이 선명하다.

인도 쪽으로 가자, 히라츠카 선생님이 캔커피를 던져주었다. 어두워서 하마터면 떨어뜨릴 뻔했지만 가까스로 캐치했다. 손에 쥔 캔에는 아직 온기가 남아 있었다.

차에 기대선 히라츠카 선생님이 담배를 피우며 한 손으로 캔커피를 땄다. 그 동작이 묘하게 근사했다.

"뭔가 폼 나는데요."

"그야 폼 잡는 중이니까."

농담으로 해본 말이었는데, 히라츠카 선생님은 시니컬한 미소를 지으며 그렇게 대답했다. 꺄아 몰라, 그런 표정을 지으면 정말로 멋져 보이잖아.

계속 히라츠카 선생님을 보고 있기가 무안해져서 바다를 보았다.

밤바다는 먹물처럼 새카맸다. 희미한 불빛에 수면이 일렁이는 게 보였다. 그 모습이 너무도 포근해 보여, 저 속으로 빠져들면 두 번 다시 떠오르지 못할 거라는 생각을 불러일으켰다.

물끄러미 바다를 바라보고 있는데, 히라츠카 선생님이 말을 걸어왔다.

"상태는 어떻지?"

무슨 상태를 말하는 걸까. 앞뒤를 잘라먹은 질문이라 확실하지는 않지만, 시기로 보아 크리스마스 이벤트 이야기가 아닐까 싶었다.

"상당히 위태로운데요."

"……흐음."

히라츠카 선생님이 반대편으로 고개를 돌리더니 후우 연기를 내뿜었다. 그리고 내게 시선을 향했다.

"뭐가 위태롭지?"

"뭐냐고 물으셔도 한마디로 설명하기는 좀……."

"그래도 이야기해보도록."

"아, 네에. 그럼……."

뭐부터 이야기해야 하나 고민하며 입을 열었다.

첫 번째로 짚고 넘어가야 할 가장 큰 문제점은 시간일 테지. 앞으로 일주일 안에 이 상황을 타개할 자신이 없다.

다음으로 지적할 점은 바로 그 시간이 부족해진 원인이다. 요컨대 우리의 업무 진행 방식에 문제가 있다는 점이다. 반드시 남의 의견을 들어야 한다고 여기는 타마나와. 뭐든지 남의 의견을 따르고자 하는 잇시키. 그 두 사람이 그룹의 중심이다 보니 시간이 지체된다.

이 상황을 개선하려면 다른 누군가가 과감하게 주도권을 빼앗아오거나 두 사람의 의식이 달라져야 하는데, 양쪽 다 가능성이 희박하다.

전자는 애초에 그런 입장에 설 만한 사람이 없다. 그저 도우미에 불과한 사람은 학생회장을 제치고 전면에 나서기가 껄끄럽고, 다른 임원들도 회장을 보좌하는 역할에 머물러야 한다는 인식이 있을 테니까.

그렇다면 잇시키와 타마나와, 두 사람이 생각을 바꿔야 한다는 이야기인데, 그것도 힘들다.

둘 다 학생회장으로 일한 기간이 짧다. 그러니 경험이 부족한 거야 어쩔 수 없다. 문제는 그들에게 리더가 제시해야 할 비전이 없다는 점이다. 성공을 일궈내기 위한 비전은 찾아볼 수 없다. 그런 반면 실패하는 모습은 생생하게 그려진다. 학생회장이 되어서 맡은 첫 일감, 그것도 다른 학교와 지역사회를 끌어들인 대규모 프로젝트가 실패로 끝난다. 그런 상황에 대한 두려움도 있을 테지.

처음으로 도전하는 큰 무대에서 삐끗하는 경우는 수두룩하다. 실패도 좋은 인생 경험이라며 초탈하게 굴 수 있는 사람은 제삼자뿐. 본인 입장에서는 그야말로 뼈아픈 기억에 불과하다.

안전지대에서 입방아나 찧는 사람들은 다음에 잘하면 된다는 둥, 누구나 실수는 한다는 둥 그럴싸한 소리를 늘어놓는다. 하지만 다음 기회가 주어지지 않는 경우도 있고, 단 한 번의 실패가 트라우마가 되어 재차 실패하고 마는 경우도 있다. 실패해도 괜찮다는 것만큼 무책임한 말도 없다. 실패의 책임은 실패한 본인밖에 지지 못하니까.

어느 정도 상상력이 있는 사람이라면 실패는 금물이라는 사실을 안다. 그리고 타마나와와 잇시키에게도 그 정도 상상력은 있을 테지.

그렇기에 그들은 남의 의견을 들으려 하고, 그것을 반영한다. 실패했을 때 지게 될 책임을 분산시키기 위해서.

물론 누군가에게 대놓고 네 의견 때문에 망했다는 소리를 하지는 않겠지. 그저 혼자 속으로 은밀하게 위안을 삼는 거다.

보고와 연락, 상담, 협의, 확인 모두 관계자를 늘려서 자신의 책임을 덜려는 시도다. 전체의 실패, 전체의 책임이라는 식으로 합리화하면 개개인의 심리적인 부담은 줄어드니까.

그들은 그 책임을 혼자 온전히 감당하지 못하기에, 남의 의견에 기대려 한다.

그것이 지금 이 행사가 지지부진한 이유다. 누가 가장 위에 서고, 누가 가장 큰 책임을 질 것인가. 그 점을 명확히 하지 않은 시점에서 이미 일이 꼬이기 시작한 거다.

"대충 그런 느낌일까요……."

제대로 설명했다는 자신은 없었다. 그래도 생각했던 점을 장황하게 늘어놔 보았다.

히라츠카 선생님은 시종일관 묵묵히 들어주었지만, 내가 설명을 마치자 흐음 하고 복잡한 표정으로 고개를 끄덕였다.

"……잘 보았다. 너는 남의 심리를 읽어내는 능력이 탁월하군."

그렇지 않다. 내가 저 입장이라면 그렇게 생각할 거란 추론에서 비롯된 억측에 불과하다. 그렇게 반박하려 했을 때, 히라츠카 선생님이 집게손가락을 쓱 들어 나를 제지했다. 그리고 내 눈을 바라보며 천천히 말을 이었다.

"하지만 감정은 이해하지 못해."

숨이 턱 막혔다. 말도, 목소리도, 한숨조차도 나오지 않았다. 정곡을 찔린 느낌이었다. 내가, 히키가야 하치만이 이해하려 하지 않았던 것의 정체를 깨닫고 말았다.

벌써 오래전에 지적 받는데도. 사람의 마음을 좀 더 생각하라고, 많은 걸 알면서 왜 그건 모르는 거냐는 말을 들었는데도.

내가 아무 말도 하지 못하자, 히라츠카 선생님이 재떨이에 담배를 비벼 끄며 말했다.

"심리와 감정은 항상 일치하지는 않아. 가끔씩 턱없이 불합리해 보이는 결론을 내리고 마는 까닭도 그거지. ……그래서 유키노시타도 유이가하마도, 그리고 너도 잘못된 해답을 내놓는 거다."

"……잠깐만요, 걔들하고는 상관없잖아요."

뜬금없이 튀어나온 이름에 당황하고 말았다. 지금은 그다지 이야기하고 싶지도, 생각하고 싶지도 않은 문제다. 그러자 히라츠카 선생님이 험악한 눈으로 나를 노려보았다.

"나는 처음부터 그 애들에 대해 물은 거였다."

언짢은 기색으로 대꾸한 히라츠카 선생님이 다시 담배 한 개비에 불을 붙였다. 하긴 무엇의 상태라는 말은 없었다. 내가 멋대로 크리스마스 이벤트 이야기이겠거니 했을 따름이다.

"하지만 어느 쪽이든 본질은 같다. 문제의 근원은 하나니까. ……마음이지."

히라츠카 선생님이 후우 연기를 내뿜었다. 그 연기는 모락모락 형태를 바꾸어가며 사방으로 흩어져, 순식간에 자취를 감추었다.

마음, 감정, 정서.

바람 속으로 녹아든 연기의 행방을 눈으로 좇았다. 아직 뭔가 보일지도 모른다는 생각에.

하지만 그건 교만이다. 나는 결국 아무것도 보지 못한다. 사람의 마음을 생각한답시고, 그저 표층적인 부분밖에 보지 못한다. 개인적인 추측을 진실이라 가정하고, 그에 맞추어 행동할 뿐이다. 그게 자기만족과 무슨 차이가 있을까.

그렇다면 나는 아마도 영원히 알지 못하겠지.

"하지만…… 그건 생각한다고 알 수 있는 게 아니잖아요."

이해득실이나 수지타산을 따지는 데는 익숙하다. 그런 논리라면 이해가 간다.

욕망과 자기안위, 질투와 증오. 그런 음습하고 흔해빠진 감정에 기초한 행동 심리라면 유추할 수 있다. 추악한 감정의 샘플이야 내 안에 얼마든지 있으니까. 따라서 상상하기도 쉽다. 그런 식의 부정적인 감정이라면 그나마 이해의 여지가 있다. 이론적으로 설명 가능하다.

하지만 그렇지 않은 것들은 까다롭다.

손익을 도외시하고, 논리와 이론을 초월한 사람의 마음은 상상이 가지 않는다. 단서가 너무 적고, 무엇보다도 여태까지 너무나 많은 실수를 저질러왔다.

호의나 우정, 또는 애정 같은 것들은 매번 착각만을 심어주었다. 이번에야말로 틀림없다고 생각할 때마다, 또다시 실수를 범한다.

문자가 오거나, 어쩌다 몸이 살짝 닿거나, 수업 중에 눈이 마주쳤을 때 미소 지어주거나, 누군가 나를 좋아한다는 소문이 돌거나, 우연히 옆자리에 앉게 되어 자주 이야기를 하거나, 늘 집에 가는 시간이 같으면, 그때마다 착각을 하곤 했다.

만약…… 만약, 만에 하나 내 추측이 옳았다 해도.

나는 그것을 끝까지 믿을 자신이 없다. 다른 모든 긍정적인 판단 요소들을 배제하고 온갖 장애물을 설정해도, 그 마음이 진실이라고 말할 자신이 없다.

끊임없이 변화하는 것에는 정답이 존재하지 않는다. 그러니 답을 찾아낼 수도 없을 테지.

내 대답을 들은 히라츠카 선생님은 희미하게 미소 짓고는, 매서운 눈빛으로 나를 응시했다.

"모르겠다고? 그럼 더 생각해라. 계산밖에 할 줄 모른다면 철저하게 계산해라. 모든 답을 도출해서 소거법으로 하나씩 지워나가라. 그 끝에 남은 것이 너의 해답이다."

뜨거운 눈빛이 쏟아졌다. 하지만 그 논리는 과격하기 그지없었다. 아니, 논리라고 할 만한 것조차도 못 되었다.

이론과 계산으로밖에 사람을 파악할 수 없다면 전부 꿰뚫어보고 모조리 계산하면 된다고, 생각할 수 있는 모든 가능성을 소거법으로 논박해서 배제하라고 주장하는 거다.

이 얼마나 비효율적이고 비생산적인 프로세스란 말인가. 게다가 그런다고 올바른 답이 나온다는 보장도 없건만. 놀라움과 기막힘으로 좀처럼 입이 떨어지지 않았다.

"……그런다고 알 수 있을 것 같지는 않은데요."

"그렇다면 계산을 잘못했거나 뭔가를 간과한 거겠지. 처음부터 다시 계산해야겠군."

히라츠카 선생님이 너스레를 떨듯 태연하게 말했다. 하도 당연하다는 말투라, 그만 메마른 웃음이 새어나오고 말았다.

"그런 터무니없는……."

"멍청한 자식, 감정이 계산할 수 있는 거였으면 진작 전뇌화가 이루어졌겠지. ……계산하지 못하고 남은 답, 그게 바로 사람의 마음이다."

험악한 말투였지만, 그 목소리는 다정했다.

히라츠카 선생님 말대로 계산 불가능한 것도 분명 존재할거다. 계산 해봤자 원주율이나 순환소수처럼 딱 떨어지지도 않겠지.

하지만 그것은 생각하기를 포기한다는 뜻이 아니다. 답이 없기에 계속해서 생각에 생각을 거듭하는 거다. 어디로 보나 안식과는 거리가 먼, 그야말로 고문 같은 행위다.

잠깐 상상만 했을 뿐인데도 등골이 오싹해졌다. 무심코 코트 깃을 여미자, 그런 내 반응에 히라츠카 선생님이 피식 웃었다.

"하긴 이러는 나도 계산 착오만 해대니까 결혼을 못 하는 거겠지만……. 얼마 전에도 친구 결혼식이 있어서 말이다……."

그렇게 말하며 히라츠카 선생님이 후훗, 하고 자학적인 미소를 지었다. 평소 같으면 나도 적당히 개그로 받아쳤을 테지.

하지만 오늘은 그럴 기분이 아니었다.

"아뇨, 그건 상대방이 보는 눈이 없는 거예요."

"응? ……뭐, 뭐냐, 갑자기."

깜짝 놀라 반문한 히라츠카 선생님이 쑥스러운 듯 작은 소리로 웅얼거리며 딴청을 피웠다.

하지만 딱히 빈말은 아니었다. 내가 10년 빨리 태어났고, 10년 빨리 만났더라면 진심으로 반했을 거라고 생각하니까. 그런 가정에는 의미가 없지만.

내가 한 상상이 우스워서 피식 웃고 말았다. 히라츠카 선생님도 덩달아 유쾌하게 웃었다. 한바탕 신 나게 웃고 난 뒤, 히라츠카 선생님이 헛기침을 했다.

"그, 그래, 좋다. 답례라고 하긴 뭣하지만…… 특별히 힌트를 주지."

그렇게 말하며 나를 돌아본 그 얼굴에는 아까 같은 웃음 대신 진지함이 감돌았다. 뭔가를 일깨워주는 듯한 말투에, 나도 등을 꼿꼿이 세우고 히라츠카 선생님을 마주보았다. 경청할 준비가 되었음을 시선으로 알리자, 히라츠카 선생님이 천천히 입을 열었다.

"생각을 할 때는 생각의 포인트를 잘 잡아야 한다."

"아, 네에……."

그 말을 듣고도 좀처럼 감이 잡히지 않았다. 지나치게 추상적인 조언이라 실질적으로는 노 힌트나 다름없었다. 표정을 보고 내가 못 알아들었음을 깨달았는지, 선생님이 으음~ 하고 고개를 비스듬히 꼬았다.

"그러면…… 예를 들어 네가 봉사부원으로서가 아니라, 개인 차원에서 잇시키를 돕기로 한 이유에 대해 생각해보자. 그건 봉사부를 위해서, 또는 유키노시타를 위해서겠지."

갑작스런 예시와 느닷없이 언급된 이름에 가슴이 철렁했다.

반사적으로 히라츠카 선생님을 돌아보자, 선생님이 쓴웃음을 지으며 말했다.

"그 정도는 보면 안단다. 지난번 잇시키의 의뢰 이후에, 유키노시타가 보고하러 왔다. ……그 애는 좀처럼 자기 이야기를 하지 않지만, 그 모습을 보고 혹시나 싶더군. 너도 그랬나?"

"으음, 글쎄요. 어땠으려나……."

두루뭉술하게 얼버무리며 적당한 답변을 찾는 사이, 히라츠카 선생님은 내 대답에 연연하지 않고 말을 이었다.

"만약 네가 나와 같은 느낌을 받았다면, 그 애들에게 상처를 주지 않도록 거리를 둔다는 결론에 도달했다…… 라고 추측해볼 수도 있겠지. 어디까지나 가정법에 불과하지만."

"……뭐 그렇죠. 가정법에 불과하지만요."

어디까지나 예시일 뿐이라고 자신을 타이르며 대답했다. 단순한 사례 연구일 뿐, 히라츠카 선생님의 말이 내 입장에서 본 진실 그 자체는 아니다.

확인하듯 나를 향해 고개를 끄덕여 보인 히라츠카 선생님이 설명을 계속했다.

"하지만 여기서 생각해봐야 하는 건 그게 아니다. 이 경우, 어째서 상처 입히기 싫은지를 생각해봐야 하는 거지. 그리고 그 답은 바로 나온다. ─소중한 존재이기에, 상처 주고 싶지 않은 거라고."

내 눈을 바라보며, 히라츠카 선생님이 마지막 한마디를 덧붙였다. 그것이 반론을 용납하지 않겠다는, 눈을 돌리도록 내버려두지 않겠다는 의지의 표현처럼 느껴졌다.

오렌지색 가로등과 오가는 차들의 불빛에 드러난 히라츠카 선생님의 얼굴은 어딘가 쓸쓸해 보였다. 그리고는 다정하고 따스한 목소리로, 나직하게 속삭였다.

"하지만 히키가야, 상처 입히지 않는 건 불가능하단다. 인간이란 그저 존재하는 것만으로도 자각 없이 누군가에게 상처를 주기 마련이거든. 살아서든 죽어서든 끊임없이 상처 입히지. 관여하면 상처를 주게 되고, 멀리한다 해도 그 사실이 상처가 될지도 모르니까……."

잠시 말을 끊은 히라츠카 선생님이 담배를 한 개비 꺼냈다. 그 담배를 물끄러미 바라보며, 다시 입을 연다.

"하지만 무관심한 상대라면 상처 입혔다는 사실조차 깨닫지 못하지. 필요한 건 자각이다. 소중한 존재이기에 상처 입혔다고 느끼는 거니까."

설명을 마치고는 마침내 담배를 입에 물었다. 칙, 하고 라이터 부싯돌 스치는 소리가 나고, 히라츠카 선생님의 얼굴이 은은하게 밝아졌다. 잠자듯 지그시 눈을 감은 그 표정은 온화해 보였다. 그러다가 후우 소리 내어 입김과 연기를 토해내고는 나직하게 덧붙였다.

"누군가를 소중하게 여긴다는 건, 그 사람을 상처 입힐 각오를 한다는 뜻이란다."

그 시선이 향한 곳은 하늘.

대체 뭘 보고 있는 걸까. 궁금해져서 나도 고개를 들었다. 그러자 어느새 구름이 갈라져, 그 틈새로 한 줄기 달빛이 새어나오고 있었다.

"힌트는 여기까지다."

말을 마친 히라츠카 선생님이 차에서 몸을 일으키며 나를 향해 씨익 웃어 보였다. 그리고는 끙차 기지개를 켰다.

"서로가 서로를 아끼기에 손에 넣을 수 없는 것도 있다. 하지만 그건 슬퍼할 일이 아니야. 그보다는 자랑스러워해야 할 일이겠지."

아름다운 이야기다. 하지만 아름다울 뿐이다. 원하는데도 손에 넣을 수 없고, 눈앞에서 아른대는데도 손이 닿지 않는다면 틀림없이 괴로울 테니까. 차라리 원하지 않고 보이지 않으면 포기할 수라도 있으련만.

그런 생각이 들자, 저도 모르게 묻고 말았다.

"……그러면 힘들지 않아요?"

"그래, 힘들지."

짤막하게 대꾸한 히라츠카 선생님이 한 발짝 내 쪽으로 다가와, 다시 차에 몸을 기댔다.

"……하지만 가능하다. 내가 그랬으니까."

그렇게 덧붙이는 히라츠카 선생님의 얼굴에는 의기양양한 미소가 감돌았다. 많은 이야기를 들려주지는 않았지만, 과거에는 틀림없이 이런저런 일들이 있었겠지. 무슨 일이 있었는지 물어봐도 될지는 모르겠다. 언젠가 내가 좀 더 어른이 되면, 그때는 이야기해주려나. 그날이 오기를 조금은 기대하는 자신을 깨닫고, 슬쩍 고개를 돌리며 밉살맞은 소리를 하고 말았다.

"내가 그랬으니까 다른 사람도 가능할 거라니, 좀 거만하게 들리거든요?"

"……얄미운 놈."

아니꼬운 듯 중얼대더니, 뿌득뿌득 아이언 클로우를 먹이듯 내 머리를 거칠게 어루만진다. 두개골이 빠개질 것 같은 고통에 신음하는데, 갑자기 압박감이 사라졌다. 하지만 그 손은 여전히 내 머리 위에 얹혀 있었다.

"……그래, 솔직히 말해주마."

나를 향해 말하는 그 목소리는 아까보다 낮게 가라앉아 있었다. 머리를 붙들린 상태라 눈만 들어 히라츠카 선생님을 보자, 그 얼굴에는 조금 서글픈 미소가 담겨 있었다.

"사실은 꼭 네가 아니라도 상관없을 거다. 살다 보면 언젠가 유키노시타 본인이 달라질지도 모르지. 언젠가 유키노시타를 이해하는 사람이 나타날지도 모르고, 또 그 곁으로 다가서는 사람이 생길지도 모른다. 그건 유이가하마에게도 적용되는 이야기지."

"언젠가요……?"

그것은 과연 언제일까. 까마득히 먼 미래처럼 느껴져 사실감이 떨어지는 동시에, 내일 당장이라도 닥쳐올 일 같기도 해서 기묘한 현실감이 있었다.

"너희들에게는 지금 이 시간이 전부인 것처럼 느껴지겠지. 하지만 결코 그렇지 않다. 어디선가는 균형이 맞아떨어지게끔 되어 있다. 그게 이 세상이 돌아가는 방식이니까."

그 말은 아마도 옳을 거다. 언젠가 다른 누군가가 벽을 허물고 그 곁으로 다가설 테지. 그 확고부동한 진실을 곱씹자, 가슴에 아릿한 통증이 일었다. 그것을 떨쳐내듯 몸을 뒤틀었다.

머리 위에 놓여 있었던 손이 어느새 어깨에 얹혀 있었다. 히라츠카 선생님의 목소리도 아까보다 가깝게 느껴졌다.

"……다만 나는 그게 너였으면 좋겠다고 생각한다. 너와 유이가하마가 유키노시타에게 다가가 주기를 바라니까."

"……아니, 그렇게 말씀하셔도 좀……."

입을 뗀 순간, 히라츠카 선생님이 살포시 내 어깨를 감싸 안았다. 가까워진 거리와 희미한 온기가 내 말을 가로막았다. 갑작스러운 상황에 흠칫 몸을 굳히자, 히라츠카 선생님이 내 얼굴을 지그시 들여다보며 말했다.

"이 시간이 전부는 아니야. ……하지만 지금밖에 할 수 없는 것, 이곳에밖에 없는 것들도 있단다. 지금이야, 히키가야. ……바로 지금이란다."

그 촉촉한 눈동자에서 시선을 뗄 수 없었다. 그 진지한 눈빛에 답할 수 있을 거란 확신이 지금의 내게는 없었다. 그래서 아무 말도 하지 못했다.

히라츠카 선생님이 내 어깨를 감싸 쥔 손에 힘을 주었다.

"고뇌하며 괴로움에 몸부림치고, 발버둥 치며 고민해라. —

그렇지 않으면 진실이 아니니까."

말을 마친 히라츠카 선생님이 쓱 물러났다. 그리고 훈계는 여기까지라는 듯, 평소처럼 소탈하고 시원스러운 미소를 지었다. 그제야 뻣뻣하게 굳었던 내 몸도 풀리기 시작했다.

거센 언어의 폭우를 맞은 탓에, 가슴속에는 수많은 말들이 고여 있었다. 하지만 그 말들을 입 밖에 낼 생각은 없었다. 그건 분명 내가 스스로 생각하고 숙성시켜, 온전히 흡수해야만 하는 것일 테니까.

그러니 지금은 다른 이야기를 하도록 하자. 인사를 대신한 깐족거림을.

"……하지만 괴로워한다고 꼭 진실이라는 보장도 없잖아요?"

"하여튼 얄미운 놈이로구나, 넌."

히라츠카 선생님이 하핫, 하고 유쾌하게 웃고는 뒤에서 내 머리를 쥐어박았다.

"……그럼 돌아갈까. 차에 타도록."

말을 마친 히라츠카 선생님이 운전석에 올라탔다. 나도 옙, 하고 대답하며 반대편 조수석 쪽으로 걸음을 옮겼다.

그러다 무심코 하늘을 올려다보았다.

구름 사이로 얼굴을 내밀었던 달은 도로 모습을 감춰버렸다. 밤바다에는 어둠만이 가득했고, 싸늘한 밤바람은 얼굴을 에일 듯 차가웠다.

하지만 신기하게도 춥지는 않았고, 몸에는 아직 온기가 남아 있었다.

그래도
히키가야 하치만은.

거실 소파에 널브러져 있자니, 벽에 걸린 시계에서 째깍 분침 돌아가는 소리가 들려왔다.

무심코 그쪽으로 시선을 향하자, 시침이 맨 꼭대기를 지나친 게 보였다.

히라츠카 선생님이 나를 집까지 태워다주고 간 지도 상당한 시간이 흘렀다.

코마치와 부모님은 저녁을 먹고 각자의 방에 틀어박혔다. 카마쿠라도 지금은 코마치 방에서 단잠을 즐기는 중이겠지.

연식이 오래된 탓인지, 이따금 고타츠가 지잉— 하고 낮게 울었다. 사용하는 사람도 없는데 계속 켜놨던 모양이다. 일어나서 전원을 끄고 도로 소파에 드러누웠다.

지금은 방안에 감도는 냉기가 오히려 반가웠다. 졸음이 밀려오지도 않을뿐더러, 머릿속도 새파란 겨울 하늘처럼 맑고 쾌청했다.

히라츠카 선생님은 분명히 힌트를 주었다. 비단 오늘뿐만 아니라, 그동안에도 내내 암시를 준 게 틀림없다. 내가 그것을 간과하고, 오해하고, 어긋나게 끼워 맞춰 왔을 뿐이다. 그러니 다시 한 번 처음부터 꼼꼼히 되짚어볼 필요가 있다.

문제의 재설정과 재검토에 착수해야 할 시점이다.

현재 당면한 가장 골치 아픈 과제는 두말할 필요도 없이 크리스마스 합동 이벤트다. 도움을 주기로 약속했지만, 지금 당장 와해되어도 이상할 게 없는 지경에 이르렀다.

그와 더불어 잇시키 이로하 문제도 급부상했다. 내가 잇시키를 학생회장으로 추대했는데, 그 잇시키는 학생회 운영에 어려움을 겪는 중이다.

게다가 츠루미 루미의 현재 상황도 좋지 않다. 지난 여름방학에 치바 마을에서 내가 꾸민 일이 어떤 영향을 끼쳤는지는 모른다. 하지만 지금 루미의 상태가 바람직하다고 말하기는 힘들어 보인다.

그리고…… 그리고, 봉사부 문제도 있다.

다만 마지막 문제에 대해서는 아무리 생각을 해봐도 가슴만 답답해질 뿐, 마땅한 해결책을 찾을 수가 없었다. 실마리를 얻으려 해도 체념해버린 표정과 애써 밝은 척하는 미소, 오늘 마지막으로 들은 말만이 빙글빙글 머릿속을 맴돌 뿐이었다.

줄곧 그 문제에 얽매여, 아까부터 계속 시간 낭비만 해댔다. 그 생각은 잠시 접어두는 편이 낫겠지.

그럼 다른 세 가지 문제부터 살펴보아야 하는데, 그 문제들에는 명확한 목표가 존재하므로 이해하기도 쉽다.

우선 이번 행사를 통해서 잇시키가 학생회장직을 수행해나갈 수 있도록 만드는 것. 그리고 루미가 혼자일 때든 누군가와 함께일 때든 변함없이 그 미소를 지을 수 있도록 하는 것. 끝으로 타마나와를 비롯한 카이힌 종합고 측과의 협력 태세를 정비하여, 실현 가능한 범위 내에서 행사를 무사히 치러내는 것.

그 세 가지 목표만 달성한다면, 일단 급한 불은 끌 수 있을 터였다.

그 모범 답안을 찾아서, 마치 조각 모음을 실행하는 것처럼 문제를 재배치해나간다. 전부 이번 크리스마스 합동 이벤트와 관련이 있다. 세 가지 문제는 결국 그 한 점으로 귀결된다.

따라서 이번 행사를 이상적인 형태로 성공시킬 방안을 찾는 게 급선무인 셈이다.

하지만 일주일간 일하면서, 그게 말처럼 쉽지 않다는 사실을 깨달았다. 나 혼자 그 상황을 반전시키기에는 역부족이다. 여태까지도 어떻게든 손을 써보려고 타마나와를 설득해봤지만 수포로 돌아갔다.

이제 어쩌지? 누군가에게 도움을 청해야 하나?

그 경우, 내가 의지할 만한 사람이라곤 기껏해야 코마치 정도다.

하지만 코마치는 수험생이라 방해할 만한 상황이 못 된다. 시험까지 두 달도 채 남지 않은 동생에게 또다시 도움을 받을 수는 없는 노릇이다. 인생의 전환점에 서 있는 동생의 미래를 망칠 수는 없다.

그러면 누구한테 부탁하지? 자이모쿠자? 자이모쿠자라면 민폐를 끼쳐도 가슴 아프지 않다. 게다가 그 녀석이라면 틀림없이 한가할 테지. 하지만 이런 식의 집단전에서 자이모쿠자가 활약할 만한 여지는 없어 보였다. 안 그래도 남들과의 의사소통에 어려움을 겪는 판국에, 다른 학교 상대로야 말할 필요도 없다.

……아니, 자이모쿠자 탓이 아니라는 것쯤은 안다.

전부 내 책임이고, 전부 내 잘못이다.

어째서 이토록 약해빠졌단 말인가.

왜 걸핏하면 남에게 기대려고 드는 거냐. 한 번 힘을 빌려줬다는 이유만으로 그래도 된다고 착각하고, 또 이렇게 금방 남에게 의지하려 들다니.

어느새 이토록 나약해졌단 말인가.

사람과 사람의 유대는 마약과도 같다. 저도 모르는 사이에 의존하게 되고, 그때마다 서서히 마음을 좀먹는다. 그러다 이내 남의 도움 없이는 아무것도 할 수 없게 되어버린다.

그렇다면 나는 사실 남을 돕는답시고 그 사람을 망쳐놓은 게 아닐까. 누군가의 도움 없이는 일어설 수 없는 인간으로 만들어버린 건 아닐까.

물고기를 잡아주는 게 아니라, 잡는 방법을 알려줬어야 했는데.

누군가로부터 간단히 얻어낼 수 있는 것은 가짜다. 쉽게 손에 넣은 것은 마찬가지로 쉽게 빼앗기고 만다.

지난번 학생회 선거를 앞두고, 나는 코마치에게서 이유를 찾았다. 코마치를 위해 봉사부를 존속시키려는 거라며, 거짓된 명분을 내세워 행동에 나섰다.

그래서 그때 나는 일을 그르치고 만 거다.

내가 찾아낸 나의 해답, 나의 이유로 움직였어야 했는데.

지금도 나는 행동에 나서는 이유를 다른 곳에서 찾으려 하고 있다. 잇시키를 위해, 루미를 위해, 행사를 위해.

내가 움직이려는 이유는 정말 그것일까. 전제 조건이 잘못된 느낌이 든다. 고찰의 포인트가 어긋났다.

시비를 가리려면, 그 시작점부터 바로잡아야만 한다.

여태까지 나는 무엇을 위해서 행동해왔는가. 그 이유는 무엇인가. 아까부터 내내 생각했던 내용을 뒤집어, 시간 축을 거슬러 올라가 본다.

크리스마스 이벤트를 성공시키고자 하는 이유는 잇시키 이로하와 츠루미 루미를 위해서다. 내가 행사 준비를 거들게 된 직접적인 이유는 학생회장 선거에서 내가 잇시키를 회장직에 앉혔기 때문이다. 그 선거에서 내가 잇시키를 회장직에 앉힌 이유는 유키노시타와 유이가하마가 회장이 되는 것을 막기 위해서다. 그들이 회장이 되는 것을 막고 싶었던 이유는 무엇인가. 코마치에게서 행동에 나서야 하는 이유를, 명분을 얻어내면서까지 내가 움직인 진정한 이유는…….

원하는 것이 있었으니까.

아마도 옛날부터 그것만을 원했고, 그것 외에는 필요 없었다. 심지어 그 외의 다른 것들을 증오하기까지 했다. 하지만 아무리 애를 써도 손에 넣을 수 없었기에, 그런 것은 존재하지 않는다고 생각해왔다.

그런데 보인 듯한 기분이 들어버렸으니까. 닿은 듯한 기분이 들어버렸으니까.

그래서 나는 실수를 저질렀다.

질문은 완성되었다. 그러니 생각하자. 나만의 해답을.

얼마나 오랫동안 그러고 있었는지는 모른다. 다만 푸른 밤이 흐릿하게 녹아내리며, 하늘이 어렴풋이 밝아오기 시작했다.

밤새도록 생각했지만, 수단도 전략도 계책도 무엇 하나 떠오르지 않았다. 그 어떤 논리도 이론도 이치도 궤변도 생각해낼 수 없었다.

—그러니 아마도 이것이 나의 해답이겠지.

×　×　×

방과 후의 교실. 내 책상에 앉아서 쭈욱 기지개를 켰다. 가볍게 몸을 풀자, 목과 허리에서 뚜둑뚜둑 소리가 났다.

오늘은 결국 밤을 새우다시피 하고 등교했다. 덕분에 교실에 도착하자마자 책상에 엎어져서 대부분의 수업을 듣는 둥 마는 둥 흘려 넘겼다.

하지만 지금은 무척 의식이 명료했다.

하룻밤을 꼬박 지새워가며 생각해낸 해답은 여전히 확신이 서지 않았다. 이게 정말로 옳은 결론이라는 보장은 없다.

하지만 그것 말고는 달리 생각나는 게 없었다.

마지막으로 커다란 한숨을 내쉬고 몸을 일으켰다.

갈 곳은 하나뿐이다.

교실을 나와 복도를 걸었다.

지금은 인기척 없는 복도의 냉기도 거슬리지 않았다. 아까부터 맥박이 이상하게 빠른 데다 체온도 쓸데없이 높았다. 창문을 때리는 바람 소리도, 멀리서 들려오는 운동부의 함성 소리도 귀에 들어오지 않았다. 준비해온 말을 속으로 끊임없이 되풀이하느라 다른 소음은 하나도 들리지 않았다.

저 앞에 그 문이 보였다. 고요한 적막 속에 굳게 닫혀 있었다.

문 앞에 서서 천천히 심호흡을 했다. 그리고 문을 두세 번 두들겼다. 여태까지는 이곳에 들어갈 때 노크해본 적이 없었다. 하지만 오늘의 목적을 따르자면 이러는 게 예의겠지.

한동안 기다려봤지만, 안에서는 대답이 없었다.

다시 한 번 문을 두드렸다.

"들어오세요……."

문 너머에서 가느다란 목소리가 새어나왔다. 그런가. 여태까지는 신경 써본 적이 없었는데, 문에 가로막혀 있으면 이렇게 들리는 건가. 양해를 얻고 손잡이를 잡았다.

덜컹, 하고 문틀에 걸리는 소리가 났다. 문이 무겁다. 이렇게 무거운 문이었던가. 손에 힘을 꽉 주고 억지로 열어젖혔다.

안으로 들어가자, 깜짝 놀란 얼굴들이 평소와 같은 자리에서 나를 맞이했다.

"힛키, 웬일이야? 노크를 다 하구"

유이가하마 유이는 평소처럼 휴대폰을 든 채로 어리둥절한 표정을 지었다.

유키노시타 유키노는 읽다 만 책에 책갈피를 끼우고, 가만히 책상 위에 내려놓았다. 눈을 살짝 내리깔고, 시선은 책상을 향한 채로.

그리고는 누구에게랄 것도 없이, 혼잣말처럼 나직한 목소리로 뇌까렸다.

"……억지로 올 필요 없다고 했잖니."

그 말이 끝날 때까지 기다렸다가 입을 열었다. 그 목소리를 한 마디도 놓치지 않도록.

"……볼일이 좀 있어서."

짤막하게 대꾸하자, 유키노시타는 더 이상 아무 말도 하지 않았다. 나도 그저 우두커니 서 있었다. 그러자 어색한 침묵이 내려앉았다.

"아, 앉지그래?"

나와 유키노시타를 번갈아 보던 유이가하마가 결심을 굳힌 기색으로 물어왔다. 그 제안에 고개를 끄덕이고 눈앞에 있는 의자를 빼냈다. 그 자리에 앉자, 유키노시타와 유이가하마가 정면으로 시야에 들어왔다. 아아, 그래. 의뢰인과 상담자들은 항상 이런 풍경을 봐왔겠구나. 오늘에서야 처음으로 그 사실을 깨달았다. 그동안 내가 썼던 의자는 주인을 잃고 유키노시타의 대각선상에 덩그러니 놓여 있었다.

　"무슨 일 있어? ……뭔가 평소랑 다른 거 같은데?"

　유이가하마가 불안한 표정으로 물었다.

　평소와 다른 것도 당연하다. 오늘은 봉사부원으로서 이곳에 온 게 아니니까.

　생각하고 또 생각하고, 하염없이 생각을 거듭한 끝에 찾아낸 해답은 단 하나뿐이었다.

　틀려버린 시점에서 이미 답은 나온 셈이니, 같은 문제를 다시 풀 수는 없다.

　그렇다 할지라도 다시 한 번 질문을 던지는 건 가능할 터였다. 그러니 이번에야말로 올바른 방법으로, 올바른 순서로, 정답을 하나씩 새롭게 쌓아올리는 거다. 그것 말고는 다른 대안이 떠오르지 않았다.

　천천히 숨을 고르고, 유키노시타와 유이가하마를 응시했다.

　"의뢰하고 싶은 게 있는데."

　몇 번이고 마음속으로 되풀이했던 그 말은, 생각했던 것보다 매끄럽게 흘러나와주었다.

그 덕분인지, 유이가하마는 내 말을 듣고 안도한 표정을 지었다.

"힛키, 솔직하게 이야기해주기루 했구나……."

유이가하마는 따스한 미소를 지어주었다. 그러나 유키노시타의 표정은 전혀 딴판이었다. 그 시선은 이쪽을 향한 채였지만, 나를 보고 있는 것 같지는 않았다. 그 냉담한 시선을 피부로 느끼자, 내 목소리도 조금씩 기어들어가기 시작했다.

"잇시키가 상담했던 크리스마스 행사 말인데, 그게 생각보다 심각해서 좀 도와줬으면 한다만……."

간신히 말을 끝맺자, 유키노시타가 시선을 떨구며 말문을 흐렸다.

"하지만……."

"무슨 말을 하고 싶은 건지는 알아."

유키노시타가 역접의 접속사에서 부정으로 접어들기 전에, 말허리를 자르고 재빠르게 말을 이어갔다.

"내가 멋대로 저지른 짓이고, 잇시키의 성장에 도움이 안 된다고도 했지. 하지만 잇시키를 회장으로 민 사람은 나잖아. 원흉을 따진다면 내가 원흉이니까."

여기서 거절당하면 곤란하다. 유키노시타를 설득할 만한 카드라곤 아무것도 없지만, 그래도 지금 거절당해서는 안 된다. 다급한 마음에 생각나는 이유를 무턱대고 늘어놓았다.

"게다가 치바 마을에서 만났던 초등학생 말인데, 그 녀석도 여전해서……."

"아…… 그 루미란 애 말이지?"

유이가하마가 복잡한 표정을 지었다. 그 사건은 어느 누구에게나 좋은 추억은 아닐 것이다. 행복해진 사람은 아무도 없고, 모두에게 최악의 결과를 강요한 꼴이 되고 말았으니까.

그것이 여태까지 내가 문제를 처리해온 방식이었다. 다만 그런 식으로는 또다시 일을 그르치고 만다. 그러니 이번만큼은 그르치지 않도록, 필사적으로 말을 이어갔다.

"그러니까 뭔가 도움이 되고 싶어. 내가 여태껏 해온 일들이 원인이고, 뻔뻔한 소리란 것도 알아. 그래도 부탁한다."

그 말을 끝으로 유키노시타를 바라보자, 유키노시타가 책상 위에 놓인 주먹을 꼭 움켜쥐었다.

"네 탓이라고, 그렇게 말하는 거구나."

"……부정은 못 하지."

직접적으로든 간접적으로는, 이런 상황이 빚어진 데는 내가해온 행동들도 한몫했다. 그건 엄연한 사실이다. 내 대답에 유키노시타가 살짝 눈을 내리깔며 입술을 깨물었다.

"그래……?"

한숨처럼 그렇게 말하며, 유키노시타가 고개를 들었다. 희미하게 젖은 그 눈동자가 한순간 나를 포착했지만, 금방 다른 곳으로 비껴갔다. 할 말을 고르는 듯한 침묵이 흐르고, 유키노시타가 차가운 음성으로 선언했다.

"……그 모든 게 다 네 책임이라면, 너 혼자 해결해야 하는 거 아니니?"

그 대답에 순간적으로 숨이 턱 막혔다. 그래도 잠자코 있어서는 안 된다는 생각에, 갈라진 목소리를 힘겹게 쥐어짜 냈다.

"……그렇겠지. 미안하다. 그냥 잊어버려라."

이제 어찌해볼 도리가 없었다. 이것이 내가 떠올린 유일한 방법이었으니까. 그리고 무엇보다도 원리원칙에 의거하면 유키노시타의 반론이 더 설득력 있었다.

그러니 충분히 납득이 간다. 논리적으로는.

부실을 떠나려고 엉거주춤 몸을 일으켰다. 하지만 그때, 애절한 목소리가 발목을 잡았다.

"기다려."

조용하고 싸늘한 부실에, 그 목소리가 울려 퍼졌다.

유이가하마가 글썽해진 눈으로 나와 유키노시타를 보았다.

"그게 아니잖아. 왜, 왜 그렇게 되는 건데? 이상해."

떨리는 목소리로 유이가하마가 말했다. 논리에 의해 납득한 우리에게, 유이가하마는 아무런 논리도 없이 틀렸다고 단언했다.

그런 반응이 유이가하마다워서, 내 입매가 미미하게 풀어졌다. 그렇게 힘없는 미소를 띤 채, 누구를 타이르는 건지 모를 말투로 천천히 입을 열었다. 꼭 어린아이에게 설명하는 것처럼.

"아니, 이상할 건 없지. ……자기 일은 자기가 하는 거니까. 당연한 거라고."

"……맞아."

잠시 침묵하던 유키노시타가 동의했다. 그런 나와 유키노시타의 말에, 유이가하마가 곧바로 거칠게 고개를 저으며 부정했다.

"아냐, 아니야. 둘 다 틀렸어."

　당장이라도 눈물을 쏟을 것만 같은 유이가하마의 얼굴을 보자, 가슴이 메어와 자꾸만 외면하고 싶어졌다. 하지만 유이가하마의 다정한 목소리가 그것을 허락하지 않았다.

"있잖아, 전부 힛키 책임은 아니야. 생각해낸 사람은 힛키구, 실행한 사람두 힛키일지 몰라. 그치만 우리두 마찬가지야. 전부 떠넘겨버렸으니까……."

"……마찬가지라니, 그건 아냐."

　깊이 고개를 떨군 유이가하마를 위로하려 했다. 억지로 떠맡아서 한 일은 아니다. 오히려 너무나 많은 도움을 받아왔다.

　하지만 고개를 들어 나를 바라보는 유이가하마의 눈에는 여전히 눈물이 가득했다.

"마찬가지야. 이렇게 된 건 힛키 혼자만 나쁜 게 아니구, 나두 그렇구……."

　유이가하마가 유키노시타를 돌아보았다. 그 눈길이 암묵적으로 다른 한 사람의 책임을 추궁했다.

　유키노시타는 유이가하마의 시선을 똑바로 맞받아치면서도 아무런 말이 없었다. 그 비난을 달게 받아들이겠다는 듯, 입을 굳게 다문 채로.

　그 눈빛에 압도당했는지, 유이가하마가 우물거리며 나지막

한 목소리로 말했다.

"⋯⋯유키농이 하는 말, 좀 치사하다구 생각해."

말투는 조심스러웠지만, 유이가하마는 유키노시타에게서 시선을 떼지 않았다. 더 진지해진 눈빛은 공격적이기까지 했다.

그 시선에도 유키노시타는 눈을 피하지 않았다. 말할지 말지 고민하듯 잠시 뜸을 들이다가, 작지만 날카롭고 차가운 목소리로 응수했다.

"⋯⋯이제 와서 그런 말을 하는구나. ⋯⋯너도 비겁해."

유키노시타의 말에 유이가하마가 입술을 지그시 깨물었다. 마치 노려보는 것처럼 두 사람의 시선이 뒤엉켰다.

"잠깐만, 난 그런 이야기를 하려던 게 아냐."

누가 나쁜지 따져서 범인 색출을 하려는 게 아니다. 모두가 나쁘다는 식의 위선적인 결론도 원하지 않는다. 내가 하고 싶었던 이야기는 그런 게 아니다.

유키노시타와 유이가하마가 저런 표정으로 언쟁을 벌이는 모습을 보고 싶었던 게 아니다.

하지만 내 제지는 통하지 않았다. 흠칫흠칫 조심스럽게 시선을 마주하면서도, 그 입에서는 상대방을 탓하는 말이 그칠 줄 모르고 흘러나왔다.

유이가하마가 하얀 목을 바르르 떨며 오열을 억눌렀다. 눈물이 글썽한 눈으로 유키노시타를 바라보며, 띄엄띄엄 말을 이어나간다.

"유키농, 말 안 했잖아⋯⋯. 말해주지 않음 모르는 것두 있다구."

"……너도 말하지 않았어. 계속 엉뚱한 이야기만 했지."

유키노시타의 목소리에서는 온도가 느껴지지 않았다. 그 표정은 얼어붙은 조각상 같았고, 그저 담담하게 사실만을 지적할 따름이었다. 아마도 최근에 우리가 부실에서 보낸 시간들을 말하는 거겠지.

"그래서, 네가, 너희가 원한다면, 그렇게……."

꺼져 들어갈 듯 가냘픈 목소리로 덧붙인 유키노시타의 한마디가, 유이가하마의 말문을 막아버렸다.

차갑고 공허한, 그저 끝이 오기만을 기다리는 게 고작인 공간. 유키노시타 본인도 그것을 느꼈던 거다.

그런 덧없는 허상을, 나와 유이가하마는 묵인해버렸다. 그럼으로써 암묵적으로 유키노시타에게도 같은 선택을 하도록 강요해버린 셈이 되었는지도 모른다.

진심을 털어놓지 않은 건 모두 마찬가지다. 원하는 것이라곤 무엇 하나 말하지 못했다.

나도 그녀도, 어리광을 부렸던 거다. 서로에게. 서로가 살아가는 방식에.

이상과 이해는 전혀 다른 것이건만.

"……말하지 않으면 모른다라."

아까 유이가하마가 했던 말이 마음에 걸렸다. 말하지 않으면 알 수 없는 것도 있다. 그건 사실이다. 하지만 말한다고 정말 알 수 있는 걸까.

무심코 새어나온 중얼거림에, 유이가하마가 나를 돌아보았다. 유키노시타는 여전히 지그시 눈을 내리깐 채였다. 유이가하마의 시선에 담긴 의문을 느끼고, 가만히 입을 열었다.

"하지만 말해줘도 모르는 것도 있다고."

"그런……."

유이가하마가 참담하게 입매를 일그러뜨렸다. 눈꼬리로 배어 나온 눈물이 왈칵 쏟아질 것만 같았다. 그래서 가급적 부드러운 목소리로 이야기하려 애썼다.

"……말해줘도 나는 아마 납득하지 못할 테니까. 뭔가 딴생각이 있는 게 아닐까, 사정이 있어서 저러는 게 아닐까 멋대로 넘겨짚을지도 모르고."

유키노시타는 표현이 서툰 편이고, 유이가하마도 두루뭉술하게 말을 흐릴 때가 있다.

게다가 나는 남이 하는 말의 이면을 읽으려 드는 버릇이 있다.

그러니 유키노시타가 입후보하겠다고 나섰을 때, 좀 더 직설적으로 의사 표시를 했다 한들 그 말을 곧이곧대로 받아들이지는 않았을 테지. 다른 요소와 연결 지어 생각하고 그 진의를 파헤치려 들다가 결국은 실수를 저지르고 말았을 거다.

사람은 자기가 보고 싶은 것만 보고, 듣고 싶은 것만 듣는다. 그 점에서는 나도 예외가 아니다.

눈가를 쓱쓱 문지른 유이가하마가 휙 고개를 들었다.

"그치만, 그만큼 차근차근 이야기하면, 힛키랑 더 많이 이야기하면, 난⋯⋯.”

“그렇지 않아.”

유이가하마의 말에 천천히 고개를 가로저었다.

모두들 『말하지 않으면 모른다』고 주장한다. 말하는 것, 전하는 것의 괴로움도 모르면서, 어디선가 주워들은 소리를 철석같이 믿고.

말을 해도 전해지지 않는 경우는 종종 있고, 말했다가는 망가져 버리는 것마저 있건만.

“말하면 알 거라는 건 오만한 생각이야. 말하는 본인의 자기만족, 듣는 사람의 자만심⋯⋯ 이런저런 변수가 있으니까 이야기를 나눈다고 반드시 서로를 이해할 수 있는 건 아니라고. 그러니까 대화를 원하는 게 아냐.”

그렇게 말하는 도중에, 내 몸이 부르르 떨리는 것을 느꼈다. 문득 창밖으로 시선을 돌리자, 해가 차츰 서쪽으로 기울어가는 게 보였다. 날이 저물면서 부실에도 한기가 스며드는 모양이다.

묵묵히 듣고만 있던 유키노시타도 추위를 달래듯 살며시 자기 어깨를 감싸 안았다.

유이가하마가 코를 훌쩍이며 쓱 눈가를 훔쳤다. 그리고 울음 섞인 목소리로 말했다.

“그치만 말 안 함 끝까지 모른다구⋯⋯.”

“그래⋯⋯. 말하지 않아도 안다는 건 환상이지. 그래도⋯⋯ 그래도 나는⋯⋯.”

덧붙일 말을 찾아, 주위를 둘러보았다.

하지만 그 어디에서도 내가 할 말 따위는 찾을 수 없었다. 눈에 들어오는 거라고는 급하게 비벼서 빨개진 눈시울과, 긴 속눈썹을 내리깐 채 책상만 바라보고 있는 옆모습 같은 것들 뿐이었다.

불현듯 그 광경이 뿌옇게 흐려졌다.

"나는⋯⋯."

거듭 말해봐도, 원하는 말은 찾을 수 없었다.

이제는 무슨 말을 해야 하는 걸까. 이야기해보려고 준비해온 말들은 다 떨어지고 말았다. 다시 질문을 던져 처음부터 새로 쌓아올린다. 그러는 데 필요한 말들을 생각해왔지만, 결국 바닥을 드러내고 말았다. 완전히 백지 상태다.

─아아, 그런가. 갖은 애를 쓰고 필사적으로 궁리해본들, 내가 하려는 말들은 그저 사고와 논리에 불과하고, 계산이자 수단이며, 책략에 지나지 않는다.

그럼에도, 아무리 생각해봐도 전혀 이해가 가지 않는데도, 그럼에도 또 뭔가 해야 할 말을, 하고 싶은 말을 찾으려고 기를 쓴다. 말한다고 이해할 리도 없건만. 말해봤자 헛수고이건만.

나는 대화를 원하는 게 아니다. 내가 원하는 것은 따로 있었다.

그건 분명 서로를 이해한다든가, 친하게 지내고 싶다든가, 이야기를 나누고 싶다든가, 함께 있고 싶다는 것처럼 건전한 바람이 아니다. 나를 알아주기를 원하는 게 아니다. 나를 이해해줄 리 없다는 것도 알고, 이해해주기를 바라지도 않는다. 내 마음속에 자리한 것은 훨씬 가혹하고 잔혹한 갈망이다. 나는 이해하고 싶은 거다. 이해하고 싶다. 알고 싶다. 알고 안심하고 싶다. 그래서 편안해지고 싶다. 모른다는 것은 너무도 무서운 일이니까. 완벽하게 이해하고 싶다니, 지독하게 독선적이고 독재적이고 오만한 소망이다. 치졸하고 소름 끼친다. 그런 바람을 품고 있는 나 자신이 역겨워서 견딜 수가 없다.

하지만 만약, 만약에 상대방도 같은 마음이라면.

그 추한 자기만족을 서로에게 강요할 수 있고, 그런 오만함을 용납할 수 있는 관계가 존재한다면.

그런 관계가 성립할 리 없다는 것쯤은 안다. 이룰 수 없는 소원이라는 것도 안다.

손이 닿지 않는 포도는 시큼할 게 틀림없다.

하지만 거짓말처럼 달콤한 열매 따위 필요 없다. 거짓된 이해와 기만으로 점철된 관계라면 그런 것은 필요 없다.

내가 원하는 것은 바로 그 신 포도다.

시큼해도, 씁쓸해도, 맛없어도. 독에 불과해도, 그런 것은 존재하지 않는다 해도, 손에 넣을 수 없는 것이라 해도, 바라는 것조차 허락되지 않는다 해도.

"그래도……."

어느 틈엔가 흘러나온 목소리는, 나 자신도 느낄 수 있을 만큼 확연하게 떨렸다.

"그래도, 나는……."

터져 나오려는 오열을 필사적으로 억눌렀다. 말도 목소리도 한꺼번에 삼켜버리고 싶었지만, 둘 다 띄엄띄엄 새어나오고 말았다. 이가 따닥따닥 부딪치며, 앙다문 잇새를 비집고 힘겹게 흘러나온다.

"나는, 진실된 것을 원해."

눈시울이 뜨겁다. 눈앞이 흐릿하다. 내 입에서 흘러나오는 숨소리 말고는 아무것도 들리지 않는다.

그런 내 얼굴을 유키노시타와 유이가하마가 조금 놀란 표정으로 바라보았다.

이 무슨 추태란 말인가. 한심하게 잔뜩 쉬어버린 목소리로 끅끅대며 남에게 떼나 쓰다니. 이런 내 모습을 인정하고 싶지 않았다. 보여주고 싶지 않았다. 보이고 싶지 않았다. 내뱉는 말도 지리멸렬하기 그지없다. 논리나 인과라고는 눈곱만큼도 찾아볼 수 없다. 이딴 건 그냥 헛소리일 뿐이다.

뜨겁고 축축한 숨결에 목이 메어왔다. 그때마다 이를 악물고 새어나오려는 흐느낌을 눌러 삼켰다.

"힛키……"

유이가하마가 나를 부르며 가만히 손을 내밀었다. 하지만 우리 둘의 거리는 손이 닿을 만큼 가깝지 않았다. 다가온 손은 끝내 닿지 못하고 힘없이 아래로 처졌다.

손뿐만이 아니다. 말도 가 닿았을지 알 수 없다.

이런다고 무엇이 전해질까. 말해본들 이해받을 리가 없다. 그럼에도 말해버린 것은 그야말로 자기만족이다. 아니면 우리가 경멸해온 바로 그 기만인지도 모른다. 형편없는 가짜일지도 모른다.

그렇지만 아무리 생각을 거듭해도, 해답은 보이지 않았다. 어떡하면 좋을지 짐작조차 가지 않았다. 그러니 최후에 남겨진 것은 이런 글러 먹은 갈망뿐이다.

"나는…… 모르겠어."

유키노시타가 나직한 목소리로 말했다. 자기 어깨를 감싸 안은 손에 힘을 주며, 괴로운 듯 표정을 일그러뜨린다.

유키노시타는 미안해, 라고 속삭이듯 빠르게 중얼거리고 몸을 일으켰다. 그리고 우리에게는 눈길조차 주지 않고 총총히 문으로 향했다.

"유키농!"

유이가하마가 뒤따라가려고 벌떡 일어섰다. 그러다가 내가 마음에 걸렸는지, 고개를 돌려 이쪽을 보았다.

나는 그저 바라보고만 있었다.

흐릿하게 얼룩진 시야 속에서 부실을 빠져나가는 유키노시타를 멍하니 바라보며, 가슴속에 고인 뜨거운 숨결을 토해냈다.

마침내 끝났다고, 어딘가 안심했는지도 모른다.

"힛키."

넋을 놓고 앉아 있는 내 팔을 유이가하마가 붙잡았다. 그리고 세게 잡아당겨 억지로 일으켜 세웠다. 나와 유이가하마의 얼굴이 가까워졌다. 유이가하마가 물기 어린 눈동자로 내 눈을 들여다보듯 똑바로 나를 응시했다.

"……가야 해."

"아니, 하지만……."

이미 결론은 나왔다. 이제 더는 해야 할 말도, 전하고픈 소망도 없었다. 자조적이고 메마른 웃음이 흘러나와, 슬그머니 유이가하마의 눈길을 피했다.

그래도 유이가하마는 물러서지 않았다.

"같이 가자! ……유키농, 모르겠다구 했어. 어떡해야 좋을지두 모르는 거야. ……사실 나두 전혀 모르겠어. 그치만! 그치만 모르는 채루 끝내버림 안 돼! 기회는 지금뿐이야! 유키농의 저런 모습, 처음 봤으니까! 그니까, 지금 가지 않음……."

그렇게 말하며 내 팔을 놓더니, 이번에는 내 손을 잡았다. 힘을 주어 꼭 잡아오는 그 손은 뜨겁기까지 했다.

또다시 유이가하마가 내 손을 잡아끌었다. 단 아까처럼 강경한 태도는 아니었다. 확인하는 듯한, 시험하는 듯한 머뭇거림이 느껴졌다. 유이가하마 본인도 사실은 어떻게 해야 좋을지 혼란스러운 거겠지. 손을 잡은 채 불안한 기색으로 내 얼굴을 올려다본다.

그래서 그 손을 부드럽게 뿌리쳤다.

그러자 유이가하마가 맥없이 손을 떨구며, 울상을 지었다.

하지만 틀렸다. 불안하니까 손을 잡는 게 아니다. 혼자 걸을 수 없으니까 남의 도움을 받으려는 게 아니다. 손을 맞잡아야 할 때는 지금이 아니다.

지금은 내 발로 당당하게 걸어가겠다.

"……혼자 갈 수 있으니까 됐어. 가자고."

그렇게 말하며 앞장서서 걸음을 재촉한다.

"으, 으응!"

뒤따라오는 목소리와 발소리. 그것을 확인하고 문을 열어 복도로 나갔다.

그러자 문 바로 앞에서 바짝 굳어 있던 사람과 딱 마주쳤다. 잇시키 이로하였다.

"아, 선배님…… 그, 그게요, 부르려고 했는데요……."

잇시키가 당황한 기색으로 둘러댔지만, 지금은 잇시키와 입씨름을 벌일 때가 아니다.

"이로하, 미안해. 나중에 다시 얘기하자."

유이가하마는 양해를 구한 뒤 달려가기 시작했다. 나도 쫓아가려는데, 잇시키가 뒤에서 불러 세웠다.

"서, 선배님! 오늘은 모임 없어요! 그 말씀을 드리려고……. 그, 그리고—"

"어, 알았다."

잇시키의 말을 끝까지 듣지도 않고 적당히 대꾸했다. 그리고 조금 떨어진 곳에서 기다리는 유이가하마에게로 뛰어가려한 순간, 뒤에서 재킷 자락을 꽉 붙들렸다.

무슨 일인가 해서 돌아보니, 잇시키가 못 말리겠다는 표정으로 한숨을 푹 쉬었다. 그리고는 위쪽을 척 가리켰다.

"사람 말을 끝까지 들으시라고요……. 유키노시타 선배를 찾는 거라면 위에요, 위!"

"아, 미안. 알려줘서 고맙다."

잇시키에게 인사를 하고 유이가하마를 불렀다.

"유이가하마, 위라는데."

서둘러 되돌아온 유이가하마와 함께 특별관 계단을 올랐다.

위라는 말로 봐서는 아마도 구름다리겠지.

본관과 특별관을 연결하는 복도 4층에는 지붕이 없고, 옥상 같은 형태로 되어 있다. 겨울이 되면 거칠 것 없이 휘몰아치는 바람 때문에, 가장 추운 이 시간대에 그곳에서 노닥거리는 사람은 거의 없다.

한달음에 계단을 올라가자, 구름다리로 이어지는 층계참이 나왔다.

유리문을 열고 구름다리에 발을 들여놓았다.

서쪽 하늘의 잔광은 특별관에 가로막혀, 복도 유리창 너머로 저녁 햇살이 쏟아져 들어왔다. 동녘 하늘에는 서서히 어둠이 내리기 시작했다.

구름다리는 저녁노을의 틈새에 떠 있었고, 그곳에서 유키노시타를 발견했다.

유키노시타는 난간에 몸을 기대고 우두커니 서 있었다. 차가운 바람에 유키노시타의 머리카락이 휘날렸다. 희미하게 떠도는 어스름이 윤기 있는 흑발과 도자기 같은 피부를 비추었다. 수심이 깃든 눈동자는 저 멀리서 반짝이는 불빛을 머금어가는 빌딩들을 향한 채였다.

"유키농!"

유이가하마가 유키노시타에게로 뛰어갔다. 나도 천천히 걸어서 그쪽으로 다가갔다. 계단을 단숨에 뛰어 올라온 탓에 아직 숨이 가빴다.

"유키노시타……"

헐떡이며 불러봤지만, 유키노시타는 돌아보지 않았다.

그래도 내 목소리는 확실하게 전해졌는지, 불쑥 가냘프게 떨리는 음성이 들려왔다.

"……나는, 모르겠어."

또다시 그렇게 말했다.

그 말에 문득 발걸음을 멈추고 말았다.

저쪽과 이쪽을 갈라놓듯, 차가운 바람이 불어왔다. 그 바람에 떠밀리듯 유키노시타가 휘청 나를 돌아보았다. 희미하게 젖어든 그 눈동자에는 힘이 없었고, 오직 가슴을 누르듯 오므린 손만이 불끈 쥐어 있었다.

바람에 흐트러진 머리카락을 정돈하지도 않고, 유키노시타가 낮게 잠긴 목소리로 내게 물었다.

"네가 말하는 진실된 것이란 대체 뭐지?"

"그건……"

나도 잘 모른다. 그런 것 따위 여태까지 본 적도 없고, 손에 넣어본 적도 없으니까. 그래서 이거다, 라고 말할 수 있는 명확한 정의를 나는 여전히 알지 못하는 채다. 그러니 당연히 다른 사람이 이해해줄 리도 없겠지. 그럼에도 그런 것을 원한다.

내가 대답하지 못하자, 그 공백을 메우듯 유이가하마가 한 발짝 다가서서 유키노시타의 어깨에 살포시 손을 올려놓았다.

"유키농, 괜찮아."

"……뭐가 괜찮다는 거니?"

유키노시타의 물음에 유이가하마가 난감한 듯 쑥스럽게 웃었다.

"나두 실은 잘 모르겠거든……."

얼버무리듯 당고머리를 만지작거리던 유이가하마가 웃음을 거두었다. 그리고 다시 한 발짝 유키노시타에게로 다가서서, 나머지 한쪽 손도 유키노시타의 어깨에 올려놓았다. 그리고 는 유키노시타를 정면으로 바라보았다.

"그니까 같이 이야기해봄 더 많이 알게 될 거라구 생각해. 그치만 아마 그래두 모르겠지. 그래서, 아마두 끝까지 모르겠 지만, 그래두 그런 게 알아간다는 거랄까……. 역시 나두 잘 모르겠어……. 그치만, 그치만…… 나……."

한 줄기 눈물이 유이가하마의 뺨을 적셨다.

"나, 이런 건 이제 싫어……."

그렇게 말한 유이가하마가 유키노시타의 어깨를 끌어당겨 꼭 껴안고는, 긴장이 풀어진 듯 흐느끼기 시작했다. 유키노시 타는 그런 유이가하마를 토닥여주지도 못하고, 힘겨운 숨결 을 토해내며 입술을 떨었다.

그런 두 사람에게서 슬쩍 시선을 돌렸다.

그토록 많은 생각을 했는데도 그런 해답밖에, 그런 말밖에 나오지 않았다. 그런데 어떻게 저 녀석은, 유이가하마는 저렇게 말할 수가 있는 걸까.

누군가는 우회적이고 삐딱한, 허와 실이 뒤섞인 이론밖에 내세우지 못하고.

누군가는 속에 담아둔 마음을 제대로 표현하지 못한 채 침묵하고.

말하지 않으면 전해지지 않고, 말하면 오해가 생겨난다. 그렇다면 우리는 대체 무엇을 알 수 있단 말인가.

유키노시타 유키노가 지녔던 신념. 유이가하마 유이가 추구했던 관계. 히키가야 하치만이 원했던 진실.

그 사이에 얼마나 큰 차이가 있는지, 나는 아직 알지 못한다.

그럼에도 솔직한 눈물이 알려주었다. 지금 이 순간만큼은 잘못되지 않았다는 것을.

유키노시타가 자기 어깨에 얼굴을 묻은 유이가하마의 머리카락을 부드럽게 쓸었다.

"왜 네가 우는 거니……. 역시 너는…… 비겁하구나."

그 말을 끝으로 유키노시타도 매달리듯 유이가하마의 어깨에 와락 얼굴을 묻었다. 조용한 흐느낌이 새어나왔다.

유키노시타와 유이가하마는 한동안 서로에게 기대듯 그렇게 서 있었다. 잠시 후, 유키노시타가 천천히 숨을 고르며 고개를 들었다.

"……히키가야."

"어."

대답을 하고 이어질 말을 기다렸다. 유키노시타는 내 쪽을 보지는 않았다. 그래도 결연하고 강한 의지가 깃든 목소리는 똑똑히 전해져왔다.

"네 의뢰, 받아들일게."

"……미안하다."

살짝 고개를 숙였다. 그 한마디를 하는데도 목소리가 떨려 나올 것만 같았다. 고개를 들자, 유이가하마도 유키노시타의 어깨에서 얼굴을 들었다.

"나두, 거들게……."

유이가하마가 나를 바라보며 떨리는 음성으로 말했다. 나와 눈이 마주치자, 눈물로 얼룩진 눈으로 웃어 보였다.

"……고맙다."

그렇게 말하고, 무심코 하늘을 올려다보았다.

오렌지색 하늘이 흐릿하게 번져 보였다.

언젠가
유이가하마 유이는.

　집에 돌아와서 소파에 벌러덩 드러누웠다.

　그 후에는 말없이 부실로 돌아와서 뭐라 형언할 수 없는 어색함과 겸연쩍음에 시달리다가, 작별 인사를 나누고 집으로 돌아왔다.

　유키노시타는 열쇠를 반납해야 한다며 제일 먼저 가버렸고, 나 역시 도망치듯 주차장으로 향했다. 유이가하마도 버스 정류장으로 걸음을 재촉했다. 그러는 동안 세 사람 모두 한두 마디밖에 하지 않은 느낌이 든다.

　소파에 축 늘어져 있자니, 오늘 있었던 일이 선명하게 되살아났다.

　대체 어쩌자고 그딴 쪽팔리는 소리를 해버린 거냐……

　끄아아아아! 죽고 싶다! 죽고 싶어어어엇! 내일 학교에 어떻게 가냐고오오오오! 미쳤어! 미쳤다고! 바보 등신 머저리! 으허어어어어어어엉!

　마음속으로 울부짖고는 끙끙 신음하며 소파에서 데굴데굴

굴렀다. 그래 봤자 별로 큰 소파도 아니다 보니 세 바퀴 반 만에 쿵 하고 바닥으로 추락하고 말았다.

그 소리에 놀랐는지, 옆에 있던 고타츠에서 우리 집 고양이 카마쿠라가 후다닥 뛰쳐나왔다. 그리고는 방안을 두다다다 즈베즈다 뛰어다니다가 잽싸게 거실 밖으로 달아나버렸다.

방바닥에서 보는 고양이의 움직임이 생각보다 역동적이라, 하긴 치타는 고양잇과고 산타는 할아버지지, 라는 썰렁한 생 각을 해버렸다.

그대로 카펫 위에 털푸덕 엎어졌다.

"……죽고 싶다."

모기만 한 소리로 중얼거렸다.

트라우마의 폭풍은 두 단계로 나뉜다. 우선 흥분 상태에서 파괴적인 충동에 사로잡혔다가, 그 후에 주기적으로 우울한 기분이 엄습해온다.

미친 듯이 날뛰며 몸부림치다가 실이 끊긴 인형처럼 축 늘 어지기를 반복한다. 죽은 줄 알고 가까이 가보면 살아서 마 구 바르작대는 매미 같다. 난 버려지야! 버려지라고!

그렇게 한바탕 자신과 마주하며 괴로워하고 나자 조금은 초연해졌다. 후우 커다란 한숨을 내쉬면서 빙글 반대편으로 돌아눕는데, 때마침 거실로 들어오려던 참이었으리라. 문 앞 에 뜨악한 표정으로 서 있던 코마치와 눈이 딱 마주쳤다.

"……왜 그래? 오빠."

코마치가 황당함과 두려움이 반반씩 섞인 표정으로 물어왔다. 하지만 제아무리 사랑스러운 동생일지라도 지금은 상대할 마음이 들지 않았다. 휙 고개를 돌려 외면했다.

"냅둬. 이 오라버님은 지금 정체성의 위기를 겪는 중이니까."

칙칙하고 음침한 목소리로 말하자, 코마치가 땅이 꺼지라 한숨을 쉬었다.

"있잖아, 오빠."

진지한 목소리에 고개만 슬쩍 돌려 코마치를 보았다. 그러자 코마치가 눈을 게슴츠레하게 뜨더니 입꼬리를 비스듬히 끌어올렸다. 그리고는 그 요상한 표정으로 입을 열었다.

"뭐어? 정체서엉~? 내 살면서 개성 타령하는 놈들치고 개성 있는 놈을 본 적이 없다만. 뭣보다 그딴 식으로 걸핏하면 변하는 게 개성일 리 있겠냐?"

표정은 괴상했지만, 기묘하게 일리 있는 지적이었다. 어라, 대단한걸. 확실히 맞는 말이다. 얼떨결에 납득해버렸잖아. 다만 그 표정과 말투는 좀 열 받는데.

"얘, 코마치. 그 말투는 뭐니? 너무 험악하잖니. 게다가 표정도 이상하단다."

동생의 말투가 갑자기 거칠어져서, 훈계의 의미도 담을 겸 정중한 말투로 따졌다. 그러자 이상하다는 말에 발끈했는지, 코마치가 관자놀이를 꿈틀하더니 몹시 진노하신 기색으로 대꾸했다.

"……오빠 흉내야."

"안 닮았거든……?"

말은 그렇게 했지만, 아무리 그래도 나 자신의 특징까지는 모른다. 뭐냐고, 나란 놈 저렇게 띠꺼운 느낌이었어? 객관화를 통해 처음으로 깨달은 충격적인 진실. 뭔가 좀 더 지적이고 쿨하고 시니컬한 느낌 아냐? 응?

어라아, 이상하네……. 정말 내가 저렇단 말이야~? 가벼운 쇼크를 받아 낮게 신음하는데, 코마치가 내 옆으로 다가와서 소파에 걸터앉았다.

"무슨 일이 있었는지는 몰라도, 이제 와서 그 삐딱한 성격이 고쳐질 리도 없잖아. 오래비가 아니라 오레기라니까, 오레기."

그렇게 말하며 여전히 그 발치에 드러누운 채인 나를 발로 쿡쿡 찌른다. 그야말로 완벽한 쓰레기 취급이다. 그러다 문득 그 발이 멎었다. 코마치가 무릎에 턱을 괸 채 피식 웃으며 나를 내려다보았다.

"그래도 코마치는 그런 오빠가 참 좋아. 아, 방금 그 말 코마치 기준으로 무지 포인트 높았어!"

그렇게 말하고는 끝으로 눈부신 코마치 스마일을 짓는다. 하긴 이렇게 쓸데없는 말을 덧붙여서 쑥스러움을 감추는 점은 누군가와 좀 닮았을지도 모르겠다.

"……거참 눈물 나게 고맙구나. 나도 참 좋거든, 이런 내가. 방금 그 말, 하치만 기준으로 무지 포인트 높았다."

"뭐야 그게……."

어이없어하는 코마치를 내버려두고 벌떡 몸을 일으켰다.

간신히 마음이 정리됐다. 그래 봤자 내일 밤이면 또다시 오늘 일을 떠올리며 이불을 걷어찰 테고, 앞으로도 그 기억이 떠오를 때마다 데굴데굴 바닥을 구르겠지.

하지만 괜찮다. 그런 과거가 지금의 나를, 코마치가 참 좋다고 말해주는 나를 만들어주었으니까. 남의 추억을 멋대로 상처 취급하지 말라고. 그건 내 매력 포인트다.

매력 포인트로 점철된 매력적인 나를, 나는 틀림없이 좋아하게 될 거다.

×　　×　　×

집에서 쪽팔림에 몸부림치며 어렵사리 마음을 다잡은 다음날.

평소와 같은 시간에 일어나서 아침을 먹은 후, 자전거를 타고 등교했다.

하지만 학교가 가까워짐에 따라 페달을 돌리는 발은 한없이 느려져만 갔고, 결국 지각하기 직전에서야 교실에 들어가는 처지가 되고 말았다.

……그게, 아무래도 무리라고. 하루아침에 극복할 수 있는 인간이었더라면 애초에 이따위 성격이 되지도 않았을 거라고.

듣는 사람도 없는 변명을 속으로 주절주절 늘어놓으며 내내 책상에 엎드려 있었다. 쪽팔린 나머지 유이가하마 유이는 근처에는 얼씬도 안 하도록 온갖 노력을 기울였다.

하지만 유이가하마도 나한테 신경이 쓰이기는 하는지, 조례 전에도 수업 시간에도 자꾸만 눈이 마주쳤다.

그때마다 잽싸게 시선을 돌리고 꾸벅꾸벅 조는 시늉을 했다.

내가 미쳤지, 내가 미쳤지…….

펼쳐놓은 공책에 머리를 박고, 가위에 눌렸을 때 염불을 읊는 것 마냥 하염없이 중얼댔다. 쉬는 시간에는 훌쩍 교실을 나가 화장실이나 자판기 근처를 어슬렁댔고, 점심시간에는 항상 끼니를 때우는 곳에서 추워추워를 연발하며 밥을 먹었다.

그토록 느려 터졌다고 생각했던 시곗바늘이, 오늘은 놀라울 정도로 빠르게 움직였다.

정신을 차려보니 어느새 방과 후였다.

마침내 이 시간이 찾아오고 말았다.

하지만 여기서 계속 꾸물대다간 미우라 그룹과 수다를 떠는 중인 유이가하마가 같이 가자고 찾아올지도 모른다. 그건 좀…… 곤란하다. 왠지, 부끄럽고…….

내 반응에서 뭔가를 눈치챘는지 아니면 유이가하마도 뭔가 생각하는 바가 있는 건지, 일과 중에는 내게 접근하지 않았다. 하지만 방과 후에는 또 이야기가 달라진다.

그런 상황이 벌어지기 전에 얼른 교실에서 나가자.

본관에서 특별관으로 이어지는 복도를 터덜터덜 걸었다.

솔직히 중학교 때 고백했다 차인 다음 날보다도 훨씬 발걸음이 무거웠다. 하긴 그때는 어떤 반응이 돌아올지 대강 감이 잡혔으니 어느 정도 여유가 있었던 거겠지. 수많은 사람들에게 있는 대로 비웃음을 사고 개그 소재가 되거나, 평소처럼 쾌활하게 대하며 신경 안 쓴다는 어필을 해오지만 그 미소가 완전 쓴웃음이라 신경 쓰는 티가 팍팍 나거나 둘 중 하나다. 철저하게 무시당하는 경우는 드물었던 기분이 든다.

그런 식의 뻔한 반응이 돌아오면 차라리 마음이 편하다.

하지만 유키노시타와 유이가하마가 어떤 반응을 보일지는 짐작이 가지 않았다.

생각에 잠긴 채 걷다 보니 어느새 부실 앞에 도착하고 말았다. 상당히 느릿하게 걸었는데, 이렇게 가까운 곳에 있었던가. 평소 같으면 창밖으로 시선 한 번쯤은 주었으련만, 오늘은 그럴 만한 정신도 없었다.

부실 앞에 서서 한숨을 쉬었다. ……집에 가고 싶다. 그런 생각이 뇌리를 스쳐 갔다. 하지만 도와달라고 의뢰한 사람은 바로 나다. 여기서 물러난다는 선택지는 없다.

각오를 다지고 부실 문을 열었다.

문은 잠겨 있지 않았고, 아직은 해가 중천에 걸려 있어서 부실 안으로 햇살이 스며들었다. 커튼은 열려 있었다. 사용하지 않는 책상과 의자가 높다랗게 쌓여 있었지만, 그래도 의자 세 개와 책상 한 개는 변함없이 제자리에 놓여 있었다. 그중 하나에 유키노시타가 앉아 있었다.

유키노시타가 읽던 책에서 고개를 들었다. 그리고 평소와 다름없이 차분한 표정으로 입을 열었다.

"안녕."

"어, 어어."

생각보다 평범한 유키노시타의 반응에 조금 맥이 빠지고 말았다. 하긴 본인만 신경 쓸 뿐, 주위에서는 별생각이 없는 경우도 있겠지. 전형적인 자의식 과잉이다.

조금 편안해진 기분으로 유키노시타의 대각선상에 놓인 의자에 앉아 가방에서 문고본을 꺼냈다. 책갈피를 끼워놓은 페이지를 펼쳤지만, 어떤 내용이었는지 전혀 생각나지 않았다. 페이지를 거슬러 올라가자, 그제야 낯익은 문장이 나타났다.

오랜만에 알찬 독서가 될 것 같았다.

나와 유키노시타 둘 다 아무 말도 하지 않는 조용한 시간이 흘러간다. 이따금 책장 넘기는 소리와 헛기침 소리가 들려올 뿐이었다. 하지만 헛기침도 여러 번 하면 신경이 쓰이기 마련이다. 흘끗 시선을 주자, 유키노시타가 또다시 헛기침을 하고 입을 열었다.

"저기."

약간 새된 목소리가 나온 걸 얼버무리듯, 유키노시타가 다시 헛기침을 했다. 그리고는 힐끗 눈치를 살피듯 나를 보았지만, 눈이 마주치자 홱 고개를 돌려버렸다.

"……저기, 오늘 모임 말인데, 시간과 장소를 알려주겠니?"

듣고 보니 그랬다. 부실에 들어와서 어영부영하는 사이 이야기할 타이밍을 놓쳐버렸지만, 나는 현재 봉사부에 크리스마스 이벤트 준비를 도와달라는 의뢰를 해놓은 상태다. 그러니 그 세부 사항을 설명해야 한다. 하지만 아직 한 명이 모자란다. 전원이 모일 때까지 기다리는 편이 좋겠지.

"아참, 그랬지. ……그거, 유이가하마가 온 다음에 해도 되겠냐?"

"……그래. 공연히 두 번 수고할 필요는 없으니까."

유키노시타가 다시 책으로 시선을 떨구며 나직한 목소리로 대답했다. 그 후로 유키노시타는 도로 입을 다물어버렸고, 나도 딱히 할 말이 없었다. 그렇게 또다시 한동안 침묵의 시간이 이어질 것으로 예상되었다.

하지만 그 정적도 탕, 하고 힘차게 열어젖힌 문소리에 와해되었다.

"야헬롱~!"

활기찬 인사말과 함께 부실로 들어온 사람은 다름 아닌 유이가하마였다.

"……여어."

"안녕."

제각각 인사를 건네자, 유이가하마는 흐뭇하게 웃으며 늘 앉는 지정석으로 향했다. 그리고 그 앞에 서서 잠시 뭔가 생각하는 눈치더니, 유키노시타 쪽으로 끼익 의자를 끌어당겼다. 그 의자는 사실 내가 생각했던 것보다 훨씬 가벼운 모양이었다.

의자 위치를 조정한 유이가하마가 에헤헷 웃으며 자리에 앉았다.

"……너무 가까워."

난감한 표정으로 나직하게 중얼거린 유키노시타가 살짝 의자를 떼어 거리를 벌렸다. 그러자 그 간격만큼 유이가하마가 다시 의자를 붙였다.

"……저기, 유이가하마. ……조금만 떨어져 주겠니?"

유키노시타가 조심스럽게 말하자, 유이가하마의 표정이 흐려졌다. 다시 약간 의자를 떼고서 손을 무릎에 얹고 고개를 수그렸다.

"아……. 응, 그치……."

"저기, 그런 게 아니라……."

유이가하마가 낙담한 기색을 드러내자 유키노시타도 머뭇머뭇 입을 열었지만, 결국 그대로 침묵하고 말았다.

짙은 위화감이 감도는 대화였다. 지켜보는 내가 다 피곤해지는 기분이었다.

하긴 한동안 형식적인 이야기만 한 데다 어제는 아예 말다툼까지 벌였다. 곧바로 예전처럼 친하게 지내기는 힘들지도 모른다. 남의 일처럼 말했지만, 사실 나도 어떻게 반응해야 할지 도통 감이 잡히지 않았다.

지금은 무엇이 정답인지 모르지만, 그래도 그 차가웠던 시간보다는 다소나마 피가 통하는 공간이 되었다고 믿고 싶다. 어쨌거나 나는 내 할 일을 해야 한다.

두 사람에게 말을 걸 타이밍을 엿보며, 나도 여러 번 헛기침을 했다.

×　×　×

크리스마스 합동 이벤트의 개요와 현재 처한 상황을 간략히 설명한 후, 약속 시각에 맞추어 커뮤니티 센터로 향했다.

부실에서도 그랬지만, 센터로 가는 길에도 사무적인 대화밖에 오가지 않았다. 단어 수로만 따지면 겉도는 대화만 하던 때가 훨씬 더 많은 이야기를 나눴던 것 같다만…….

나는 자전거를 끌며 걸었고, 다른 두 명은 그냥 평범하게 걸어서 따라왔다. 한동안 그렇게 가다 보니, 커뮤니티 센터 앞에 서 있는 잇시키가 보였다. 오늘은 착실하게 나를 기다려준 모양이다.

주차장에 자전거를 세워놓고 현관으로 다가가자, 잇시키도 우리를 발견했다. 그 표정에는 놀란 기색이 역력했다. 의아한 시선이 우리 셋 사이를 분주하게 오간다.

"유이 선배님, 유키노시타 선배님……? 어, 어떻게 된 거예요?"

"아, 도와달라고 했거든."

지극히 간결하게 대꾸하고 커뮤니티 센터 안으로 들어갔다. 잇시키도 고개를 끄덕이며 내 뒤를 쫓았다. 유키노시타와 유이가하마도 뒤따라 들어왔다.

"아아, 네에. 그런가요……. 앗, 아뇨, 도와주신다니 정말 감사해요~."

잇시키가 유이가하마와 유키노시타를 향해 활짝 웃어 보였다. 그러자 유이가하마도 미소 띤 얼굴로 야헬롱~ 하고 인사를 건넸다.

"이로하, 잘 부탁해!"

유이가하마의 말에 그 옆에 있던 유키노시타도 동조하듯 고개를 끄덕였다.

"상황이 좋지는 않은 모양이구나."

"네, 맞아요~."

그렇게 말하며 잇시키가 내게 편의점 봉지를 내밀었다. 이 녀석, 적응 한번 빠르네. 그렇게 생각하면서도 순순히 받아들고 말았다.

그러자 유이가하마와 유키노시타의 발걸음이 뚝 멎었다.

"……."

"……."

발소리가 그치는 바람에 뒤돌아보자, 둘 다 편의점 봉지를 뚫어져라 쳐다보고 있었다. 유이가하마는 어안이 벙벙한 기색이었고, 유키노시타의 시선은 냉랭하기 그지없었다.

"뭐냐……."

"아무것도 아냐."

"아, 으응. 맞아, 그냥 좀."

물어보자 유키노시타는 홱 시선을 돌려버렸고, 유이가하마는 아하하 웃으면서 가슴 앞에서 살래살래 손을 내저었다.

찜찜한 시선을 느끼며 계단을 올랐다. 유이가하마는 우와, 하고 신기하다는 듯 사방을 두리번거렸고, 유키노시타는 무관심한 기색으로 담담하게 걸었다.

그리하여 마침내 모임이 열리는 강습실에 도착했다.

"안녕하세요~"

잇시키가 밝은 목소리로 인사하며 안으로 들어갔고, 우리도 그 뒤를 따랐다. 그러자 유키노시타와 유이가하마에게 주목이 쏠렸다.

잇시키가 얼른 타마나와 쪽으로 다가가 뭔가 이야기를 나누기 시작했다. 도와주는 사람이 늘어났다고 보고하러 간 거겠지. 그러자 타마나와가 느긋하게 고개를 끄덕였다.

그 사이 나는 빈자리에 편의점 봉지를 턱 내려놓고 간식거리를 착착 꺼내놓았다. 그것을 본 유키노시타와 유이가하마, 학생회 임원들도 와서 거들어주었다.

그러다 음료수를 따르던 유이가하마가 아, 하고 탄성을 질렀다. 그 시선을 따라가 보니, 저 앞에 오리모토가 보였다. 오리모토도 우리 셋을 보고 눈을 휘둥그렇게 떴다.

그러고 보니 오리모토가 있다는 걸 까맣게 잊고 있었다……. 본의 아니게 다시 얼굴을 마주하게 된 이 상황에 오리모토가 어떤 반응을 보일지 조금 걱정스러웠다.

하지만 오리모토는 이쪽으로 다가오는 대신 슬쩍 눈인사만 건네 왔다. 그러자 유이가하마도 황급히 까닥 고개를 숙였다. 유키노시타는 그저 빤히 쳐다보기만 했다.

하긴 양쪽 다 서로에게 좋은 이미지는 없겠지……. 우리 사이의 적절한 거리감도 가늠하기 어려운 판국에 오리모토까지 배려하기는 힘들다. 솔직히 말해서 더 이상은 힘에 부친다.

"일단 앉지 그러냐?"

유이가하마와 유키노시타에게 자리를 권했다.

"아, 응."

"그래."

매번 앉던 자리로 가자 그 옆에 유이가하마가 앉았고, 유키노시타는 평소에 잇시키가 쓰던 자리를 차지했다. 자연스럽게 상석을 꿰차다니, 과연 유키노시타 양이로군.

잠시 후, 돌아온 잇시키가 곤혹스러운 표정을 지었다.

"어, 어라? 내 자리……."

쩔쩔매며 유키노시타 주변을 서성거리는 잇시키. 그 사실을 깨달은 유키노시타가 엉거주춤 몸을 일으켰다.

"아, 미안해. 자리가 정해져 있었구나."

"앗, 아뇨아뇨, 괜찮아요. 저는 저쪽이 더 편한걸요."

그렇게 말하며 유키노시타를 만류한 잇시키가 비어 있던 부회장 자리에 앉았다.

전원이 착석했음을 확인하자, 타마나와가 여느 때처럼 의장석에 해당하는 위치에 앉았다. 그리고 맥북 에어를 펼치며 좌중을 둘러보았다.

"다 모였지? 그럼 시작하자."

타마나와가 개회를 선언했다. 잘 부탁드립니다, 라는 대답과 함께 회의가 시작되었다.

오늘 마침내 이번 크리스마스 이벤트에서 공연할 내용이 정해진다. ……정해질 거다. 타마나와한테는 사전에 신신당부해 두었고, 심지어 하루 쉬기까지 했다. 이번에도 미뤄지면 타격이 극심하다.

회의의 막을 연 사람은 물론 의장격인 타마나와였다. 타마나와가 카이힌 종합고 학생회에 지시를 내려 프린트를 나눠주기 시작했다.

"지난번 브레인스토밍 결과를 토대로 내가 조금 생각을 해 봤거든. 레쥬메를 작성해왔으니 한번 살펴봐 줘."

아무래도 어제 모임이 취소된 까닭은 이것 때문이었나 보다.

그 레쥬메 맨 윗부분에는 「크리스마스 콘서트」라는 타이틀이 큼지막하게 박혀 있었다. 그 밑에는 기획 내용을 빼곡히 적어놓았다. 형식상 레쥬메보다는 기획서에 가까워 보였지만, 그런 사소한 문제는 제쳐놓기로 하고 쭉 읽어 내려갔다.

『지금, 하나 되는 음악』이라는 컨셉으로 다양한 장르의 음악을 총망라한 콘서트를 개최. 클래식, 록밴드, 재즈, CCM, 가스펠의 5부 구성으로, 사이사이에 크리스마스 음악을 주제로 한 연극 및 뮤지컬을 배치. 음악과 연극의 시너지를 극대화시키는, 모든 장르가 퍼펙트하게 어우러진 크리스마스 이벤트.

……대강 훑어본 다음, 다시 한 번 천천히 시간을 들여 꼼꼼하게 읽어보았다. 하지만 쓰여 있는 내용에는 변함이 없었다.

야야, 절충안은 무슨. 이건 그냥 키메라잖아. 확실히 그동안 나왔던 의견을 전부 쑤셔 넣는 데는 성공했다만.

회의록에는 오케스트라로 되어 있던 걸 클래식으로 바꾼 까닭은 규모 문제이려나. 그리고 CCM과 가스펠은 무슨 차이인지 잘 모르겠다만, 따로 적어놨으니까 뭔가 다른 거겠지……. 그 밖에는 회의록과 거의 똑같은 내용으로, 언뜻 보기에 기획서 비스무리한 형태를 띠고는 있었다.

다만 모든 의견을 다 욱여넣는 바람에 덩치가 엄청나게 불어나, 아무리 봐도 현실적으로는 불가능해 보였다.

"어때?"

타마나와가 일동을 향해 묻자, 어디서나 한결같이 "으음, 괜찮을지도~.", "재미있겠다~.", "후끈 달아오르겠는데~."라는 식의 반응만이 돌아왔다. 표면상으로는 긍정적인 것 같지만, 결코 전면적으로 찬성하는 분위기는 아니었다.

그런 애매하고 소극적인 동조는 그동안의 브레인스토밍에서 의견 부정을 금지해온 탓일까. 아니면 아무도 진지하게 여기는 사람이 없기 때문일까.

하지만 이런 식으로는 죽었다 깨어나도 결정을 내리지 못한다. 지금부터는 현실적으로 실행 불가능한 요소들을 지적하며 프로그램을 축소하게끔 유도해야겠지.

"어째 규모가 너무 큰데. 그리고 음악 할 줄 아는 사람은 있냐?"

"응, 그러니까 아웃소싱을 하는 방안도 검토해보자."

그 정도 질문은 타마나와도 예상했는지, 막힘없이 대답했다.

"클래식과 재즈는 프라이빗 콘서트 출장 서비스를 이용하면 되고, 밴드는 우리 학교에 할 줄 아는 사람이 있어. 연극과 뮤지컬도 연극부에 협조를 요청하면 될 것 같고. 남은 문제는 가스펠인데…… 이건 교회에다 물어보면 되려나?"

돌아온 답변은 The·외부 수혈. 그래놓고 우리가 만들어가는 행사라고 해도 되는 거냐…….

사실 외주를 주는 것 자체는 나쁘지 않다. 능력 밖이거나 전문적인 분야를 어설프게 건드리는 것보다 순순히 그쪽 방면의 전문가에게 부탁하는 게 나은 경우도 많다. 외부에 맡겨도 되는 상황이라면 그것도 괜찮다.

문제는 그 계획에 얼마나 현실성이 있느냐다. 달력의 날짜와 요일을 떠올리며 입을 열었다.

"그럼 그 출장 서비스 예약은 해놨냐?"

전날 가서 부탁한다고 군말 없이 와줄 거란 생각은 들지 않았다. 무엇보다 그런 업체에게 크리스마스 시즌은 상당히 바쁜 시기가 아닐까.

"그건 이제 알아봐야지."

야야, 그 정도는 미리 확인해둬야 하는 거 아니냐……. 아무리 봐도 그림의 떡을 넘어서서 찰떡을 의인화한 모에 캐릭터 「떡희(거유)」의 일러스트만큼이나 그림의 떡이잖아.

내 표정에서 어이없어하는 기색을 읽었는지, 타마나와가 보충하듯 덧붙였다.

"우선 전원의 컨센서스를 얻어야 할 것 같아서. 그랜드디자인을 공유함으로써, 비로소 어떤 걸 오미트할지 논의할 수 있는 발판이 마련될 테니까."

"센서…… 미트?"

유이가하마가 고개를 갸웃했다. 그 단어들의 뜻은 나중에 알려주기로 하고, 지금은 회의를 제대로 이끌어나가는 게 중요하다.

이번에는 다른 방향에서 반격을 시도해보았다.

"근데 그거, 고등학생다운 거 맞냐? 맨 처음 기획 의도하고 동떨어진 느낌이 든다만."

"그러니까 『지금』인 거지. 임프린팅된 스테레오타입의 고교생 이미지에서 벗어나, 지금 현재를 살아가는 고등학생들의 모습을 보여주면 되지 않을까?"

"임프, 스테레오…… 이미지?"

유이가하마가 다시 고개를 갸웃했다. 그 단어들의 뜻은 나중에 알려주기로 하고…… 잠깐, 이미지는 알 거 아냐?

아무튼 단어 설명은 잠시 미뤄두기로 하고, 문제는 타마나와다. 솔직히 타마나와의 주장에 대한 반론은 「현실을 직시해라.」라는 한마디면 족하지만, 현실을 외면하려 드는 사람한테 그딴 소리를 해봤자 씨알도 안 먹힌다.

결국 할 수 있는 일이라고는 현실적인 벽과 장애물을 제시함으로써 온건하게 단념시키는 것 정도다.

설득하는 데 필요한 카드는 준비해두었다.

지난번에 작성해서 타마나와에게도 넘겨주었던 계산표를

꺼냈다. 그 안에는 출장 콘서트에 들어가는 제반 비용을 산출한 자료가 포함되어 있었다. 그 숫자를 면밀히 확인하고, 타마나와에게 물었다.

"외주를 준다고 치고, 그 비용은 어떻게 충당할 건데?"

지난번에 알아본 바로는 연주자 한 명당 한 시간에 3~4만 엔 안팎이 평균 시세였던 걸로 기억한다. 그런 데다 클래식과 재즈 두 장르를 소화하려면 비용은 갑절로 불어난다. 그리고 연주자 수를 늘리려면 또 그에 상응하는 비용이 든다. 게다가 가스펠은 추가 요금이 붙고, 그쪽도 꽤나 가격이 세다. 기획서에 적힌 프로그램을 전부 집어넣으려면 현재 예산으로는 어림도 없다.

그럼에도 타마나와의 대답은 변함이 없었다.

"바로 그 문제를 해결할 방법을 찾기 위한 회의잖아."

저런 식으로 나오면 더 이상 내가 할 수 있는 일은 없다.

타마나와가 내놓은 기획 자체가 엉터리인 건 아니다. 충분한 시간과 인력, 그리고 예산만 주어진다면 그것도 괜찮다. 아마도 실현 자체는 가능하겠지.

하지만 현실적으로는 그 세 가지 요소 전부가 턱없이 부족하다.

내가 항복하자 더 이상 이의를 제기하는 사람도 없었고, 회의는 어떻게 기획을 실현시킬지, 어떻게 예산을 조달할지에 관한 토론으로 넘어갔다.

결국 예산을 책정한 다음, 그에 맞게 프로그램을 조금씩 쳐내는 형태로 진행되겠지. 결론이 날 때쯤이면 시간이 부족해져서 규모를 더 줄여야 되겠지만.

그런 미래가 너무도 쉽게 그려져, 힘없이 한숨을 내쉬었다.

×　×　×

회의를 마치고 나니 파김치가 되었다.

결국 오늘 회의에서도 무엇을 할지는 결정되지 않았고, 다음 모임으로 미루어졌다. 크리스마스까지 일주일도 채 안 남은 데다, 엎친 데 덮친 격으로 내일은 토요일. 이 시점에서의 휴일은 상당히 뼈아픈 손실이다.

내 옆에 있는 유키노시타의 얼굴도 해쓱했다. 두통을 참듯 관자놀이에 살포시 손을 얹고는 한숨을 짓는다.

"예상보다 심각하네……. 줄곧 저런 이야기가 오갔던 거니?"

"……그래."

대답은 그렇게 했지만 사실은 좀 더 심각했다. 이제는 구체적인 명사가 나오게 되었으니, 그것만으로도 엄청난 진보다. 그때를 돌이켜보니 그저 헛웃음만 나왔다.

"대화가 계속 헛도니까, 보기만 해도 답답하구나……."

"그러게……. 남의 말을 귓등으루두 안 듣는 거 같아."

유키노시타가 넌덜머리 난다는 표정으로 중얼거리자, 유이가하마도 지친 기색으로 맞장구를 쳤다. 하지만 타마나와는 그런 녀석이 아니다. 요 며칠간 쭉 지켜봐 온 나는 그 사실을 잘 알고 있다.

"남의 말을 안 듣는 정도면 그나마 낫다만……. 어중간하게 듣고 그 요소들을 막무가내로 꿰맞추려고 드니까, 상황이 더 꼬이는 거라고."

"네에, 맞아요……."

잇시키가 탄식하듯 동의했다.

암울한 기운이 흐르는 가운데, 그런 분위기를 바꿔보려는 건지 유이가하마가 웃차 기합을 넣으며 나를 돌아보았다.

"그럼 이제 어떡할까?"

"……몰라."

솔직하게 대답했다. 톡 까놓고 말하자면 일이 잘 풀려서 오늘 중으로 전부 결정이 나고, 그 후에는 일사불란하게 작업에 착수하면 어떻게든 될 거라고 생각했던 것도 사실이다. 설령 결론이 나지 않더라도 다소는 진전이 있을 거라고 기대했다. 하지만 막상 뚜껑을 열어보니 요 모양 요 꼴이다.

어떡해야 하나 고민하는데, 그런 나를 물끄러미 바라보던 유키노시타가 불쑥 입을 열었다.

"……너도 모르는 게 있구나."

"뭐야 지금 비꼬는 거냐? 그야 당연히 널리고 깔렸지."

반사적으로 예전처럼 받아치자, 유키노시타가 말문이 막힌 듯 허둥댔다.

"그런 의미가 아니라, 그게……."

그렇게 말하며 내게서 고개를 돌린 유키노시타가 살짝 입술을 깨물었다. 그리고는 잠자코 시선을 떨구었다.

예전 같으면 대수롭지 않게 넘어갔을 대화건만, 지금은 어색함이 감돌았다. 역시 거리감을 파악하기가 힘들다.

그 분위기를 견디기가 힘들어 뒤통수를 긁적였다.

"……저기, 미안하다. 뭔가 타개책을 찾고는 싶은데, 도무지 방법을 모르겠어서 그만."

"……너를 탓하는 게 아니야."

그렇게 말하는 유키노시타의 목소리는 작았고, 시선은 여전히 아래를 향한 채였다.

그런 우리를 지켜보던 유이가하마가 쭈뼛쭈뼛 끼어들었다.

"이, 있지, 일단 우리가 할 수 있는 것부터 하나씩 생각해 보자, 응?"

"그래."

유이가하마의 제안에 유키노시타가 고개를 들었다. 그리고는 가볍게 팔짱을 끼더니, 턱에 가만히 손을 얹었다. 그 상태로 생각을 가다듬은 건지, 확인하는 듯한 말투로 천천히 운을 뗐다.

"가장 먼저 생각해봐야 할 부분은 행사를 실현 가능한 규모로 줄이는 게 아닐까……?"

"으음…… 그렇기는 한데, 상대방이 저런 식이니까요……."

잇시키가 조금 전의 회의를 돌이켜보며 말했다. 현재 상황을 감안할 때, 규모를 축소하는 방향으로 중론이 모일 가능성은 낮았다. 유키노시타도 지켜보면서 같은 느낌을 받았는지, 잇시키의 지적에 고개를 끄덕였다.

"그렇다면 예산 증액을 고려해봐야겠구나. 출장 콘서트를 의뢰하려면 그 비용을 마련해야 하고, 교내 밴드를 기용한다 해도 연습 시간과 장소 확보가 급선무겠지. 장소는 가능하면 음악실을 빌리는 편이 좋겠지만, 그게 어렵다면 스튜디오를 대여해야 하니까 그 경우에도 따로 비용이 들어갈 테고."

그 말에 문득 깨달았다. 아차, 그런가. 행사 당일에 나갈 돈뿐만 아니라 초기 비용도 계산에 넣어야 되지…….

"그럼 필요한 예산이 더 늘어난다만……."

게다가 행사 내용이 확정되지 않은 탓에, 현재 단계에서는 정확한 금액 산출도 불가능하다. 그야말로 사면초가다.

내가 이런저런 궁리를 하는 사이, 유키노시타도 자신의 생각을 정리해 나갔다.

"남은 과제는 비용 확보 방법을 논의하는 거겠구나. 학교 측의 도움을 받거나, 여기 있는 전원이 조금씩 나눠 내거나 해야겠지. 아예 다른 후원자를 찾는 것도 하나의 방법이지만, 시간상 힘들 것 같고."

"그렇겠지. 이제 일주일도 안 남았으니까."

이 시간의 제약이 생각보다 골치 아프다. 행사 내용이 결정됐다 하더라도 준비를 끝내기가 불가능해 보이는 스케줄이다.

결국 이 회의의 양상 자체를 바꿔놓지 않으면 돌파구를 마련할 수 없다.

"현실적으로 생각하면 학생회 예산으로 충당해야겠지만, 이런 기획서와 계획에 예산을 내줄 것 같지는 않네……."

유키노시타는 아까 받은 타마나와의 레쥬메를 들여다보며, 빨간 펜으로 뭔가 끄적끄적 적어 넣고 찍찍 선을 그었다. 첨삭과 메모로 순식간에 레쥬메가 새빨갛게 물들었다.

그런 유키노시타의 모습을 유이가하마는 존경어린 따스한 눈빛으로 바라보았고, 잇시키는 뜨악함과 공포가 뒤섞인 외경의 시선을 보냈다.

저런 반응을 보이는 것도 이해는 간다. 이 짧은 시간에 문제점을 정리하고 구체적인 대책을 제시하다니, 역시 대단하다. 실무적인 면에서 유키노시타를 능가할 만한 인재는 이 학교에 없을 테지.

하지만 그 유키노시타조차도 좀처럼 해결책이 떠오르지 않는지, 자기가 쓴 메모에 커다랗게 가위표를 치고는 나직하게 한숨을 쉬었다.

"하지만 문제는 그런 게 아니라고 봐. 조금 더 근본적인 무언가가……."

본인은 납득이 가지 않는 눈치였지만, 내 입장에서는 충분한 진보였다. 지금 당장 시도해볼 수 있는 일이 생긴 것만 해도 어디냐.

"일단 지금까지 생각해낸 걸로 부딪쳐보자고. 우선 학교 측에 돈 이야기를 해보잔 거였지? 추가 예산을 타낼 수 있을지 확인해봐야겠군."

그렇게 말하면서 일어서자, 유키노시타가 조금 불안한 표정으로 나를 올려다보았다. 자신 없어 보이는 유키노시타가 낯설어서, 약간 당황하고 말았다.

"……뭐, 뭐가 잘못됐냐?"

물어보자 유키노시타가 홱 시선을 돌렸다.

"아니야……. 이 정도는 너도 다 생각해봤을 줄 알았거든."

"아니, 그런 구체적인 방안까지는 생각 못 했다만."

"그래……? 그렇다면 됐지만."

그렇게 말하며 유키노시타도 몸을 일으켰다.

어쨌거나 일단은 돈부터 뜯어내야 한다. ……크리스마스 이벤트인데 대뜸 돈 문제부터 처리해야 하다니, 거참 꿈도 희망도 없구만.

×　　×　　×

초등학생들의 지도와 회의록 갱신은 다른 임원에게 맡겨놓고, 봉사부원 세 명에 잇시키를 포함한 넷이서 학교로 돌아갔다. 이번 합동 이벤트의 감독자인 히라츠카 선생님과 이것저것 상의해볼 필요가 있었다.

교무실로 들어가서 히라츠카 선생님 자리로 갔다. 그러자 히라츠카 선생님은 자기 책상에서 뭔가 서류 작업을 하는 중이었다. ……웬일이래냐. 내가 찾아갈 때마다 으레 밥을 먹거나 애니메이션을 보고 있던 양반이.

"선생님."

말을 걸자, 히라츠카 선생님이 고개를 들었다. 그리고 나와 내 뒤에 있는 유키노시타, 유이가하마를 보고 싱긋 웃었다.

"히키가야, 숙제는 제대로 해온 모양이군."

그 말에 유이가하마가 의아한 표정으로 눈을 깜빡였다.

"숙제요?"

"현대 국어에 숙제 따위 없었거든요?"

오해를 불러일으킬 소지가 있는 발언은 삼가줬으면 한다. 그러자 유이가하마가 휴우 가슴을 쓸어내렸다.

"그치? 다행이다. 깜짝 놀랐어."

유쾌하게 웃은 히라츠카 선생님이 의자를 빙글 돌려 우리 쪽으로 돌아앉았다.

"그보다…… 무슨 볼일이라도 있나?"

"네. ……잇시키, 설명하렴."

"네?! 제가요?!"

유키노시타가 호명할 때까지 완벽하게 무방비 상태였던 잇시키가 기겁했다.

"책임자는 너잖니."

힐끗 날아든 날카로운 시선에 잇시키가 우웃 신음했다. 괘, 괜찮으려나……. 새삼스럽게 저 두 사람의 관계가 좀 걱정스러워졌다. 내가 끼어들어야 하나 고민하는데, 잇시키가 한 발짝 앞으로 나섰다.

"저기요, 선생님~. 상의드릴 게 좀 있는데요……."

"흐음, 말해보도록."

그러자 잇시키가 그동안의 경위와 현재 제출된 기획안, 현안 사항으로 떠오른 예산 문제에 관해 이야기했다. 중간중간 누락된 정보와 애매한 부분은 나와 유키노시타가 보충했다.

설명이 일단락되자, 히라츠카 선생님이 의자 등받이에 몸을 기대고 다리를 꼬았다.

"그래서 예산 확보가 급선무라는 건가……."

"네."

내 대답에 히라츠카 선생님이 진중하게 고개를 끄덕이더니 입을 열었다.

"너희들은 크리스마스가 뭔지 모르는 모양이군."

"네?"

뜬금없이 뭔 소리인가 싶어 고개를 갸우뚱하자, 히라츠카 선생님이 좋은 생각이 떠올랐다는 듯 손바닥을 탁 쳤다.

"어떤 것인지 보여주지."

그렇게 말하며 책상 옆에 놓여 있던 가방을 덥석 움켜쥔 히라츠카 선생님은 부스럭부스럭 그 안을 뒤지기 시작했다. 그러다 뭔가를 척 꺼내 들었다.

"바로 이거다!"

짜잔~ 하고 직접 효과음을 넣으며, 히라츠카 선생님이 이상한 종이를 팔랑팔랑 흔들었다. 모서리가 접히고 꼬깃꼬깃 구김이 가긴 했지만, 유심히 보니 아무래도 무슨 티켓 같았다.

"디스티니 랜드 티켓이군요……."

유키노시타가 단박에 그 정체를 알아맞혔다. 그 말을 듣고 주의 깊게 살펴보니, 조그맣게 그려진 팬돌이 일러스트가 보였다.

아하, 맞다. 그러고 보니 저렇게 생겼던가. 참고로 입장할 때 내는 티켓은 티켓이라고 하지 않는다. 디스티니 랜드는 『꿈의 나라』를 표방하므로, 들어갈 때 필요한 티켓은 패스포트라고 부른다. 설정이 제법 치밀한걸.

자신만만하게 치켜든 티켓을 보며 유이가하마가 후와, 하고 중얼거렸다.

"어떻게 된 거예요? 네 장씩이나⋯⋯."

유이가하마의 물음에 히라츠카 선생님이 티켓을 탁 내려놓으며 큿, 하고 일그러진 미소를 지었다.

"사실은 결혼식 뒤풀이에서 당첨돼서 말이다⋯⋯. 그것도 두 번씩이나⋯⋯. 『혼자서 두 번 가면 되겠네!』라는 말을 두 번이나 들었지⋯⋯."

그 대답에 눈물이 왈칵 솟구쳤다.

잠깐만요! 그게 무슨 말씀이십니까! 히라츠카 선생님이라면 혼자 네 번 갔다 와서는 의외로 재미를 붙여 사비로 다섯 번째도 혼자 갈 게 뻔하다고요! 자칫하면 여섯 번째 방문에 내가 동행해버릴 정도도. 정말이지 누가 빨리 데려가 주지 않으면 여러모로 곤란하다고.

습기 찬 눈으로 바라보는 사이, 히라츠카 선생님이 담배를 꼬나물고 필터를 잘근잘근 씹기 시작했다.

"이걸 줄 테니 가서 공부하고 오도록. 디스티니의 크리스마스는 굉장하니까 참고가 되겠지. 그리고…… 기분전환도 될거다."

말을 마친 선생님이 우리를 향해 훗 하고 미소 지었다.

어차피 지금은 달리 할 수 있는 일도 없다. 취재와 기분전환을 겸한다고 생각하면 완전히 헛짓도 아니겠지.

하지만 더 유용하게 써먹으려면 이 티켓을 돈으로 바꾸는 게…… 라고 생각했지만, 옆에서 잇시키와 유이가하마가 우와~ 하고 호들갑을 피우는 바람에 말을 꺼내지 못했다.

"정말요~? 감사합니다~."

잇시키는 들뜬 기색이었지만, 개인적으로는 썩 달갑지 않았다. 무심코 그 이유를 입 밖으로 내고 말았다.

"왜 하필 지금처럼 사람이 득시글거릴 때……."

"맞아, 나도 그다지……."

유키노시타가 고개를 끄덕이며 동조했다. 하긴 저 녀석은 시끄러운 곳이나 인파에 치이는 상황을 싫어하는 모양이니까.

하지만 이 세상에는 그런 떠들썩한 분위기를 선호하는 사람도 있는 법이다. 우리의 반응에 유이가하마가 우웅, 하고 불만스러운 표정을 지었다.

"에이, 뭐 어때. 그러지 말구 가자, 응?"

"너 겨울철의 디스티니를 얕보는 거냐. 찬바람이 쌩쌩 휘몰아친다고. 바닷가라고."

"게다가 혼잡함과 장사진은 기본이잖니."

나와 유키노시타의 대답에도 유이가하마는 물러서지 않았다.

"우움……. 앗! 그치만 팬돌이!『팬의 뱀부 파이트』가 있잖아! 전에 같이 DVD 봤을 때, 가두 좋다구 했잖아!"

팬돌이라는 단어에 유키노시타가 움찔했다. 관절이 녹슨 것처럼 끼기긱 어색한 움직임으로 유이가하마를 외면한다.

"……언제든지 갈 수 있는데, 굳이 붐빌 때를 택할 필요는……."

그 부자연스러운 반응을 보고 찬스라고 생각했는지, 유이가하마가 재차 설득에 나섰다.

"생각해봐! 크리스마스니까 크리스마스 컨셉으루 꾸며놨을 거 아냐?『헌티드! 캠퍼스』두 그렇잖아!"

"틀렸어. 올해의 뱀부 파이트는 일반 버전이야. 하긴 예전에도 크리스마스 컨셉을 채용한 적은 없지만. 원래 그 세계관이 더 중요시되는 놀이기구니까."

유이가하마의 공세에 유키노시타가 번쩍 눈을 빛내며 가차 없이 반격했다. 그 말투는 평소보다 조금 매서웠다. 그 뭐냐, 어쭙잖은 팬돌이 지식은 용납 못 한다든가 뭐 그런 건가…….

그 단호한 기세에 유이가하마는 찔끔 입을 다물었고, 잇시키는 옆에서 식겁한 표정을 지었다. 히라츠카 선생님은 흥미진진한 기색으로 그 모습을 지켜보았다. 나 역시 유키노시타의 팬돌이 사랑은 익히 아는 바임에도 좀 깼다. 그래서 저도 모르게 중얼거리고 말았다.

"완전 빠삭하구만……."

"이 정도야 일반상식의 범주잖니."

그렇게 말하며 유키노시타가 휙 고개를 돌렸다. 열변을 토한 게 부끄러운지, 그 뺨은 붉게 상기된 채였다. 그나저나 그건 어느 나라 상식이냐고. 꿈의 나라?

철저하게 논파 당했음에도, 유이가하마는 포기할 줄 모르고 유키노시타의 소맷자락을 세게 잡아당겼다.

"가자아~."

"죽어도 싫어."

그러나 팬돌이 사건이 역효과를 불러왔는지, 유키노시타의 태도는 완강하기 짝이 없었다. 그러자 차츰 유이가하마의 목소리도 작아져 갔다. 그 대신 소맷자락을 붙들고 있던 손아귀에 잔뜩 힘이 들어갔다.

"……나, 유키농이랑 같이 가구 싶은데. 왜냐면 요새 쭉 그랬구, 모처럼 온 기회구……."

그 말에 유키노시타는 가만히 고개를 숙였다.

예전에는 유이가하마가 이런 식으로 애원하면 금방 함락당하곤 했는데, 오늘은 그저 머뭇거리기만 할 뿐이었다. 어떻게 대처해야 할지 감을 못 잡는 눈치였다.

……역시 그렇게 쉽게는 안 되나.

잃어버린 것은 되돌아오지 않는다. 그 사실을 뼈저리게 통감했다.

유키노시타도 유이가하마도, 그리고 나도 거리감을 파악하지 못해 혼란스러워하는 중이다.

으아, 거참 성가신 녀석들일세~. 하긴 가장 성가신 놈은 바로 저입니다만! 그래도 어쨌거나 이 사태를 초래한 장본인은 바로 나다. 그러니 그에 상응하는 책임을 져야겠지.

머리를 벅벅 긁으며, 디스티니 쪽 지식을 총동원해보았다.

내 치바 지식을 얕잡아보면 곤란하다. 치바와 관련된 일에는 유독 머리가 팽팽 돌아가는 게 나란 남자다. 그런 특성은 도쿄 디스티니 랜드에도 똑같이 적용된다. 나 정도 경지에 오른 치바인이라면 『디스티니 랜드는 도쿄일까요, 치바일까요?』라는 질문을 받을 경우 『꿈의 나라지롱, 하핫♪』이라고 가성으로[24] 대답할 수 있을 정도다. 참고로 그 퀴즈, 정답은 치바다.

치바와 디스티니 관련 지식을 모조리 끄집어내다 보니, 번뜩 뇌리를 스치고 지나가는 게 있었다.

"캐릭터 상품."

"응?"

내 말에 유키노시타가 고개를 갸웃했다.

"캐릭터 상품이라면 팬돌이 크리스마스 버전이 나왔을 거 아냐? 그중에서 코마치한테 줄 크리스마스 선물을 골라볼까 하는데……."

단순한 캐릭터 상품이라면 유키노시타가 이미 클리어했을 가능성이 있다. 그렇지만 시즌 한정에 선물 고르기라는 명분까지 더해지면 조금은 상황이 달라지겠지.

---

[24] **가성** 미키 마우스 흉내. 월트 디즈니가 가성으로 미키 마우스 목소리를 녹음한 데서 따온 것.

내 의도를 간파했는지, 유이가하마가 반색했다.

"아, 그거 괜찮겠다! 가서 다 같이 고르자!"

유이가하마가 양손으로 유키노시타의 손을 덥석 움켜쥐었다. 그러자 유키노시타도 저항을 포기하고 어깨에서 힘을 뺐다.

"……정 그렇다면 하는 수 없구나."

"응!"

천진난만하게 기뻐하는 유이가하마의 모습을 미소 띤 얼굴로 지켜보던 유키노시타가 갑자기 나를 돌아보았다. 그리고 조금 진지한 표정으로 물었다.

"코마치, 팬돌이 좋아하니?"

"엉? ……어, 뭐어."

"그랬구나. 몰랐어. 그렇다면 고르기가 조금 까다롭겠는 걸……."

그렇게 말하면서도 유키노시타의 얼굴은 어딘가 흐뭇해 보였다. 팬돌이 동지가 생겼다고 여기는 건지도 모른다.

……일 났다. 무심코 적당한 이유를 지어내 버렸는데, 코마치한테 팬돌이 공부를 해놓으라고 일러줘야 하나……? 그, 그래! 코마치라면 적당히 장단을 맞출 수 있겠지! 믿는다! 아마도 팬돌이 퀴즈를 틀렸다간 불벼락이 떨어질 테지만, 코마치라면 괜찮아! 오빠는 널 믿는단다!

마음속으로 코마치에게 사과하는데, 어디선가 툴툴거리는 소리가 들려왔다. 고개를 돌리자, 잇시키가 입술을 삐죽 내밀고 새치름한 눈으로 우리를 바라보고 있었다.

"뭐냐?"

"아뇨~. 뭐 그냥요~."

물어봤지만 잇시키는 시큰둥한 기색으로 휙 고개를 돌려버렸다. 그러다 아, 하고 뭔가 생각났다는 표정으로 다시 우리를 돌아보았다.

"그보다 이거요~. 우리 넷이서 가는 거예요~?"

듣고 보니 그랬다. 티켓이 네 장이니 그렇게 되는 게 일반적이겠지만, 곰곰이 생각해보니 남자가 나 한 명뿐이면 완전 고역이잖아……. 역시 관두면 안 될까 싶어 히라츠카 선생님을 바라보자, 선생님이 능글맞게 웃었다.

"그야 그렇지. 너희들의 취재도 겸하는 셈이니까."

"아뇨, 그래도……."

막 반론을 하려는데, 유키노시타가 팔짱을 끼며 고개를 갸웃했다.

"나는 연간 패스포트가 있으니까 한 장이 남겠구나."

연간 패스포트(年パス, 넹파스)라니 진짜냐, 대체 얼마나 광팬인 거냐……. 연간 패스포트로 유키농비요리 하는 거냐농? 넹파스~.

유키노시타가 제공한 정보에 잇시키가 돌연 생기를 되찾았다.

"아, 그럼 한 명 더 부르는 편이 낫겠네요~. 균형도 맞춰야 하니까요~."

잇시키가 생긋 웃었다. 그 미소를 보자 불길한 예감이 들었다.

"누구를 부르려고……?"

"비·밀·이·에·요."

집게손가락을 세우며 찡긋 윙크를 날리는 잇시키. 그 짜증
나는 반응 덕분에 잇시키가 내 질문에 대답할 마음이 없다는
것도, 누구를 부를 작정인지도 깨닫고 말았다.

×　　×　　×

이튿날인 토요일, 아침부터 일찌감치 집을 나섰다.

어제 약속한 디스티니 랜드 취재를 위해서다. 집합 장소인
마이하마 역까지는 전철로 20분밖에 걸리지 않는다. 이럴 때
만큼은 치바인은 모두의 부러움을 산다. 덤으로 치바 사람들
은 다들 디스티니 랜드에서 성인식을 치르죠? 라면서 부러워
하는 경우도 많은데, 그런 호사를 누리는 건 우라야스 시 주
민들뿐이다. 대부분의 치바 사람들하고는 관계가 없다.

그런 잡생각을 하며 흔들리는 전철을 타고 가다 보니, 창밖
으로 디스티니 리조트의 풍경이 펼쳐지기 시작했다.

무심코 오오~ 하고 나직한 탄성을 흘리고 말았다. 설령 디
스티니에 큰 관심이 없다 해도, 순백의 성과 뭉게뭉게 연기를
피워 올리는 활화산 모양의 놀이기구가 눈에 들어오면 가슴
이 뛰기 마련이다.

목적지인 마이하마 역에 도착해 설레는 마음으로 전철에서

내렸다. 디스티니 노래에서 따온 발차 벨 소리와 독특한 모양의 시계 등, 역사 안에서부터 사람의 기대감을 부추기는 것들이 넘쳐났다. 이 정도로 과시해대면, 좋든 싫든 이제부터 디스티니에서 놀게 될 거란 사실을 강하게 의식할 수밖에 없다.

홍겨운 기분으로 개찰구를 나서자, 바로 눈앞이 약속 장소였다. 다른 애들은 아직 안 왔나? 하고 주위를 두리번대는데, 나를 부르는 소리가 들렸다.

"힛키, 야헬롱~!"

밖에서 그 인사 하지 말라고……. 돌아보기도 전에 누구인지 깨닫고 말았다. 고개를 돌리자 방울 달린 니트 모자를 쓴 유이가하마가 힘차게 손을 흔드는 게 보였다.

한껏 들뜬 탓인지 베이지색 코트는 벗어서 팔에 걸친 채였고, 넉넉한 기장의 니트 스웨터에 목에는 긴 머플러, 손에는 벙어리장갑을 끼고 있었다. 추위에는 철저하게 대비해온 눈치였다. 다만 레깅스를 신기는 했어도 미니스커트 밑으로 드러난 다리는 조금 추워 보였다. 그 대신 발에는 뭔가 몽실몽실해 보이는 짧은 부츠를 신어 균형을 맞추었다.

반면에 그 옆에 서 있는 유키노시타는 새하얀 코트를 목깃까지 단단히 여민 채였다. 검은 장갑에는 풍성한 털이 달려 있었고, 타탄체크 머플러도 따뜻해 보였다. 유키노시타도 약간 짧은 기장의 플리츠스커트를 입었지만, 검은 타이즈에 롱부츠를 신어서 추워 보이는 느낌은 없었다.

"여어, 빨리 왔네."

두 사람이 서 있는 안내판 앞으로 다가가며 말을 걸었다.

"5분 전 집합은 사회생활의 기본이잖니."

유키노시타가 태연하게 대꾸했다. 그러자 유이가하마도 고개를 끄덕였다.

"맞아맞아, 유키농 진짜 일찍 왔어. 나두 꽤 빨리 왔다구 생각했는데, 유키농이 첫번째더라구."

"……전철이 붐비는 게 싫었을 뿐이야."

유키노시타가 그렇게 말하며 홱 고개를 돌려버렸다. 그러자 새하얀 코트와 선명한 대조를 이루는 검은 머리카락이 찰랑나부꼈다.

유키노시타, 오늘 디스티니 오는 거 엄청 기대했나 보구나……. 찌잉~.

어쨌거나 이것으로 세 명은 모였다.

"이제 잇시키만 오면 되냐?"

"아, 이로하는 저기 있어."

유이가하마가 가리키는 쪽을 돌아보니, 때마침 역 안 편의점에서 나오는 잇시키가 보였다. 그리고 곧바로 뒤따라 나오는 녀석이 있었다. 하야마 하야토였다.

……뭐 예상대로구만. 하긴 잇시키니까. 울며불며 매달리고 애걸복걸하는 등, 온갖 수단을 동원해서 열심히 꼬드겼을 테지.

아무래도 오늘은 이렇게 다섯이서 같이 다니게 될 모양이다.

그렇게 생각하기가 무섭게 하야마 뒤에서 미우라가 나타났다. 게다가 미우라 뒤에서 토베와 에비나 양마저 모습을 드러냈다.

눈을 쓱쓱 부비고 다시 그 광경을 확인했다.

유이가하마와 유키노시타 ← 납득.

잇시키와 하야마 ← 뭐, 납득.

미우라, 토베, 에비나 양 ← 납득 불가.

이게 대체 어떻게 된 일이냐고…….

"야, 쟤들은 왜 여기 있는 거냐……."

예상치 못한 광경에 설명을 요구하며 유이가하마와 유키노시타를 돌아보았다. 그러자 유키노시타가 흘끗 유이가하마를 곁눈질했고, 유이가하마는 움찔 어깨를 떨었다.

"그, 그게……."

슬그머니 시선을 피하며, 유이가하마가 니트 모자에 달린 방울을 만지작거렸다. 평상시의 당고머리 대신인 모양이다.

"그, 그치만 원래 같이 놀기루 했었구……. 게, 게다가 일방적으루 이로하 편만 들어줄 순 없잖아! 나두 가운데 껴서 난감하다구!"

유이가하마가 머리를 쥐어뜯었다. 그러자 유키노시타가 나직하게 한숨을 쉬었다.

나도 덩달아 한숨을 짓고 싶었지만, 그 전에 다짐을 받아둘 게 있었다. 머리를 싸매고 우웃 신음하는 유이가하마에게 엄격한 시선을 보냈다.

"마음대로 데려오면 못 쓴다. 책임지고 돌볼 수 있지?"

"으, 으응!"

번쩍 고개를 들며 유이가하마가 대꾸했다. 그러자 그 모습을 지켜보던 유키노시타가 입을 열었다.

"그렇다면 괜찮지 않을까? 어차피 우리하고는 얽힐 일도 별로 없을 테고."

"유키농……."

유이가하마가 살짝 감동한 눈빛으로 유키노시타를 바라보았다. 야야, 착각이라고. 방금 그건 단순한 나랑은 상관없어 선언이라고…….

"그럴지도 모르겠다만……."

대답하는 사이, 조금 다른 부분이 마음에 걸리기 시작했다. 일단 그 문제에 관해서도 언급해두는 편이 좋겠지.

"유이가하마…… 응원이니 뭐니 공연히 끼어들지 않는 게 좋지 않겠냐?"

"아, 응……. 그렇긴 한데……."

내 지적에 유이가하마가 표정을 흐리며 고개를 수그렸다.

지금의 우리는 아직 남의 연애 문제에 관여할 수 있을 정도로 어른이 아니다. 그러니 틀림없이 수많은 실수를 저지르고 말 거다. 이것만큼은 분명하게 이야기해둬야겠다고 생각했다.

유이가하마가 뭔가 생각에 잠긴 기색으로 니트 모자를 만지작거렸다. 시선은 여전히 아래를 향한 채였지만, 그 모습만 보아도 유이가하마 역시 그 사실을 안다는 걸 느낄 수 있었다.

"……이미 불러버린 걸 어쩌겠냐. 취재나 촬영에 도움을 받을 수도 있을 테고, 마침 잘됐지 뭐."

실제로는 큰 기대 없이 그렇게 말했다. 그 말에 유이가하마도 마침내 고개를 들었다.

"응, 그러게……."

유이가하마가 조금 힘겹게 웃어 보였다. 그 모습을 지켜보던 유키노시타가 머리카락을 쓸어내리며 유이가하마를 향해 희미하게 미소 지었다.

"취재를 할 생각이라면 어느 정도 코스를 짜놓는 편이 좋겠구나."

그 말에 유이가하마의 얼굴이 확 밝아졌다.

"아, 그치?! 그럼 우리 뭐부터 탈까?"

"글쎄다, 저건 어떠냐?"

케이요선 플랫폼에 서 있는 전철을 돌아보며 말했다.

"전철?! 그렇게 집에 가구 싶어?!"

그렇게 잡담을 나누는데, 잇시키 일행이 합류했다.

"선배님, 안녕하세요~."

"오냐."

잇시키의 인사에 가볍게 화답했다. 그러자 옆에 있던 하야마도 온화한 미소를 지으며 내게 인사를 건넸다.

"……왔구나."

"……그래."

오가는 대화는 짧았다. 하지만 그것을 보충할 만큼의 시선이 교차했다. 나는 하야마의 그 미소 뒤에 숨겨진 것이 무엇인지 간파하려 했고, 하야마도 내 안의 무언가를 관찰하는 듯한 느낌이 들었다.

그때, 불현듯 등줄기가 오싹해졌다.

헉! 살기! 아니, 부(腐)기?! 심상치 않은 기운을 느끼고 홱 돌아보자, 부힛 미소 짓는 에비나 양이 보였다. 그러다 나와 눈이 마주치자, 부기를 싹 거두고 쾌활하게 손을 흔들어 보였다.

"헬로헬로~."

"어라? 히키오도 온 거~?"

에비나 양 뒤에서 이쪽을 살피듯 미우라가 얼굴을 내밀었다. 그러자 옆에 있던 토베가 푸핫 웃음을 터뜨리며 박장대소했다.

"뭐래, 유미코. 히키오라니 완전 빵 터져~. 히키타니걸랑?"

둘 다 아닙니다만…….

"그럼 다 모인 것 같으니까 들어갈까요?"

잇시키가 일동을 둘러보며 말하자, 모두가 동의하며 걸음을 옮겼다.

입장 대기 줄에 서서 티켓을 패스포트로 교환한 다음, 입구를 통해 안으로 들어갔다.

광장 같은 곳으로 나오자, 저도 모르게 탄성이 터져 나왔다.

문 안쪽으로 보이는 커다란 크리스마스트리와 화려한 일루미네이션, 서양풍 건물이 줄줄이 늘어선 메인 스트리트, 그 뒤편에 위치한 순백의 성.

마치 영화 속의 한 장면 같았다. 크리스마스를 모티브로 한 영화에 자주 등장하는 광경이 눈앞에 펼쳐졌다. 순간적으로 여러 영화들이 뇌리를 스쳐 갔다. 하지만 어찌 된 영문인지 『나 홀로 집에 2』가 제일 먼저 떠올랐다. 이상하다. 다른 영화도 이것저것 많이 봤는데…….

일단 취재라는 목적도 있으므로 점퍼에서 디카를 꺼내 들고 찰칵찰칵 셔터를 눌렀다.

그러는 사이 여자애들은 꺅꺅거리며 크리스마스트리 앞에서 사진을 찍으려고 줄을 섰다. 유키노시타도 유이가하마와 함께 조금 곤혹스러운 기색으로 그 행렬에 끼어 있었다. 저런 분위기가 영 낯선 눈치였다. 물론 남자들도 하야마가 동행한 탓에 그 대열에 가세할 수밖에 없었다.

그리고 호들갑스러운 여자애들보다 더 시끄러운 사람이 있었으니, 바로 토베였다. 여자애들 뒤에 서서 트리를 바라보며 환호성을 질러댔다.

"우옷~! 트리 쩔어~! 기분 완전 업되는데~!"

그런 토베를 보며 하야마가 쓴웃음을 지었다.

한동안 기다린 끝에 마침내 우리 차례가 돌아왔다. 사진은 이곳 스태프가 찍어주므로, 내가 나설 필요는 없어 보였다.

전원이 다 함께 찍고 난 다음, 여자끼리 찍었다가 하야마, 미우라, 잇시키 셋이서 찍었다가 유키노시타와 유이가하마 둘이서 찍는 등, 갖가지 패턴으로 사진을 찍었다. 그 모습을 보고 있자니 저절로 수학의 순열과 조합이 떠올랐다.

마침내 촬영이 끝나고 이동해야겠다 싶어 발길을 돌리는

데, 유이가하마가 휴대폰을 한 손에 들고 다가왔다.

"힛키, 많이 기다렸지?"

옆에 있는 유키노시타는 고작 사진 몇 방에 녹초가 됐는지, 힘없이 한숨을 쉴 따름이었다. 뭐야. 영혼이 빨려나간 거냐, 이 녀석.

그런 유키노시타의 손을 유이가하마가 꼭 움켜쥐었다. 그리고 내 머플러를 쭉 잡아당겼다. 돌발적인 행동에 그만 고꾸라질 뻔했다. 유이가하마의 얼굴이 코앞에 있었다. 그리고 맞은편으로 유키노시타의 놀란 표정이 눈에 들어왔다.

이윽고 찰칵찰칵 사진 찍는 소리가 잇달아 터져 나왔다. 하나는 유이가하마의 휴대폰에서, 또 하나는 조금 떨어진 위치에 서 있는 에비나 양쪽에서 들려왔다.

"유이, 찍었어."

"아, 고마워."

에비나 양에게서 디카를 받아든 유이가하마가 꼼지락꼼지락 버튼을 눌러 사진을 확인하기 시작했다.

"……유이가하마."

"맘대로 찍지 말라고……."

나와 유키노시타의 목소리가 겹쳐졌다. 유키노시타는 눈썹이 꿈틀 올라간 게 조금 화가 난 눈치였다. 하지만 유이가하마는 그런 우리의 반응에도 아랑곳없이 천연덕스러운 표정으로 대꾸했다.

"그치만 말함 둘 다 못 찍게 할 거잖아."

"아니, 난 그럴 생각 없다만……."

오히려 말해주는 편이 나았을 거다. 마음의 준비가 됐을 테니 그나마 무난하게 찍혔겠지. 방금 그 사진은 얼굴이 시뻘겋게 나왔을 것 같아서 무진장 곤란하다.

"……그렇다고 멋대로 찍어도 되는 건 아니잖니."

유키노시타가 한숨을 쉬었다. 그러자 유이가하마도 미안한 마음이 들었는지, 풀죽은 표정을 지었다.

"미, 미안해. 다음에는 꼭 허락받을게."

"……다음은 없어."

생긋 웃는 얼굴이었지만, 그 목소리는 유독 차가웠다. 그 말을 끝으로 유키노시타는 쌩하니 몸을 돌려 빠른 속도로 성큼성큼 멀어져갔다.

"미, 미안하대두! 유키농, 기다려~!"

유이가하마가 허둥지둥 유키노시타를 따라나섰다. 그러자 유키노시타의 걸음걸이가 서서히 느려졌고, 이윽고 둘은 나란히 걸어가기 시작했다.

나는 두 발짝 뒤에서 그 모습을 지켜보았다.

줄곧 애매했던 두 사람의 거리감은, 이것으로 원상회복이다.

× × ×

스페이스 유니버스 마운틴. 한마디로 우주의 마운틴이다.

우리는 3대 롤러코스터 중 하나인 그 우주의 마운틴을 타려고 줄을 서려던 참이었다.

스페만(스페이스 유니버스 마운틴의 약칭)의 돔 앞까지 왔을 때, 유키노시타가 팔짱을 끼며 고개를 갸웃했다.

"여기는 크리스마스 분위기가 별로 안 나니까 참고가 안 될 것 같은데……?"

고지식한 유키노시타답게, 행사에 활용하기 위한 취재라는 오늘의 방문 목적을 잊지 않은 눈치였다.

하지만 함께 있는 유이가하마는 별생각이 없는지, 돔 옆을 가리키며 말했다.

"아, 그치만 봐봐. 저쪽에 크리스마스 화환이 걸려 있잖아. ……그니까 타자!"

"그건 아무 데서나 볼 수 있는 거잖니……."

실제로 유이가하마가 가리킨 것은 디스티니 랜드 공통의 크리스마스 화환인지, 여기저기서 자주 눈에 띄었다. 그야말로 스페만에 타기로 작정하고 갖다 붙인 핑계 수준이다.

하긴 히라츠카 선생님도 기분전환이라고 했고, 그게 꼭 나쁜 것만은 아니다만…….

유이가하마가 강아지 같은 눈망울로 바라보자, 결국 포기했는지 유키노시타가 휴우 한숨을 쉬었다.

"……알았어. 딱 한 번만이야."

그러자 앞에 서 있던 잇시키가 우리를 돌아보며 말했다.

"어차피 놀이기구 하나당 한 번밖에 못 탈 것 같으니까 괜찮지 않을까요~?"

"엇, 그러냐?"

"네. 기왕이면 폭넓게 구경하는 편이 좋을 것 같아서요."

아하, 그런 의도였나. 설명을 듣고 납득했다.

오늘의 코스는 잇시키가 짰다.

트리 앞에서 사진을 찍은 후에는 카리브 해의 해적왕을 탔고, 내친김에 쭉 가서 블랙 썬더 마운틴의 패스트 패스#25를 끊은 다음, 빙 돌아서 투모로우 네버 존으로 왔다. 이걸 타고 나면 십중팔구 또 다른 구역으로 가게 되겠지.

자고로 많은 치바 사람들은 디스티니 랜드를 도는 순서에 기묘한 집착을 보여, 방문 목적에 맞추어 가장 효율적인 동선을 고안해오곤 한다. 그러한 작업은 경험에 크게 좌우되는 만큼, 지리적으로 유리한 입장인 치바인만의 특성인지도 모른다.

유키노시타도 수긍했으므로, 다 함께 스페만 줄 끝으로 가서 주르륵 늘어섰다.

행렬 앞에는 하야마 일행이, 맨 뒤에는 유키노시타와 유이가하마가 나란히 섰다. 스페만은 좌석이 두 개씩 붙어 있으므로, 사람들도 자연스럽게 두 줄로 서서 기다리는 경우가 많다.

"유키농, 같이 타자."

"그, 그래. ……이게 과연 도움이 될까?"

유키노시타와 유이가하마는 이미 함께 타기로 결정한 눈치였다.

#25 패스트 패스 탑승 예약권 개념으로, 미리 끊어두면 정해진 시간에 바로 그 놀이기구에 탑승 가능함.

으음. 예전과 완전히 똑같은지는 모르겠지만, 어쨌거나 두 사람의 관계는 평화로워 보였다.

그 무렵, 저 앞쪽에서는 지옥도를 방불케 하는 광경이 펼쳐지는 중이었다.

다들 두 줄로 서 있는 와중에, 언뜻 봐도 세 줄인 곳이 한 군데 있었다.

하야마를 중심으로 그 양옆을 꿰찬 미우라와 잇시키가 그 주인공이었다. 미우라와 잇시키는 틈만 나면 하야마에게 말을 걸었고, 그때마다 흘끗 서로를 견제했다.

뒤에 있어서 하야마의 표정은 보이지 않았지만, 왠지 난처한 미소를 짓고 있을 것 같았다.

디스티니 효과인지, 미우라와 하야마 사이는 양호해 보였다.

그리고 그 뒤에서 끙끙거리며 고뇌하는 녀석이 보였다.

"끄어, 우쩌지. 난 우쩌면 좋으냐고!"

토베가 뭔가 중얼중얼 혼잣말을 늘어놓았다. 그러다가 마침내 결심이 섰는지, 쿠옷 고개를 들고 하야마 쪽으로 돌진했다.

"하야토오~! 우리 같이 타자~!"

세 사람 사이로 냅다 끼어들자, 미우라와 잇시키가 토베에게 따가운 눈총을 보냈다.

"토베, 너 진짜……."

"토베 선배님, 방해되거든요♪"

미우라는 눈살을 찌푸리며 사납게 째려보았고, 잇시키는

생긋 웃으며 독설을 날렸다.

으아, 저쪽은 아주 냉기가 줄줄 흐르는구만……. 보는 내가 다 오싹해진다고…….

하지만 오늘의 토베는 물러서지 않았다. 손을 척 모으고 두 사람에게 통사정을 한다.

"아니 그게, 사실 내가 좀 글찮어? 스페만 같은 거, 진짜 쩔게 무섭걸랑. 제발 이번 한 번만 좀 봐주라, 응?"

""뭐어?""

무심코 나이스 커플링이라고 외치고 싶어질 만큼 환상적인 하모니였다. 그 반응에 토베도 히익 비명을 지르고 말았다. 그때 구원의 손길이 뻗어왔다.

"그래, 토베. 같이 타자."

"하야토……."

왠지 오, 마음의 벗이여~ 같은 대사가 들려올 것만 같은 느낌으로, 토베가 하야마에게 덥석 매달렸다. 미우라가 그 모습을 「하야토, 자상해……」라는 눈빛으로 바라보았다.

이 부분만 보면 꼭 하야마가 선심을 쓴 것처럼 느껴지지만, 전체적인 흐름을 살펴보면 그렇지도 않다. 도움을 받은 쪽은 하야마고, 미우라와 잇시키도 어떤 의미에서는 도움을 받은 셈이다.

토베, 좋은 녀석이구만……. 아마도 극장판에서는 더 좋은 녀석이겠지.

감탄하며 지켜보는데, 토베가 앞줄로 끼어든 탓에 에비나 양이 뒤로 밀려났다. 그리고 피식 웃었다.

"토벳치, 고생이 많네."

강 건너 불구경까지는 아니어도, 명확한 거리감이 느껴지는 말이었다. 에비나 양은 지금도 그 수학여행 때와 달라진 게 없는 걸까. 그 순간 뚜렷하게 공유했던 감정을, 여태 변함없이 간직하고 있는 걸까.

그것이 궁금해져, 불현듯 묻고 말았다.

"그러게나 말이다. ……도와주지 그러냐?"

에비나 양은 잠시 고민하며 발치로 시선을 떨구었다.

"으음……"

하지만 그것도 잠시뿐, 이윽고 휙 고개를 치켜들더니 안경을 번쩍 빛냈다.

"부후후, 차라리 히키타니가 도와주고, 토베하치로 가보는 건 어때? 겨울 코미케, 지금부터 준비하면 낱장 배포본 정도는 낼 수 있을지도!"

"사양하마……"

"히키타니가 이상한 소리를 하니까 그렇지."

되돌아온 목소리는 싸늘했다. 에비나 양의 얼굴을 살폈지만, 렌즈 너머의 눈동자는 반사광 때문에 제대로 보이지 않았다.

"히키타니한테는 우리보다 더 신경 써야 할 게 있잖아?"

"……"

그 말이 무엇을 의미하는지는 굳이 확인할 필요도 없었다.

그래서 침묵을 지켰다. 그러자 에비나 양이 다 알면서 괜히 너스레를 떨었다.

"이를테면 하야토라든가!"

"안 써, 안 쓴다고."

단칼에 부정하자, 에비나 양이 사뭇 유쾌한 기색으로 웃었다. 그러다 웃음을 거두고는 살짝 목소리를 내리깔았다.

"……그때 일은 미안해."

"엉?"

생뚱맞게 왠 소리인가 싶어 되묻자, 에비나 양이 뒷사람에게 들리지 않도록 한껏 목소리를 낮추고 속삭였다.

"한동안 서먹했던 거, 그때 일 탓이었으려나?"

"……아냐."

수학여행 때의 그 사건은 하나의 기폭제에 불과했고, 언젠가는 반드시 이번과 같은 사태가 벌어졌을 거다. 그것은 에비나 양의 책임이 아니라, 결국 나의 선택이었다.

"그럼 다행이지만."

"너희들은 괜찮냐?"

"……응, 덕분에."

에비나 양이 안경 위치를 손가락으로 쓱 바로잡았다. 삐뚤어진 것처럼 보이지는 않았지만, 그래도 에비나 양은 분명 뭔가를 조정한 거겠지.

그 후로 나와 에비나 양은 별다른 대화도 없이, 묵묵히 우리 차례가 오기를 기다렸다.

말을 한다고 그것이 꼭 진실이라는 보장은 없다.

그 사실을 나는 에비나 양의 의뢰를 통해 알게 되었다.

그리고 안다고 생각하면서도 간과하고 마는 것이 있다는 사실을, 지금은 알고 있다.

틀림없이 에비나 히나는 또 하나, 작은 거짓말을 했을 테지.

×　×　×

스페만에서 내리자 다리가 휘청거렸다. 고속으로 빙글빙글 회전하는 사이에는 못 느꼈지만, 단숨에 중력이 되돌아온 듯한 감각에 사로잡혔다. 이것이 G의 레콘키스타…….

물론 그 감각은 나뿐만 아니라, 정도의 차이는 있을지언정 다른 녀석들도 느끼는 중이었다. 특히나 잇시키는 히잉~ 하고 처량한 소리를 내며 비틀비틀 걸어갔다.

그런 잇시키의 손을 누군가 꽉 붙들었다.

"고, 고맙습니다……."

잇시키가 희미한 미소를 지으며 감사 인사를 하자, 상대방이 성가시다는 듯 한숨을 쉬었다.

"됐고, 너 괜찮아?"

"아, 미우라 선배님이셨군요……."

단박에 잇시키의 미소가 사그라졌다. 그러자 미우라가 허겁지겁 페트병을 내밀었다.

"헉, 너 진짜 안색이 안 좋거든? 물 줄까?"

"아, 저기, 괜찮은데요……. 고맙습니다……."

잇시키가 당황한 기색으로 더듬더듬 고마움을 표시하며 페트병을 받아들었다.

……미우라, 착하구만~.

물론 잇시키는 하야마가 챙겨주기를 바란 거겠지만. 미우라의 저 엄마 기질 앞에서는 약한 척도 효과가 없겠는데…….

휘청거리는 잇시키를 미우라에게 맡기고, 우리는 다시 이동을 개시했다.

스페만 주변은 인기 있는 놀이기구가 많아서인지 엄청나게 혼잡했다. 그 인파 속을 흐느적거리며 걸어가는 녀석이 한 명 더 있었다. 보다 못한 유이가하마가 말을 걸었다.

"유키농, 괜찮아?"

"괜찮아……. 사람에 치여서 힘든 것뿐이니까……."

그걸 괜찮다고 해도 되는 거냐……. 아무튼 그 심정은 이해한다. 나도 이놈의 인파에 아주 신물이 나던 참이니까.

이래가지고 중간에 뻗어버리는 거 아닌가……? 걱정스러운 마음이 들었지만, 다음 목적지에 도착할 때쯤 유키노시타는 완전히 기운을 되찾았다.

네네, 맞습니다! 다음 코스는 바로 『팬의 뱀부 파이트』입니다~!

이 뱀부 파이트, 유키노시타의 사전 정보에서도 언급됐지만, 크리스마스 분위기가 한창인 디스티니 랜드 안에서 그딴 건 내 알 바 아니야! 난 구정이 더 중요하다고! 라고 부르짖듯 크리스마스다운 구석이라고는 눈 씻고 찾아봐도 없었다. 따라서 이벤트에는 전혀 참고가 안 될 것 같았지만, 이번에는 유키노시타도 불평 한 마디 없이 줄을 섰다. 뭐 저야 별 상관은 없습니다만……

줄이 길기는 했지만 내 주특기인 하염없이 멍 때리기 신공을 쓴 덕분에, 기다리기가 그리 힘들지는 않았다.

이윽고 건물 안으로 들어서자, 따스한 온기에 후우 한숨이 새어나왔다.

"그럼 어떤 순서루 탈까?"

유이가하마의 말에 잇시키와 미우라가 임전상태에 돌입했다. 비록 아까 신세를 졌을지언정, 잇시키도 양보할 마음은 없는 눈치였다. 또다시 토베가 헉, 하고 온몸을 긴장시켰다.

하지만 토베의 걱정은 기우로 끝났다.

앞에서 움직이는 표주박 모양의 탑승기구를 보니, 서너 명은 너끈히 소화할 듯했다.

고로 하야마 팀 세 명은 정해졌다. 남은 조합은 어떻게 되나 생각하는데, 금방 우리 차례가 돌아왔다.

유키노시타가 유이가하마를 불렀다.

"갈까?"

"응."

그 대답과 함께 유이가하마도 유키노시타 옆에 나란히 섰다.

하긴 그럴 만도 하다. 오늘 유키노시타는 줄곧 유이가하마 곁을 떠나지 않았다. 따라서 이 뱀부 파이트도 저 둘이 함께

타는 게 자연스럽다.

　그럼 내 파트너는 토베와 에비나 양인가……. 엄마야 난 몰라 그거 엄청 뻘쭘하잖아. 비록 연기였다지만 그래도 고백한 상대와 그 연적인데. 이거 혼자 타도 괜찮으려나? 알려주세요, 유키피디아 양~ 하고 바라보니, 유키노시타는 위풍당당하게 표주박에 올라타는 중이었다.

　뒤이어 유이가하마가 표주박에 올라타려 했다. 그러다 문득 이쪽을 돌아보더니, 잰걸음으로 다가와 내 소매를 붙잡았다. 그리고 고개를 수그린 채, 소맷자락을 잡아당겨 표주박 쪽으로 끌고 왔다.

　"히, 힛키, 얼른 타."

　"엇, 잠깐, 난 토베하고……."

　토베와 함께 타고픈 마음은 털끝만큼도 없었지만, 반사적으로 마음에도 없는 소리를 하고 말았다.

　"그냥 타. 뒷사람들 기다린다구."

　그렇게 말하면 얌전히 타는 수밖에 없다. 이윽고 승강구 문이 닫혔고, 스태프 누님이 "가자! 뱀부 파이트의 세계로! 즐거운 여행 되시길~."이라며 손을 흔들어 우리를 배웅했다.

　그렇게 잠시 어둠을 헤치며 나아가던 표주박 앞쪽에서, 별안간 붉은색과 오렌지색 불빛이 터져 나왔다. 그 불빛 때문인지, 고개를 수그린 유이가하마의 옆얼굴이 발그스름하게 물들었다. 그 자세로 눈만 빼꼼 들어 나를 올려다본다. 덕분에 왠지 쑥스러워졌다.

자리 배치는 유키노시타, 유이가하마, 나 순서였다. 나는 최대한 구석에 붙어 앉았고, 유이가하마도 내게서 조금 거리를 두었다. 그러다 보니 유키노시타에게 할당된 자리가 줄어들었다.

"……비좁아."

유키노시타가 불쑥 혼잣말을 했다.

"아, 미안."

유이가하마가 찔끔 이쪽으로 당겨 앉았다. 줄어든 간격만큼 바깥쪽으로 힘껏 몸을 붙였다. 그래서 우리의 거리는 크게 변하지 않았다.

표주박은 계속 전진했고, 이윽고 커다란 스크린 앞에 이르렀다.

화면 속의 팬돌이는 종횡무진 뛰어놀았고, 화면 밖의 팬돌이 인형도 실내를 마구 헤집으며 폴짝폴짝 뛰어다녔다.

우리가 탄 표주박도 그 팬돌이의 움직임을 쫓듯 거침없이 실내를 누볐다.

"오오, 이거 끝내주는데……?"

"조용히 하렴."

솔직한 감상을 피력하자, 유키노시타의 타박이 날아들었다.

설마 했던 잡담 금지……. 대체 얼마나 몰입한 거냐…….

하지만 잠자코 있으려니 표주박이 격렬하게 움직여서 이따금 팔꿈치와 팔꿈치가 부딪치고 팔과 팔이 닿는 바람에 자꾸만 신경이 곤두섰다. 정말이지 심장에 좋지 않다.

중간부터 스토리는 머리에 들어오지 않았고, 오로지 마음을 비우는 데에만 전념했다.

×　×　×

　『팬의 뱀부 파이트』 밖으로 나오자, 바로 앞에 팬돌이 캐릭터 매장이 있었다.
　먼저 나간 하야마 일행은 그 입구에서 기다리고 있었고, 우리 다음 차례였던 에비나 양과 토베도 금방 뒤따라 나왔다.
　"이야, 역시 팬돌이는 짱이라니까~!"
　에비나 양하고 단둘이 타서 좋았는지, 토베는 입이 아주 귀에 걸렸다. 그리고 또 한 사람, 얼굴에 윤기가 자르르 흐르는 녀석이 있었다.
　유키노시타다.
　몹시 만족스러운 기색으로 후우 흐뭇한 숨결을 토해낸다. 하긴 그야말로 원 없이 즐기셨으니까……
　"저기, 힛키. 여기 팬돌이 샵이 있는데, 어떡할까?"
　반 발짝 뒤에 있던 유이가하마가 내 등을 쿡쿡 찌르며 물어왔다. 그 말에 뒤돌아보는 대신 그대로 팬돌이 상점에 눈길을 주었다.
　"흐음……."
　유키노시타한테 해놓은 말도 있으니, 여기서 코마치에게 줄 선물을 골라야겠지.

"미안한데, 우린 여기서 쇼핑 좀 하고 가마."

하야마 일행을 향해 말하자, 잇시키가 품 키득키득 웃었다.

"어머, 선배님. 여기서 뭔가 사시려고요?"

"……여동생 선물이다만."

뭐가 그렇게 웃기냐, 이로하스……. 구태여 지적하지 않아도 이런 데서 쇼핑하는 게 나랑 안 어울린다는 것쯤은 안다고.

"그럴래? 그럼 우리는 어떡할까?"

하야마가 다른 일행들에게 물었다. 그러자 미우라가 팬돌이 매장에서 휙 고개를 돌려 출구 쪽을 보았다.

"나아, 패스."

그 대답에 에비나 양이 어라, 하는 눈빛으로 물었다.

"유미코, 그래도 괜찮아?"

"그치만 팬돌인 눈이 못생겼잖아? 것보다 나아, 앙큼이 캣 메리 같은 거 보고 싶은데."

앙큼이 캣 메리란 여자들에게 인기 있는 디스티니 캐릭터 중 하나로, 잘은 모르지만 뭔가 핑크색 고양이다.

팬돌이한테는 관심 없는 대신, 더 여성스러운 캐릭터를 선택하는 나아 양. 은근히 약았어! 역시 핑크를 좋아하시는군요. 저도 무척 좋아합니다, 핑크.

감탄하는 사이, 옆에서 무시무시한 냉기가 뿜어져 나왔다. 그 근원지는 말할 필요도 없이 유키노시타였다. 서릿발 같은 눈동자로 미우라를 가만히 노려본다. 큰일 났다. 유키노시타가 대로(大怒)했다. 이대로 놔뒀다간 30분에 걸쳐서 완전 논파해버리는 바람에 나아 양이 찔찔 짜는 전개만이 기다릴 뿐이다.

이대로는 안 되겠다고 생각한 순간, 잇시키가 성큼 매장으로 들어가 진열대에 놓인 인형을 집어 들었다.

"그런가요~? 이런 건 진짜 귀여운데요. 그쵸? 하야마 선배님."

잇시키는 하야마에게 물어봤는데, 어찌 된 영문인지 유키노시타가 눈을 감고 힘주어 고개를 끄덕였다. 사실 방금 잇시키가 한 말은 팬돌이 귀여워 어필이 아니라, 팬돌이를 귀여워하는 내가 귀여워 어필이지만.

어쨌거나 잇시키 덕분에 유키노시타도 기분이 풀렸나 보다. 냉기가 스르륵 걷혀간다.

"암튼 말야, 안 살 거면 우린 점심 먹게 식당에 줄이나 서자고. 아까 보니 사람 쩔게 많드만."

토베가 손가락을 딱 튀기며 말했다. 제스처는 짜증 났지만, 참으로 솔깃한 제안이었다. 좋은 녀석이구나. 짜증 나지만.

그래도 우리가 룰루랄라 쇼핑하는 동안에 줄 서서 기다리게 하자니 왠지 마음이 불편했다. 그래서 반사적으로 확인하듯 묻고 말았다.

"……그래도 괜찮겠냐?"

"고롬, 당연하쥐~. 히키타니, 아까 그랬잖어? 동생 선물 고른다며? 느긋하게 구경하라고~."

"미안하다."

살짝 고개를 숙여 보이자, 토베가 신경 쓰지 말라는 듯 휘휘 손사래를 쳤다.

"됐어, 뭘 이딴 걸 갖고. 하야토, 가자~!"

"그래."

그 대답에 토베가 하야마를 데리고 밖으로 나갔다. 하야마가 가는 곳에 미우라와 잇시키가 동행하는 거야 당연지사다. 에비나 양도 딱히 팬돌이를 좋아하는 건 아닌지, "그럼 이따가 봐."라는 말을 끝으로 하야마 일행을 따라나섰다.

결국 팬돌이 상점에는 나와 유키노시타, 유이가하마 세 사람만 남았다.

유키노시타가 머플러를 풀어 곱게 개키며 나와 유이가하마를 돌아보았다.

"그럼 코마치에게 줄 선물을 골라보도록 할까?"

"어, 땡큐. 뭐 괜찮은 게 있으면 추천해주라."

"알았어. 몇 가지 후보를 추려볼게."

흔쾌히 수락한 유키노시타가 익숙한 느낌으로 상점 안을 둘러보기 시작했다. 믿음직스럽기 그지없다만, 어째 좀 지나치게 기합이 들어간 느낌도 드는데…… 물론 나야 부탁하는 입장이고, 불평할 마음은 요만큼도 없다만.

그래도 역시 유키노시타한테 전부 떠맡기려니 마음이 편치 않았다. 나도 좀 찾아볼까……? 그렇게 생각하며 가까운 진열대로 손을 뻗었다. 산타 복장을 한 팬돌이 인형하고 눈싸움을 벌이는데, 유이가하마가 내 옆으로 다가왔다.

"나두 고르는 거 도와줄게."

"고맙다. 솔직히 내 취향만으로 고르기도 좀 그러니까."

"그래두 코마치는 기뻐할 거 같은데?"

"아냐, 의외로 가족한테는 호불호를 확실하게 표현하는 녀석이라고."

"글쿠나. 그럼 열심히 골라야겠네."

내 대답에 유이가하마도 봉제인형과 무릎 담요, 손에 끼우는 인형인 핸드 퍼펫과 열쇠고리 등등을 비교해보기 시작했다. 그나저나 팬돌이 상품, 너무 많은 거 아니냐……. 인형만 해도 그 종류가 무척 다양했다.

"우움, 코마치 선물이라……. 뭐 갖구 싶은지 들은 거 없어?"

유이가하마가 핸드 퍼펫을 신기하다는 듯 바라보며 물었다.

"들은 거야 있다만, 죄다 도서 상품권이나 기프트 카드 같은 것들뿐이라……."

"아, 아하……. 아하하……."

유이가하마가 난감해하는 건지 어이없어하는 건지 모를 미소를 지었다. 상품권 종류에 저런 반응이라니, 세 번째 항목이 백색 가전이었다고는 차마 말 못하겠다…….

보다 보니 마음에 들었는지, 유이가하마가 핸드 퍼펫을 손에 끼고 까닥까닥 움직여보았다. 그러다 그 퍼펫으로 이얏, 하고 내 손을 붙잡아 훼방을 놓았다. 에잇 성가셔 귀여워 거치적거려 쑥스러워. 진짜로 쑥스러우니까 하지 말라고.

그 손을 탁 쳐내자, 이번에는 내 얼굴 앞에 퍼펫을 들이대고 꼼지락 꼼지락 움직인다.

나와 팬돌이 인형의 눈이 딱 마주치자, 유이가하마가 괴상한 목소리로 물었다.

"……힛키 군이 크리스마스에 원하는 건 뭐지?"

팬돌이 성대모사라도 하는 건가. 하나도 안 닮았잖아. 게다가 힛키 군은 또 뭐냐고. 어쩐지 우스워져서 피식 웃으며 대답하려 했다.

"아니, 난……."

그런데 입을 뗀 순간, 불현듯 얼마 전에 있었던 일이 떠오르며 말문이 막혀버렸다.

갑작스레 싹튼 기묘한 침묵이 의아했는지, 유이가하마가 고개를 갸웃하며 나를 바라보았다. 그러다 눈이 마주치자, 뭔가를 깨달았는지 나직하게 탄성을 내질렀다.

"……아."

눈 깜짝할 사이에 유이가하마의 얼굴이 새빨갛게 달아올랐다.

십중팔구 같은 것을 떠올린 거겠지. 내가 그때 했던 말을.

민망함에 못 이겨 입가를 오른손으로 가리고, 유이가하마를 외면했다.

"난 딱히……."

"으, 으응……."

유이가하마도 황급히 퍼펫을 빼서 주섬주섬 제자리에 돌려놓았다.

그리고 둘 다 한동안 말없이 진열대를 쳐다보았다. 그러는 사이, 매장 안으로 웬 사람들이 우르르 몰려들었다. 단체 관광객이 들른 모양이다. 그 모습을 지켜보던 유이가하마가 입을 열었다.

"사람 진짜 많다."

"그야 시기가 시기니까. 다들 잘도 이런 시기에 여기 올 마음을 먹는군. 가능하면 다시는 오고 싶지 않다만……."

쇼핑객으로 북적대는 가게 안을 둘러보자, 절로 한숨이 새어나왔다. 크리스마스 시즌이라 그런지 놀이기구들은 하나같이 붐볐고, 가는 곳마다 인산인해여서 돌아다니는 것만으로도 피로가 몰려왔다.

"그래두, 난…… 또 오구 싶은데."

띄엄띄엄 이어지는 말에 고개를 돌리자, 유이가하마가 커다란 봉제인형을 쓰다듬고 있었다.

"언제든지 올 수 있잖아. 가깝고."

"그런 이야기가 아니구……."

그렇게 말하며 유이가하마가 속마음을 떠보듯 흘끗 내 눈치를 살폈다. 그 시선이 아릿하게 가슴을 찔러와, 문화제 때 했던 무책임한 약속을 상기시켰다. 체육대회와 수학여행, 학생회 선거가 이어지며 어수선한 날들이 계속된 탓에, 줄곧 뒤로 미뤄둔 채였던 약속을.

한 발짝 좁혀졌다고 생각했던 거리감은, 얼마나 달라진 걸까.

나는 조금 전까지 유이가하마가 쓰다듬던 팬돌이 인형으로 손을 뻗어, 그 얼굴을 바라보며 입을 열었다.

"……글쎄다. 이 시기의 랜드는 좀 그렇다만, 옆에 있는 비교적 새로운 곳은 어떠려나."

"응?"

유이가하마가 고개를 들어 나를 보았다.

"랜드도 붐비지만 않는다면야 별 상관은 없는데."

조금 더 괜찮은 표현이 있을 거란 생각이 들었지만, 그럴싸한 말이 떠오르지 않았다.

그럼에도 유이가하마는 조그만 목소리로 대답해주었다.

"……그쪽은, 꽤…… 조용할지두."

"……그러냐."

"응……."

유이가하마가 시선을 떨구고 고개를 끄덕였다.

그 모습을 곁눈질하며, 봉제인형의 머리를 툭 쳐준 후 다른 매대로 걸음을 옮겼다.

"……뭐, 조만간."

"응, 조만간."

밝은 기운을 되찾은 목소리가 뒤따라왔다.

"자아, 그럼 골라볼까~?"

의욕 없는 목소리로 그렇게 말했다. 이것으로 이 이야기는 당분간 끝이다. 나머지는 약속을 지키고 나서 하자. 그러자 유이가하마가 그 말에 화답하듯 활기찬 목소리로 나를 불렀다.

"아, 힛키. 봐봐. 이거 어때?"

고개를 돌리자, 강아지 머리띠를 한 유이가하마가 보였다. 팬돌이에 나오는 강아지를 본떠 만든 건지, 한쪽 귀가 아래로 축 처져 있었다.

물어보기는 했지만 내 의견은 별로 중요하지 않은지, 유이가하마는 혼자 거울을 들여다보며 우와~ 하고 수선을 피웠다.

"앗, 이건 유키농한테 어울리겠다. 유키농~!"

유이가하마가 부르는 소리에, 유키노시타가 팬돌이 상품을 한가득 끌어안고 이쪽으로 걸어왔다.

"저기, 어느 게 코마치 마음에 들 것 같니?"

유키노시타가 고민스러운 표정으로 품에 안은 팬돌이 상품들을 내려다보았다. 저, 저기……. 그렇게까지 의욕을 불태우지 않아도 괜찮단다.

유이가하마가 머리띠를 든 양손을 등 뒤에 숨긴 채, 고민에 빠진 유키노시타 앞에 섰다.

"있잖아, 유키농."

"응?"

고개를 갸웃하는 틈을 노려, 유이가하마가 얍 하고 유키노시타한테 머리띠를 씌웠다. 마찬가지로 팬돌이에 나오는 캐릭터인지, 고양이 머리띠를 쓴 유키노시타가 어리둥절한 표정을 지었다.

그러자 유이가하마가 냉큼 유키노시타 옆에 섰다.

"힛키, 사진 찍어줘 사진!"

"엇, 어어."

저거, 계산 안 하고 그냥 써 봐도 되나……? 일종의 시착 같은 건가. 그렇게 생각하며 카메라를 꺼내 셔터를 눌렀다.

그리고
유키노시타 유키노는.

밤이 되자, 바닷가에 위치한 디스터니 랜드에 찬바람이 불어오기 시작했다.

바람이 너무 세면 퍼레이드 후의 불꽃놀이도 중지되지만, 아직까지 별다른 말이 없는 걸로 보아 불꽃놀이는 예정대로 진행될 듯했다.

팬돌이 매장에서 쇼핑을 한 다음, 몇몇 놀이기구를 타러 가서 참고용 사진을 찍었다. 그게 과연 얼마나 도움이 될지는 심히 의문이지만, 어차피 주말 이틀 동안은 아무것도 못 한다. 그 점을 감안하면 단순한 참고용 사진일지라도 찍어놔서 손해 볼 일은 없을 테지.

하루 종일 섰다 걸었다만 반복하면 피로가 쌓이기 마련이다. 도중에 몇 번 휴식을 취하기는 했지만 혼잡한 놀이공원 안에서는 좀처럼 한가롭게 쉴 수도 없었고, 그래서 다들 나름대로 지친 상태였다.

지금도 퍼레이드가 시작되기 전에 마지막으로 하나만 더 타자며 이동하는 중이었지만, 역시 낮보다는 속도가 느렸다.

평소에 몸에 밴 버릇인지, 집단으로 행동하거나 이동할 때면 자연스럽게 그룹의 대각선 뒤편에 자리 잡게 된다. 덕분에 지쳐서 말수가 줄어든 모두의 표정이 저절로 눈에 들어왔다.

그중에서도 특히 내 대각선 앞에서 걸어가던 잇시키가 일부러 토베 쪽으로 다가가서 말을 거는 모습이 인상 깊었다.

"……토베 선배님, 잠깐 드릴 말씀이 있는데요."

"응? 뭔데? 이로하스."

잇시키는 주위의 이목을 끌지 않도록 조심스럽게 말을 붙였지만, 대답하는 토베의 목소리가 너무 컸다. 그러자 잇시키가 타박을 주듯 토베의 소맷자락을 쭉 잡아당기며 소곤소곤 귓속말을 건넸다.

"……허걱, 진짜로?"

놀랐다기보다는 약간 꺼림칙한 기색으로 토베가 대꾸했다. 그리고는 복잡한 표정으로 슬쩍 주위를 둘러보더니, 목소리를 낮추고 잇시키에게 뭔가 속삭였다. 하지만 언제나 떠들썩한 토베가 비밀스럽게 이야기하는 모습은 오히려 더 부자연스럽게 비쳤다.

그 두세 마디로 대화가 끝났는지, 토베를 향해 고개를 까딱 숙여 보인 잇시키가 잰걸음으로 하야마와 미우라가 있는 대열 앞쪽으로 다가갔다. 아무래도 토베한테 뭔가 부탁을 한 모양이다. 토베가 난감한 얼굴로 자꾸만 뒷머리를 잡아당겼다.

앞쪽으로 간 잇시키는 하야마와 어깨를 나란히 했고, 그 하야마의 반대편 옆에는 미우라가 있었다. 이대로 쭉 걸어서 광장을 가로지를 생각인 모양이다.

말을 붙여온 잇시키와 느긋하게 이야기를 나누는 하야마는 그다지 피곤한 기색이 없었지만, 나른하게 걷는 미우라는 조금 지친 눈치였다.

그 뒤를 따라가는 유이가하마와 에비나 양은 둘이서 깍깍대며 떠드는 모습이 아직 쌩쌩해 보였다.

그리고 대열 맨 뒤에 자리한 나는 약간 노곤한 상태였다.

비슷한 위치에 있는 유키노시타의 발걸음도 조금 느렸다. 기본적으로 체력이 약한 편인 데다 혼잡함까지 가중된 탓에, 피로도가 가장 심해 보였다.

가느다란 두 다리를 힘겹게 움직이던 유키노시타가 맥없이 한숨을 쉬었다.

"괜찮냐?"

"그래."

말을 걸어봤지만, 유키노시타의 대답은 쌀쌀맞았다. 이쪽을 돌아보지도 않은 까닭은 지쳐서인가, 아니면 예전의 서먹한 거리감이 지속되고 있어서인가. 어느 쪽인지 잘 판단이 서지 않았다.

"아, 저것 봐!"

앞에서 걸어가던 유이가하마의 목소리가 들려, 그쪽을 바라보았다.

그러자 우리가 막 통과하려던 광장으로 접어드는 길목에 퍼레이드 경로 확보를 위해 로프를 치는 모습이 보였다.

유이가하마와 에비나 양은 후다닥 뛰어 로프가 설치되기 직전에 빠져나갔다. 그보다 한참 뒤에서 따라오던 나와 유키노시타는 완전히 뒤처지고 말았다.

길 하나 차이로 일행들과 떨어지자, 뒤따라오던 우리의 존재를 떠올렸는지 유이가하마가 여기야~ 라며 손을 흔들었다. 나도 가볍게 손을 들어 화답했다.

"먼저 가라. 뒤따라갈 테니."

"응~!"

힘차게 손을 흔들어 보인 유이가하마가 하야마 일행을 쫓아갔다. 그 뒷모습을 배웅한 후, 유키노시타를 돌아보았다.

"……그럼 가자고."

"그래."

어차피 목적지는 알고 있다. 광장을 우회하는 루트를 택하면 멀리 돌아가는 셈이 되지만, 그렇다고 못 갈 것도 없다. 다만 퍼레이드 때문에 길이 봉쇄된 영향으로, 그쪽 지역의 인구 밀도가 더 높아졌다.

게다가 밤이 되자 각종 놀이기구에 오색찬란한 불이 들어왔다. 그 모습을 사진에 담으려고 멈춰 서서 카메라를 꺼내드는 사람들도 많았다. 덕분에 생각보다 나아가는 속도가 더뎠다.

다음에 탈 예정이었던 스프라이드 마운틴에 도착했을 때는 꽤 오랜 시간이 지체된 후였다. 입구 쪽을 살펴봤지만 유이가하마 일행은 눈에 띄지 않았다.

유키노시타도 주위를 둘러보았지만, 이 근방에는 없다는 사실을 깨닫고 입을 열었다.

"전화, 해볼까?"

"그래야겠지……."

휴대폰을 꺼내 들고 여기 온 녀석들 중에서 유일하게 아는 번호로 전화를 걸었다. 신호음이 세 번 울리고 나서야 상대방이 받았다.

『네~.』

유이가하마의 목소리 뒤편에서 웅성거리는 소리가 들려왔다. 십중팔구 하야마 일행이 내는 소리겠지.

"어디냐? 우리 도착했는데."

『아, 미안. 먼저 들어왔어.』

"그, 그래……?"

기다려주려나 했더니만, 그딴 거 없었다……. 가벼운 충격에 휩싸여 있자니, 목소리를 듣고 그 사실을 알아차렸는지 유이가하마가 허둥지둥 덧붙였다.

『괘, 괜찮아! 패스트 패스 통로루 뛰어와 갖구 합류함 금방이니까. 지금은 사람이 적으니까 줄두 쭉쭉 빠지구. 그니까 먼저 들어가두 괜찮지 않을까 해서…….』

설명을 들으며 흘끗 줄 서 있는 사람들을 곁눈질했다.

그 말대로 줄은 평소보다 훨씬 짧았다. 안내판에 표시된 예상 대기 시간도 30분 정도였다. 게다가 줄이 줄어드는 속도로 미루어볼 때, 실제로는 더 빨리 탈 수 있을 듯했다. 뭣보다 유이가하마가 지적했다시피 중간에 패스트 패스 전용 통로로 빠지면 간단히 합류할 수 있을 터였다. 줄 서 있던 사람들이 화장실 갈 때도 종종 쓰니까, 일행과 합류할 목적이라면 살짝 꼼수를 써도 괜찮겠지.

"알았다."

『응, 이따 봐.』

전화를 끊고 유키노시타를 돌아보았다.

"안에서 합류하자는데."

그 말에 유키노시타가 묵묵히 고개를 끄덕였고, 우리는 줄 끝으로 향했다.

처음부터 패스트 패스 통로로 들어갈 수는 없다. 패스를 사용할 수 있는 시간대는 정해져 있고, 앞에서 깐깐하게 체크하기 때문이다. 그래서 일반 입장 줄에 섰다. 하지만 이쪽 줄도 쭉쭉 시원스럽게 빠졌다. 아마도 퍼레이드를 보러 간 사람들이 많아서겠지.

"일단 막히기 시작할 때까지는 이쪽으로 가자고."

일단 갈 수 있는 데까지 간 다음, 추월하듯 패스트 패스 통로를 통과하면 금방 유이가하마 일행을 찾을 수 있으리라.

그러는 사이에도 줄은 빠르게 줄어들었고, 어느새 꽤 앞쪽까지 왔다.

그러자 어느 학교 학생인지, 고교생으로 보이는 가쿠란 차림의 남학생들이 앞에서 티격태격하는 게 보였다. 퍼레이드와 불꽃놀이가 진행되는 동안에는 놀이기구가 한산해지므로, 그 틈을 노린 혈기왕성한 젊은이들이 전력 질주로 여러 번 타기도 한다. 아무래도 그런 행동이 문제가 된 모양이었다. 먼저 와서 서 있었다느니 새치기라느니 하며 입씨름을 벌여댄다.

곧바로 스태프가 부리나케 달려와 한 명도 남김없이 전원 퇴장 처분을 받았다. 주의를 받은 탓에 실내에는 엄숙한 분위기가 감돌았다.

유키노시타가 행렬 앞뒤에 서 있는 사람들의 얼굴을 살폈다.

"아무래도 일행이 앞에 있다는 이유로 빠져나갈 수 있는 분위기는 아닌 것 같구나……."

"그러게. 다시 전화해볼까……?"

휴대폰을 꺼내 재다이얼을 눌렀다. 하지만 신호음만 계속 울릴 뿐, 연결될 기미는 없었다.

"안 받는데……."

내가 연락처를 아는 사람은 유이가하마뿐이고……. 예전에 하야마한테 내 번호를 알려주긴 했지만 저쪽 연락처는 여전히 모르는 채다.

"누구 연락처 아는 녀석 있냐?"

혹시나 해서 유키노시타에게도 물어봤지만, 도리도리 고개만 저을 따름이었다. 역시나……. 하는 수 없이 그 상태로 계속 통화를 시도하는 사이에 줄은 점점 앞으로 나아갔고, 이윽고 아래층 계단이 보이기 시작했다. 저 커브를 돌아 내려가면 바로 승강장이 나온다.

"여기까지 온 이상 되돌아가는 것보다 타는 게 빠르겠다만. 출구 앞에서 기다리고 있을지도 모르고."

"……그, 그러게."

대답하는 유키노시타의 목소리는 어딘가 불안정했다. 흘끗 시선을 주자, 슬그머니 고개를 돌려버린다.

"……왜 그러냐?"

"……."

물어봤지만 유키노시타는 묵묵부답이었다.

……엇, 잠깐만. 이, 이건 설마……. 어쩐지 몇 번 경험해본 상황 같은 느낌이 든다만……. 괜스레 불안해져서 크흠 헛기침을 하고 유키노시타에게 물었다.

"한 가지 확인하고 싶은 게 있는데."

"뭐니?"

유키노시타가 당찬 표정으로 나를 바라보았다. 나도 유키노시타의 눈을 지그시 마주보면서, 그 반응을 놓치지 않도록 주의하며 천천히 물었다.

"너, 이런 거 싫어하냐?"

침묵 속에서 한동안 무표정하게 서로를 쏘아본다. 이윽고 유키노시타의 시선이 스윽 옆으로 미끄러졌다.

"……싫어하지는 않아."

으아, 어디선가 들어본 표현법이잖아……. 예전에 개가 거북하다고 했을 때와 똑같다.

제길, 내 이럴 줄 알았다고~. 내가 익히 아는 유키노시타

패턴이잖아~. 하긴 그러고 보니 저 녀석, 스페만 타고 나서 약간 비틀거렸지. 사람에 부대껴서가 아니라 단순히 무서운 걸 못 타는 거였어.

"야, 그런 건 좀 빨리 말하라고……. 나가자."

"괜찮아."

"됐어. 별로 좋아하지도 않으면서 뭘."

내 지적에 유키노시타가 발끈한 기색으로 눈썹을 찌푸렸다. 그리고는 조금 강경한 어조로 맞섰다.

"괜찮다고 했잖니."

"바보냐. 구태여 무리할 필요도 없고, 오기를 부릴 만한 문제도 아니잖아."

반사적으로 나도 평소보다 말투가 거칠어졌다.

그러자 유키노시타가 흠칫 어깨를 떨며 시선을 떨구었다.

"……그런 게 아니야. 정말로 괜찮은걸."

그렇게 말하는 목소리는 평소보다 앳되게 들렸다. 아니, 평소 모습이 어른스럽게 느껴지는 것일 뿐, 실제로는 나와 동갑내기 여자애다.

유키노시타가 더듬더듬 서툴게 말을 이어갔다.

"그다지 자신은 없지만, 유이가하마와 함께 있을 때는 괜찮았으니까. ……그러니까, 아마 괜찮을 거야."

유키노시타의 주장에 명확한 근거는 없었다. 평상시의 논리 정연한 말투와는 달리, 어딘가 횡설수설하는 느낌을 주었다. 하지만 불합리하기에 그만큼 더 진심에 가까울 거라는 생각이 들었다. 그렇다면 그 결정을 존중해줘야 한다.

"뭐, 정 그렇다면야……."

내 대답을 듣고도 유키노시타는 고개를 들지 않았다. 안 그래도 무서워하는데 이런 상태로 타서 괜찮을 리 없으련만……. 뭔가 안심이 될 만한 말이 없을까 싶어 뒤통수를 긁적였다.

"저기, 뭐랄까. 좀 더 편한 마음으로 타도 되지 않겠냐? 탄다고 죽는 것도 아니고."

"하, 하긴."

고개를 수그린 채 대꾸한 유키노시타가 눈만 빼꼼 들어 나를 보았다.

"……죽지는 않겠지?"

도대체 얼마나 불안한 거냐…….

"걱정 마. 적어도 나는 그런 이야기를 들어본 적이 없으니까."

그렇게 대답하며 줄을 따라 앞으로 나아가자, 유키노시타도 타박타박 뒤따라왔다. 마지막 커브를 돌아 내려가자, 보트 승강장이 나타났다.

마침내 우리 차례가 돌아왔다.

일단 내가 먼저 탔다. 그러자 주먹을 불끈 쥐며 유키노시타도 따라 탔다. 자리에 앉자마자 유키노시타가 안전 바를 꼭 붙들었다. 어찌나 힘을 줬는지, 팔이 바들바들 떨렸다.

보트가 천천히 움직이기 시작한 후에도 유키노시타는 그

자세를 고수했다.

　이윽고 경쾌한 음악이 흘러나오며, 이 놀이기구의 뼈대를 이루는 족제비와 페럿이 어쩌니저쩌니 하는 이야기가 전개되었다. 족제비 로봇이 두 눈을 깜빡일 때마다 달칵달칵 기계 돌아가는 소리가 났다. 하지만 유키노시타는 그 스토리를 감상할 여유도 없는지, 그저 뚫어져라 앞만 쳐다보고 있었다.

　"저기…… 떨어지려면 아직 멀었으니까, 안전 바는 안 잡아도 된다만."

　"아, 으응. 하긴, 그렇지……."

　유키노시타가 겨우 안전 바를 놓았다. 그리고는 후우 힘겨운 한숨을 내쉬었다.

　"정말 무서운가 보네."

　이야기는 들었지만, 이 정도로 심할 줄은 몰랐다. 내 말에 유키노시타가 자조적으로 웃었다.

　"그래. 옛날에, 언니가 조금……."

　"엉? 아하, 너희 언니 말이냐."

　또 그 양반인가…….

　유키노시타 하루노. 유키노시타의 언니로 유키노시타를 능가하는 완벽 악마 초인. 그나저나 유키노시타 양, 최근에는 완벽함이라곤 찾아볼 수가 없습니다만……. 아니 물론 빼어나게 우수하기야 하다만.

　하지만 그보다 더 우수한 것이 바로 유키노시타 하루노라는 인물이다.

이야기하다 보니 조금 여유를 되찾았는지, 유키노시타가 주위로 시선을 향했다. 그곳에서는 개구리들이 신 나게 물장구를 치며 물보라를 일으키는 중이었다.

느릿하게 나아가는 보트의 움직임에 맞추듯, 유키노시타도 천천히 설명을 이어갔다.

"어릴 때 이야기야. 이런 곳에 오면 언니가 항상 장난을 쳤거든."

"어쩐지 상상이 간다만……."

무진장 활동적이고 지금도 동생에게 집적대지 못해 안달난 하루노 아닌가. 어릴 적에는 그야말로 괴롭힘에 가까운 수준으로 유키노시타를 못살게 굴었을 게 분명하다.

내 반응에 유키노시타가 피식 웃었다. 이 보트에 탄 후로 처음 짓는 미소였다.

"맞아. 관람차를 마구 흔들고, 롤러코스터를 타면 안전 바를 잡은 내 손을 떼어내려 하고, 그야말로 온갖 장난을 일삼았지. 그리고 커피잔도, 내가 못하게 해도 계속 빙글빙글 돌려댔고……. 게다가 그때 언니 표정이 너무 즐거워 보여서……."

설명하던 유키노시타의 표정이 점차 흐려지기 시작했다. 듣고 있는 내 정신도 피폐해지는 기분이었다. 유키노시타가 싫어하는 것들은 대부분 하루노가 원인 아냐?

"언니는 늘 그래……."

유키노시타가 나직하게 중얼거렸다.

보트는 어두컴컴한 동굴 속을 헤치며 나아갔다. 대머리 독수리 로봇이 불길한 소리를 내뱉었다. 그 대머리 독수리에 이끌려 위를 올려다보자, 빠끔히 입을 벌린 천장으로 밤하늘이 내다보였다. 보트가 덜컹덜컹 소리를 내며 경사로를 올라가기 시작했다. 이제 곧 꼭대기다. 유키노시타가 몸을 굳혔다.

그대로 곧장 급강하할 거라 생각했는데, 의외로 철커덩 멈춰 서며 보트가 수평을 이루었다.

그러자 디스티니 랜드 바깥이 한눈에 들어왔다. 바로 옆 디스티니 씨에 있는 활화산 모양의 놀이기구는 시뻘건 불길을 뿜어내며 연기를 피워 올렸고, 호텔들도 크리스마스를 의식해서 화려하게 조명을 밝혔다. 저 멀리 신도심의 야경도 보였다.

그리고 무엇보다도 수많은 불빛들이 은하수처럼 반짝이는 디스티니 랜드의 야경이 발밑으로 펼쳐졌다.

그 광경을 보며, 유키노시타가 나직하게 한숨을 흘렸다.

"······히키가야."

"응?"

고개를 돌리자, 시야에 들어온 것은 푸르스름하게 빛나는 순백의 성.

그리고 새하얀 코트를 걸친 채, 애달프게 미소 짓는 유키노시타.

그 고귀하고 덧없는 모습에, 숨이 막혀왔다.

안전 바를 놓은 유키노시타가 내 소맷자락을 꼭 붙들었다. 순간적으로 맨살이 닿자, 심장을 세게 움켜쥐는 듯한 느낌이 들었다.

이윽고, 한없이 추락해가는 듯한 부유감이 엄습했다.

"언젠가, 나를 구해줘."

나직한 속삭임은 솟구치는 바람 속으로 녹아들어, 대답할
수가 없었다.

그것은 아마도, 유키노시타 유키노가 처음으로 입 밖에 낸
소원이었을 테지.

×　×　×

스프라이드 마운틴 출구를 나와 조금 걸어가자, 매점이 있
었다.

거기서 적당한 음료수를 사 들고 방금 온 길을 되돌아갔다.

보트에서 내린 유키노시타가 휘청거리며 몸을 가누지 못
해, 좀 쉬라고 출구 바로 앞에 있는 벤치에 앉혀두고 왔기 때
문이다.

벤치로 되돌아가니, 유키노시타는 그새 쇼핑이라도 했는지
얇고 긴 비닐 봉지를 가방에 넣는 중이었다. 그러다 나를 발
견하고는 가방을 탁 닫아 무릎에 올려놓았다.

"자."

아까 매점에서 구입한 물병 파우치 증정 팬돌이 드링크 크
리스마스 버전을 내밀자, 유키노시타가 순순히 그것을 받아

들었다.

"고마워……. 얼마였니?"

"됐어, 안 줘도 돼. 아픈 사람한테서 돈을 뜯자니 양심에 켕긴다고."

"그럴 수는 없어."

"구급차는 돈 안 받잖아."

"구급대원도 정당한 보수를 받잖니."

"선량한 시민은 무상으로 돕는다고. 난 그냥 자기만족을 추구하는 것뿐이니까 받아둬."

"하여튼 궤변도……."

유키노시타가 어이없다는 투로 중얼거리며 물병 파우치를 양손으로 꼭 움켜쥐었다. 그리고 팬돌이가 입체적으로 새겨진 부분을 손가락으로 가만히 쓸며 말했다.

"……전에도 이랬던 적이 있었지?"

"그랬나?"

짧게 대꾸하며 나도 방금 매점에서 사온 커피를 들이켰다. 유키노시타가 팬돌이 음료수에 딸려온 대나무 모양의 빨대를 빙글 돌렸다.

"그래. 그때도 언니가 있었어."

"……아, 맞다."

처음으로 하루노를 만났을 때다. 그러고 보니 그때도 뽑기 게임에서 따낸 인형의 소유권을 두고 유키노시타와 승강이를 벌였더랬지. 그 직후에 하루노와 맞닥뜨렸다.

"네가 단번에 언니의 실체를 꿰뚫어보는 바람에 깜짝 놀랐어……."

이야기하다 그 당시의 기억이 떠오르기라도 한 건지, 유키노시타가 후훗 어렴풋한 쓴웃음을 지었다.

"보고 있자니 왠지 그런 느낌이 들었을 뿐이라고. 게다가 너희 언니, 들통 나도 발뺌하지 않으니까."

"맞아. 그것도 언니의 매력이라고 생각해. 언니는 옛날부터 많은 사람들에게 사랑받아 왔어. 그런 성격인데도…… 아니, 그런 성격이기에 예쁨받고, 귀여움받고, 기대받고…… 그리고 그 기대에 부응해왔지."

설명하는 유키노시타의 목소리에서는 희미한 열기가 묻어나, 듣기에 따라서는 열정적으로 언니 자랑을 늘어놓는 것처럼 느껴지기도 했다. 하지만 그 열기는 곧 급속히 사그라졌다.

"나는 그 뒤에서 인형처럼 행동해왔어. 그래서 얌전하고 속 썩이지 않는 착한 아이란 말을 들었지만…… 그러는 한편으로는 붙임성이 없다느니, 귀여운 구석이 없다느니…… 이런저런 뒷말이 오갔다는 걸 알아."

유키노시타의 말에 가볍게 맞장구를 치면서 다시 커피를 입으로 가져갔다. 따스하게 몸을 덥혀주는데도, 유난히 씁쓸하게 느껴졌다.

얌전하고 속 썩이지 않는 착한 아이. 그것은 유키노시타를 속박하는 주문이었을 테지.

"붙임성이 없다, 귀여운 구석이 없다라…… 나도 자주 들었던 말인데. 지금도 듣고 있다만, 히라츠카 선생님한테."

"네 경우는 아니꼽다든가 버릇없다든가 버러지 같다든가 뭐 그런 거 아니니?"

"잠깐, 마지막 건 뭔가 좀 잘못된 거 아니냐?"

내 반응에 유키노시타가 즐거운 듯 웃었다. 그 웃음은 이윽고 잔잔한 미소로 바뀌었다.

"언니도 너도 행동에 일관성이 있으니까, 그렇게 보이는 거겠지. ……하지만 나는 어떻게 행동해야 좋을지 몰랐어."

유키노시타가 물끄러미 하늘을 올려다보았다. 그곳에 있는 것은 별이 아니라 오렌지색으로 빛나는 램프였다. 일렬로 점점이 매달린 램프들이 바람에 흔들렸다.

"나도 하야마도 그런 의미에서는 분명 마찬가지였을 거야. 줄곧 언니를 보며 자랐으니까."

느닷없이 튀어나온 하야마라는 이름에 순간적으로 놀랐다. 하지만 나보다는 하야마가 훨씬 유키노시타 자매와 알아온 시간이 길고, 또 그만큼 깊은 관계를 맺어왔겠지.

그 부분은 아직 내가 알지 못하는 영역이다.

다만 그럼에도 불구하고 유키노시타 유키노와 하야마 하야토, 그 둘이 다다르는 곳에 항상 유키노시타 하루노가 있었다는 것만은 알 수 있었다.

반목하면서도 끊임없이 이상을 투영해온 사람.

동경하기에 가까워지려 해서 동화되어온 사람.

그 둘은 유키노시타 하루노의 눈에 어떻게 비쳤을까.

그리고 그 둘은 서로를 어떤 눈으로 바라보는 걸까.

그런 것들을 묻고 싶어졌지만, 그럼에도 나는 묻지 않았다. 반쯤 열린 입으로 블랙커피를 부어넣고, 다른 질문을 던졌다.

"아직도 그 사람처럼 되고 싶어?"

지난번 문화제에서 유키노시타는 과거에 품었던 동경심을 언급했었다.

"글쎄. 지금은 딱히 그렇지는 않지만……. 단지 언니는 내게 없는 것을 가지고 있으니까."

"그게 갖고 싶냐?"

유키노시타는 조용히 고개를 저었다.

"아니. 왜 나는 그것을 가지지 못한 걸까 하고, 가지지 못한 나 자신에게 실망하게 돼."

그 마음은 이해가 갔다. 동경도 선망도 질투도, 결국은 실망으로 이어진다. 타인을 보면서 깨닫는 것은 언제나 자신의 결점뿐이다.

유키노시타가 자기 손맡으로 시선을 떨구었다.

"너도 마찬가지야. 너도 내게 없는 것을 가지고 있어. ……닮은 곳이라고는 조금도 없었던 거구나."

"그야 그렇지……."

우리는 결코 닮지 않았다. 그럼에도 불구하고 어중간하게 비슷한 요소를 지녔기에, 무심코 자신과 겹쳐보고 멋대로 해석해서 착각에 빠져들고 감정을 오인한다.

"그래서 다른 것을 원했던 거라고 생각해."

그렇게 말한 유키노시타는 코트 옷깃을 추스르고 나를 똑바로 마주보았다.

"내가 할 수 있는 게 아무것도 없다는 사실을 깨달아버렸으니까, 너도 언니도 가지지 못한 것을 원하게 됐어. ……그것이 있으면, 나는 구할 수 있다고 생각했으니까."

"뭐를?"

대체 무엇이 있으면 무엇을 구할 수 있다고 생각했단 걸까. 생략된 부분을 메우고 싶어져, 그렇게 물었다.

그러나 유키노시타는 가르쳐주지 않았다.

"……글쎄, 뭘까?"

나를 시험하듯, 소녀다운 미소를 지었을 뿐.

십중팔구 그 질문의 답이 유키노시타의 『이유』인 거다.

그 학생회장 선거에 유키노시타 유키노가 입후보하려 한 까닭.

혹은 여전히 유키노시타가 이야기하려 하지 않는, 내가 물으려 하지 않는 무언가.

보트가 떨어져 내리던 순간에 한 말의 의미도, 나는 묻지 않았다. 그리고 유키노시타도 더 이상 그 화제를 꺼내지 않았다. 그것을 대신하듯, 띄엄띄엄 다른 이야기를 나누었다.

말하지 않아도, 묻지 않아도 안다니. 마치 누군가의 잘못된 소망 같다.

어느새 미지근해진 커피를 비웠다. 그 모습을 지켜보던 유키노시타가 몸을 일으켰다.

"이제 괜찮으니까 그만 가자."

"오케이."

그 말에 동의하고 광장으로 향했다. 내 기억이 맞는다면 이 다음에는 광장에서 불꽃놀이를 볼 예정이었다.

이제 곧 퍼레이드도 끝난다. 그러면 봉쇄되었던 길도 트일 테지.

× × ×

유이가하마에게 전화를 걸어 대략적인 집합 장소를 알아 냈다.

나와 유키노시타는 광장에 있는 순백의 성 앞까지 별다른 대화도 없이 묵묵히 걸었다. 퍼레이드가 끝나면 방문객도 조금은 빠지는지, 아까보다는 훨씬 걷기가 수월했다. 유키노시타도 휴식을 취한 보람이 있는지 발걸음이 가벼워 보였다.

그렇게 광장에 도착해서 유이가하마의 모습을 찾았다.

"아, 힛키, 유키농. 여기야, 여기!"

휴대폰을 한 손에 든 유이가하마가 손을 번쩍 치켜들었다. 막 전화하려던 참이었나 보다. 우리와 합류하자마자 두 손을 척 모으고 고개를 숙인다.

"미안해! 먼저 들어가 버려서."

"괜찮아."

유키노시타가 미소 띤 얼굴로 대답하자, 유이가하마도 후우 가슴을 쓸어내렸다.

"뭐 다른 녀석들도 있는데 마냥 기다리게 하기도 미안하니까. 그보다 퍼레이드 사진은 잘 찍어놨냐?"

"아, 응! 그거야 물론이지!"

씩씩하게 대답한 유이가하마가 디카를 조작해 사진을 띄웠다. 일단 취재라는 명분이 있는 이상, 크리스마스 분위기가 나는 장면들은 대강 기록해두고 싶었다.

"자, 유키농. 봐봐!"

"……데이터, 잠시만 확인해 봐도 되겠니?"

팬돌이 퍼레이드를 놓친 게 못내 아쉬운지, 유키노시타가 작은 목소리로 중얼거리며 지그시 가슴을 눌렀다. 저기요, 미리 말씀해주셨더라면 보러 갔을 겁니다만…….

디카를 들여다보며 재잘재잘 수다 떠는 두 사람은 그렇다 치고, 다른 녀석들은 어디 있는 걸까.

머지않아 불꽃을 쏘아 올릴 시간이다.

일행을 찾으려고 광장을 둘러보는데, 어디선가 귀에 익은 시끄러운 목소리가 들려왔다.

"어라아~? 하야토는?"

"엇, 유미코. 자자, 이쪽이야, 이쪽."

"앗, 토베, 뭐하는 짓이야~?"

토베가 미우라를 질질 끌며 우리 쪽으로 다가왔다. 에비나 양도 그 뒤를 따라왔다.

"어, 아니, 그게 뭐랄까, 여기가 숨은 명당이랄까? 에비나도 이쪽이 낫지?"

"응? 으응. 사실 어디든 상관없지만."

토베의 배려에 대처하는 에비나 양의 배리어가 가히 철벽 수준이다만⋯⋯.

아무튼 이제 거의 다 모였다. 그럼 하야마와 잇시키만 오면 되나⋯⋯? 내가 주위를 둘러본 탓인지, 유이가하마도 덩달아 사방을 두리번거렸다. 그러다 토베한테 물었다.

"토벳치, 하야마랑 이로하는?"

"엇, 어⋯⋯. 뭐 곧 올겨."

토베의 대답은 묘하게 어정쩡했지만, 어차피 저 녀석이야 평소에도 해석하기 나름인 애매한 소리만 해대니까⋯⋯. 아니 뭐 좋은 녀석이지만.

그렇게 어영부영하는 사이 광장 주위의 가로등과 야간 조명이 꺼지더니, 클래식한 음악이 흘러나오기 시작했다.

"시작되는구나."

그렇게 말하며 유키노시타가 순백의 성 상공을 올려다보았다. 그쪽에서 불꽃이 솟아오르는 모양이다. 과연 연간 패스 소지자. 완벽하게 꿰고 계시다.

나와 유이가하마도 유키노시타가 바라보는 방향으로 시선을 향했다.

그러자 시리도록 맑은 겨울 하늘 위로 오색찬란한 빛무리가 흐드러지게 피어났다. 불꽃놀이 하면 여름이란 인식이 강하지만, 오리온자리 위로 포개지듯 만개했다 사그라지는 불꽃에는 독특한 매력이 있었다.

"왠지 옛날 생각난다, 그치?"

옆에 있던 유이가하마가 불쑥 귓속말을 건네 왔다.

솜털이 쭈뼛 서는 느낌에 돌아보자, 유이가하마는 방금 자기가 한 말 따위 까맣게 잊은 듯 불꽃을 바라보며 와~ 하는 탄성과 함께 박수 치기에 바빴다. 저기요, 이쪽은 방금 댁이 한 짓 때문에 지상에 정신을 빼앗겨서 도무지 불꽃놀이에 집중이 안 되거든요? 너 고소.

다시 하늘을 올려다볼 마음도 나지 않아 가만히 서 있는데, 불꽃으로 명멸하는 시야 속에서 낯익은 실루엣을 발견했다.

불꽃이 솟구쳐오를 때마다, 찬란한 빛이 어둠에 잠긴 두 사람을 비추었다.

하야마와 잇시키는 우리와 조금 떨어진 곳에서 불꽃놀이를 감상하고 있었다.

불꽃이 한 발씩 터져 나올 때마다, 두 사람의 거리가 가까워졌다. 그 광경이 마치 그림자 연극 같아서, 정신을 차려보니 그쪽만 뚫어져라 쳐다보고 있었다.

이윽고 대미를 장식하는 무수한 황금색 빛줄기들이 밤하늘을 수놓았다.

광장이 환한 빛으로 물드는 가운데, 잇시키가 고개를 떨군 채 천천히 하야마 곁을 떠났다. 덩그러니 남겨진 하야마도 하늘을 바라보며 잇시키와 반대 방향으로 걸음을 옮겼다.

음악이 그치며, 각종 놀이기구들의 현란한 조명과 곳곳에 설치된 가로등의 불이 들어왔다.

관람객들이 만족스러운 숨결을 토해내는 동안, 잇시키 이로하는 홀로 뭔가를 눌러 삼키듯 입을 틀어막은 채 쌩하니 우리 옆을 지나쳐갔다.

"이, 이로하스?!"

스쳐 지나간 잇시키를 가장 먼저 발견한 토베가 그 뒷모습을 향해 외쳤다.

"기다려, 이로하스~!"

하지만 잇시키는 이쪽에 눈길조차 주지 않고, 총총히 인파 속으로 사라져갔다.

"저, 저기, 내가 얼른 가서 데려올게!"

토베가 허둥지둥 뛰쳐나갔다. 그 모습을 본 미우라도 대충 눈치를 챈 모양이다. 머리카락을 손가락으로 빙글빙글 꼬며 땅이 꺼지게 한숨을 쉬었다.

"휴우…… 나도 가볼게."

"아, 그럼 나도 찾아볼게."

에비나 양이 미우라를 돕겠다고 나섰다. 그러자 유이가하마도 살짝 손을 들었다.

"나, 나두!"

하지만 미우라가 그런 유이가하마를 제지했다.

"유이하고, 유키노시타랬나? 니들은 남아주지 않을래~? 혹시 돌아올지도 모르니까. 찾으면 전화할 테니 토베랑 에비나한테도 알려주고."

성가시다는 표정으로 머리카락을 넘기며, 유이가하마와 유키노시타에게 부탁했다. 심드렁해 보이는 것치고는 상당히 꼼꼼한 지시였다.

"아, 응. 알았어."

유이가하마의 대답에 고개를 끄덕여 보인 미우라가 서둘러 발걸음을 돌렸다.

멀어져가는 미우라의 뒷모습을 바라보며, 유키노시타가 고개를 갸웃했다.

"무슨 일이니?"

하긴 유키노시타는 불꽃놀이밖에 관심이 없었을 테니까……. 내 짐작이 맞는다면, 이 상황이 암시하는 것은 하나뿐이다.

크리스마스 시즌의 디스티니 랜드. 퍼레이드가 끝난 후의 불꽃놀이. 순백의 성 앞, 연출된 듯한 둘만의 오붓한 시간. 그리고 토베의 반응.

단서가 이만큼 갖춰지면 빙고다. 잇시키가 하야마에게 고백한 거겠지. 그것 말고는 짚이는 데가 없었다.

"……그럼 나도 다녀오마."

"응, 알았어."

유이가하마의 대답에 유키노시타가 또다시 아리송한 기색으로 고개를 갸웃했다.

하지만 나는 잇시키 이로하를 찾으러 가는 게 아니다. 잇시키 쪽은 십중팔구 미우라가 더 효과적으로 대처할 수 있을 테니까. 내가 가는 것보다야 백배는 낫다.

다만 다른 한 명한테는 내가 가봐야만 한다고 생각했다.

하야마는 잇시키가 떠난 후에도 이쪽으로 오려 하지 않았다. 그 말은 곧 기다리고 있다는 뜻이겠지.

아까 그림자극의 세계에서 본 광경을 되새기며, 그 행로를 더듬어갔다.

그러다 순백의 성으로부터 조금 떨어진 어둠 속에서 하야마를 발견했다.

모두의 시선이 잇시키에게로 쏠린 사이, 하야마는 살짝 곁길로 빠져 이쪽으로 걸어온 거다.

나를 발견한 하야마가 처연한 미소를 머금었다.

"……왔구나."

"그래."

광장 울타리에 걸터앉으며, 하야마가 나직한 한숨을 쉬었다.

"……이로하에게는 미안한걸."

"웃기고 있네. 죄책감을 느낄 정도면 거절하지 말고 사귀지 그랬냐?"

그 말에 하야마가 난감한 기색으로 웃었다.

"무리야. 알면서 그런 소리를 하다니, 성격 한번 고약하네."

"그야 뭐."

그 점에 관해서만큼은 자신이 있다. 저도 모르게 입꼬리가 뒤틀리며 재수 없는 미소를 짓고 말았다.

그럼에도 하야마는 발끈하기는커녕, 착잡함이 감도는 서글픈 눈빛으로 나를 보았다.

"⋯⋯넌 알아? 이로하가 왜 고백해왔는지."

"아니, 알 리가 있겠냐."

"그래⋯⋯?"

다만 하야마의 그 말투는 마치 잇시키의 고백을 피하려고 애써왔다는 소리처럼 들렸다.

"넌 알고 있었냐? 잇시키가, 그⋯⋯ 마음이 있다는 걸."

"⋯⋯그래."

대답하는 목소리는 침울했다. 우쭐대거나 잘난 척하는 기색은 찾아볼 수 없었다. 다만 그 목소리에서는 후회에 가까운 감정이 배어 나왔다. 옳거니⋯⋯.

하야마는 남의 호의에 의식적으로 둔감해지지 않으면 그 관계를 유지할 수가 없다. 사람은 자기 마음이 전해지지 않으면 떠나버리는 법이니까. 그 자체는 하야마의 잘못이 아니지만, 그런 상황을 피하기 위해 하야마는 그런 식으로 호의 자체를 외면해왔던 거겠지.

그 점은 수학여행 때의 그 사건만 봐도 명백했다. 그때 나는 그 심정에 공감하고 말았다. 이해를 표하고 말았다. 그런 행동이 잘못되었다고는 할 수 없다. 하지만 그런 식의 회피가 사람을 상처 입히는 수단이 될 수 있다는 것도 안다.

"알고 있었다면 그냥 각오가 부족했던 것뿐 아니냐?"

내 지적에 하야마가 천천히 고개를 저었다.

"⋯⋯그런 게 아니야. 이로하의 마음은 정말 고마워. 하지만 달라. 그건, 아마도⋯⋯ 내가 아니라⋯⋯."

뚝뚝 끊어지는 하야마의 대답은 좀처럼 알아듣기 힘들었다. 그러나 기다려 봐도 그 뒷말은 이어지지 않았고, 하야마는 다른 이야기를 꺼냈다.

"……너는 대단해. 늘 그렇게 주위 사람들을 변화시켜나가지. ……이로하도, 틀림없이 그런 거겠지……."

"엉? 뭔 소리야, 난데없이 칭찬을 다 하고."

내 말에 하야마가 메마른 웃음소리를 냈다.

"하핫, 틀렸어. ……말했잖아. 난 네가 생각하는 것만큼 좋은 녀석이 아니야."

하야마가 지난번에 운동장에서 했던 말을 되풀이했다. 그리고는 고개를 숙이며 깊은 한숨을 내쉬었다.

"널 칭찬하는 건…… 날 위해서야."

"그게 무슨……."

의아해져서 그 얼굴을 쳐다보자, 하야마가 살짝 가늘어진 눈초리로 나를 쏘아보았다.

"네가 나를 좋은 녀석이라고 단정하는 것과 같은 이유일걸, 아마도."

"……나한테는 이유 같은 거 없다만. 그냥 느낀 대로 평가한 것뿐이라고."

"과연 그럴까?"

그렇게 대꾸하는 하야마의 목소리는 차가웠다.

—아니, 그렇지 않다. 나는 벌써 오래전에 깨달았다. 하야마 하야토가 결코 단순한 호인이 아니라는 사실을. 저 엷은

미소가 가장 큰 증거다.

미소를 거둔 하야마가 앉아 있던 울타리에서 몸을 일으켰다.

"먼저 돌아갈게. 다른 애들에게도 전해줘."

"싫어. 문자를 하든 뭘 하든 네가 알아서 하라고."

"……하긴. 그럼 간다."

하야마가 희미하게 쓴웃음을 지으며 가볍게 손을 들어 보였다.

그리고는 뒤돌아보지도 않고, 하야마 하야토는 더 깊은 어둠 속으로 사라져갔다.

× × ×

집으로 돌아가는 전철 안은 조용했다. 피곤한 탓도 물론 있을 테지만, 침묵이 흐르는 가장 큰 원인은 잇시키에게 요모조모로 신경 쓰며 틈틈이 말을 붙이던 토베가 없어서다.

토베뿐만 아니라 미우라와 에비나 양도 없었다.

그 세 사람은 무사시노 선을 타고 가다가 니시 후나바시에서 환승해서 돌아가는 모양으로, 유키노시타, 유이가하마, 잇시키로 구성된 케이요선 그룹하고는 방향이 달랐다. 나는 어느 쪽으로 가든지 큰 차이는 없지만, 굳이 니시 후나바시에서 갈아타기가 귀찮아서 케이요선을 택했다.

전철 안은 다소 혼잡해서 자리에 앉기는 무리였지만, 출퇴근 시간의 지옥철에는 못 미쳤다. 유이가하마와 유키노시타는 가끔 대화를 주고받았지만, 그 외에는 잠자코 창밖만 내다보고 있었다.

20분쯤 흔들리는 전철에 몸을 싣고 가다 보니, 카이힌 마쿠하리, 나와 유키노시타가 내리는 역으로 접어들었다.

"그럼 나는 이만 가볼게."

그렇게 말하며 유키노시타가 문 앞에 섰다. 그러자 유이가하마도 졸래졸래 따라나섰다.

"아, 나두 여기서 내려."

"넌 더 가야 하는 거 아니었냐?"

물어보자, 유이가하마가 유키노시타의 팔을 잡았다.

"내일은 일요일이니까, 오늘은 유키농네 집에서 자구 가려구."

"아, 그러냐."

하긴 유이가하마는 전부터 종종 유키노시타네 집에서 자고 갔으니, 이런 기회를 놓칠 수야 없겠지. 예전 같은 관계를 되찾았다는 점은 순수하게 환영할 만하다.

문제는 나도 여기서 내려야 한다는 점이다. 그러면 잇시키 혼자 전철 안에 남게 된다.

"잇시키, 너 어디서 내리냐?"

물어봤지만 잇시키는 묵묵부답이었다. 그 대신 내 점퍼 자락을 쭉쭉 잡아당겼다.

그리고는 선물이 가득 담긴 쇼핑백을 쓱 내밀었다.

"선배님, 짐이 너무 무거워요."

"적당히 좀 사지 그랬냐……."

대꾸하며 그 쇼핑백을 받아들었다. 그러자 유이가하마가 후훗 웃었다.

"……응, 그편이 좋을지두."

"잇시키, 부디 몸조심하렴."

저기요, 유키노시타 양? 그거 왠지 다른 뜻이 있는 걸로 들립니다만?

카이힌 마쿠하리에 도착하자, 두 사람이 전철에서 내렸다. 남겨진 나와 잇시키는 그대로 세 정거장 가량을 더 갔다.

내린 곳은 치바 미나토 역이었다. 거기서 다시 모노레일로 갈아탔다. 이 시간대의 이용객은 적은 편인지, 승객은 우리 둘뿐이었다.

도심의 야경을 뚫고 모노레일이 내달린다. 하늘을 가로지르는 낯선 고도와 허공에 대롱대롱 매달린 채 나아가는 부유감 탓에, 아직도 뭔가 놀이기구를 타고 있는 기분이었다.

창밖을 내다보며 잇시키가 탄식하듯 중얼거렸다.

"휴우……. 실패네요……."

"……아니, 너도 지금 대시해봤자 가망이 없다는 것쯤은 알았을 거 아냐?"

잇시키와 알고 지낸 기간은 짧고, 하야마하고도 그다지 친한 사이는 못 된다. 하지만 그 두 사람이 이런 과감한 방식으로 거리를 좁히려 들 거라고는 예상하지 못했다.

시선은 여전히 창밖에 둔 채, 밤거리를 내려다보며 잇시키가 입을 열었다.

"……하지만 어쩔 수 없었는걸요. 가슴이 뜨거워졌으니까요."

"뜻밖인데. 넌 그런 식으로 주위 분위기에 휩쓸리는 타입은 아니라고 생각했다만."

내 대답에 유리창에 비친 잇시키의 얼굴 위로 희미한 미소가 번졌다.

"저도 뜻밖이었어요. 좀 더 냉정할 줄만 알았거든요."

"……그러게나 말이다. 연애 생각밖에 없는 척하지만, 사실 넌 상당히 영리한 편이랄까……."

부연설명을 하려는데, 잇시키가 불쑥 이쪽을 돌아보며 내 말을 가로막았다.

"제가 아니라…… 선배님 말이에요."

"엉?"

또다시 이야기가 엉뚱한 데로 튀었다. 조금 전만 해도 잇시키 이야기를 하던 중이었는데, 어느새 화제가 바뀐 걸까. 아니면 선배라는 게 혹시 다른 선배를 말하는 건가? 그러고 보니 저 녀석, 난 왜 그냥 선배라고만 부르는 거지……? 뭐야, 설마 내 이름 기억 못 하는 거냐.

이런저런 가능성을 검토해보는데, 잇시키가 나를 가만히 응시했다. 아무래도 내 이야기가 맞나 보다. 잇시키가 후훗 미소 지었다.

"그런 모습을 보여주면 마음이 움직이는 법이라고요."

"뭐가?"

내 질문에 잇시키가 엄숙한 표정으로 자세를 바로잡더니, 등을 꼿꼿이 펴고 내 눈을 똑바로 쳐다보며 말했다.

"……저도, 진실된 것이 갖고 싶어졌거든요."

그 대답에 얼굴이 화르륵 달아올랐다. 맞다, 그때 부실을 나오자마자 잇시키와 딱 마주쳤더랬지. 저도 모르게 손으로 이마를 짚었다.

"듣고 있었냐……."

"가만있어도 다 들리던데요."

태연자약하게 대꾸하는 잇시키에게 조금 처량한 목소리로 부탁했다.

"……잊어주라."

"잊지 않을 거예요. ……잊을 수가 없어요."

그렇게 대답하는 잇시키의 표정은 평소보다 훨씬 진지했다.

"그래서 오늘 부딪쳐보기로 마음먹은 거예요."

잇시키가 원했던 진실된 것이 무엇인지는 모른다. 그것이 내가 품었던 환상과 동일하다는 보장은 없다. 애초에 그런 것이 있기나 한지도 알 수 없다. 하지만 잇시키 이로하는 분명 무언가를 원했던 거다. 그것은 무척 숭고한 행위처럼 느껴졌다.

내 부족한 말주변으로는 변변한 위로의 말도 떠오르지 않았지만, 그래도 애써 잇시키에게 해줄 말을 찾았다.

"저기, 그 뭐냐. 신경 쓰지 마라. 네 잘못도 아닌데 뭐."

그러자 잇시키가 천천히 눈을 깜빡였다. 그리고는 스슥 몸을 물려 내게서 떨어졌다.

"뭐예요 상심한 틈을 노려 꼬시는 건가요 죄송해요 아직 좀 무리예요."

"아니라고……."

뭘 어떻게 해석하면 그렇게 되는 건데……. 신경 쓰지 말라는 말을 재배열이라도 한 거냐.[26] 조금 어이없어하는 사이, 잇시키가 헛기침을 하고는 도로 아까만큼 다가앉았다.

"뭣보다 아직 끝난 게 아니니까요. 오히려 이거야말로 하야마 선배를 함락시키는 데 유효한 방법이라고요. 모두들 저를 안쓰럽게 여길 테고, 주위에서도 배려해줄 거 아니에요~?"

"……어, 그, 그래. 그런 거였냐."

뭐랄까, 역시 잇시키구만……. 감탄과 황당함이 반반씩 뒤섞인 기분으로 대꾸하자, 잇시키가 에헴 가슴을 펴며 의기양양하게 말을 이었다.

"그렇다니까요. 게다가 차일 걸 알면서도 시도해봐야 하는 경우도 있는 법이에요. 그리고 또 있어요. 거절한 상대한테는 은근히 마음이 쓰이죠? 아무래도 측은하게 여기게 되잖아요. 미안한 기분이 드는 게 보통이죠. ……그러니까 이번 패배는 발판이에요. 다음에 유리하게 써먹기 위한…… 그러니까, 그…… 열심히 해야……."

끅끅 나직한 흐느낌이 새어나오며, 눈가에 그렁그렁 이슬

#26 **신경 쓰지 말라는 말을 재배열이라도 한 거냐** 신경 쓰지 말라는 뜻의 일본어 気にするな(키니 스루나)를 재배열하면 좋아하게 된다는 뜻의 好きになる(스키니 나루)가 됨.

이 맺힌다.

열심히 노력하는 사람에게 열심히 하라고 말할 수는 없다. 코마치 왈 그럴 때는 사랑한다는 한마디면 족하다고 했지만, 그건 여동생 전용 대사다. 안 되면 머리라도 한번 쓰다듬어주고 싶었지만, 그것도 여동생 전용 커맨드다.

"대단하구나, 너."

내가 해줄 수 있는 말이라곤 고작 그 정도였다. 그러자 잇시키가 물기 어린 눈빛으로 나를 빼꼼 올려다보았다.

"다 선배님 때문이라고요. 제가 이렇게 된 거요."

"……아니, 학생회장이 된 건 그렇다 쳐도 나머지는……."

하지만 잇시키는 그 항변을 끝까지 듣지도 않고, 내 귓가에 얼굴을 가져다 대며 속삭였다.

"책임, 져주실 거죠?"

그리고 내 후배는 앙큼한 표정으로 웃었다.

자연스럽게 잇시키 이로하는 한 발짝 내디딘다.

월요일 방과 후, 우리는 학생회실로 집합했다.

카이힌 종합고와의 미팅을 앞두고, 그 회의를 위한 회의를 하기 위해서다. 이러다 조만간 회의의, 회의에 의한, 회의를 위한 회의가 열릴지도 모르겠다.

어제 유이가하마에게 틈틈이 사무적인 문자를 보내 관계자들에게 연락을 부탁해둔 덕분에, 전원 빠짐없이 참석해주었다.

회의용 테이블 한쪽에는 학생회 임원들이 옹기종기 모여앉아 있었다. 그 대열에 끼어 있는 잇시키와 눈이 마주쳤다.

그저께 일 때문에 풀죽어 있으려나 했는데 딱히 그런 기색은 없었고, 그냥 평소와 다름없는 모습이었다. 물론 단순히 그런 척하는 것뿐인지도 모르지만.

잇시키가 고개를 돌려 참석자들을 빙 둘러보았다.

"저기요, 무슨 일로 모이라고 하신 건가요~?"

"내부 방침 확인과 향후 계획 수립을 위해서다만."

내 대답에 잇시키가 "아아, 네에~." 하고 알아들은 건지 못 알아들은 건지 헷갈리는 미묘한 반응을 보였다. 그 모습을 본 유키노시타가 꿈틀 눈썹을 추켜세웠다.

"원래는 잇시키 네가 소집했어야 할 회의잖니."

"네, 네에⋯⋯."

유키노시타의 매서운 눈길에 잇시키가 움찔하며 등을 곧게 폈다. 확실히 방금 유키노시타가 좀 무섭기는 했지요⋯⋯. 하지만 오늘은 잇시키를 야단치려고 모인 게 아니다.

"저기, 지금은 그런 소리 안 해도 되지 않겠냐⋯⋯."

얼른 본론으로 들어가려고 그렇게 말하자, 유키노시타의 날카로운 시선이 내게로 향했다.

"오냐오냐하는 것과 자상함을 혼동하지 않는 편이 좋지 않을까?"

유키노시타가 무슨 말을 하려는 건지는 안다. 그 밖에도 사랑스러움과 애절함과 듬직함[#27]을 혼동해서는 안 된다. 유키노시타의 엄격함은 잇시키가 잘 되기를 바라는 마음에서 비롯된, 이른바 사랑의 매 같은 거겠지.

"하지만 매번 엄격하게 굴었다간 쌀쌀맞은 느낌밖에 못 줄 거라고."

"그렇다고 네가 하나부터 열까지 다 거들어주면 잇시키에게 하등 도움이 안 되잖니."

내 반론에 유키노시타도 반격에 나섰다. 안 되겠다. 이러다

#27 사랑스러움과 애절함과 듬직함 시노하라 료코가 부른 「스트리트 파이터 II MOVIE」의 주제가.

간 논의가 계속 평행선을 달리게 생겼다.

"왠지 부모님께 꾸중 듣는 기분이에요……."

잇시키의 나직한 중얼거림에 유키노시타가 또다시 잔소리를 퍼부을 태세에 들어가자, 유이가하마가 황급히 뜯어말렸다.

"저, 저기, 이로하두 아직은 일이 손에 안 익었을 테구……."

"……하기는 그렇구나."

유이가하마가 달래자 유키노시타도 한 발짝 물러섰다.

사실 따지고 보면 유키노시타의 지적도 타당하다. 장기적으로 보면 잇시키가 회장으로 홀로서기를 할 수 있는 능력을 갖추는 게 가장 이상적일 테니까. 남을 가르칠 만큼 대단하지도 않고 훌륭하지도 않은 데다, 덤으로 가슴의 두근거림도 모르지만[28], 그래도 잇시키의 앞날에 도움이 되도록 내 힘이 닿는 데까지 착실하게 보조해야 한다.

가볍게 헛기침을 하고, 맞은편에 있는 잇시키를 응시했다.

"잇시키, 지금 뭐가 문제인지는 알겠냐?"

"그야 뭐…… 돈과 시간과 일손이 부족하다는 점 아닌가요?"

"그래. 그러니까 어떻게 할 거지?"

"으음……. 그게, 아웃소싱이라고 했던가요? 그걸로 외부에서 공연해줄 사람들을 부를 건데, 그러려면 그 사람들에게 줄 돈이 부족하니까…… 자금을 모아야 한다, 뭐 그런 거였

---

[28] 대단하지도 않고 훌륭하지도 않은 데다, 덤으로 가슴의 두근거림도 모르지만 명탐정 코난 1기 오프닝 「가슴이 두근두근」의 가사에서 따온 것. 원래 가사는「대단하지도 않고 훌륭하지도 않아, 아는 거라곤 가슴의 두근거림뿐」.

죠."

잇시키도 문제 인식은 제대로 되어 있다. 무관심해 보이지만 실제로는 다 듣고 있는 거다. 솔직히 문화제와 체육대회 때의 위원장에 비하면 그 사실만으로도 감지덕지하게 느껴지니 신기할 따름이다.

잇시키의 상황 파악에 문제가 없음을 확인하고, 다음 단계로 넘어갔다.

"하지만 그 예산 확보도 히라츠카 선생님의 반응으로 봐서는 어려울 것 같단 말이지. 공동 분담은 내가 싫고."

"후자는 철저하게 개인적인 이유구나……."

유키노시타가 어처구니없다는 표정으로 한숨을 쉬었다. 그치만 유키농! 가하마 양이랑 이로하스두 힘주어 고개를 끄덕였다구! 공동 분담으로 결정될 경우, 머릿속으로 대충 계산해본 바에 따르면 내야 할 돈은 못해도 일 인당 5천 엔 안팎…… 무리다……. 그 정도 금액이라면 부모님에게 애걸하면 어찌어찌 마련할 수 있을지도 모른다. 하지만 이딴 데 허비할 바에야 부모님한테 징징대서 돈을 받아낸 다음, 이 행사 자체를 박살내버리는 편이 낫다. 게다가 분담금은 그것보다 더 불어날 가능성이 크다.

금전 문제라는 현실적인 제약에 부딪히자, 학생회 임원들도 서로 얼굴을 마주보았다. 그중에서도 가장 질색을 한 사람은 바로 잇시키였다. 하여튼 쟤도 참…….

"아무튼 지금 계획은 상당히 현실성이 떨어진다고. 만약 실행에 옮긴다 해도 그중 일부에 그칠 테지. 그러면 요란한 간판에 비해 알맹이는 상당히 초라해질걸. 무진장 허접한 행사가 될 거라고."

"하긴 그럴지도 모르겠네요……."

그 참상이 눈에 선한지, 잇시키가 한숨 섞인 목소리로 말했다.

『지금, 하나 되는 음악』이라는 거창한 타이틀을 달아놓고서, 참가하는 아티스트는 고작 한 팀에 달랑 한 시간 공연으로 끝나면 어쩔 거냐고……. 하나뿐이면 하나 되고 자시고 할것도 없잖아…….

"첫 번째 쟁점은 바로 그거야. 그래도 괜찮겠느냐는 거지. 학생회의 의지를 확인해둬야 할 것 같아서. 참고로 나는 어느쪽이든 상관없어. 어차피 단순한 도우미고, 시키는 대로 하는것뿐이니까."

내 말에 잇시키가 으음~ 하고 팔짱을 끼더니 고심하는 기색으로 운을 뗐다.

"그야 물론 괜찮지는 않죠~. 초라하게 끝날 바엔 차라리안 하는 편이 낫다든가, 뭐 그런 느낌도 들고요~. 하지만 이제 와서 관둘 수도 없는 노릇이잖아요~? 그러니까 불가항력적인 측면도 있다고 생각하는데요~."

애교스러운 목소리와 의욕이라고는 찾아볼 수 없는 대답에, 유키노시타가 두통이 이는 듯 관자놀이를 지그시 눌렀다.

"잇시키……."

"차, 참아, 유키농……."

유이가하마가 재빨리 다독이자 잇시키도 뜨끔했는지, 냉큼 덧붙였다.

"하, 할게요! 열심히 할게요!"

으음……. 어째 협박하는 꼴이 되어버렸지만, 뭐 상관없겠지.

"좋아, 잇시키의 의지는 확인했고. ……그럼 학생회 전체의 입장은 어떠냐?"

"네? 아, 하긴 그러네요……. 어떻게 생각하세요?"

잇시키가 조심스러운 눈빛으로 다른 임원들을 살폈다. 그러자 부회장을 비롯한 임원진들이 얼굴을 마주보며 머뭇머뭇 입을 열었다.

"아니 뭐, 우리야……."

"제대로 할 거라면, 그것도 나쁘지는……."

다른 임원들 역시 동의하는 기색을 내비치자, 그 반응을 확인한 잇시키가 수줍어하는 건지 난감해하는 건지 모를 애매한 미소를 지으며 나를 보았다.

"……그렇다는데요?"

역시 잇시키와 다른 임원진들 사이에는 아직도 어색함이 감돌았다.

잇시키 본연의 커뮤니케이션 능력(뻔뻔스러움)을 생각하면 얼마든지 멤버들 속에 녹아들 수 있을 것 같은데, 회장이라는 직함과 그에 대한 자신감 부족이 조심스러운 태도로 나타나는 건지도 모르겠다.

하지만 그건 내가 어찌해볼 수 있는 문제가 아니다. 다만 이번 행사의 성공이 잇시키에게 회장직 수행에 대한 자신감을 심어줄 수만 있다면, 이 상황에도 변화가 생길지 모른다.

"오케이. 그럼 어떻게 할지에 관해서인데, 그전에 한 가지 걸림돌이 있거든. ……자, 그럼 여기서 퀴즈입니다. 그 걸림돌이란 뭘까~요?"

"네?"

아까의 기특한 태도는 어디로 갔는지, 잇시키가 그야말로 천하의 등신을 보는 듯한 눈으로 나를 쳐다보았다. 제길, 분위기 좀 띄우려고 애써 퀴즈 형식을 취해줬더니만……. 됐으니까 대답이나 하라고. 그렇게 생각한 순간, 유키노시타가 잇시키를 제치고 냉큼 대답해버렸다.

"현재 회의의 구조. 철저한 합의제겠지."

잘 보니 뭣 때문인지 유키노시타는 살짝 손을 들고 있었다. 뭐야, 퀴즈 형식을 채택한 탓에 승부사의 피가 끓어오른 건가? 내 판정을 기다리는 유키노시타의 눈빛에서는 가벼운 설렘이 묻어났다.

"정답입니다……."

내 선언에 유키노시타가 책상 위에서 불끈 주먹을 쥐었다. 으음, 원래는 잇시키한테 물어본 거였다만……. 하긴 아무려면 어떠냐. 정답자에게 8만(八万, 하치만) 포인트 드리겠습니다(하치만이니까).

"아무튼 방금 유키노시타가 지적한 대로, 그 회의는 전원의 의견을 중요시해. 게다가 그걸 일일이 검토하기까지 하니까 평생 가도 끝이 안 나는 거라고. 그 회의장에는 최종 결정권을 쥔 사람이 없어."

내 설명에 유이가하마가 고개를 갸웃했다.

"응? 저쪽 회장이 결정권자 아니구?"

"지금으로서는 타마나와도 단순한 진행자 겸 정리자에 불과해. 의견을 취합할 뿐, 결정은 내리지 않으니까."

겉으로만 보면 활발한 회의다. 참가자 수도 꽤 되고, 의견을 내놓아도 부정당하지 않는다. 그래서 자잘하고 세세한 부분들, 즉 지엽적인 사항들은 쉽게 결정된다. 하지만 정작 중요한 몸통 부분은 윤곽조차 잡히지 않는다.

결정권을 쥔 사람이 누구인지 불분명한 회의는 사실상 무의미하다. 최종적인 결론이 나온다 한들 그것을 확정지어줄 사람이 존재하지 않으니까.

전원이 동등하기에 최종 판정이 내려지지 않는다.

일단 카이힌 종합고 측의 타마나와, 그리고 소부고 측의 잇시키가 윗선에 해당하기는 한다. 하지만 그 둘이 으음, 글쎄요~ 라는 식의 우유부단한 태도로 일관하니까, 회의에 영 진전이 없는 거다.

이야기를 듣다 보니 짚이는 구석이 있었는지, 잇시키가 나직하게 한숨을 쉬었다.

"……역시 제가 문제였나요~?"

고개를 떨구는 잇시키를 향해 말했다.

"딱히 네 잘못은 아냐."

"선배님……."

잇시키가 얼굴을 들고 감동에 젖은 눈빛으로 나를 보았다. 그래서 나도 힘주어 고개를 끄덕이고는 말을 이었다.

"당연히 너를 회장으로 민 놈 잘못이지."

"그거, 선배님이거든요……?"

황당하다는 표정으로 잇시키가 핀잔을 주었다. 아니, 그게 뭐랄까. 「난 잘못한 게 없어. 이 사회가 잘못된 거라고!」라는 정신도 중요하다고, 암.

"정확히 말하자면, 이번 일에 한해서는 서로를 배려한다고 상하관계를 명확하게 정립하지 못한 게 문제야."

그러니까 원원 관계에 대등한 협상, 위아래 구분 없는 평등한 그룹 운운하기에 앞서, 최종 결정권을 누가 쥘 지부터 결정해야 했던 거다. 맨 처음에 그 점을 분명히 하지 않은 이상, 이렇게 될 수밖에 없는 구도였다.

"……그러니까 그따위 친목질을 배제한, 제대로 된 회의를 해보자고. 반대와 대립, 부정이 용납되는, 우열이 명명백백하게 갈리는 그런 회의를."

내 제안에 부회장이 난색을 표했다.

"대립이라면…… 지금부터 반대 의견을 내자는 소리야?"

"그래. 거침없이 반대하고 철저하게 부정하자고. 공동 분담 따위 죽어도 싫거든."

"이유가 그거였어……?"

유이가하마는 어이없어했지만, 싫은 건 싫은 거다. 게다가 그런 회의에서 결정되는 거짓된 결론을 받아들이는 것도, 지금은 영 내키지 않았다.

하지만 그건 어디까지나 내 사적인 감정이다. 이제 결론의 바통을 넘기자.

"잇시키, 내 제안은 이상이다. 학생회 차원에서는 어떡할 거냐?"

"네? 제가 결정하는 거예요? 제가 마음대로 결정해도 되는 걸까요……?"

느닷없는 지명에 잇시키가 당황한 기색으로 주위를 두리번거렸다. 그 시선이 다른 임원들을 향했다.

"……어, 어떻게 생각하세요?"

그 질문을 부회장이 받아주었다.

"나는…… 말썽을 일으키지 않는 편이 좋다고 생각해. 이 타이밍에 대안을 내놓기는 약간 버거울 것 같고, 우리도 그 계획에 반대하지 않았으니까. 게다가 갈등을 빚었다는 이야기가 나돌면 좀 문제가 되지 않을까……."

부회장, 상식인이로군. 보수적이라고 해석할 수도 있겠지만. 그래도 이런 타입이 잇시키의 보좌를 맡아주는 건 고마운 일이다.

"그렇긴 하죠~."

맞장구를 친 잇시키가 으음~ 하고 신음하며 잠시 생각에 잠겼다. 하지만 이내 쓱 고개를 치켜들고 부회장을 향해 생긋 웃으며 말했다.

"그래도 해볼래요."

"뭐?"

당혹스러워하는 부회장을 바라보며, 학생회장 잇시키 이로하는 당차게 선언했다.

"개인적으로 초라한 건 좀 별로다 싶어서요~."

그 대답에 유키노시타는 관자놀이에 손을 얹었고, 유이가하마는 쓴웃음을 지었다. 하지만 나는 내심 감탄하고 말았다. 진심인지는 모르겠다만, 설마 이 상황에서 저토록 개인적인 이유를 들고 나올 줄이야. 저 녀석 엄청난 거물일지도 몰라.

결론이 나왔으니 이제 대안을 마련해야 한다. 그 회의에서 우리가 카이힌 종합고 측에 뒤진 것은 발언의 수와 핵심적인 의견이다. 따라서 그 부분을 보완하지 않으면 정면 대결은 불가능하다.

"그럼 뭘 할지 생각해보자고."

학생회실 화이트보드 앞에 서서 「할 일」이라고 찍찍 적었다. 내가 썼지만 참 의욕이라곤 없어 보이는 글씨다. 그러자 차마 보고 있기가 힘들었는지, 땋은 머리에 안경을 쓴 1학년 여자애가 아, 하고 탄성을 지르며 일어서더니 나와 교대해주었다. 아무래도 얘가 서기인가 보다.

다시 자리에 앉자, 잇시키가 으음~ 하고 난감한 표정으로 나를 바라보았다.

"근데요 선배님, 전 별로 하고 싶은 게 없는데요~."

"……그렇겠지. 실은 나도 마찬가지다만."

내 대답에 잇시키가 어이없다는 표정으로 한숨을 쉬었다.

"그럼 안 되잖아요……."

"괜찮아. 우리가 하고 싶은 걸 하는 것뿐이면 노는 거랑 무슨 차이가 있겠냐. 하기 싫은 거, 괴로운 걸 하니까 일인 거지."

그러자 맞은편에 앉아 있던 유키노시타가 관자놀이를 손가락으로 톡톡 두들겼다.

"……네 노동관은 둘째 치고, 확실히 그 주장에는 일리가 있구나. 현재의 기획은 방문객을 주체로 한 프로그램이 아니니까."

"아, 그러네요……."

잇시키가 고개를 끄덕였다. 그렇다. 카이힌 쪽의 기획은 자기들이 하고 싶은 일을 중심으로 짜여 있고, 본디 그 수혜자여야 할 이용객 위주가 아니다. 그야 음악을 좋아하는 어르신도 있기는 하겠지. 하지만 별다른 관심이 없는 사람도 많다. 게다가 어린이집 아이들은 지루해하지 않을까. 물론 선곡과 무대 연출에 따라 달라지긴 하겠지만, 그렇게 디테일한 부분까지 고려했다는 인상은 받지 못했다. 커스토머 사이드니 뭐니 지껄여댔으면서도, 막상 고객의 시점에 서본 적은 없는 거다.

행사의 취지를 잘못 이해한 거다. 사실 우리가 하고 싶은

게 뭔지는 중요하지 않다.

잇시키도 그 점은 이해한 눈치였다. 하지만 그다음 단계에서 막혀버리고 말았다.

"······그렇다 쳐도 대체 뭘 해야 되는 걸까요~?"

그 물음에 잠시 생각해보았다.

"일을 추진하는 방식에는 몇 가지가 있다만······. 글쎄, 뭐랄까. 일을 잘하는 비결은, 어떻게 일하지 않을 것인가에 있지."

"왠지 엄청 모순되는 거 같아······."

옆자리의 유이가하마가 싸늘한 눈빛으로 나를 보았다. 무슨 그런 실례의 말씀을······.

"모순되는 거 없어. 일하기 싫지만 일해야 할 때, 어떡해야 좋을지 생각하는 거지. 딴짓을 하거나 땡땡이를 치면 오히려 더 귀찮은 상황이 벌어져. 그러니까 어떻게 하면 효율적으로 해치울 수 있을지를 궁리하게 되는 거라고."

"출발점은 엉망인데, 결론은 올바른 느낌이 드는구나······."

골치가 아파져 오는지, 유키노시타가 관자놀이를 지그시 눌렀다.

결론이 올바른 거야 당연하다. 출처가 인류의 역사니까.

기술의 진보는 항상 귀찮아~ 일하기 싫어~ 라는 감정을 원동력으로 이루어져 왔다. 고로 귀찮아서 일하기 싫은 나는 가장 진화한 인류라고 할 수 있다. 특히나 최근 들어서는 정말이지 귀찮은 놈이구만~ 이라고 생각하곤 하는 요즈음입니다.

아무튼 내 문제는 중요하지 않다. 그보다 지금은 잇시키한테 해줘야 할 말이 있다.

"이런 걸 논의할 때는 늘 최초의 문제 제기가 까다로운 법이라고. 그렇다면 이미 존재하는 문제에 역공을 가하면 돼."

그렇게 말하며 가방에서 타마나와가 작성한 레쥬메를 꺼냈다.

"이번 같은 경우에는 이 기획의 단점을 열나게 파헤치는 거지. 걱정 마. 자기를 까기는 힘들어도 남을 까기는 식은 죽 먹기니까. 잇시키, 네 전문 분야라고. 잘해봐라."

"선배님은 대체 절 뭐로 보시는 거예요⋯⋯."

"됐으니까 어디 한번 해보라고."

툴툴거리며 불평을 늘어놓는 잇시키와 학생회 임원들을 재촉해, 서로 마주보고 앉게 했다. 그리고 유키노시타와 유이가하마에게 가볍게 눈짓 하여, 한동안 잠자코 그 회의 양상을 관찰하기로 했다.

우리가 더 이상 간섭하지 않아도, 일단 문제 제기가 이루어지자 학생회 임원진은 착실하게 토론에 들어갔다. 역시 딱히 열정이 부족한 건 아니다.

화제와 이야기할 계기가 생겨나자 학생회 멤버들 사이에서도 차츰 대화가 싹텄고, 하나둘씩 기획의 문제점이 언급되기 시작했다. 심지어 가끔씩은 웃음꽃이 피기도 했다.

으음, 역시 사람들 간의 거리를 좁히는 데는 남의 험담이 직방이구만.

어느 정도 문제점이 열거되었을 타이밍을 헤아려, 슬그머니 끼어들었다.

"그럼 이제 그 문제들을 뒤집어서, 우리 측의 기획을 짜는 거지."

그러자 어디선가 흐음, 하고 나직하게 중얼거리는 소리가 들려왔다. 고개를 돌리자, 팔짱을 낀 유키노시타가 보였다.

"……그런 방식이라면 대안은 찾을 수 있겠구나. 문제는 결국 예산과 시간과 인력이지만."

"그렇다면 돈과 시간을 최대한 절약할 수 있는 방법을 찾아내는 수밖에."

"하지만 그럼 결국 초라해져 버리잖아요~? 그것도 왠지 좀 별로인데요~."

잇시키가 불만스러운 기색으로 대꾸하자, 유이가하마가 손바닥을 탁 쳤다.

"아, 맞다! 직접 만든 소박한 느낌이 가정적이라든가, 그런 건 어때?!"

"그건 소비자 측의 평가지, 제공자 측에서 내세울 만한 포인트는 아닌 것 같은데……?"

듣고 있던 유키노시타가 정확하게 지적했다.

하지만 유이가하마의 주장에도 일리는 있다.

요컨대 지금 필요한 것은 발상의 전환이다.

돈만 들인다고 다가 아니다. 총제작비를 전면에 내세우는 영화는 대개 실패한다. 특히 애니메이션 실사판이라든가. 아무도 원하지 않는다고, 그딴 거.

미완성, 조잡함, 부실함 같은 부정적인 이미지를 어떡하면 소박함이나 인간미처럼 긍정적인 이미지로 탈바꿈시킬 수 있는가. 그 점을 연구해볼 필요가 있다.

아하, 그래. 어른들의 비디오에서 아마추어물 같은 거려나……? 프로가 아니기에 느껴지는 어설픔과 자연스러움, 리얼함이라든가. 어쩐지 손에 잡힐 것만 같은 느낌이 든다든가……. 아니지, 그보다는 오히려 일상 속에 숨어 있는 비일상성과 은밀함, 연기가 아닌 연기라는 역설적인 문학성이…… 후우. 좋아, 대충 이해했다.

"그럼 이런 건 어떠냐? 초등학생하고, 또 어린이집이라고 했나? 거기 꼬마들한테 이것저것 시켜보자고. 애들이라면 빈티나고 서툰 것도 무기가 되잖아."

"……흐음, 기발한 착상이구나."

유키노시타가 유난히 초롱초롱 빛나는 눈망울로 나를 바라보았다. 다만 아이디어의 원천이 좀 그렇다 보니 눈을 마주치기가 껄끄러웠다. 왠지 대답하는 목소리도 상기될 것 같고.

"아, 어, 응, 뭐 그렇지. CF만 해도 궁지에 몰리면 닥치고 애니멀이나 동물을 내보내라고들 하잖아? 대충 그 비슷한 거지."

하지만 유키노시타는 생각을 가다듬는 데 집중해서 다른 곳을 보고 있었다.

"확실히 아이들이 재롱떠는 모습을 보여준다면 아무도 불만을 제기하지는 않겠지. 장년층의 반응도 좋을 것 같고. 그러면 선보일 수 있는 프로그램도 저절로 좁혀지겠구나."

그렇게 말하며 유키노시타가 잇시키를 위시한 학생회 임원진을 바라보았다.

"아, 그러네요~. 노래자랑 같은 건 어떨까요……?"

"연극이라든가……."

잇시키와 땋은 머리 서기 아가씨가 대답했다.

"노래는 음악하고 겹치겠는데……."

그렇게 말하며 부회장이 하나를 제외했다.

이렇게 되면 공연 내용은 결정된 거나 다름없다. 쓰윽 몸을 일으켜 화이트보드에 연극이란 두 글자를 적었다.

"그럼 연극이군. 어린이집에서는 툭하면 재롱잔치 같은 걸 하잖아. 어쩌면 적당한 소도구나 의상이 있을지도 모르겠는데."

내 말에 유키노시타가 고개를 끄덕였다.

"문제는 연습할 시간이구나."

"대사 외우기 힘들 거 같아……."

무대에 서는 당사자도 아니건만, 유이가하마가 처량한 목소리를 냈다. 하긴 유이가하마도 암기는 쥐약이니까……. 다만 이 연극은 시험이 아니다. 어느 정도는 편법을 써도 무방하다.

"……무대에 서는 배우와 대사를 읽는 배우를 나누는 건 어때?"

내 말에 유키노시타도 무릎을 탁 쳤다.

"성우를 쓰자는 뜻이니?"

"그래. 그러면 대사를 외울 필요가 없어지니까."

"대단해. 농땡이를 피우는 데서는 따라올 자가 없구나."

과분한 칭찬, 황공하기 그지없나이다⋯⋯. 어여쁘게 웃으면서 그런 소리 하지 말자, 응?

물론 진짜 성우는 무진장 빡세고, 실제로 피나는 노력을 한다고 들었다. 연습과 훈련에도 여념이 없지만, 이번 연극은 애들 학예회 수준이니 이것도 한 방법이겠지.

이것으로 큰 틀은 잡혔다. 나머지는 실무 작업을 진행하면서 조정해나가면 충분할 테지.

"그럼 결정된 걸로 봐도 될까요⋯⋯?"

잇시키가 자신 없는 표정으로 학생회 멤버들을 돌아보았다. 그러자 부회장을 비롯한 임원진 전원이 고개를 끄덕였다. 그것을 본 잇시키의 입가에 희미한 미소가 감돌았다.

유이가하마가 들뜬 기색으로 잇시키를 격려했다.

"기왕 생각해낸 거니까 잘 됐으면 좋겠다, 그치?"

"그러게요~. 그야 잘 되면 좋겠지만요~."

"우리 연극과 저쪽 콘서트, 시간을 양분해서 둘 다 하면 돼. 그것도 오늘 회의에서 제안해보는 게 어떻겠냐?"

내 말에 유이가하마와 잇시키가 동시에 우웅? 하고 고개를 갸웃하며 나를 보았다. 뭐냐고, 그 아방한 반응은⋯⋯.

"⋯⋯그래도 되는 거예요?"

"아니, 나야 모른다만. 어쨌든 같이 한다 쳐도 방법은 여러 가지 아니겠냐?"

"아, 네에. 그렇군요⋯⋯."

잇시키가 납득한 것도 같고 아닌 것도 같은, 어쩐지 마음이 딴 데 가 있는 듯한 표정으로 수긍했다.

만인의 취향을 만족시키는 것은 존재하지 않는다. 그러니 타마나와 측의 기획에 거부감을 느끼는 사람도 있을 테지. 우리가 그런 사람들에게 먹힐 만한 콘텐츠를 제공할 수 있다면, 행사 전체 차원에서의 고객 만족도를 높일 수 있다. 물론 우리 쪽 공연이 마음에 안 차는 경우도 있겠지만, 그런 사람들은 타마나와의 기획을 반길지도 모른다.

대립하는 상황이기에, 그런 구도를 조성할 수 있는 셈이다.

"그럼 미팅 시간까지 이 내용을 구체화해서, 회의에서 발표할 수 있도록 애써봐라."

그렇게 말하며 의자에서 몸을 일으켰다.

"네⋯⋯ 네에?! 어딜 가시는 거예요?! 그보다 발표, 제가 하는 거예요?!"

건성으로 대답한 잇시키가 다시 번쩍 고개를 들고 나를 쳐다보았다. 그러자 뒤따라 일어선 유키노시타가 치맛자락을 정돈하고는 흐음, 하고 턱을 매만졌다.

"아무리 그래도 발표는 학생회 몫이겠지. 우리는 어디까지나 도우미니까."

유키노시타의 말에 유이가하마도 의자에 걸쳐놓았던 코트를 집어 들고 웃으며 덧붙였다.

"아, 그치만 염려 마. 회의에서 막힘 힛키랑 유키농이 도와

줄 거니까!"

"넌 안 도와줄 거냐……. 그럼 잇시키, 잘해봐라. 오늘은
내가 간식거리 사갈 테니."

그 말을 끝으로 학생회실을 뒤로했다.

미팅이 열릴 때까지는 아직 조금 시간이 있었다. 편의점에
서 다과를 사며 시간을 때우기로 하고, 셋이서 현관으로 향
했다.

"회의, 잘 풀림 좋겠다."

유이가하마가 머플러를 다시 감으며 말했다.

"걱정 마. 안 되면 우격다짐으로라도 밀어붙일 거니까. 이
짓거리도 슬슬 끝내고 싶다고."

무심하게 대꾸했는데, 유이가하마의 발걸음이 뚝 멎었다.
뒤돌아보자, 유이가하마가 진지한 눈빛으로 나를 바라보고
있었다.

"……그거, 힛키가 뭔가 한다는 뜻이야?"

유이가하마 뒤에는 유키노시타도 우두커니 서 있었다. 살
짝 내리깐 눈동자에 어떤 감정이 깃들어 있는지는 알 수 없
었다.

"……그건 그때 가서 생각하려고. 솔직히 부딪쳐보지 않고
서는 몰라."

최대한 성실하게, 지금의 내가 아는 범위에서 대답했다. 하
지만 그렇게 많은 방법을 아는 것은 아니다. 그 사실은 유이
가하마도 익히 아는 바인지, 당고머리를 만지작대더니 고개

를 수그린 채 입을 열었다.

"힛키는…… 그런 거, 싫지 않아?"

"나도 싫어하는 것 정도는 있어."

"그럼……"

그렇게 말하며 유이가하마가 고개를 들었다. 그 말이 끝까지 이어지기 전에, 내가 찾아낸 해답을 내놓았다.

"……내가 싫어하는 건 그딴 가식적인 회의에 굴복하는 거라고. 그게 제일 싫어."

단호하게 대꾸하고, 딴청을 피우며 뒤통수를 벅벅 긁었다. 바로 얼마 전까지만 해도 그런 가식에 완전히 매몰되어 있었던 나 자신을 떠올리자, 뻔뻔스럽게 잘도 그따위 소리가 나오는구나 싶었다.

그래도 더 이상, 내게 주어지는 허상을 달게 받아들일 수는 없다.

잠시 침묵이 흘렀다.

이윽고 희미한 한숨 소리가 들려왔다. 시선을 돌리자, 잔잔한 미소를 머금은 유키노시타가 보였다.

"네가 원하는 대로 하렴."

그 목소리는 평소보다 부드러웠고, 망설임 없는 말 속에는 힘이 있었다.

"……응, 알았어."

유이가하마는 여전히 뭔가 납득이 가지 않는 눈치였지만, 그래도 조용히 고개를 끄덕였다.

아마도 이해해준 것은 아니겠지. 어쩌면 기막혀하는 건지도 모른다.

혀끝에서 맴도는 말을 삼키고, 잠자코 마주 고개를 끄덕여 보였다.

그것을 끝으로, 세 사람 다 아무 말 없이 현관을 나섰다.

차가운 바닷바람을 맞으며 서 있는 학교 건물들 틈새로 비쳐든 석양에서는, 희미한 온기가 느껴졌다.

× × ×

정각에 시작된 크리스마스 합동 이벤트 회의는, 시간이 흐를수록 그 열기를 잃어갔다.

카이힌 종합고 학생회장인 타마나와가 난처한 기색으로 웃으며 한숨을 쉬었다.

그러자 소부고 학생회장 잇시키 이로하가 생글생글 웃으며 옆에 앉은 나한테만 들릴 정도로 나직하게 혀를 찼다.

양측의 주장은 아까부터 평행선을 달리는 중이었다.

"응, 분명히 일리가 있는 말이긴 한데, 두 학교가 공동으로 행사를 치러낸다는 데 의의를 둬야 한다고 생각하거든. 따로따로 준비하면 시너지 효과도 약화될 거고, 더블 리스크가 아닐까?"

"그럴지도 모르지만요~. 개인적으로는 이걸 꼭 하고 싶거든요~. 한꺼번에 두 가지 공연을 볼 수 있다니, 엄청 이득이잖아요~?"

그런 대화가 벌써 몇 번을 오갔는지 모른다.

타마나와가 이것저것 외래어를 버무려 넣을 때마다, 잇시키는 목과 얼굴의 각도를 바꿔가며 깜찍하게 애교 섞인 목소리를 자아냈다.

그런 광경이 회의 초반부터 계속 이어져 왔다.

회의가 시작되자, 먼저 타마나와가 추가 예산 공동 분담을 제안해왔다. 그 제의에 잇시키가 "저기요, 제가 좀 생각해봤는데요~."라는 말로 시작되는 연극 기획안 발표로 카운터펀치를 날렸다. 하지만 적도 만만치 않아, 현재 플랜의 막간에 연극을 끼워 넣는 형태의 절충안을 제시해왔다. 그러자 잇시키는 현재 플랜의 자금 조달에 문제가 있다는 이유를 내세워, 현재 프로그램을 축소하고 음악과 연극의 2부 구성으로 하자고 제안했다.

거기까지는 내 예상대로 전개되었다. 나와 유키노시타, 유이가하마는 끝이 정해진 한 편의 시나리오를 감상하는 기분으로 안심하고 지켜볼 수 있었다.

하지만 그 이후로 회의는 급격하게 답보 상태에 빠져들었다. 그리고 조금 전처럼 잇시키와 타마나와의 물고 물리는 공방이 펼쳐지기 시작했다.

내 옆에서 유키노시타가 휴우 한숨을 내쉬었다. 신기한걸, 나도 같은 심정이었는데. 그렇게 생각한 순간, 유키노시타가 회의에 방해 되지 않도록 목소리를 낮추고 물어왔다.

"잇시키, 괜찮을까……? 아까 혀 차는 소리가 들렸는데……."

"글쎄. 상당히 열 받은 것 같기는 하다만……."

"그 심정은 충분히 이해가 가……."

지친 기색으로 대꾸한 유키노시타가 다시 한숨을 쉬었다.

우리 둘 다 발표는 잇시키에게 맡겨두고 적절히 지원한다는 자세로 이번 회의에 임했지만, 이 정도로 지지부진하면 아무래도 끼어들기가 힘들다. 어떡할까 고민하는데, 내 오른쪽에 앉아 있던 유이가하마가 어깨를 콕콕 찔렀다.

"힛키, 지금 뭐 땜에 싸우는 거야?"

"……조금 전까지만 해도 같이하던 걸, 별안간 따로 하겠다고 나서면 어떨 거 같냐?"

유이가하마가 우움~ 하고 생각한 끝에 입을 열었다.

"뭔가 안 좋은 일 같은 느낌이 들어……."

"분열, 결렬……. 확실히 좋지 않은 인상을 주는구나."

유키노시타도 고개를 끄덕였다. 아마 타마나와도 그게 마음에 걸리는 거겠지.

그 생각을 확인하듯 타마나와를 흘끗 곁눈질했다. 그러자 타마나와가 느긋하게 맥북 에어를 탁탁 두들기며 키보드를 쳤다. 그리고 힘주어 고개를 끄덕이더니 입을 열었다.

"그 연극이란 아이디어는 참 좋다고 생각해. 그러니까 컨셉으로 되돌아가서, 음악과 연극의 콜라보레이션이란 방향으로 가는 것도 하나의 방법이겠지."

또다시 절충안을 제시해온다. 그러자 잇시키가 후훗 웃었다.

"뭐 그것도 한 방법이긴 하죠~. 하지만 그거랑은 좀 다르다고 생각하거든요~. 게다가 또 예산 문제도 있잖아요~? 그러니 결국 불가능하지 않을까, 뭐 그런 생각이 든달까요~."

대답을 마친 잇시키가 쑥스러움을 감추듯 배시시 웃었다. 하지만 그 눈에는 전혀 웃음기가 없었다.

"그 부분은 다 함께 고민해보자. 그걸 위한 회의니까."

타마나와가 예전에도 들어본 논리를 펼쳤다. 이대로는 무한 루프에 돌입하게 생겼다.

그러자 시야 끄트머리에서 뜻밖의 인물이 일어섰다. 우리 부회장이었다.

"저기, 하나만 물어봐도 될까? 2부 구성에 반대하는 이유가 뭐야?"

"으음, 딱히 반대하는 건 아니야. 단지 비전을 공유하면 좀 더 일체감을 강화할 수 있을 것 같거든. 이미지 전략이란 측면을 고려해도, 합동 이벤트라는 큰 틀에서 벗어나지 않는 편이 좋지 않을까?"

예상치 못한 곳에서 날아든 반론에, 타마나와가 잠시 생각한 끝에 덧붙였다.

"이건 프레시 아이디어인데, 프로그램을 두 개로 할 거면 두 학교를 섞어서 두 개의 그룹을 만든다든가, 그런 솔루션도 있을 거 같은데……."

"하지만 그랬다간 시간이 모자랄 거 같은데요~? 우리는 벌써 준비를 다 해놨거든요~."

잇시키가 부회장에게 가세했다. 준비라곤 쥐뿔도 안 했지만, 그 정도로 강하게 밀어붙이지 않으면 달라질 게 없다고 판단한 거겠지.

그러자 카이힌 종합고 학생회 임원 중 하나가 손을 들었다. 타마나와가 밀린다고 느꼈는지, 그 지원사격에 나섰다.

"시간이 문제라면 지금부터 새로운 기획을 추진하기보다는 원래 계획으로 통일해서 다 함께 힘을 합치는 편이 효율적이고, 코스트 퍼포먼스가 좋지 않을까? 비용 대비 효과 차원에서."

그리하여 회의는 다시 도돌이표를 찍었다.

그 논쟁을 회의록에 옮겨 적다가, 불현듯 기묘한 위화감에 사로잡혔다.

타마나와는 2부 구성 자체를 반대하는 게 아니다. 그러면서도 함께 해나갈 것을 고집한다. 그 이유는 무엇인가. 위화감의 정체를 파헤치고자 입을 열었다.

"……꼭 합동으로 할 필요가 있어?"

"그야 합동으로 작업함으로써 그룹 시너지를 창출하고, 대규모 이벤트를……."

"시너지 따위 눈을 씻고 봐도 없고, 대규모니 뭐니 해봤자 이런 식으론 별로 대단한 것도 못할 텐데? 그런데 어째서 아직도 형식에 집착하는 거지?"

깨닫고 보니 힐난하듯 다그치고 있었다. 그런 나를 질책하듯, 주위에서 수군거리는 소리가 들려왔다.

이 회의의 가장 큰 실책은 부정이 존재하지 않았다는 점이다. 시작부터 부정이 금지되었다. 그래서 잘못된 걸 알면서도 누구 하나 바로잡지 못했던 거다.

나도 부정하지 못했다. 어쩌면 그런 방식도 존재할지 모른다고, 그렇게 생각했다.

배려했던 거다. 신경 썼던 거다. 그런 핑계를 내세워 거짓말을 해왔던 거다.

하지만 틀렸다. 부정당하는 것은 결코 나쁜 게 아니다.

너는 잘못됐다는 지적을 받고서야 비로소 알게 되는 것도 존재한다. 무책임하기 그지없는, 알맹이라곤 없는 전면적인 긍정이야말로 가장 잔인한 부정이다. 그것이야말로 분명 진정한 거절이다.

초조해졌는지, 타마나와가 다급히 대꾸했다.

"기획 의도와 어긋나잖아. 게다가 컨센서스도 도출했고, 그랜드 디자인의 공유도 이루어졌으니까……."

그 말대로 컨센서스는 도출됐고, 그랜드 디자인의 공유도 시도되었다.

전체가 납득할 수 있는 결론을 도출하기 위해서라고 큰소리치며 전원에게 인내를 강요하고, 모두에게 상처를 입히고, 누구나 거짓을 수용하도록 만들고, 자신을 눌러 죽이게 함으로써.

이미 결정된 일이라고, 이의를 제기하는 사람은 이단자라고 암묵적으로 협박을 가함으로써 얻어진 합의다.

그리고는 실패했을 때 이렇게 말하는 거다. 다 함께 결정한 일이라고. 그렇게 해서 책임을 분산시키고, 자기 마음의 짐을 덜고, 이름 없는 누군가의 탓으로 돌린다. 그러다 끝내는 「모두가」 함께 결정한 일이라고 몰아붙여 공범자로 만들어버린다. 마치 어딘가의 공허한 상자 속처럼.

그러니 나는 그것을 부정해야만 한다. 내가 올바른 존재라고는 입이 찢어져도 말 못하지만, 그래도 부정해준 덕분에 나는 내 잘못을 깨달았으니까. 그렇다면 이런 결론에 승복할 수는 없다. 내가 잘못됐다는 건 안다. 하지만 이 세상은 더욱 잘못됐다.

나는 타마나와를 가만히 응시했다. 그리고 입매를 일그러뜨렸다.

"……아니지. 넌 그냥 네가 잘해낼 수 있을 거라 믿고 자만했던 거잖아. 그러니까 잘못을 해도 인정할 수 없었던 거야. 자신의 실패를 숨기고 싶었던 거겠지. 그래서 머리를 굴리고, 혀를 굴리고, 동의를 받아내서 안심하려 했어. 일이 잘못됐을 때, 남에게 책임을 전가하면 마음이 편해지니까."

마치 얼마 전까지의 누군가를 보는 것 같아, 자조적인 목소리가 절로 흘러나왔다.

부정이 존재하지 않는 포근한 공간은 틀림없이 감미로울 테지. 겉돌았던 토의는 회의록에 남겨져, 합의라는 형태를 유지한다. 그렇게 하면 자신을 속일 수 있다.

하지만 그건 가짜다.

술렁. 목소리가 물결친다. 작지만 서서히 퍼져나가는 파문이 반향을 일으킨다. 수군거림의 소용돌이가 내 주위를 에워싸고, 냉랭한 시선이 날아든다.

"그런 게 아니라, 단순한 커뮤니케이션 부족인 것 같은데."

"일단 쿨 다운 타임을 가졌다가, 다시 한 번 차분하게 대화를 거듭하면……."

카이힌 종합고 측에서 들려오는 목소리는 차갑고 끈끈했다. 하지만 그들의 태도에는 변화가 없었다. 이쪽을 부정하지 않으려고, 융화하자며 대화의 촉수로 얽어매려 든다.

하지만 그것을 매섭게 뿌리치는 음성이 있었다.

"소꿉놀이를 하고 싶은 거라면 다른 데서 해주겠니?"

나직한 목소리였지만, 그 한마디에 회의실 안이 쥐죽은 듯한 정적에 휩싸였다.

목소리의 주인이 말을 이었다.

"아까부터 알맹이라곤 없는 이야기만 늘어놓는데, 잘 알지도 못하는 용어들을 남발해가며 토론하는 시늉이나 하는 회의 놀이가 그렇게 즐거워?"

유키노시타 유키노 이외에는 그 누구도 입을 여는 사람이 없었다. 도발적이었던 목소리가 느릿하게 변해간다.

"애매한 말들로 대화했다고 착각하고, 이해했다고 착각하고, 무엇 하나 행동에 옮기지 않아. 그래서는 앞으로 나아갈 수 있을 리 없어……. 아무것도 만들어내지 못하고, 아무것도 얻지 못하고, 아무것도 내주지 않는…… 단순한 가짜일 뿐."

문득 옆을 돌아보자, 유키노시타는 주먹을 꼭 움켜쥔 채 고개를 수그리고 있었다.

하지만 이내 고개를 들고 의연한 표정으로, 강렬한 눈빛으로 앞을 바라보았다.

"더 이상 우리의 시간을 빼앗지 말아 주겠니?"

강습실은 소리를 잊은 듯 고요하기만 했다. 유키노시타의 박력에 모두들 얼이 빠져 할 말을 잃은 눈치였다. 쳇바퀴 돌리듯 지루하게 계속되어온 토론에 공백지대가 생겨났다.

"저기, 보니까 아무래두 힘들 거 같구, 억지루 같이 하는 것보다 두 배로 즐길 수 있는 행사를 만든다구 생각하는 게 낫지 않을까? 그편이 두 학교의 개성두 드러날 거구."

그 틈새를 비집고, 유이가하마가 일부러 밝은 목소리로 입을 열었다. 그리고 여전히 반쯤 넋이 나간 상태인 참석자들의 의사를 확인하기 시작했다.

"그치? 이로하."

"아, 네. 조, 좋은 생각 같네요……."

그 대답에 유이가하마가 쓱 시선을 돌렸다. 그 끝에 앉아 있는 사람은 다름 아닌 오리모토 카오리였다.

"이, 있지, 어떻게 생각해?"

"어? 아, 으응…… 뭐, 괜찮지 않을까?"

기습적인 질문에 반사적으로 대답해버린 건지, 오리모토가 동의했다. 하지만 대답해놓고도 그다지 자신이 없는지, 옆에 앉은 사람과 얼굴을 마주보았다. 그러자 얼굴을 마주한 사람도 잠자코 고개를 끄덕였다.

부정하는 사람이 없는 회의는 한 번 긍정으로 기울어지자, 그대로 눈사태처럼 와르르 무너져 내렸다.

　마침내 기나긴 회의에 종지부가 찍혔다.

×　　×　　×

　회의가 끝나자, 강습실은 다시 소란스러움을 되찾았다. 회의의 결론이 나옴으로써, 소부고 학생회도 드디어 본격적으로 행사 준비에 돌입할 수 있게 되었다. 책상 위에 책과 자료를 주르륵 펼쳐놓고, 연극을 하기 위한 협의에 들어갔다.

　그 광경을 곁눈질하며, 유키노시타와 나란히 서서 잇시키한테 야단 맞았다. 유이가하마는 쓴웃음을 머금은 채 그 모습을 지켜보았다.

　"어째서 두 분 다 그런 소리를 해버리시는 거냐고요~. 분위기 완전 최악이잖아요~. 이러다 행사가 무산되는 거 아닌가 싶었다고요~."

　화이트보드 앞에서 팔짱을 낀 채, 잇시키가 잔소리를 늘어놓았다. 뺨을 뾰로통하게 부풀린 그 표정이 맹랑 깜찍했다.

　"나는 틀린 말을 한 기억이 없는데?"

　유키노시타가 토라진 표정으로 고개를 홱 돌렸다. 그러자 잇시키의 입에서 푸시식 바람이 새어나왔다. 아무래도 살짝 혈압이 오른 모양이다.

　"그야 물론 정론인지도 모르지만, 좀 더 분위기를 읽을 필요도 있잖아요~."

그 말에 유키노시타가 다시 잇시키를 외면…… 하는 줄 알았으나, 뭣 때문인지 내게 시선을 향했다.

"히키가야에게 분위기를 읽으라고 요구해봐야 소용없어. 부실에서도 글자밖에 읽지 않으니까."

"유감인데. 나 정도 경지에 오른 독서가는 행간까지 꼼꼼하게 읽는다고. 게다가 방금 혼난 사람은 너 아니냐?"

내 지적에 유키노시타가 의아한 기색으로 고개를 갸웃했다.

"하지만 잇시키도 방금 정론이라고 인정했잖니. 그렇다면 혼날 이유가 없는걸."

"아, 바로 그거야. 그런 점이 열 받는 거라고. 사람 말 좀 들어라, 좀."

티격태격하는데, 잇시키가 화이트보드를 똑똑 두들겼다.

"저기요~. 제 말 듣고 계신 거예요~? 선배님들께 하는 말이거든요~?"

"저, 저기, 원만하게 수습됐으니까 봐주자, 응?"

옆에서 지켜보던 유이가하마의 중재에 잇시키가 한숨을 쉬며 물러났다. 살짝 토라진 것처럼 보이는 잇시키를 유이가하마가 재빨리 다독였다.

"행사두 취소되지 않았구, 다 잘 됐잖아. 그치?"

"……휴우. 아니 뭐 그건 그것대로 상관없다는 느낌이지만요~. 게다가, 사실…… 좀 후련해지기도 했고요."

저 녀석, 솔직하지 못하구만~ 이라며 똥 묻은 개가 겨 묻은 개를 나무랍니다. 그나저나 학생회 일에 별로 흥미가 없었을 터인 잇시키가 행사 취소 여부에 신경 쓸 줄이야.

그때 잇시키가 우웃~ 하고 신음하며 머리를 감싸 쥐었다.

"하지만 이거랑 그건 별개잖아요~. 일하기가 엄청 껄끄럽다고요~."

"아, 그건 미안하게 됐다."

그 문제에 관해서만큼은 내가 잘못한 게 사실이므로, 깍듯이 사과했다. 그동안은 주로 나와 잇시키가 타마나와를 상대해왔는데, 이번 일로 타마나와도 나하고 이야기할 마음은 싹 사라졌겠지. 결국 그만큼 제반 업무를 잇시키에게 떠넘기는 꼴이 되고 말았다.

"하기는 연계가 끊어져도 곤란하겠구나……. 따로 준비한다지만 전체적인 틀은 공통이니까. 일하기가 조금 불편해졌으려나……?"

유키노시타가 턱을 매만지며 생각에 잠기자, 유이가하마가 저요, 하고 손을 들었다.

"저쪽 뒷수습이랑 연락 업무는 나하구 이로하가 맡을게."

"네에~? 저도요~?"

"너는 대표자니까 당연하잖니."

잇시키가 내키지 않는 기색으로 대꾸했지만, 유키노시타가 냉큼 일침을 가했다.

"네, 네엣! ……근데 사실, 유키노시타 선배님 탓……."

유키노시타가 빤히 쳐다보자, 잇시키가 헛기침을 하며 얼버무렸다. 그리고 소곤소곤 내게 귓속말을 건넸다.

"선배님, 유키노시타 선배 무섭네요……."

아니, 저 정도면 그래도 양호한 축에 속한다만…… 이라고는 말 못 했다. 왜냐하면 지금도 잇시키를 잡아먹을 것처럼 노려보고 있잖아. 유키농 이어는 데빌 이어…….

"잇시키, 카이힌 측에 문의해서 예산과 시간 배분을 확인해주겠니? 그리고 지금까지 소요된 경비 정산을 해뒀으면 하는데."

"아, 그럼 회계 담당이랑 같이 할까요?"

잇시키가 그렇게 말하며 두 사람을 데리고 임원들이 있는 곳으로 향했다.

나는 딱히 할 일도 없는 한가한 처지라, 근처에 있는 의자를 빼서 등받이에 몸을 기대고 천장을 올려다보았다. 주위에 얼씬하는 사람도 없어, 평화롭기 그지없는 시간이 흘러갔다.

이따금 시선이 느껴졌다. 기이한 것을 보는 시선과 쑥덕대는 목소리에는 이미 익숙해졌을 터였지만, 오랜만에 의식한 탓인지 기묘한 향수가 느껴졌다. 그런 뒷담화의 대상이 된 것은 유키노시타도 마찬가지였다.

"히키가야."

의자에 늘어져 있자니, 대체 언제부터 와 있었는지 히라츠카 선생님이 위쪽에서 내 얼굴을 들여다보았다.

"오셨어요?"

"상황을 보려고 중간에 들렀다."

오래 머무를 마음은 없는지, 히라츠카 선생님은 의자에 앉지 않았다. 혼자만 앉아 있기도 껄끄러워 일어서기로 했다. 얼굴이 가까워지자, 히라츠카 선생님이 나를 가만히 바라보더니 쓴웃음을 지었다.

"이번에도 상당히 나쁜 인상을 심어줬더군."

아, 그때는 이미 와 있었던 건가……. 그 장면을 들켰다니 좀 부끄러운걸. 수줍수줍하는데, 히라츠카 선생님이 강습실 안을 돌아보았다. 그 시선이 향한 곳에는 유키노시타가 있었다.

"그나저나 저 애가 그런 행동을 할 줄이야……. 조금 놀랐다."

"그러게요……."

아무런 의미도 없는 맞장구를 쳤다. 나는 그때 유키노시타가 그렇게 말한 데 놀라면서도, 한편으로는 납득했었다. 단지 말로는 그 느낌을 잘 설명할 수 있을 것 같지 않았다. 하지만 히라츠카 선생님은 힘주어 고개를 끄덕였다.

"함께 상처 입는다면, 그건 상처가 아닐지도 모르지. …… 파격의 미학인가."

"네?"

불쑥 내뱉은 말의 의미를 이해하기 어려워 되물었다. 그러자 히라츠카 선생님은 나를 보지 않고 대답했다.

"상처 입거나, 일그러지거나…… 혹은 삐뚤어져 있더라도 보는 이에 따라서는 아름답다고 느끼는 경우도 있지. 거기에는 분명 가치가 있다. ……나는 그런 게 싫지 않아."

그리고 나를 돌아보았다. 어딘가 염려스러운 눈빛으로.

"하지만 그와 동시에 두렵기도 하다. 정말 이래도 괜찮은 걸까 불안해지지. 남이 이해하지 못하는 행복은 닫혀버린 행복이라고도 할 수 있으니까."

"그러면 안 되는 건가요?"

내 물음에 히라츠카 선생님은 천천히 고개를 저었다. 길고 윤기 있는 흑발이 사르륵 흘러내렸다.

"글쎄……. 교사가 정답을 알려줄 수 있는 건 시험 문제뿐이다. ……그러니 부족할지언정 끊임없이 질문을 던지마. 그만큼 너는 계속 생각하도록."

그 말을 끝으로 히라츠카 선생님은 강습실을 떠났다. 그 뒷모습을 바라보며, 내가 했어야 했을 대답을 찾았다.

내가 원했던 것은 세간에서 말하는 올바른 관계가 아니다. 맞잡은 손을 물밑으로 끌고 들어가는 것이나 다름없는, 그런 뒤틀린 유대이겠지. 지독하게 이기적인 소망이다.

구태여 깨우쳐줄 필요도 없다. 나는 앞으로도 끊임없이 묻고 답하고 생각해나갈 테니까.

×　×　×

기나긴 하루를 마치고 귀갓길에 올랐다. 커뮤니티 센터에서부터 느릿느릿 자전거를 몰았다. 집 근처까지 왔을 때, 뒤에서 찌르릉 벨 소리가 들려왔다. 뭐냐고. 쳇, 시끄럽구만. 운전 중입니다.[29] 속으로 투덜대며 길을 터주고 옆으로 비켜났다. 그런데도 벨 소리는 그칠 줄 몰랐다.

슬슬 짜증이 나서 뒤를 돌아보았다.

그러자 자전거를 타고 내 뒤를 바짝 쫓아오는 오리모토가 보였다. 내 얼굴을 본 오리모토가 쿡쿡 웃었다.

"왜 무시하고 그래? 뿜겨."

"……여어. 아니, 딱히 뿜기지는 않는다만."

같은 중학교 출신이니 따지고 보면 당연한 이야기지만, 우리 둘의 집은 그다지 멀지 않다. 같은 곳에서 같은 방향으로 같은 시간대에 돌아가다 보면, 어디선가 마주칠 확률이 있다는 것쯤은 산수의 타카시 군[30]이 아니어도 알 수 있다.

오리모토가 자전거를 내 옆으로 붙었다.

"지금도 이 동네 사는구나."

"그야 부모님 집이니까……"

"하긴 그렇겠네. 하도 얼굴 보기가 힘들길래."

그야 만나기 싫은 놈들이 득실거리는 탓에 외출을 자제해왔으니까……. 만나기 싫은 사람 랭킹을 매기면 오리모토도 꽤나 상위권에 속하겠지만, 굳이 그 사실을 밝힐 필요는 없겠지.

"아, 잠깐만 기다려줄래?"

#29 쳇, 시끄럽구만. 운전 중입니다 일본 스노보드 국가대표 코쿠보 카즈히로가 기자회견에서 한 망언 「쳇, 시끄럽구만. 반성 중입니다.」의 패러디.
#30 산수의 타카시 군 트위터 봇. 언뜻 보면 수학 문제 같지만 실제로는 수학과 별 상관이 없는. 생각할 거리를 던져주는 문제를 내는 걸로 유명함.)

그렇게 말하며 오리모토가 자판기 앞에 자전거를 세웠다. 기다리기 싫은 사람 랭킹에서도 오리모토는 꽤나 상위권에 속하지만, 저렇게 말하는데 그냥 가버릴 수도 없는 노릇이다. 그래서 자전거에 걸터앉아 얌전히 기다렸다. 그러자 오리모토가 자판기에서 음료수를 뽑았다.

"자, 내가 쏘는 거야."

그렇게 말하며 내민 것은 따뜻한 홍차 캔이었다. 뭐야, MAX 커피가 아닌 거냐. 어쨌거나 얻어먹는 주제에 트집을 잡기도 뭣해서, 순순히 홍차 캔을 받아들였다.

그러자 오리모토가 자기 몫으로 하나 더 뽑은 홍차 캔을 살짝 들어 보였다.

"예이~."

"오, 오우……."

건배를 의도한 건지, 캔을 짠하고 부딪쳐온다. 칙 소리를 내며 캔을 딴 오리모토가 홍차를 홀짝홀짝 마시며 입을 열었다.

"히키가야, 좀 달라졌네. 옛날에는 진짜 재미없다고 생각했는데."

"그, 그러냐."

……흐, 흐응, 나, 나를 그렇게 생각했단 말이지. 그 정보 필요 없는 거 아니냐?

그보다는 오히려 좀 달라졌다는 말이 더 신경 쓰였다. 나는 중학교 때와 달라진 걸까. 그야 달라졌겠지. 키도 컸고, 암기한 영단어 수도 늘었다. 게다가 오리모토와 이야기해도 진땀이 삐질삐질 흘러나오지는 않는다. 그 밖에도 달라진 점은 더 있을 테지만, 그건 변화라기보다 원점으로 회귀했다고 표현하는 편이 정확할지도 모른다.

"하지만 누군가가 재미없다고 느끼는 건, 사실 보는 쪽에 잘못이 있는 건지도 몰라."

오리모토가 그야말로 재미없다는 표정으로 말했다. 그리고는 홍차 캔을 흔들흔들하다가 쭉 들이켜더니, 푸핫 거친 숨결을 뿜어냈다.

"그래도 역시 히키가야랑 사귀는 건 무리지만~."

"아니, 지금은 딱히 바라지도 않거든……?"

옛날에는 바랐지요, 네네, 옛날에는 그랬다는 겁니다, 옛날에. 옛날 일이니까 제발 잊어주라 부탁이다.

"그나저나 뜬금없이 뭔 소리야?"

"그게, 오늘만 해도 갑자기 이상한 소리를 해댔잖아? 보통 남친이 그러면 못 견디지~. 무슨 말인지도 도통 모르겠고."

물어보자, 아까 있었던 일이 떠오르기라도 한 건지 오리모토가 깔깔 웃으며 말했다. 그러다 문득 웃음기를 거두더니, 가만히 도로 저편에 눈길을 주었다. 그쪽에는 내가 다닌 중학교가 있을 터였다.

"그래도 어쩌면 친구 먹는 건 가능할지도. 뿜기고. ……하긴 뭐든 상관없지만."

그렇게 말한 오리모토는 다 마신 홍차 캔을 쓰레기통에 버리고 자전거에 올라탔다.

"그보다 히키가야랑 그 애 때문에 우리 쪽도 기합이 빡빡하게 들어갔으니까. 우리 회장도 의욕이 철철 넘쳐흐르고. 꼭 이기고 말 거야."

"아니, 그런 걸로 시합한 기억은 없다만……."

내 대답에 오리모토가 고개를 갸웃했다.

"응? 그랬나? 하긴 아무렴 어때. 그럼 난 가볼게."

"어, 그래. 아참, 홍차 잘 마셨다."

고마움을 표시하자, 오리모토가 가볍게 손사래를 치고는 자전거 페달을 밟았다. 나는 남은 홍차를 단숨에 들이켜고 빈 깡통을 쓰레기통에 휙 던져 넣었다. 그러자 조금 떨어진 곳에서 끼익 자전거 세우는 소리가 났다.

"있잖아."

"엉?"

목소리가 들려온 방향을 돌아보자, 오리모토가 자전거에 올라탄 채 고개만 돌려 이쪽을 바라보며 말했다.

"요다음에 동창회 하면, 히키가야도 오지그래?"

"미쳤냐. 죽어도 안 가."

"하긴. 뿜겨."

"아니, 안 뿜긴다만."

내 대답에 오리모토는 쿡쿡 웃으며 다시 페달을 밟았다. 멀어져가는 뒷모습을 바라보는 대신, 나도 다른 방향으로 자전거를 몰았다.

×　×　×

　그 회의로부터 하룻밤이 지난 이튿날 방과 후. 커뮤니티 센터의 강습실에는 어수선한 분위기가 감돌았다. 연극을 하는 건 결정됐지만, 어떤 연극을 할지는 미정인 상태다.

　하지만 "아무튼 천사는 나오죠~?"라는 잇시키의 뜻 모를 지시에 따라 급히 천사 코스튬 제작에 들어갔다. 정말로 천사가 나오기는 하겠지……? 그보다 그거, 등장인물 이미 죽은 거 아니냐?

　그리고 의상 제작 과정에서 가장 든든한 지원군으로 떠오른 것이, 바로 얼마 전까지만 해도 천덕꾸러기에 애물단지로만 여겨졌던 초등학생들이었다. 이 시점에서 완전히 실전 병력 취급. 역시 초등학생은 최고야!

　그중에서도 루미는 손끝이 야무진 데다 작업에 집중할 수 있는 외톨이라는 점, 그리고 합류 첫날에 우리한테 작업 지시를 받으러 왔던 전례가 더해져, 초등학생 군단의 잡무 에이스로 자리매김했다.

　다른 초등학생들이 수다를 떨거나 장난을 치는 와중에도, 묵묵히 천사 코스튬을 만드느라 바빴다. 그 모습을 먼발치에서 지켜보고 있으려니, 그 성실함이 화근이 됐는지 다른 애들이 일감을 마구 떠맡기기 시작했다.

　아무래도 저걸 혼자 하기는 좀 힘들겠지……? 그렇게 생각하며 루미에게 다가가 허락 없이 그 옆에 앉았다. 그리고 천사 코스튬을 만드는 도구로 손을 뻗었다. 그러자 앳된 목소리가 내 손을 가로막았다.

"하치만, 됐어. 필요 없어."

루미가 부지런히 손을 놀리며, 내 쪽은 보지도 않고 말을 이었다.

"혼자서 할 수 있어."

"야, 너 아무리 그래도 이건⋯⋯."

말은 그렇게 해도 상당히 여러 벌을 만들어야 한다. 어린이집 아이들에게 맞춘 거라 사이즈 자체는 별로 크지 않지만, 그래도 혼자 만들기에는 버거운 양이었다. 하지만 루미는 여전히 고개를 가로저을 따름이었다.

"괜찮아."

"⋯⋯그래. 혼자 할 수 있단 말이지⋯⋯?"

루미는 진심으로 혼자 해볼 작정이겠지. 어쩌면 단순히 오기를 부리는 것뿐인지도 모른다. 그러다 결국 시간에 대지 못해 민폐를 끼칠지도 모른다.

그래도 혼자 해보려고 애쓰는 모습은 분명 숭고하다.

끼익 의자를 젖히며 자리에서 일어섰다. 그러자 루미가 흘 끗 나를 곁눈질했다. 그 표정은 어딘가 슬퍼 보였고, 그 시선은 점차 아래로 내려갔다.

그런 루미 옆에 서서 가슴을 툭 치며 말했다.

"하지만 혼자 하는 거라면 내가 너보다 낫다고."

그 말에 루미는 한동안 어안이 벙벙한 기색이었지만, 이윽고 어이없다는 듯 피식 웃었다.

"……뭐야 그게. ……바보 같아."

빙그레 웃으며 그렇게 말한 것을 끝으로, 루미는 더 이상 나를 막으려 들지 않았다. 둘이서 서걱서걱 골판지를 오려 날개를 만들고 또 만들었다.

아마도 협력과 신뢰는 사실 흔히들 상상하는 것보다 훨씬 더 냉정한 것이리라.

혼자 해도 괜찮고, 혼자서 할 수 있어야만 한다. 남에게 폐를 끼치지 않고 살아갈 수 있을 때에야 비로소 남에게 뭔가를 부탁할 수 있게 된다. 혼자 힘으로 살아갈 수 있게 된 후에야 비로소 누군가와 함께 걸어갈 자격이 생긴다.

혼자 살아갈 수 있기에, 혼자서 할 수 있기에, 누군가와 함께 살아갈 수 있는 거다.

내 옆에서 작업에 여념이 없는 루미를 흘끗 보았다. 이 아이는 분명 혼자서 살아갈 수 있게 될 거다. 초등학생인데 이 정도면 훌륭하다. 게다가 딱 봐도 귀엽고. 그러니 분명 언젠가는 누군가와 함께 걸어가게 될 테지. 그때를 위해…… 예행연습 정도는 해두는 편이 좋겠지.

"……야, 너 우리 연극에 나와 볼래?"

골판지를 싹둑싹둑 자르면서 물었다. 그러자 루미가 별안간 가위질을 멈추고, 나를 가만히 노려보았다.

"……너가 아냐."

"엉?"

뭐냐고, 느닷없이 째려보고. 그 뭐더라. 괴담의 단골 소재인, 여관에서 잠자는데 머리맡을 들여다보며 얼굴을 확인하는 귀신이냐고, 이 녀석.

"루미."

조금 언짢은 기색으로 말하더니 홱 고개를 돌려버린다. 아무래도 그렇게 부르라는 뜻인가 보다. 하지만 여자애 이름을 부른다는 게 어쩐지 거부감이 든단 말이지……. 민망한 탓도 있지만, 이름을 부른 것만으로도 「뭐야? 이 자식은 뭔데 남자친구 행세야?」라는 오해를 사는 게 아닐까 걱정스럽다.

어떡해야 하나 고민하는 사이, 루미는 나를 깨끗이 무시하고 다시 작업에 몰두했다. 이거 아무래도 이름을 부르기 전까지는 반응을 안 보일 작정인가 본데…….

"저기…… 루미?"

조심스럽게 부르자, 루미가 책상 위에 시선을 떨군 채 살짝 고개를 끄덕였다.

"우리 연극에 나와 보지 않을래?"

You, 출연해버려.[#31] 그리고 나와 함께 아이카츠 해버리자고! 생김새도 예쁘장하니까 분명 뜰 거라고. 프로듀스 시켜달라고, 프로듀스. 나와 함께 뜨거운 아이돌 활동을 시작해보자고.

내 뜨거운 열의가 전해졌는지는 미지수지만, 루미가 잠시 생각한 끝에 입을 열었다.

#31 You, 출연해버려 일본 아이돌 기획사 쟈니즈의 사장 쟈니의 말투를 따라 한 것.

"……그거, 하치만 마음대로 결정해도 되는 거야?"

"엉? 당연하지. 난 프로듀서 비슷한 거니까."

그 밖에 제독과 러브라이버도 겸한다. 사실 내가 마음대로 정해도 될지는 잘 모르겠으나, 연극에 초등학생과 어린이집 애들을 내보내기로 한 건 분명하니 별문제는 없겠지. 루미는 내 얼굴을 멍하니 쳐다보며 뭔가 생각하는 기색이었으나, 이윽고 고개를 홱 돌리고는 심드렁한 목소리로 대꾸했다.

"흐응……. ……뭐, 정 그렇다면야."

"진짜냐. 고맙다, 루미루미."

"루미루미라니, 징그러."

딸내미에게 징그럽다는 소리를 들은 아버지의 심정이 이럴까……. 어이, 짜릿한 게 의외로 괜찮은걸? 내가 수수께끼의 감동에 젖어 있는 사이, 루미가 골판지에 하얀 종이를 치덕치덕 붙이며 물어왔다.

"연극, 어떤 거 하는데?"

"……그러고 보니 아직 결정 못 했다만."

분명 학생회 쪽에서 의논 중일 거라 생각하지만, 진척 상황도 알아볼 겸 한번 확인해보는 편이 나으려나. 생각을 가다듬는데, 루미가 내 손에 들린 골판지를 빼앗으며 당돌한 말투로 쏘아붙였다.

"그럼 빨리 정하고 오든가."

아무래도 여기는 내게 맡기고 먼저 가라는 뜻인가 보다. 저렇게 말하는데 안 갈 수도 없는 노릇이다. 거들어줄 사람을 보내도록 조치해놓고, 나는 내 할 일을 해야겠지.

"……알았다. 그럼 가보마."

그렇게 말하며 몸을 일으켜, 소부고 멤버들이 작업 중인 곳으로 향했다. 우선 잇시키한테 물어봐야겠다 싶어 주위를 둘러보는데, 유이가하마가 황갈색 봉투를 품에 안은 채 이쪽으로 다가왔다.

"힛키, 이로하나 유키농 어딨는지 알아?"

"나도 찾던 중이다만."

"글쿠나. 돈 받아왔는데, 어떡하면 좋을까 해서."

아하, 카이힌 종합고가 꽉 틀어쥐고 있었던 예산을 빼 온 건가. 이유는 모르겠지만, 이 녀석 어리버리한 주제에 돈 관리 하나만큼은 철저하단 말이야. 주부냐…….

유이가하마와 둘이서 두리번두리번 잇시키를 찾는데, 강습실 문이 드르륵 열렸다. 그리고 잇시키가 비틀비틀 걸어 들어왔다.

"야, 너 왜 그래……?"

물어보자 잇시키가 쿠쿵, 하고 어두운 표정으로 그 자리에 멈춰 섰다.

"하야마 선배한테 도와달라고 부탁했는데, 거절당했어요……."

"뭐? 진짜? 하야토가?"

유이가하마가 뜻밖이라는 듯 깜짝 놀란 표정을 지었다. 나도 조금 놀랐다. 천하의 하야마가 남의 부탁을 거절했다는 점도 그렇지만, 뭣보다 차였는데도 과감하게 들이대는 잇시키한테 놀랐다. 그나저나 그 하야마가 거절을 했단 말이지…….

잇시키가 코를 훌쩍이며 구슬픈 기색으로 눈을 내리깔았다. 하지만 곧 그 입꼬리가 서서히 올라가기 시작했다. 그러다 고개를 들더니, 활짝 웃으며 입을 열었다.

"하지만 그건 하야마 선배가 절 상당히 의식하고 있다는 증거 아니겠어요~? 난 몰라, 예상보다 효과가 끝내주는걸요~!"

"어, 그러게나 말이다…….."

어이없는 목소리로 그렇게 대꾸하고 말았다. 꼿꼿하구만, 저 녀석. 저게 본심이라면 대단한 거고, 애써 괜찮은 척하는 거라면 역시 꼿꼿한 게 맞다.

"아참, 그리고 행사 당일에는 보러 와주신댔어요."

"아, 글쿠나. 그럼 나두 누구 좀 불러두 돼?"

잇시키가 천연덕스러운 얼굴로 말하자, 유이가하마도 그에 동조하며 나를 돌아보았다.

"그래, 뭐 괜찮지 않겠냐? 잘은 모르겠다만."

"……여전히 무책임한 소리를 하는구나."

뒤에서 기막혀하는 듯한 목소리가 들려왔다. 돌아보자 언제 왔는지 유키노시타가 우두커니 서 있었다.

그 후로 유키노시타는 유이가하마와 잇시키에게 인사를 건네고 이야기를 주고받고 지시를 내리는 등 분주하게 움직였지만, 그러면서도 이따금 후암, 하고 하품을 삼켰다.

"졸리냐?"

"밤을 새웠거든. 조금 할 일이 있어서……."

물어보자 유키노시타가 간결하게 대답했다. 그나저나 철야를 하면서까지 해야 할 일이라니, 대체 무엇일꼬? 궁금해하는데, 유키노시타가 가방에서 이런저런 물건들을 꺼냈다. 그리고 째릿 잇시키를 돌아보았다.

"잇시키."

"네, 네에……."

잠을 못 잔 탓인지, 유키노시타의 눈초리는 평소보다 매서웠다. 또 야단맞는 건가 싶었는지, 잇시키가 움찔했다. 그 모습을 본 유키노시타가 후훗 웃었다. 그리고는 프린트 용지를 쓱 내밀었다.

"이거, 정리해두었으니까 참고용으로 쓰렴."

"네에……."

잇시키가 받아든 종이를 함께 들여다보았다. 보아하니 체크리스트와 뭔가의 자료 같았다.

체크리스트에는 당일까지 끝내둬야 하는 일들과 필요한 물품이 열거되어 있었다. 자료는 또 뭔가 했더니, 유키노시타 나름의 조언을 적어놓은 모양이었다.

연극에 참여하는 아이들에게 답례를 할 것을 권유하며, 크리스마스 케이크와 생강 쿠키의 레시피는 물론이고, 예상되는 재료비 내역에 학교와 커뮤니티 센터 조리실의 예약 현황까지 꼼꼼하게 갈무리해놓았다.

그 밖에도 연극에 관한 조언으로 관객 참여형 시나리오가 어쩌니저쩌니 하는 내용도 적혀있었다. 아하, 이건 그거구만. 프리큐어 영화판에서 미라클 라이트를 써서 응원하는 거하고 비슷한 거네.

나와 잇시키, 유이가하마는 호오 와아 헤에 감탄을 연발하며 그 자료를 읽어 내려갔다. 그 반응에 좀 멋쩍어졌는지, 유키노시타가 헛기침 하며 다시 가방을 뒤졌다.

"그리고 이것도."

꺼내든 것은 몇 권의 책이었다. 유키노시타가 그 책들을 잇시키의 손에 들려주었다.

"취향에 맞을지는 모르겠지만, 크리스마스 연극의 단골 레퍼토리를 추려봤어. 그리고 학생회실 비품 중에 무료 음원 CD가 있을 테니 찾아보렴. 공연할 때 필요할 테니까."

"……고, 고맙습니다."

당황했는지, 잇시키가 책과 프린트를 든 채 그 자리에 얼어붙었다. 하긴 갑자기 이것저것 건네줬으니 놀랄 만도 하다. 나도 유키노시타가 저 정도로 철저히 준비해올 줄은 예상하지 못했기에 좀 놀라웠다.

"굉장하구나, 너."

무심코 칭찬하자, 유키노시타가 슬쩍 시선을 피했다.

"나는 너나 유이가하마처럼 다가가지는 못하니까."

그 대꾸에 나와 유이가하마가 얼굴을 마주보았다. 그리고 빙그레 웃었다. 저래 봬도 유키노시타는 잇시키한테 상당히 마음이 쓰이는 건지도 모른다. 알아차리기가 너무 힘들잖아!

"이것으로 큰 장애물은 대강 해결됐으려나?"

유키노시타가 팔짱을 끼고 턱을 매만졌다. 아직 뭔가 남은 게 있나 생각하는 분위기였다. 나도 같이 생각해봤지만, 공연할 작품도 이걸로 정해질 것 같으니 남은 장애물이라곤 작업 시간이 빠듯하다는 것 정도다.

"뭐, 대충은."

"그래?"

내 대답에 만족스러운 한숨을 내쉰 유키노시타가 휙 잇시키를 돌아보았다.

"……잇시키, 나머지는 네가 지휘하는 게 옳다고 봐. 그래도 되겠지? 히키가야."

"그래. 뭣보다 애초에 난 지휘 따위 한 적도 없다고."

그동안 나는 눈앞에 닥친 문제들을 처리하는 데 급급했을 뿐, 지휘라고 불릴 만한 행동은 한 적이 없다. 지금 이 순간까지 진정한 의미에서의 리더는 존재하지 않았다.

"저기……."

잇시키가 나와 유키노시타를 번갈아 보며 불안한 기색으로 입을 열었다. 유키노시타가 그런 잇시키를 제지했다.

"지시는 내려도 좋아. 작업에도 참여할 거고. 일하다가 막히면 물어봐도 돼."

"하지만, 그게……. 제 힘으로는 아직 무리가 아닐까 싶어서요~."

아하하 난감한 기색으로 잇시키가 웃었다. 그러자 유키노시타가 눈을 감고 천천히 고개를 저었다.

"할 수 있어. 너를 회장으로 민 사람이 있으니까. 그 사실을 믿으렴."

그 다정한 음성에, 잇시키가 나직한 목소리로 네, 하고 대답했다.

각자의 손안에 담긴
등불이 비추는 것은.

올해도 어김없이 크리스마스가 찾아왔다. 그래 봤자 아직 이브지만, 마침내 소부고와 카이힌 종합고 양측 학생회가 주관하는 합동 크리스마스 이벤트 당일을 맞이했다.

그저께는 종업식이라 오전 수업만 했고 어제는 공휴일[32]이어서 작업할 시간이 넉넉했던 덕분에, 진척 상황은 나쁘지 않았다.

그리고 이벤트는 오후에 열리므로, 오늘도 오전 시간은 작업에 할애할 수 있었다. 덕분에 우리는 잇시키의 지시하에 오전 내내 케이크를 굽느라 정신이 없었다. 어제는 하루 종일 그 밑작업을 거든 덕택에, 온몸에서 뭔가 달짝지근한 냄새가 나는 듯한 기분마저 들었다.

하지만 냄새가 달콤하니까 분위기도 달콤하냐 하면 전혀 그렇지가 못해서, 커뮤니티 센터 내의 조리실에는 살벌한 긴장감이 넘쳐흘렀다.

#32 어제는 공휴일 12월 23일은 아키히토 일왕 생일이라 공휴일로 지정되어 있음.

그리고 현재 이 조리실의 주인 노릇을 하고 있는 사람은, 바로 조리대에서 한창 작업 중인 유키노시타였다.

"히키가야."

유키노시타가 내 이름을 불렀지만, 뒤따라와야 할 후속 지시가 없었다. 십중팔구 내 앞에 있는 생크림을 내놓으라는 거겠지. 좀 제대로 지시해주면 어디 덧나냐……. 툴툴대면서도 고분고분 그릇을 건네주었다.

"옜다."

"고마워."

그릇을 받아든 유키노시타가 케이크 시트에 생크림을 바르며, 옆에서 작업 중인 유이가하마에게 물었다.

"유이가하마. 아까 구워놓은 쿠키 포장, 끝났니?"

"응. 지금 막 끝났어. 나두 케이크 구울까?"

어깨가 결리는지, 팔을 빙글 돌리면서 일어선 유이가하마가 유키노시타를 향해 되물었다. 그러자 유키노시타가 작업을 계속하며 대꾸했다.

"괜찮아. 그러니까 절대로 손대지 마렴. 절대로."

"말투가 너무 단호하잖아?!"

"그보다 학교 냉장고에 반죽을 재워뒀으니까 좀 가져다주겠니?"

우와앙~ 하고 울부짖는 유이가하마의 투정을 은근슬쩍 받아넘긴 유키노시타가 쉬지 않고 손을 놀리며 말했다.

"응, 알았어~! ……응? 재, 재워뒀다구?"

"비유적인 표현이야. 넣어뒀으니까 좀 가져다주겠니?"

오늘의 유키노시타는 바빠서 유이가하마를 상대하고 있을 여유가 없는 눈치였다. 가하마 양 불쌍불쌍해요. 실제로 눈이 핑핑 돌아가도록 바빠서 지금도 오븐에서 띵 소리가 나는 등, 조리실은 그야말로 풀가동 중이었다.

유이가하마가 "자구 있다구?"라고 중얼거리며 조리실을 나서려 했을 때였다.

조리실 문이 끼익 조심스럽게 열렸다.

그 틈새로 빼꼼 얼굴을 드러낸 사람은 바로 토츠카였다.

"웅? 사이, 웬일이야?"

"아, 학생회 사람한테 물어봤더니 여기라길래. 준비하는 걸 좀 도울까 해서. 그치?"

그렇게 말하며 토츠카가 뒤돌아보자, 코마치가 쏙 고개를 내밀고 나를 향해 손을 흔들었다. 휴식 차원에서 얼굴이나 비추고 가랬더니, 착실하게 찾아와준 모양이다. 그 뒤에서 또다시 프흠프흠 쿠훌럭 해괴한 헛기침소리가 들려왔지만, 신경 끄도록 하자.

"오빠. 코마치도 거들까?"

그렇게 말하며 코마치가 토츠카와 함께 조리실로 들어왔다.

"어머, 토츠카와 코마치도 왔구나. 안녕."

유키노시타가 말을 걸자, 두 사람 다 웃는 얼굴로 마주 인사 했다.

"둘 다 도와주겠다는데."

내 말에 유이가하마가 손바닥을 탁 치더니 토츠카를 돌아 보았다.

"그럼 사이, 나랑 같이 학교 가줄래? 자구 있다니까 혼자 서는 나르기 힘들지두 모르구."

"응, 알았어. ……잔다니, 뭐가?"

수상쩍은 설명에 머뭇거리면서도, 토츠카는 유이가하마와 함께 조리실을 나섰다. 반죽, 제대로 챙겨올 수 있으려 나……? 어째 생애 첫 심부름[#33]만큼이나 불안하다만.

"그럼 코마치는 부엌일을 거들어줄래? 쿠키와 케이크, 어느 쪽이 낫겠니?"

"코마치, 둘 다 잘해요!"

유키노시타도 작업하는 데 코마치의 힘을 빌리려는 듯했다.

"그래? 다행이구나. 그럼 생강 쿠키 쪽을 부탁할게. 레시피 는 거기 있어."

"네~! 유키노시타 언니랑 같이 과자를 굽다니, 코마치, 이 것저것 진전돼서 행복해요!"

뭐가 진전됐다는 거냐, 뭐가. 손을 씻고 온 코마치가 곧바 로 유키노시타와 함께 이것저것 만들기 시작했다.

담소를 주고받으며 과자를 굽는 두 사람을 고개를 끄덕이 며 흐뭇하게 바라보는데, 이번에는 아주 가까운 곳에서 프흠 프흠 꾸워억, 하고 헛기침소리가 들려왔다. 그거 헛기침 맞

#33 생애 첫 심부름 일본 TV 프로그램 제목으로, 대여섯 살 정도의 어린아이가 생애 첫 심부 름을 다녀오는 과정을 보여줌.

아?

이 거리면 더 이상 무시할 수도 없으려나……. 포기하고 헛기침 소리가 들려오는 쪽을 돌아보았다. 그러자 내 바로 뒤에 자이모쿠자가 서 있었다.

"프흠프흠."

"자이모쿠자, 이 쿠키 상자 좀 같이 나르자고."

"아, 알겠다. ……본관이 여기 있는 이유를 설명하는 편이 좋겠나?"

"아니, 관심 없으니까 됐어. 아, 그리고 무대 세트 운반하는 것 좀 도와주라."

"으, 으음."

자이모쿠자는 의외로 순순히 상자를 들어주었고, 한동안 나와 공동 작업을 수행했다.

× × ×

그리하여 크리스마스 합동 이벤트가 막을 올렸다.

무대 출입구로 슬쩍 내다보니, 행사장은 만원이었다. 코마치와 토츠카, 자이모쿠자도 객석에 앉아 있었다. 그 근처에서 카와사키와 하야마 일행도 발견했다. 카와사키는 동생을 보러 온 게 확실하다. 하야마 일행은 잇시키와 유이가하마가 부른 거겠지.

현재 행사장인 홀에서는 카이힌 종합고 측의 공연이 한창이었다.

카이힌 종합고 학생들로 구성된 밴드 공연과 클래식 출장 콘서트가 주축을 이룬 무대였다. 당초 예정보다는 규모가 대폭 축소되었지만, 그래도 객석의 반응은 나쁘지 않았다.

엑기스만 뽑아낸 만큼, 밴드와 클래식의 낙차도 더해져서 보는 재미가 쏠쏠했던 모양이다. 연주자들을 향해 우레 같은 박수갈채가 쏟아졌다.

이제 잠시 후면 우리 소부고에서 준비한 연극이 시작된다.

이번에는 특정한 포지션이 없는 슈퍼 백업이란 이름의 잡무 담당을 맡게 됐으나, 일거리가 별로 없었다. 그래서 빈둥빈둥 노는 중이었다.

잇시키를 중심으로 한 학생회 멤버들은 툭하면 문제를 일으키고 실수도 숱하게 저질렀지만, 그래도 자기들 힘으로 알아서 잘 해결해나가는 눈치였다.

딱히 할 일도 없고 해서 무대 뒤에서 멍하니 시간을 때우는데, 후~하~ 하고 커다란 심호흡 소리가 들려왔다. 고개를 돌리자, 긴장한 기색으로 객석을 살피는 잇시키가 보였다.

"상황은 어떠냐?"

말을 걸자, 잇시키가 이쪽을 돌아보더니 후우 한숨을 쉬었다.

"아, 선배님. 죽겠어요. 진짜 위태위태해요~."

"시나리오도 잘 썼고, 리허설에서도 삐끗한 건 타이밍뿐이었잖아. 그렇게 걱정할 필요는 없다고 본다만."

내 대답에 잇시키가 자랑스러운 기색으로 가슴을 폈다.

"시나리오는 우리 서기가 애써줬으니까요. 게다가…… 선배님들이 이것저것 알려주셨고요. ……아, 맞다. 저 그만 모두가 있는 곳으로 가볼게요!"

잇시키는 쑥스러움을 감추듯 황급히 덧붙이고 후다닥 뛰쳐나갔다. 그러다 바깥으로 사라지기 직전에 빙글 뒤돌아보았다.

"아참, 마지막 타이밍이요. 부회장하고 상의하는 거 잊지 마세요. 그리고 케이크도 잘 부탁드려요."

"알았다, 회장."

짤막하게 대꾸하고, 임원들이 있는 곳으로 향하는 잇시키를 배웅했다.

× × ×

마침내 무대의 막이 열렸다.

객석은 어두컴컴했고, 아직은 무대 조명도 꺼져 있었다.

"1달러 87센트……. 그게 전부……."

어둠 속에서 내레이션이 흘러나왔다. 그러자 무대에 불이 들어오며, 금색 가발을 쓴 루미가 동전을 세며 참담한 표정을 지었다. 다시 내레이션이 이어졌다.

"다시 세어봐도 역시 1달러 87센트. 내일은 크리스마스인데."

그 도입부는 낯이 익었다.

유키노시타가 넘겨준 여러 권의 책 중에서, 잇시키가 고른 작품은 바로 『크리스마스 선물』이었다.

길이도 짧고, 등장인물도 적다. 게다가 내레이션을 중심으로 진행할 수 있어 배우의 부담이 적고, 굳이 무대에 서는 배우와 목소리를 내는 배우를 나눌 필요도 없다. 준비 기간을 감안한다면 최상의 선택이 아닐까. 내 제안을 한층 업그레이드한 작품 선정에, 솔직히 좀 감탄했다.

조금 전의 카이힌 종합고에 비하면 몹시 수수하고, 직접 제작한 티가 팍팍 나는 무대였다. 의상 같은 것도 고심해서 골랐으나, 그래도 역시 학예회의 영역을 벗어나지는 못했다.

무대 위의 루미가 곱게 묶었던 금발을 풀어헤치고 거울 앞에 섰다. 그러더니 이윽고 코트를 걸치고 모자를 쓴 후, 무대 뒤로 모습을 감추었다.

잠시 어두워졌던 무대에 다시 불이 들어오자, 눈앞에 크리스마스의 거리 풍경이 펼쳐졌다. 골판지와 베니어판에 색을 입히고 종이를 붙여 만든 벽돌 건물을 배경으로, 중앙에는 아까 날라온 트리가 놓여 있었다. 배경에 둘러싸이자, 트리가 한결 커 보였다.

이윽고 장면이 전환되며, 스포트라이트가 『마담 소프로니 ·헤어용품 일체』라고 큼직하게 적힌 간판을 비추었다. 무대 위에는 루미와 또 한 명, 그 가게의 여주인 역을 맡은 소녀가 있었다.

루미가 한 발짝 걸음을 내디디며 꿀꺽 마른침을 삼켰다. 그리고 목을 가늘게 떨며, 용기를 쥐어짜 내듯 힘겹게 입을 열었다.

"……제 머리카락을, 사주시겠어요?"

애절한 대사가 흘러나왔다. 저 녀석, 역시 아이돌의 소질이 있다니까……. 이대로 끝까지 지켜보고 싶었지만, 그럴 수도 없는 노릇이다.

그 장면을 마저 본 후, 홀을 뒤로했다.

$$\times \quad \times \quad \times$$

조리실로 돌아가자, 기진맥진해서 주저앉아 있는 유키노시타와 쿠키를 오독오독 씹어 먹는 유이가하마가 보였다. 야야, 그 쿠키, 마지막 선물용인데……. 뭐 남은 거라면 상관없다만.

"고생 많았다. 케이크, 다 됐냐?"

물어보자, 유키노시타가 조리대를 가리켰다.

"간신히 시간에 맞췄어……. 무대 쪽은 어떠니?"

"순조로워. 슬슬 마지막 걸 가져다 놓자고."

그렇게 말하며 마지막 케이크를 들어 올렸다. 그러자 쿠키를 다 먹어치운 유이가하마가 탁탁 손을 털며 몸을 일으켰다. 유키노시타도 함께 일어섰다.

"나두 연극, 보구 싶었는데."

"마지막 장면은 볼 수 있으니까 됐잖아. 가자고."

그리고 우리는 마지막 케이크를 들고 계단을 올라가 홀에

도착했다. 완성된 다른 케이크는 아까 전부 날라다 놓았다.

공연장으로 통하는 문 앞에는 어린이집 아이들 몇 명과 보육 교사, 그리고 통신기 이어폰을 낀 채 문에 딱 붙어선 부회장이 있었다.

"얼마 안 남았어. 준비해."

"오케이."

짤막하게 대꾸하고 케이크를 유이가하마에게 넘겨준 후, 나도 부회장이 잡은 쪽과 반대쪽 문고리를 잡았다. 이 문을 어느 장면에서 동시에 열어젖히는 거다.

빠끔히 열린 문틈으로 무대를 들여다보니, 아무래도 라스트 신에 돌입한 모양이었다.

"자아, 폭찹을 만들어 먹읍시다."

남편 역할의 초등학생이 대사를 읊자, 무대에 조촐한 크리스마스 만찬이 차려졌다. 그리고 초등학생들의 내레이션 릴레이가 이어졌다.

"선물을 하는 모든 사람들 중에, 이 두 사람이 가장 현명했습니다."

"선물을 주고받는 모든 이들 가운데, 그들 같은 사람들이야말로 가장 현명한 이들입니다."

"이 세상 어디에서든, 이런 사람들이 최고의 현자입니다."

"……그러니 감사의 마음을 담아 그들에게, 그리고 여러분에게. 자그마한 선물을 드리고자 합니다."

"메리 크리스마스."

끝으로 여러 명의 목소리가 하나로 어우러지며 내레이션이 마무리되자, 무대 위로 천사가 뛰쳐나왔다.

"메리 크리스마스~!"

무대 뒤에서 나타난 사람은 바로 카와사키의 여동생, 케이카였다. 천사 복장을 한 케이카가 케이크를 테이블로 날라왔다. 문득 객석을 돌아보자, 그런 케이카를 조마조마한 기색으로 지켜보는 카와사키가 눈에 들어왔다. 네가 무슨 엄마냐.

귀여운 천사의 등장에 객석에서 환호성이 터져 나왔다.

그 타이밍에 맞추어 부회장과 눈짓을 주고받고, 힘차게 문을 열어젖혔다.

케이카와 마찬가지로 천사 복장을 한 아이들이 케이크를 들고 공연장으로 쏟아져 들어갔다. 앳된 꼬마 엔젤들이다. 그 꼬마 엔젤들이 객석에 있는 노인들에게 케이크를 날랐다.

그 사랑스러운 모습에, 노인들의 입가에도 미소가 감돌았다.

하지만 아직 공연은 끝나지 않았다.

"메리 크리스마스."

무대 위의 케이카와 루미, 남편 역할을 맡은 초등학생이 양초에 불을 붙였다. 그리고 꼬마 엔젤들이 배달한 케이크에 촛불을 켜는 캔들 서비스를 시작했다.

무대와 객석에서 거의 동시에 케이크에 촛불을 밝혔다. 실내를 비추는 거라곤 무대 위의 핀 포인트 조명뿐이다. 천사들에 의해 작은 불꽃이 객석으로 점점이 번져가자, 공연장 전체가 따스하고 포근한 빛으로 물들었다.

무대와 객석이 빛으로 이어지며 관객들 자신도 무대의 일부로 녹아들자, 객석에서 나직한 탄성이 흘러나왔다. 감탄한 것은 홀 뒤편에서 그 모습을 지켜보던 우리 세 사람도 마찬가지였다.

"……일단은 합격점이려나?"

옆에서 지켜보던 유키노시타가 중얼거렸다. 평가는 야박했지만, 그 얼굴에는 흐뭇한 미소가 감돌았다. 하여튼 솔직하지 못하다니까.

서비스의 본질은 고객 만족. 일회성 이벤트는 그 당시의 만족도가 생명이다. 거듭해서 즐길 수 있는 것이 아니기에, 그 순간의 분위기만 사로잡으면 충분하다.

그것이 유키노시타의 가르침을 받고 잇시키가 이끌어낸 해답이었다.

용케 이 해답에 이르렀는데. 디스티니 랜드 효과인 걸까. 에이, 설마…….

"우와, 이거 멋지다. 무슨 파이어더라?"

유이가하마가 입을 헤 벌리고 묻자, 유키노시타가 냉정하게 대꾸했다.

"캔들 서비스야."

"캠프파이어하고 섞였냐?"

"그, 그거나 그거나!"

욱해서 항변하는 유이가하마를 보며 쓴웃음을 짓는데, 무대 위에서 커튼콜이 시작되었다.

출연자와 내레이터가 단상으로 불려나와, 소개를 받은 후 고개 숙여 관객들에게 인사했다.

천사 역을 맡은 케이카가 등장하자, 카와사키가 찰칵찰칵 사진을 찍어댔다. 그러니까 네가 무슨 엄마냐고.

그리고 끝으로 이번 연극의 주인공을 맡은 루미가 나왔다. 한층 커다란 박수갈채에 루미는 조금 당황한 기색이었지만, 이내 무대 위의 다른 배우들과 손을 잡고 꾸벅 고개를 숙였다.

홀 맨 뒤쪽에서 객석의 촛불을, 그리고 그 너머의 빛나는 저편을 가만히 응시했다. 루미의 성공적인 데뷔 무대에 그만 코끝이 시큰해지고 말았다. 아무렴, 프로듀서로서 이보다 더 큰 행복이 있을까.

나는 잊지 않을 테니까! 오늘 이 스테이지를!#34

그 후에는 꼬마 천사들이 돌린 케이크와 생강 쿠키를 다과 삼아, 크리스마스 파티 분위기의 티타임을 가졌다.

카이힌 종합고 멤버들도, 소부고 멤버들도, 케이크를 맛보며 담소를 나누었다.

우리 스태프도 교대로 어린이집 아이들과 노인분들의 시중을 들면서 그 파티에 참여했다. 나도 빈 컵이나 치워야 할 식기가 없나 살펴보며 홀 안을 돌아다녔다.

주위를 둘러보다가, 케이크를 먹던 타마나와 눈이 마주쳤

#34 나는 잊지 않을 테니까! 오늘 이 스테이지를! 아이돌 마스터 극장판 「빛나는 저편으로」의 CF 문구.

다. 그러자 타마나와가 앞머리를 넘기며 고개를 돌렸다. 그런 타마나와 근처에서 오리모토가 친구들과 종이컵으로 건배하며 폭소하는 모습도 보였다.

무대 쪽에서는 하야마 일행 주위로 인간 장벽이 형성되어 있었다. 아무래도 초등학생들한테 들킨 모양이다. 지난번 수련회에 이어 인기인으로 등극한 눈치였다.

그리고 뜻밖에도 루미 역시 그 무리 안에 끼어 있었다.

루미와 하야마 일행이 무슨 이야기를 했는지는 모른다.

하지만 지금 루미가 보여주는 미소는 내 가슴을 아프게 하는 대신, 그저 은은한 촛불처럼 작지만 따스한 빛을 밝혀주었다.

$$\times \quad \times \quad \times$$

노을 지는 학교 안을 묵묵히 걸었다.

크리스마스 합동 이벤트를 마치고 뒷정리를 하다 보니, 어느새 꽤 늦은 시간이 되어버렸다.

그 뒷정리의 일환으로 행사에 사용한 도구 등등을 학생회실에 가져다 놓았지만, 학생회실은 이미 잇시키의 개인 비품으로 꽉 차서 보관할 곳이 없는 형편이었다.

트리 장식품도 그냥 버리려 했으나, 잇시키가 언젠가 쓸 일이 있을지도 모른다고 주장하는 바람에 그것도 실패했다. 너 그거 정리 못하는 인간의 전형적인 특징이라고……. 하는 수 없이 임시로 봉사부 부실에다 놔두기로 하고, 유키노시타와 유이가하마에게 그 짐을 들려 보냈다.

나는 그 후로도 쭉 학생회실 정리를 거들어야 했으나, 마침내 그 노역에서도 해방되었다.

이제 남은 일은 먼저 부실로 간 두 사람에게 종료 보고를 하고 해산하는 것뿐이다.

겨울방학이 시작된 탓에 특별관 복도에는 나밖에 없었다. 조용한 복도에 울려 퍼지는 발소리는 유독 컸다.

부실 문으로 손을 뻗었다. 그 순간, 향긋한 냄새가 코끝을 간질였다. 안으로 발을 들여놓자, 희미한 온기가 느껴졌다.

"아, 힛키. 어서 와."

"수고했어."

유이가하마는 지정석에 앉아 있었고, 유키노시타는 홍차를 타는 중이었다. 나도 내 자리에 앉아 책상에 놓인 티세트를 바라보았다. 향기와 온기의 정체는 이거였나. 한 달 만에 보는 그 풍경이 무척 오랜만인 것처럼 느껴졌다.

"유이가하마, 다 됐어."

홍차를 다 따랐는지, 유키노시타가 유이가하마를 불렀다.

기운 없이 축 늘어진 강아지 그림이 인쇄된 머그컵과 컵받침 위에 놓은 아담한 찻잔이 책상 위에 늘어섰다. 각각의 주인이 그것을 집어 들었다.

그리고 마지막으로 남겨진 것은 『팬돌이 팬』이 프린트된 찻종지였다.

데려가는 이 없는 찻종지에서 모락모락 김이 피어올랐다.

"어, 뭐야 이건. 어떻게 된 거야?"

보나 마나 내 몫의 홍차일 테지만, 예전에는 종이컵에 따라 줬던 걸로 기억하는데. 내 물음에 유이가하마와 유키노시타 가 한 목소리로 대답했다.

"크리스마스 선물!"

"혼자만 종이컵이라니, 비경제적이잖니."

양측의 답변이 엇갈리잖아……. 정답은 뭐냐고. 그렇게 생 각하며 유이가하마를 돌아보자, 뭐가 그리 즐거운지 유이가 하마가 들뜬 표정으로 설명해주었다.

"우리 둘이 같이 산 거야! 모양은 내가 고르구, 무늬는 유 키농이 골랐어!"

그렇겠지……. 홍차를 마시는데 찻종지를 고르는 센스와 팬돌이 프린트라는 시점에서 대충 짐작하기는 했다. 다만 한 가지 의문은 어느새 선물 교환회가 열린 거냐는 점이다. 난 초대 못 받았다만?

"잠깐만, 선물이라니. 난 아무것도 준비 못 했는데……."

일방적으로 받기만 하려니 어쩐지 좀 찔려서 볼을 긁적이 며 말하자, 유키노시타가 찻잔을 컵받침에 내려놓으며 태연하 게 대꾸했다.

"신경 쓸 필요 없어. 어디까지나 종이컵 대신이니까."

오오, 끝까지 종이컵 이론을 밀고 나갈 작정이십니까……. 뭐 그래도 상관없다. 비록 종이컵 대신이라지만 선물을 받아놓고 심통을 부릴 만큼 괴팍하지도, 유치하지도 않으니까.

"……고맙다, 찻종지."

"별말씀을!"

나라는 인간치고는 대단히 솔직하게 고마움을 표시하자, 유이가하마가 의기양양한 미소로 화답했다. 그것 말고도 고마움을 표해야 할 일이 하나 더 있었다.

"그리고…… 의뢰도. 저기…… 고맙다. 큰 도움이 됐어. 덕분에 무사히 끝났고."

곧바로 꾸벅 고개를 숙이고 잠시 동안 그 자세를 유지했다.

끝날 것 같지 않았던 행사, 혹은 책임질 수 없는 결말을 맞이할 거라고만 여겼던 행사를 두 사람에게 의뢰함으로써 무사히 마칠 수 있었다. 내 개인적인 책임을 다했다고 봐도 될지는 모르겠으나, 어찌 됐든 고개 숙여 정식으로 감사 인사를 해두고 싶었다.

"아직 의뢰는 끝나지 않았잖니."

고개를 숙이고 있는데, 유키노시타의 목소리가 들려왔다. 이해하기 힘든 대답에 홱 고개를 들었다.

그러자 유키노시타가 찻잔 가장자리를 손가락으로 쓸며, 조금 난감한 듯도 하고 어이없는 듯도 한 표정으로 미소 지었다.

"……네 의뢰, 받아들이겠다고 했을 텐데?"

"아니, 그러니까 그 의뢰는 이제 끝났잖아. 뭐야, 수수께끼냐?"

그 물음에 유키노시타는 즐거운 기색으로 후훗 웃었다.

"그래, 수수께끼일지도."

그 미소와 장난기 어린 목소리가 천진난만한 느낌을 주었다. 평소의 어른스러운 인상과는 딴판이어서, 또다시 내가 모르는 유키노시타를 알게 된 것만 같은 기분이 들었다. 하지만 수수께끼의 해답은 여전히 알지 못하는 채다.

그런 우리를 멍하니 지켜보던 유이가하마가 불현듯 아, 하고 탄성을 질렀다. 그리고는 어디를 보고 있는지 불분명한 눈빛으로 나직하게 중얼거렸다.

"난…… 알 거 같아. ……힛키는 몰라두 될지두."

"뭐?"

"암튼 그건 그렇다 치구!"

되물으려는데, 유이가하마가 힘차게 책상을 내리치며 몸을 일으켰다.

"우리들의 크리스마스는 어떡할 거야? 봐봐, 오늘 밤이라든가! 아, 내일이라두! 아직 크리스마스구! 파티하자!"

"파티는 뭔 놈의 파티냐……."

반대 의사를 표명해봤지만, 유이가하마는 내 대답 따위는 안중에도 없는 듯 유키노시타를 돌아보았다.

"유키농은…… 시간 돼?"

확인하는 말투가 조심스러운 까닭은, 언젠가 크리스마스 계획을 물어보았던 그 일상적이고 가식적인 대화가 마음에 걸려서겠지. 그러자 유키노시타가 온화한 표정으로 엷은 쓴웃음을 지었다.

"······만약 파티를 할 생각이라면, 시간을 비워두도록 할 게."

그 대답에 유이가하마가 반색 했다.

"진짜?! 만세~! 그럼 결정된 거다?"

"나한테는 안 물어보냐고······. 아니면 간접적으로 오지 말라고 못 박는 거냐?"

"그치만 힛키는 약속 없을 게 뻔한걸······. 아, 그니까 파티! 나 유키농이 만든 케이크 먹구 싶은데."

"네가 아까 먹은 케이크, 내가 만든 거잖니······. 게다가 싫어. 그만큼 만들었으니 당분간은 손도 대고 싶지 않아······."

정말로 힘들었는지, 유키노시타는 그야말로 신물이 난다는 표정이었다. 저기, 그런 것치고는 무척 신 나게 만드셨던 기분이 듭니다만······.

난색을 표하는 유키노시타를 보며, 유이가하마가 끄응 신음했다.

"유키농이 싫다면······ 내, 내가 만들까?"

환상적인 아이디어! 라고 주장하듯 유이가하마가 자신을 가리키며 말하자, 유키노시타의 표정이 어둡게 가라앉았다.

"그렇게 나온다면 싫더라도 내가 만드는 수밖에 없겠구나······."

"말이 심하잖아?! 아, 그럼 같이 만든다든가!"

유이가하마가 웃으며 그 얼굴을 들여다보자, 유키노시타는 그만 말문이 막혀버린 눈치였다. 그러다 결국 포기했는지, 나직하게 한숨을 쉬고는 빙그레 미소 지었다.

"……그래. 그거라면 한번 생각해볼게."

넘어갔구만……. 활짝 웃는 얼굴과 잔잔한 미소를 번갈아 보다, 나도 슬쩍 쓴웃음을 흘리며 시선을 돌렸다.

문득 창밖으로 눈길을 주자, 석양이 눈부셨다. 저녁 해는 바다로 가라앉기 전에 마지막으로 찬란한 빛을 흩뿌리며, 아주 짧은 시간이나마 이 방을 햇살로 가득 채웠다. 그래도 결국은 밤이 찾아와, 모든 것을 싸늘하게 식혀버리겠지.

하지만 오늘은 크리스마스다. 그러니 오늘 밤 정도는 따스한 채여도 괜찮을 거라는 생각이 들었다.

만약 바라는 것이 주어진다면, 원하는 것을 얻을 수 있다면.

역시 나는 아무것도 바라지 않고, 원하지 않을 거다.

주어지는 것도, 얻어지는 것도 분명 가짜여서, 언젠가는 잃어버리고 말 테니까.

바라는 것에는 형태가 없다. 원하는 것에는 닿을 수 없다. 만약 손에 넣는다 할지라도, 그로 인해 가장 아름다운 보물을 망쳐버리고 말지도 모른다.

빛나는 무대에서 보았던 그 『이야기』의 결말.

그다음을 나는 아직 알지 못한다.

그러니 틀림없이 계속해서 갈망하겠지.

■작가 후기

　안녕하십니까, 와타리 와타루입니다.

　봄이군요! 봄 하면 만남의 계절, 그리고 이별의 계절이기도 합니다. 「대체 어느 쪽이냐고!」라고 따지고 싶어지지만, 전 이제 그만 노동과 헤어지고 휴식과 만나고 싶거든요? 엉?

　아무튼 이 세상에는 「어느 쪽이냐」 싶은 말들이 수두룩합니다.

　예컨대 마감이라든가요! 마감이라 하면 「지켜야 해(사명감)」이라고 생각하는 게 일반적이겠지만, 개중에는 「하핫, 나를 초조하게 만들어 의욕을 샘솟게 하려는 거짓 스케줄이로군! 앞으로 2주일은 너끈해!」라고 해석하는 족속들도 있습니다.

　게다가 마감 이야기를 꺼낼 때의 반응도 제각각입니다. 어떤 사람은 「거, 거의 다 됐어요(개뻥)」이라고 대답하고, 다른 사람은 「무리인 게 뻔하잖습니까(째릿)」이라고 대답하고, 또 다른 사람은 「제발 쉬게 해줘……(울먹)」이라고 대답합니다.

　이처럼 말의 의미는 받아들이는 사람의 소양과 가치관, 처한 환경에 크게 영향을 받는지도 모릅니다. 구체적인 말조차도 저 모양이니, 추상적이고 개념적인 것을 지칭하는 단어는 더 심하겠지요. 예컨대 성장이니 변화니 진실 같은 것들 말입니다. 아마 깊이 있는 이야기를 나누다 보면 그런 단어를 제각기 다른 의미로 사용하고 있음을 깨닫게 될 거라 생각합니다.

그렇다면 말을 통해서 전해지는 것은 의외로 적고, 그렇기에 전했고 전해졌다고 생각해도 사실은 전혀 그렇지 못하며, 결국은 전하는 쪽의 자기만족에 불과하지 않나 싶습니다. 소설이야말로 그런 자기만족의 최고봉 아닐까 생각하면서도 오늘도 이렇게 쓰고 있지만요.

—그렇다 할지라도 그의 자기만족이 최소한 지금 이 순간만큼이라도 행복하기를.

그런 마음으로 『역시 내 청춘 러브코메디는 잘못됐다.』⑨권을 보내드립니다.

마지막으로 감사의 말 코너.

퐁칸⑧ 신. 매번 표지 러프를 받아보는 게 큰 즐거움입니다만, 히라츠카 선생님은 코마치에 이어 과거 톱 레벨로 흥분했습니다. 멋져! 감사합니다.

호시노 담당 편집자님. 에이, 다음 마감은 껌이라니까요, 크하핫! 이라고 호언장담해온 지가 얼마나 됐을까요……. 매번 정말 죄송합니다. 감사합니다. 에이, 다음 마감은 껌이라니까요, 크하핫!

그 밖에 이 책을 쓸 때 『크리스마스 선물』(오 헨리 지음, 유우키 히로시 옮김)을 참고했습니다.

마지막으로 독자 여러분. 덕분에 이 이야기도 이제 곧 종반으로 접어드는 지점에 왔습니다. 아직 조금 더 계속됩니다.

끝까지 함께 해주시면 고맙겠습니다. 또 여러분의 성원에 힘입어 애니메이션 2기 제작이 결정되었습니다. 진심으로 감사드립니다.

그럼 주어진 페이지도 바닥났으니 이번 후기는 이쯤에서 마무리하도록 하겠습니다.

3월 모일 봄 폭풍우에 떨면서 MAX 커피로 탑을 쌓으며.

와타리 와타루

■역자 후기

안녕하세요. 역자 박정원입니다.

이번 마감은 초주검으로 간신히 끝냈습니다. 5월에 개인 사정으로 상당히 바빴던 데다 9권 분량이 430페이지……. 막판에는 몸 상태도 안 좋아져서, 거의 죽음의 행군을 방불케 하는 여정이었습니다. 게다가 이번 권 역시 초중반까지는 8권에 뒤이은 하치만의 땅파기 퍼레이드여서 그 여파로 저까지 같이 우울해지는 바람에 정말 진도가 안 나가더군요.

그래도 끝이 좋으면 다 좋은 법이니까요. 비록 밤이 오기 직전에 찾아든 아주 잠깐의 따스함일는지도 모르지만, 그리고 세 권 주기로 반복되는 봉사부 위기설을 감안하면 10권부터 또다시 시련이 시작되겠지만, 힘내라 하치만! (무책임)

아참, 이번 권에서 가장 인상적이었던 부분은 역시 유키노의 마음이 꽤 많이 표현됐다는 점이 아닐까 싶네요. 솔직히 8권까지는 얘 대체 왜 이래? 란 마음이 없지 않았는데, 9권을 읽으면서 제 눈을 의심했습니다. 덕분에 세 사람의 애정 관계는 더욱 미묘해져만 가고……. 개인적으로는 히라츠카 선생님과 바다를 보러 갔을 때 나눈 이야기들이 무척 의미심장하게 들립니다만, 기분 탓일까요……. 으아아 엔딩이 두려워! 하지만 기대돼! 작가님 믿습니다!

그리고 한 가지 더. 유키노랑 하치만은 유이한테 절해라 백번 절해라.

9권을 보고 유이가 없었으면 봉사부는 진작 파탄 났을 거라는 생각이 들더군요. 하치만과 유키노가 워낙 대인관계에 서툴다 보니 툭하면 서로 엇갈리고 오해가 생기는데, 유이가 그 사이에서 아슬아슬하게 균형을 잡는 느낌이랄까요. 다방면으로 고생이 많은 유이입니다. 그렇지만 이번에도 하치만에게서 구체적인 데이트 약속을 받아내는 데는 실패……. 유이의 고생이 보상받을 날이 오기는 할까요……. 왠지 슬퍼집니다ㅠㅠ

에고, 잠을 못 잤더니 자꾸만 횡설수설하게 되네요. 다음 권부터는 슬슬 제가 개인적으로 기다려온 유키노시타 자매 이야기가 풀릴 것 같은데, 그걸 기대하며 이쯤에서 제 두서없는 이야기를 마무리하도록 하겠습니다.

역시 내 청춘 러브코메디는 잘못됐다. 9

1판 1쇄 발행 2014년 8월 10일
1판 12쇄 발행 2021년 4월 1일

지은이_ 와타리 와타루
일러스트_ 퐁칸⑧
옮긴이_ 박정원
일본판 오리지널 디자인_ numata rina

발행인_ 신현호
편집부장_ 윤영천
편집진행_ 김기준 · 김승신 · 원현선 · 권세라 · 유재슬
편집디자인_ 양우연
관리 · 영업_ 김민원 · 조인희

펴낸곳_ (주)디앤씨미디어
등록_ 2002년 4월 25일 제20-260호
주소_ 서울시 구로구 디지털로 26길 111 JnK 디지털타워 503호
전화_ 02-333-2513(대표)
팩시밀리_ 02-333-2514
이메일_ lnovelpiya@naver.com
L노벨 공식 카페_ http://cafe.naver.com/lnovel11

YAHARI ORE NO SEISHUN LOVE COME WA MACHIGATTEIRU. 9
by Wataru WATARI
© 2011 Wataru WATARI Illustrated by PONKAN⑧
All rights reserved.
Original Japanese edition published by SHOGAKUKAN.
Korean translation rights in Korea arranged with SHOGAKUKAN
through Shinwon Agency.

ISBN 978-89-267-9633-7 04830
ISBN 978-89-267-9311-4 (세트)

값 7,500원

기어와라! 냐루코 양 1~12권 (완결)

아이소라 만타 지음 | 코인 일러스트 | 최승원 옮김

〈경고〉

이 작품은 픽션입니다.
실존(?)하는 구신, 아우터 갓, 그레이트 올드원은 일절 관계가 없습니다.

"언제나 생글생글 웃으며 당신 곁에 기어오는 혼돈, 니알랏토텝입니다."
니알랏토텝, 애칭 냐루코 왈,
그녀는 마히로를 노리는 악의 조직으로부터 그를 지키기 위해 파견되었다는데……?!
이렇게 마히로와 냐루코의 이상한 일상이 시작된다!

노도처럼 기어오는 하이텐션 러브(크래프트) 코미디!
휘몰아치는 패러디의 폭풍, 당신의 웃음을 책임집니다☆♥○

애니메이션 방영 화제작!!

라이트노벨의 새로운 빛! 노벨의 신간은 매월 10일에 발매됩니다. www.lnovel.co.kr

사쿠라장의 애완 그녀 1~10.5권(완결)

카모시다 하지메 지음 | 미조구치 케이지 일러스트 | 정효진 옮김

"소라타— 팬티, 골라줘."

내가 사는 기숙사 『사쿠라장』은 학원 괴짜들의 집단.
이런 기숙사에 전학 오자마자 들어온 시이나 마시로는
귀엽고 청초한데다 세계적으로 유명한 천재화가라고 한다.
천재 미소녀를 기숙사 괴짜들로부터 지켜내야 돼! 라고 분발했지만,
곧 무시무시한 사실이 발각됐다.
마시로는 밖에만 나갔다 하면 길을 잃고 방은 돼지우리,
팬티조차도 직접 고르지 못하는데다 입지도 못하는 생활 파탄 소녀였던 것이다!
이런 마시로의 "주인"으로 임명된 나. 잠깐, 옷을 나보고 갈아입히라고?!
이래 봬도 난 건강한 남자 고등학생이거든?!

변태와 천재와 평범한 사람들이 만들어내는 청춘학원 러브 코미디 등장!!

TV 애니메이션 방영 화제작!!

라이트노벨의 새로운 빛! L노벨의 신간은 매월 10일에 발매됩니다. www.lnovel.co.kr

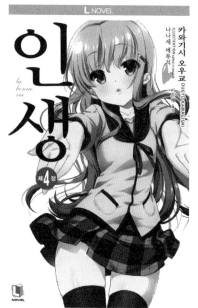

인생 1~4권

카와기시 오우교 지음 | 나나세 메루치 일러스트

쿠몬학원 제2신문부에 소속된 아카마츠 유우키는 부에 들어오자마자
부장인 니카이도 아야카에게 인생 상담 코너 담당을 떠맡게 된다.
학생들에게 받은 고민에 대답하는 것은 이과 여학생 엔도 리노,
문과 여학생 쿠쬬 후미, 체육과인 스즈키 이쿠미 세 명.
3인 3색의 의견이 항상 일치단결되지 않아
일단 실천해보기로 하는데…….
친구, 연애, 공부, 성벽, 장래.
당신의 흔하디흔한 고민에 깔끔하게 대답!
초☆감성 · 인생 상담 개시!

「사신 오오누마」 시리즈로 많은 독자를 폭소의 파도로 몰아버린
경이로운 신인! 카와기시 오우교의 최신작!

2014년 7월 TV애니메이션 방영!